KB051463

손으로 말하고 슬퍼하고 사랑하고

손으로 말하고
슬퍼하고 사랑하고

리아 헤이거 코헨 지음

강수정 옮김

청각장애인이고 싶었는데 수어통역사가 되었다

한울림스페셜

추천사

손으로 마음을 드러내고 생각을 펼치는 세상으로의 여행

사람들은 누구나 따로 배우지 않아도 언어를 구사한다. 주변에서 들려오는 어른들의 말소리를 듣고 따라 하며 말을 배우고, 두 돌 무렵이면 자신의 생각을 자유자재로 표현하게 마련이다.

그렇다면 소리를 듣지 못하는 사람들은 어떨까? 대부분의 사람과는 방식이 다를 뿐, 언어를 구사한다는 점에서는 차이가 없다. 소리 대신 손짓과 몸짓, 그리고 풍부한 얼굴 표정을 활용하는 수어로 서로의 감정과 생각을 나눈다. 이 책은 바로 그 수어를 사용하는 사람들의 이야기이다.

우리나라에서는 2016년에 '한국수화언어법'을 제정하여 한국수어의 지위를 법적으로 보장하고 있다. 지금까지 자국의 수어를 독립된 법률로 제정하고 있는 나라는 10여 개에 불과하다. 그런 점에서 보면 우리나라는 수어에 관한 정책이나 제도 면에서는 선진국에 속한다.

그러나 수어나 그 사용자인 농인에 대한 이해는 부족한 편이다. 특히 수어가 한국어와는 구별되는 독립된 언어라는 인식이 매우 부족하다. 많은 사람이 수어를 단순한 몸짓에 불과한 것으로 이해하거나, 농인들도 한국인이니까 한국말은 물론이고 한글로 적은 글을 당연히 알고 있을 것이라고 생각하는 경우가 많다. 그보다 더 근본적인 오해는 농인들이 지닌 청각장애는 다른 장애보다는 불편이 적을 것이라는 생각이다.

세상에는 들을 수 없는 사람보다 들을 수 있는 사람이 훨씬 많다. 그러니 들리지 않아서 남들과 다른 언어, 수어로 소통해야 한다는 건 어떤 면에서는 수어를 모르는 대다수의 사람들로 구성된 세상과 단절된 상태를 의미한다. 그러다 보니 다른 사람들에게 이해받지 못해 어려움을 겪는 농인들이 상당히 많다. 이러한 어려움은 농인들만의 독특한 농문화를 이해하고 농인들에게 다가가려는 우리 사회의 적극적인 노력을 통해서만 해소될 수 있다.

그러한 노력을 기울이고자 하는 사람들에게 이 책은 충실한 안내자 역할을 할 것이다. 이 책은 농학교 교사였던 부모님의 영향으로 농인들과 어린 시절을 함께 보낸 저자가 직접 경험하고, 보고, 들은 수어로 그려내는 세상과 농인들의 문화를 담고 있다. 어려서부터 그 세계를 동경하고, 자신이 농인이 될 수 없다는 사실에

절망감을 느끼기도 했던 저자는 들을 수 있는 세계와 들을 수 없는 세계의 접점에 서서 조용하지만 충만한 농인들의 세계, 손으로 말하고 슬퍼하고 사랑하는 사람들의 삶과 인생 속으로 우리를 안내한다. 그 이야기를 따라가다 보면 우리와 전혀 다를 것 없는 농인들의 흥미진진한 세계를 만날 수 있다.

또한 이 책은 우리와 다른 언어를 쓰는 사람들이 함께 어울려 살아가는 모습을 통해 수어를 하나의 언어로 인정하는 것의 진정한 의미가 무엇인지를 자연스럽게 이해하게 해준다. 포용 사회를 지향하면서도 실제로는 나와 다른 사람들과 어울려 살아본 경험이 적다면, 그래서 그들을 어떻게 받아들이고 이해해야 할지 잘 모르는 사람이라면 이 책을 꼭 읽어보기를 권한다.

모쪼록 이 책이 농인들에 대한 우리 사회의 이해를 더 깊고 넓어지게 할 것을 기대한다.

정희원(국립국어원 어문연구실장)

저자의 말

소리 없이 이해되는 말들의 온기

청각장애는 발생률이 낮은 장애로 분류된다. 미국에서는 약 200만 명 정도가 청력이 손상된 것으로 조사되었는데, 그중에서 수어를 사용하는 문화적 청각장애인은 20만 명 정도에 불과하다.

나는 태어나서 7년 동안을 이 소수집단 속에 살았다. 수어를 통해 청각장애인들 사이에 형성되는 언어를 뛰어넘는 결속력을 직접 보고 느끼면서 자랐고, 그곳을 떠난 후에도 소리 없이 이해되는 말들의 온기가 늘 그리웠다. 이 책은 그 이야기를 담은 것이다.

나는 이 책에서 수어(sign language)와 수화(sign)라는 표현을 둘 다 썼다. 수화가 하나의 완전한 언어로 인정받게 되면서 단순히 기능적인 측면만 강조하는 수화(手話)라는 말 대신에 언어적인 측면을 강조하는 수어(手語)라는 용어를 사용해야 한다는 목소리가 높다. 그래서 언어적 측면을 강조하는 상황에서는 수어로, 개별적인 표현이나 동작을 강조하는 상황에서는 수화로 표현했다.

수어에는 따로 표기법이 없기 때문에 수화로 주고받은 이야기를 옮길 때에는 따옴표(“ ”) 대신 ▪ ▪ 표시를 사용했다. 수어만 쓰건, 구화를 하면서 의미를 좀 더 정확히 전달하기 위해 중간중간 수화를 쓰건, 또는 그 밖에 다양한 방식을 동원하건 상관없이 아무튼 의사소통에 조금이라도 수화를 사용한 경우에는 모두 같은 방식으로 표기했다.

이 책을 쓰기 위해 준비하고 자료를 찾는 동안 나는 현장에서 한 걸음쯤 물러나 관찰자의 역할에만 충실하려고 애를 썼다. 물론 때로는 상황에 개입해서 통역을 하고 싶은 충동이 일기도 했다. 그러나 통역사에겐 통역 과정에서 습득한 정보를 발설하지 말아야 한다는 직업윤리가 있기에 되도록 통역은 자제하려고 노력했다.

렉싱턴 청각장애 학교의 모든 분께 감사를 전한다. 선생님과 교직원들의 전문적인 지식과 신념이 없었다면, 그리고 소피아 노마토프와 제임스 테일러와 그 가족들의 너그러움이 없었다면 이 책은 완성될 수 없었다. 내가 이곳에서 이들과 더불어 살아갈 수 있도록 이끈 우리 가족에게 사랑을 전한다.

리아 헤이거 코헨

차례

비밀의 언어

어린 시절 우리 집이 청각장애인을 위한 학교였다는 사실이 레바 언니나 내 동생 앤디, 그리고 나에게는 조금도 특별할 게 없다. 렉싱턴 청각장애 학교(맨해튼 렉싱턴가에 있어서 그렇게 이름 붙었다)는 그저 우리가 자란 곳일 뿐이다.

이 학교가 우리 집이 된 까닭은 부모님이 이곳에서 일을 하셨기 때문이다. 당시 엄마는 유아원 선생님이었고, 아버지는 학생상담실장이었다. 하지만 두 분의 역할은 직업 차원에만 머물지 않았다. 기숙사 생활을 담은 소식지 〈방과 후 이야기〉도 만들고, 주말에는 파티를 열었다. 학교 사람들을 집으로 초대하는 건 거의 일상이어서 우리 집 저녁 식탁에는 학교 선생님과 직원, 졸업생과 일하는 분들까지 골고루 함께 둘러앉곤 했다.

부모님은 학교 구석구석을 통로 하나 남김없이 훤히 꿰고 계셨다. 엄마는 1층 벽을 가득 채울 만큼 커다란 그림도 그렸는데, 이야기책에 등장하는 유명한 주인공들을 그리면서 그들의 귓속에 보청기를 살짝 끼워 넣었다. 아버지는 집에 있다가도 불려 나가기 일쑤였는데, 경찰에 붙잡힌 학생을 위해 피의자의 미란다 권리를 통역해주거나 기숙사 아이들의 요리 실습을 위해 믹서기를 옮겨주기 위해서였다. 어느 날은 한밤중에 지하실에 불이 나서 비상벨이 울리자 아버지가 급히 청바지를 꿰어 입고 달려 나가 직접 불을 끄기도 했다. 아버지의 뒷주머니는 항상 열쇠 꾸러미로 묵직했다. 가죽으로 만든 매끈한 열쇠 집 안에는 노랗고 깔쭉깔쭉한 열쇠가 가득했고, 그걸 꽂으면 어느 문이라도 열 수 있었다. 두 분은 그렇게 학교에 한없는 애정을 쏟았다.

우리에게 렉싱턴은 붉은 벽돌로 지은 성이자, 8천 평의 왕국이었다. 넘어져도 다치지 않게 황갈색 리놀륨을 깔아놓은 복도에서 우리는 세발자전거를 타고 놀았다. 조금 더 큰 다음에는 좁은 주차장 한구석에서 두발자전거 타는 법을 배웠다. 강당에서 영화도 봤다. 당시만 해도 청각장애인을 위한 자막 서비스가 일반화되기 전이었지만, 우리는 특별히 자막을 입힌 영화를 볼 수 있었다. 우리가 보는 책은 모두 학교 도서관 소인이 찍혀 있었고, 편지도 총무과의 우편 분류함에서 꺼내왔다. 학교 식당에서 저녁을 먹는 일도 부지기수였다. 과일 칵테일과 고기 다진 것과 완두콩을 식판에 담아 먹었고, 우유는 기계에서 뽑아 마셨다. 주변에는 웅얼거리며 수어로 말하는 언니, 오빠들이 앉아있었다.

우리를 모르는 사람은 없었다. 사람들은 우리가 기저귀를 찬 모습을 봤고, 잠옷 바람으로 돌아다니는 것도 봤다. 또 우리는 기숙사 아이들이랑 크레용을 녹여 초를 만들었고, 수위 아저씨와 로비에서 껌을 씹으며 만화책을 봤다. 우리에게 렉싱턴은 일종의 대가족이었다. 그곳은 수많은 삼촌과 숙모가 가득한, 정으로 얽힌 커다란 공동체였다.

우리가 렉싱턴에서 살았던 7년 동안 해마다 유아원 아기들부터 고등학생까지 400명 정도의 신입생이 들어왔고, 그중 150명이 기숙사에서 살았다. 북쪽 별관에는 청음과 구화, 심리 상담, 연구 등을 위한 센터가 있어서 인근에 거주하는 청각장애인들이 연간 수천 명씩 찾아와 이용했다. 뉴욕의 다섯 개 행정구역은 물론이고 뉴저지와 웨스트체스터, 롱아일랜드의 청각장애인들이 렉싱턴에 모여 특별한 행사를 벌일 때도 많았다. 운동회와 연극 경연 대회, 모교 방문의 날이나 각종 강연이 체육관과 강당에서 개최되었다.

우리에게는 그 모든 것이 그야말로 내 집처럼 익숙했다. 걸음마를 배운 다음에는 사람들의 수화를 방해하지 않으려고 몸을 움츠린 채 그들의 길쭉한 다리 사이를 들락거렸고, 누가 예쁘다고 볼을 꼬집거나 많이 자랐다고 감탄을 늘어놓을 때면 다리의 숲속에서 잠시 멈춰 서곤 했다.

우리가 속한 세계에서는 들을 수 없는 사람과 들을 수 있는 사람, 이렇게 둘로 나뉘었다. 하지만 우리는 어느 쪽에도 특별히 신경을 쓰지 않았다. 우리는 이미 집에서부터 그런 문화적 차이에 익숙했기 때문이다. 아버지는 유대인이고, 엄마는 개신교였다. 할아버지와 할머니는 소리를 듣지 못하셨지만, 나머지 식구들은 들었다. 입양한 내 동생 앤디는 흑인이고, 나머지 식구들은 백인이었다. 우리는 청각장애인과 의사소통을 하기 위해 특별한 행동이나 방식을 배웠다기보다 그냥 자연스럽게 저절로 습득했다.

우리는 청각장애인과 말을 할 때면 반드시 상대방을 쳐다봐야 한다는 걸 알고 있었다. 입의 움직임을 과장하지 말되, 또렷하게 말해야 한다는 것도 알았다. 그러면서도 목소리를 같이 사용해야 했는데, 보청기로 소리를 듣는 사람이 많았고, 상대방이 우리 입모양을 읽는 데도 도움이 되기 때문이었다. 우리가 소리 없이 입모양으로만 말하면 아버지는 야단을 쳤다. 그리고 누군가의 주의를 끌려면 팔을 톡톡 두드리거나 발을 굴러 진동을 전해야지, 쿡 찌르거나 손가락을 튕기면 안 된다고도 말했다. 우리의 입모양은 저절로 정확해졌고, 목소리도 안정적인 높이를 유지했다.

상대의 말을 알아듣지 못했을 때면 우리는 상대방과 계속 눈을 맞춘 채 알기 쉽게 설명해주는 아버지의 목소리에 귀를 기울였다. 아버지가 옆에서 설명을 해주지 않을 때도 있었는데, 그럴 땐 미간을 살짝 찡그리면 상대방도 금세 알아차리고 말을 되풀이해주었다. 그래도 알아듣지 못하거나 너무 피곤해서 그만 말하고 싶으면, 마음 한구석에선 죄책감이 들었지만, 마치 알아들은 척 웃으며 고개를 끄덕이기도 했다. 나이가 더 들고 수화에 어느 정도 익숙해지면서 조금씩 수화를 섞어 쓰기도 했는데, 그럴 때면 상대방의 얼굴이 기쁨과 반가움으로 어찌나 환해지는지 내가 괜히 빰이며 목이 화끈거리곤 했다.

밤늦도록 계속되던 행사가 막바지에 이르면 나는 졸린 몸을 비틀며 사람들이 어서 돌아가기만을 기다렸다. 그럴 때면 누군가 불을 껐다 켜곤 했는데, 그건 "집에 가요, 집에 좀 갑시다."라는 신호였다. 하지만 그런 것쯤은 아무도 개의치 않았다. 마침내 모든 불이 꺼지고 수화를 주고받는 게 불가능해지면 사람들은 불이 켜진 현관에서 하던 얘기를 계속했다. 결국 내몰리듯 건물 밖으로 나간 뒤에도 계단 중간이나 희미한 가로등 불빛이나 아무튼 대화를 주고받을 만큼의 빛이 비치는 곳에는 여전히 아쉬움에 발걸음을 떼지 못하는 사람들이 있었다. 행사를 치르고 나서 사람들을 내보내는 건 그렇게 힘든 일이었다.

그런 밤이면 나는 이불을 덮고 누워서 한참 동안 헤어지지 못하고 서성이는 사람들의 모습을, 밤 깊도록 손으로 얘기 나누는 그들의 모습을 선명한 실루엣으로 그려보곤 했다. 내게 기억이라는 것이 존재한 순간부터 기나긴 작별 인사와 소리 없는 청각장애의 세계는 내 마음속에서 하나처럼 서로 얽혔다.

나와 렉싱턴의 관계는 내 기억보다 더 오래되었고, 내가 태어나기 훨씬 전부터 시작되었다.

우리 할아버지 샘 코헨은 아주 어릴 때 부모님을 따라 러시아를 떠나 미국 땅을 밟았다. 할아버지의 부모님은 다행히 어린 아들에게 청각장애가 있다는 사실을 이민국 담당자들에게 숨길 수 있었다. 만약 아이에게서 어떤 결함을 발견했다면, 그들은 아이가 입은 옷 위에 분필로 표시만 해서 다시 바다 건너 러시아로 되돌려 보냈을 것이다. 그렇게 해서 할아버지는 렉싱턴 청각장애 학교를 다니게 되었다.

우리 할머니 패니는 시내에 있는 P.S. 47이라는 시립 청각장애 학교를 다녔다. 할머니와 할아버지는 졸업을 한 다음에야 서로를 만날 수 있었는데, 그 장소는 여름이면 젊은 청각장애인들이 모여드는 오션 파크웨이 근처의 산책로였다. 할머니도 동유럽의 이민 행렬에 섞여 미국에 왔다. 하지만 두 분이 결혼했을 때 그 집을 채운 건 러시아나 루마니아의 분위기가 아닌 청각장애 문화였다.

할머니와 할아버지는 사교 모임에도 참석했다. 다른 부부들과 어울려 같이 저녁을 먹거나 카지노에서 잠깐 즐기는 정도였지만, 모임이 끝나면 서로 작별 인사를 하는 데만 한 시간이 훌쩍 지나기 일쑤였다. 다른 부부들이라고 해 봐야 옆 동네에 살고 다음 날 또 만나는 경우가 대부분이었지만 그런 건 상관없었다. 그들의 작별 인사는 늘 그렇게 길었다.

헤어지기 싫은 마음, 관계의 고리를 끊고 공허한 밤 속으로 들어가길 꺼려하는 그 마음, 바로 이것이 청각장애 문화의 본질이다. 직장에서, 지하철과 시장에서 들을 수 있는 사람들에 둘러싸여 하루를 보냈는데, 다른 청각장애인들과 저녁에나 잠깐 어울리는 것만으로는 성에 차지 않았다. 문가에서 서성대며 아쉬워하는 그 짧은 시간은 관계에 대한 갈증 때문이었다. 할아버지와 할머니는 평생토록 그 갈증을 씻어줄 만한 어떤 것도 달리 찾지 못했다.

청각장애인들이 전화로 의사소통을 할 수 있게 해주는 전신타자기는 1960년대 말에야 널리 보급되었다. TTY(Teletypewriter)라고 하는 이 특수 전화기는 청각장애인이 문자를 입력하면 TTY를 사용하는 또 다른 누군가에게 바로 전송이 된다. 비상시에 도움을 청할 수 있는 청각장애 연결망 서비스도 생겼는데, 청각장애인이 TTY에 문자를 입력하면 중간 교환원이 들을 수 있는 사람에게 전화를 걸어 상황을 전달하는 방식이었다. 하지만 운영 시간이나 용도에 한계가 있어서 다시 건청인(청각장애인들은 들을 수 있는 사람들을 이렇게 칭한다) 이웃에게 전화를 걸어달라고 부탁하거나, 차라리 직접 발로 뛰는 방법을 택해야 하는 경우가 많았다.

이젠 이런 구식 기계 대신 훨씬 싸고 편리하며 휴대가 간편한 무선통신 장치가 개발되어 청각장애인들의 자율성이 크게 높아졌다. 요즘에는 청각장애 연결망 서비스도 수신자 부담으로 24시간

제공되기 때문에 미국 전역에서 음성 - TTY로 동시 대화가 가능하다. 텔레비전 프로그램에서도 청각장애인을 위한 자막이 나오고, 인터넷으로 얼마든지 필요한 정보를 접할 수 있으며, 수어통역을 의무적으로 제공해야 하는 곳이 늘어나고 있다.

하지만 아무리 기술이 발달하고 제도적인 장치가 마련되어도 눈을 맞추며 함께 시간을 보내고픈 이들의 갈증을 해소해주지는 못했다. 세상이 온통 해석할 수 없는 암호 같을 때, 손에 넣을 수 없는 정보가 너무나도 많을 때 다른 청각장애인들과 한자리에 모여 같은 언어로 정보를 나누는 건 생명을 지탱해주는 온기와 다를 바 없었다.

내가 태어나 처음 살았던 집엔 그런 온기가 가득했다. 나는 그걸 당연하게 받아들였고, 이렇다 할 생각 없이 자연스럽게 반응했다. 렉싱턴이 울타리 너머의 세상과 분리된 조금 특별한 곳이라는 사실도 당연하게 여겼다. 그럴 정도로 그 울타리 안에는 뭔가가 훼손되지 않은 채 고스란히 보존되어 있었고, 그 자체만으로도 세상과 완벽하게 동떨어져 있으면서도 생기가 넘쳤다.

생각해보면 어렸을 때 그 울타리 안에서 내가 들을 수 있다는 사실은 너그럽게 무시되었는데, 그건 아마도 우리 집안 덕분일 것이다. 사람들은 내 할아버지와 할머니에 대한 각별함 때문에 내게 특히 상냥했던 건지도 모른다. 또는 그저 내가 어렸기 때문일 수도 있다. 아이들은 자라면서 자신이 생활하는 공동체에 일종의 준회원처럼 받아들여지게 마련이니까. 하지만 나는 거기에 한 가지 이유가 더 있다고 생각했다. 나는 병원에서 태어난 후 곧바로 렉싱턴 청각장애 학교로 왔는데, 그 사실만으로도 내가 이 공동체에 대한 권리를 타고났다고 믿어버렸다.

렉싱턴 청각장애 학교는 설립 후 100년 동안 맨해튼 렉싱턴 가에 있는 커다란 박공지붕 건물을 썼다. 그러다가 내가 태어난 지 3개월 뒤인 1968년에 잭슨하이츠로 자리를 옮겨 새 둥지를 틀었다. 이 사실을 안 건 아주 어렸을 때인데도, 내게는 그게 마치 우리 사이에 특별한 끈이 있다는 또 다른 증거처럼 여겨졌다. 이 사실을 알자마자 나는 학교를 의인화했고, 그때부터 우린 쌍둥이와 다를 바 없었다. 크기는 학교가 훨씬 컸어도 나이는 같았다. 우리는 함께 다섯 살이 되고 여섯 살이 됐다. 함께 생일을 맞을 때마다 학교 벽을 토닥였던 기억이 아직도 생생하다.

1960년대 후반에 접어들면서 수어에 대한 렉싱턴의 입장에 서서히 변화가 일기 시작했다.

미국수어인 ASL(American Sign Language)의 역사는 1817년으로 거슬러 올라간다. 미국에서 프랑스로 건너갔던 건청인 전도사 토마스 갤로뎃이 프랑스의 청각장애인 교사 로랑 클레르의 도움을 얻어 코네티컷주 하트퍼드에 미국 최초의 청각장애 공립학교를 세운 것이 바로 그해였다. 클레르는 미국에 수어교육을 도입해서 학생들에게 프랑스수어를 가르쳤는데, 그것이 지금 미국수어의 시초가 되었다. 하지만 클레르와 갤로뎃의 업적에도 대다수의 건청인은 수어는 열등한 언어이며, 청각장애인의 원시적이며 낮은 지능을 그대로 반영하는 증거로 여겼다.

1864년, 미국에서 가장 오래된 구화학교(입술의 움직임과 표정으로 상대의 말을 이해하고 소리 내어 말하도록 가르치는 특수학교)인 렉싱턴 청각장애 학교가 문을 열었을 때, 청각장애인들에게는 새로운 선택의 길이 열렸다. 그때까지 미국 내의 모든 청각장애 학교에서는 수화로 의사소통을 해왔다. 그런데 렉싱턴을 세운 사람들은 전혀 새로운 방식, 그들이 생각하기에는 보다 월등하고 청각장애인들에게 더 많은 기회를 안겨줄 선택을 제공했다.

청각장애 자녀를 두었다는 슬픔과 죄책감에 빠지게 마련인 건청 부모들은 구화교육에서 희망을 발견했다. 같은 청각장애 아동이라도 목소리를 사용하고 발화(소리 내어 말하는 언어 행위)를 이해하면 덜 이상하게 보고, 더 지적으로 여겨졌다. 다른 말로 하면, 더 건청인에 가깝게 비쳤다는 뜻이다 .

한 세기가 넘도록 전문가와 교육자들은 청각장애 자녀를 둔 부모들에게 수어를 가르치지도 말고 직접 배우지도 말라고 충고했다. 영어 습득에 방해가 된다는 이유에서였다. 청각장애 학생을 지도하는 데 수어가 더 적합하다는 수어주의자들에게 넘어가지만 않으면, 자녀들이 영어에 능통해져서 건청 세계가 주는 혜택을 누릴 수 있다고 그들은 경고했다. 청각장애라는 현실이 낯설기만 하고 자녀와의 관계를 지키고 싶었던 건청 부모들은 아이가 자신과 같은 방식으로 소통할 수 있다는 희망을 주는 전문가들의 이런 충고를 철석같이 믿고 따랐다.

그러나 이들의 충고는 청각장애 아동에게서 시각적으로 습득할 수 있는 단 하나의 언어를 앗아가 버리는 결과를 낳았다. 건청 아동은 일상에서 보고 듣는 언어를 저절로 흡수한다. 하지만 청각장애 아동은 귀로 듣고 입으로 말하는 언어를 자연스럽게 익힐 수 없었고, 언어 체계를 전혀 갖추지 못한 채 학교에 들어갔다.

수어에 대한 이러한 편견은 100여 년의 세월이 흐른 1950년대에 들어서면서 조금씩 변화하기 시작했다. 수어가 청각장애인을 위한 엉성한 의사소통의 대체물이 아닌, 하나의 완전한 언어임을 보여주는 연구 결과가 발표되었다. 또한 수어의 사용을 금하는 것은 청각장애인들에게 불이익을 안겨주는 부당한 처사라는 연구 결과도 나오기 시작했다.

하지만 수어라면 질색하고 기피하던 태도가 사라졌을 뿐, 편견이 사라진 건 아니었다. 렉싱턴의 교실에서는 60년대까지도 계속해서 수어가 금지되었고, 학교는 이 문제에 대해 여전히 어정쩡하고 불편한 입장을 고수했다.

그렇기 때문에 언니와 남동생과 나는 영어와 수어, 두 개의 언어를 배우면서 자란 것이 아니다. 물론 손가락으로 알파벳을 쓰고(이를 지화라고 한다. 고유명사나 마땅한 수화가 없는 단어는 지화로 표현한다), 숫자는 10까지, ▪사랑해▪나 ▪우유 더 주세요▪ 그리고 ▪사과▪와 ▪아이스크림▪과 ▪좋다▪ 같은 말을 수화로 알았지만, 대충 그 정도가 내 수화 실력의 전부였다.

하지만 유창하지 않다고 해서 우리끼리 수화를 쓰는 것까지 막을 수는 없었다. 글을 배우기 전부터 크레용으로 신문지에다 되지도 않는 글자를 끄적였듯이, 우리는 의미 없이 그저 정교하기만 한 손짓으로 수화를 주고받으며 놀았다. 그 수화는 물론 엉터리였지만, 우리는 수어에 따르는 다른 특징은 타고난 것처럼 완벽하게 흉내 냈다. 서로 보조를 맞추거나 눈을 쳐다보는 것, 몸의 여러 부위에 손을 얹거나 이런저런 표정을 짓는 것, 심지어 간간이 입술과 이가 부딪혀서 나는 소리까지도 영락없었다. 나는 청각장애인들이 내는 소리, 거침없고 정겹고 나지막하고 자연스럽고 자장가 같은 그 소리가 좋았다.

나는 꽤 오래도록 내가 커서 청각장애인이 되지 못한다는 사실을 완전히 받아들이지 못했다. 내 주변 아이들은 모두 소리를 듣지 못했다. 나는 렉싱턴의 언니와 오빠들을 지켜보곤 했다. 껌을 씹는 표정이며 머리 모양, 심지어 매점에서 장난치는 모습까지도 어찌나 근사해 보이던지. 거침없이 당당하고 서로 간에 두터운 신뢰가 느껴지는 대화 방식은 특히 더 부러웠다.

렉싱턴이 여전히 청각장애 아동에게 발화와 독순술(입술 움직임을 보고 상대방의 말을 알아듣는 기술)을 가르치는 구화교육을 고수할 때에도 고학년 학생들은 교실 밖에서 수화를 사용했고, 아무도 그것까지는 간섭하려 들지 않았다. 자유롭게 이야기 나눌 때 수화의 그 빠른 리듬, 너무나 자연스러운 눈썹과 손가락과 어깨와 입술의 움직임, 저절로 우러나오는 듯이 우아하면서도 의미로 충만한 그 동작들이 나는 너무나 좋았다.

나는 다른 애들이 소꿉장난을 하듯이 수화를 하며 놀았다. 그것이 내겐 가능성을 시도하고 미래를 연습하는 것이었으며, 거기엔 흥분과 기대, 심지어 포부까지도 담겨 있었다. 나는 어서 커서 청각장애인이 되고 싶었다. 렉싱턴에 입학해서 보청기를 끼고, 발화 수업을 듣고, 날렵하고 멋진 손짓으로 얘기를 나누고 싶었다.

여섯 살부터 일곱 살까지 나는 통합교육의 일환으로 렉싱턴 유치원에 다닌 몇 안 되는 건청 아동 가운데 한 명이었다. 여러 가지 점에서 나는 유치원 친구들과 조금도 다를 게 없었다. 우리는 놀이터에서 모래 장난을 했고, 운동장에서 술래잡기를 했으며, 크림빵을 주면 똑같이 가운데만 파먹었다. 하지만 나는 달랐다.

밖에서 놀던 어느 날 오후, 나는 친구들과 나 사이에 놓인 가장 큰 차이점을 바로잡기로 결심했다. 그리고 운동장에서 조약돌

두 개를 집어 들어 귓불 위로 연골이 옴폭하게 파인 구멍에 집어넣었다. 그건 매끈한 조약돌이 아니라 도시에서 흔히 보는 거칠고 거무스름한 자갈이었다. 내 즉석 보청기를 본 선생님은 나를 단단히 혼내셨다. "네 ■팔꿈치■보다 작은 건 절대로 귀에 넣으면 안 돼!" 알쏭달쏭한 이 말을 곰곰이 생각하느라 당황스럽고 창피한 마음은 조금 덜했지만, 어쨌든 친구들처럼 되고 싶었던 내 바람은 이루어지지 않았다.

친구들이 발화 수업을 받으러 가면 나는 부러워서 속이 상할 지경이었다. 복도를 따라 늘어선 벽장 크기만 한 발화실에는 거울, 플래시 카드, 풍선, 공, 깃털, 그리고 혀를 누르는 기구 같은 생소한 물건이 가득했고, 나는 부러움에 젖은 눈으로 그 안을 하염없이 들여다봤다. 그때만 해도 많은 친구들이 발화 수업이라면 질색을 하고 수치심과 좌절감을 느낀다는 걸 알지 못했다.

여덟 살이 되어 공립학교에 들어갔을 때였다. 하루는 수업 시간에 발화치료사가 들어왔기에 일부러 혀 짧은 소리를 냈다가 마침내 발화 수업의 진상을 알게 됐다. 직접 경험한 그 시간은 끔찍할 정도로 단조로웠다. 융통성이라고는 찾아볼 수도 없었던 그 선생님은 내게 빨대 한 통을 주며 집에 가서 그걸 입에 물고 발음을 연습하라고 시켰다.

그러나 렉싱턴에서 가장 크게 소외감을 느꼈던 건 이야기 시간이었다. 모두 작은 나무 의자를 탁자 앞까지 바짝 끌어당겼고,

나를 제외한 다른 아이들은 모두 탁자 위에 놓인 금속 상자에 특수 보청기를 꽂았다. 그건 무선 마이크에 대고 책을 읽는 선생님의 목소리를 증폭해주는 FM 장치였다. 친구들은 평소에 끼던 보청기 리시버를 흰색 띠로 가슴에 두르고, 커다란 파란색 이어폰을 왕관처럼 쓴 다음, 다 같이 앞으로 몸을 숙였다. 친구들은 모두 같은 장치에 연결되어 빈틈없이 이어져 있었다.

그때만큼 외톨이 같던 때도 없었다. 친구들과 같은 경험을 공유하며 바짝 붙어 앉을 수 있는 특권에 비하면 들을 수 있다는 건 아무것도 아니었다. 들을 수 있는 능력, 수많은 신호를 받아들이는 남다른 감각, 수많은 정보를 처리하고 또 다른 차원으로 연결해주는 그 능력이 여섯 살짜리에겐 초라한 선물처럼만 느껴졌다.

하지만 사실 나와 친구들을 구분 짓는 가장 큰 특징은 내가 지닌 청력이 아니었다. 청력에 따르는 현상이라고 볼 수도 있겠지만, 어쨌든 들을 수 있다는 것 자체는 아니었다. 그건 내가 선생님의 언어로 말한다는 사실이었다. 학생으로서 내가 가진 가장 큰 특징은 바로 그 점이었다. 교실에서의 경험을 형성하는 것도 내 성격이나 인지능력이나 학습 태도가 아닌, 내가 선생님이 사용하고 바깥세상에서 쓰는 그 언어를 알고 있다는 사실이었다.

렉싱턴 유치원에 입학했을 때 이미 언어 체계를 갖추고 있던 친구가 나 말고도 또 한 명 있었다. 그 아이도 나처럼 제1언어를 따로 배운 게 아니라 다들 그렇듯이 노출을 통해, 그러니까 부모님이

나 나이 많은 형제, 주위 어른들이 하는 걸 보면서 자연스럽게 습득했다. 다만 그 아이의 부모님은 청각장애인이었고, 그 아이의 언어는 수어였다. 그 애가 아는 건 선생님이 쓰지도 않고 심지어 인정하지도 않는 언어였고, 그렇기 때문에 나와 같은 방식으로 선생님과 의사소통을 하거나 자신을 알릴 수 없었다. 그 아이의 경우에는 교육의 초점이 영어를 배우는 데 맞춰졌고, 그 외에 나머지는 모두 뒷전이었다.

나로 말할 것 같으면, 나는 언어에 홀딱 빠져 지냈으며 글자의 모양이며 생김새에 환호하고 즐거워했다. 내 머릿속에서 알파벳 스물여섯 자는 저마다 독특한 색과 성격을 지녔다. 문에 끼우는 쐐기며, 소금 통이며, 창틀 같은 무생물도 자기만의 주파수로 이야기를 흥얼거렸다. 나는 그 이야기들을 언니나 동생에게 해주고, 양말이며 신발에게도 들려주었다. 부모님이나 선생님께 얘기를 하면 바른 표현으로 고쳐주기도 했다. 그런 관계 속에서 나는 내가 어른들을 기쁘게 하고, 또 그들이 내게 관심을 쏟는다는 걸 느낄 수 있었다. 이야기를 전달할 수단을 가졌다는 게 얼마나 큰 행운인지, 부모님과 선생님이 나를 이해하고 격려한다는 건 또 얼마나 큰 축복인지를 그때는 알지 못했다.

유치원 친구들이 건청 어른들에게서 받는 메시지는 전혀 달랐다. 말을 제대로 할 때까지는 어른들의 칭찬은 바랄 수도 없었지만, 대부분의 친구들은 어떤 언어에도 능통하지 못했다. 이제 겨우 단어를 시각적으로 인식하는 법을 배우기 시작했지만, 선생님이나 어머니, 아버지가 말하는 입모양은 책에서 볼 때와 또 달랐다. 친구들은 입모양과 뜻을 연결 지을 수 있도록 공부했고, 성대를 사용하면서 목구멍과 혀와 이의 위치와 근육을 조절하는 법을 배웠다. 선생님이 소리를 정확하게 냈다고 말해주면 그게 친구들에겐 칭찬이었다.

힘든 과정이었고, 놓치는 게 한두 가지가 아니었다. 무엇보다 다른 사람의 얘기를 귀동냥할 수가 없었다. 점심을 먹기 전에 손을 씻거나 낮잠용 이불을 받으려고 줄을 서있을 때면, 나는 선생님과 보조교사가 주고받는 이런저런 말을 들으면서 새로운 표현과 운율과 구문을 배웠다. 하지만 친구들은 그럴 수 없었다. 수업 시간에 발화와 청능(들을 수 있는 소리를 최대한 활용하는 법) 훈련에 집중해야 했고, 잔여청력을 사용하는 법과 입모양 읽는 법을 배웠다. 친구들이 발화 수업을 받는 동안 나는 책의 내용을 배웠다.

유치원 친구들은 대부분 주변에 청각장애 어른이 없었고, 그렇기 때문에 수어를 배울 기회도 없었다. 당시 내 유치원 친구 대부분이 세상을 이해하기 위해 가지고 있던 도구라고는 약간의 영어와 집에서 만들어 쓰던 간단한 수화 몇 가지가 전부였다.

내가 자라는 동안 청각장애인들 사이에서 인권운동이 서서히 확산되었다. 주로 고등교육을 받고 전문직에 종사하는 청각장애인들이 앞장섰고, 청각장애 공동체 사람들이 그 뒤를 따랐다.

언어 문제를 핵심 사안으로 내건 이들의 움직임은 각 지역의 학교에서부터 의회에 이르기까지 모든 차원에서 영향력을 넓혀갔다. 그 정치적인 파급력은 이제 개인적인 의사소통 방법에서부터 텔레비전 방송에 비치는 청각장애인의 이미지에 이르기까지 모든 영역에 영향을 미치고 있었다.

렉싱턴에서는 그 움직임이 교실에서 수어를 사용하는 문제, 그리고 청각장애인의 고용 증가 문제로 불거졌다. 지난 7년 동안 렉싱턴은 많은 변화를 겪었고 그 변화는 지금도 계속되고 있는데, 여기에는 몇 가지 힘이 작용했다. 우선 청각장애 공동체의 행동주의가 있다. 여기에 유색인종과 이민 가정 학생 수의 꾸준한 증가, 장애아동을 공립학교로 통합시키려는 전국적인 추세, 문화적 청각장애인의 수를 감소시키는 결과로 이어질 게 거의 확실한 의학 기술을 둘러싼 논쟁 등이 더해졌다.

렉싱턴에서 내 아버지 오스카 코헨은 처음에는 학생상담실장으로, 이어 8년은 교장으로, 그리고 지난 8년 동안은 교육처장으로 재임하면서 렉싱턴 안에서 일어난 수많은 변화를 몸소 겪었다. 일부 청각장애 과격주의자들은 건청인, 그중에서도 특히 구화교육이나 의료계와 관련 있는 사람들을 오랫동안 자신들의 문화를 억눌러서 건청 사회에 동화시키려고 해온 기득권 세력으로 간주했다. 그렇다면 건청인이자, 유서 깊은 구화학교에서 일하는 내 아버지는 분명 그들의 적일 수밖에 없었다.

하지만 청각장애 부모에게서 태어나 자라면서 수화를 쓰고 평생을 청각장애인들과 함께 일했기 때문에 아버지는 사람들에게 신뢰와 존경을 받았다. 아버지는 이러한 이중의 이미지, 즉 한쪽에서는 의심의 눈초리를 받고, 다른 한쪽에서는 따뜻한 환영을 받는 상반된 이미지 속에 갇혀 있었다.

나는 한참이 지나서야 그토록 이상적이라고 여겼던 청각장애 공동체에 정치적 갈등과 긴장이 팽배하다는 사실을 깨달았다. 내가 들을 수 있기 때문에 평생을 살아도 그 공동체에 완전히 합류할 수 없다는 사실을 이해하는 데에는 더 오랜 세월이 걸렸다. 하지만 어렸을 땐 내가 이 특별한 세계에 속해있고, 그 세계가 나의 일부라는 혼자만의 믿음을 계속해서 키워나갔다.

우리 가족이 학교를 떠나 이사를 간 건 내가 아홉 살 때, 그러니까 초등학교 2학년 중반 무렵의 일이었다. 엄마는 학교를 그만뒀지만, 아버지는 교장으로 승진해서 매일 학교로 출퇴근을 했다. 비좁고 허름한 학교 아파트에 살다가 새집으로 이사를 갔더니 집이 어찌나 크던지 소리까지 웅웅 울렸다. 모든 게 낯설었고 아는 사람은 한 명도 없었다. 내가 세상과 거리를 두고 싶어서, 또 편안하고 아늑한 나만의 세상 속으로 숨고 싶어서 수어를 사용하기 시작한 건 바로 이 무렵이었다.

부모님은 주민들 간에 통합이 잘되고 사이가 원만하다는 평판을 듣고 이 마을로 이사를 했지만, 우리가 타고 다니는 통학 버스에는 거의 백인 아이들뿐이었다. 그리고 항상 덩치 큰 4학년 남자애들이 타고 있다가 우리를 괴롭혔다. "흰색이랑 검정색이랑 섞여있으니까 오레오 쿠키 같네! 어이, 얼룩말!" 그 애들은 우리가 함께 있는 걸 보면 늘 이렇게 시비를 걸었다. 버스가 움직여도 비틀거리며 통로로 내려와 꼭 우리 자리 앞에 버티고 섰다. "야, 너 니네 누나들이랑 붙어먹었지?" 그 애들은 남동생에게 이렇게 시비를 걸곤 했다. 남동생은 그때 여덟 살이었다.

화도 나고 겁도 났던 나는 감정을 두 손에 쏟아부었고, 무릎 위에서 격정적인 말을 남모르게 토해냈다. 엄마와 아버지는 우리가 무시하면 그러다 말 거라고 했고, 언니와 내겐 항상 동생을 가운데 두고 앉아서 보호해주라고 했다. 순간적으로 참지 못하고 싸움에 말려들었다간 흠씬 두들겨 맞을 게 틀림없었으니까.

그래서 나는 통로 쪽에서 누르듯이 동생에게 바짝 붙어 앉아 모두에게 입도 뻥긋하지 못하게 했다. 겉으로는 침착한 척 앉아있었지만 무릎 위로는 조용한 분노를 쏟아냈다. 나는 지화에 신비한 힘이 있어서 우리가 앉은 자리 위로 아무도 모르는 마법의 베일을 둘러준다고 상상했다. 이 은밀한 언어는 저 못된 아이들을 물리칠 힘이었고, 아무도 뚫을 수 없는 투명한 방패였다.

부모님의 말씀대로 아이들의 괴롭힘은 결국 잦아들었지만,

나는 수화를 그만두지 않았다. 그게 습관처럼 몸에 붙어서 지루하거나, 화가 나거나, 상처를 받거나, 겁이 나면 내 손가락은 글자를 쓰기 시작했다. 그 언어는 현실을 도피할 수 있는 방법이 되었고, 나는 주변 사람들은 아랑곳없이 남모르는 상상의 대화를 나눌 수 있었다. 마치 손가락 끝에서 끈이라도 나와 렉싱턴에 두고 온 세계와 나를 이어주는 것 같았다. 그건 마법의 융단이고, 비밀의 문이었다. 렉싱턴에서는 들을 수 있다는 사실 때문에 외톨이가 되었는데, 들을 수 있는 사람들 사이에서는 수어를 이용해서 혼자만의 단절감을 이어나갔다.

물론 능숙하지 못했고, 새로운 낱말을 가르쳐달라며 쉴 새 없이 아버지를 귀찮게 굴었다. "참치를 수화로 어떻게 표현해요? 우산은요?" 해마다 6월이면 아버지는 새 졸업 앨범을 집으로 가져왔고, 나는 청각장애인이 되어 렉싱턴에 갈 수 있길 바라며 뚫어져라 그걸 들여다보곤 했다. 무엇보다 사무치게 그리웠던 건 학교에 충만한 그 살가움, 수어가 만들어내는 물리적인 친밀함이었다.

하지만 시간이 지나면서 내가 청각장애인이 아니라는 사실을 받아들여야만 했다. 나는 어떻게 해 볼 도리 없는 건청인이 되었다. 청각장애인과 어울리고 함께 일을 할 수는 있었지만, 결코 청각장애 공동체의 일원이 될 수는 없었다. 문화적 정체성은 고착되었고, 세발자전거를 타고 렉싱턴의 복도를 수없이 오르내린다 해도 이걸 바꿀 수는 없었다.

그래도 어떤 것들은 사라지지 않는다. 그 복도에는 내 유년의 추억이 서려있고, 나는 샘의 손녀이자 오스카의 딸이다. 나는 귓속에 조약돌을 넣었던 적이 있고, 한때는 청각장애인이길 바랐다. 이런 것들이 내가 손가락으로 짚어보고, 세어보고, 마치 물건처럼 소유할 수 있는 약간의 증거이자 변하지 않는 사실이다.

과도기 수업

소피야, 소피, 소파, 소피아. 사람들은 그녀의 이름을 이렇게 저렇게 조금씩 바꿔봤고, 그 가운데에서 그녀가 결정한 이름은 결국 소피아였다. 그녀는 스무 살이고, 이제는 더 이상 새로 온 여학생이 아니다.

소피아 노마토프는 2년 전에 러시아에서 미국으로 건너온 이민 가정 출신으로, 렉싱턴에 새로 온 여학생이었다. 처음에는 외국어 전학반을 다녔고, 작년에 고등학교 정규반으로 진급하면서 또 다시 새로 온 여학생이 되었다. 그해에 학교에서 작성한 서류에는 키릴 문자에서 옮겨 쓴 그녀의 이름이 다양한 서체와 다양한 철자로 적혀 있어서 마치 소피아가 보낸 과도기의 증거처럼 보인다.

집에서는 여전히 소파라고 불렸는데, 소피아는 이 사실을 행여 친구들이 알게 될까 봐 걱정했다. 친구들에게 알려지는 날엔 그 날부터 당장 ■안락의자■라는 이름수화로 불릴 게 뻔했다. 그래서 선택한 이름이 ■ㅅ-ㅗ-ㅍ-ㅣ-ㅇ-ㅏ■였다. 이 이름은 지화로 표시하기에도 매끈해서(주먹을 펼쳤다가 빠르게 다시 오므리면 된다) 이름수화를 따로 만들 필요가 없었다.

■소피아 좀 불러봐.■ 친구들이 소피아가 앉아있는 점심 식탁 건너편에서 주먹 쥔 손을 활짝 펼치는가 싶더니 다시 오므렸다. 포크 가득 양상추를 집어 들고 있던 소피아는 누군가 소매를 살짝 잡아당긴 후에야 얼굴을 들었다. ■학교 끝나고 팻앤조에 가서 아이스크림 먹지 않을래?■ 소피아는 약간 켕기는 듯한 표정으로 샐러드를 쳐다봤다. 잠시 자신이 다이어트를 시작했다는 사실을 되뇌였지만 이내 마음을 바꿨다.

■그래, 쉬마가 매점을 대신 맡아준다면.■ 소피아는 올해 들어 학교 매점의 공동 책임자가 되었다. 배구부와 모의재판 팀, 그리고 졸업 앨범의 편집도 맡고 있었다. 그래도 이날은 학교를 마치고 친구들과 어울려 팻앤조로 몰려가 냉장고 깊숙이 들어있는 아이스크림 샌드위치를 꺼내 먹기로 했다.

가게 안은 탄산음료와 감자칩과 껌을 사는 렉싱턴 아이들로 붐볐다. 구화를 잘하는 아이들은 가게 점원을 위해 통역을 했고, 다른 아이들은 여기저기 흩어져 수화를 주고받았다. 마침내 그 무리 속에 어울리게 된 소피아는 기분이 너무나 근사했다.

외국어 전학반을 다니는 내내 소피아는 이 순간을 꿈꿔왔다. 그땐 모든 게 어색했고, 불가능한 것투성이였다. 특히 영어를 배우는 것, 미국식으로 발음하는 것, 그리고 미국수어를 배우는 것이 그랬다. 점심을 먹는 식당이나 복도, 통학 버스나 강당에서는 주로 미국수어를 써야 했는데, 이게 소피아가 최대한 빨리 고등학교 정규반으로 옮겨가야겠다고 결심을 굳힌 이유였다.

라커룸에서 어울리고 도서관에서 다른 학생들과 부딪히다 보면, 의욕이 생기는 한편으로 좌절감도 느껴졌다. 세상이 빙글빙글 돌았고, 그 속에서 똑바로 서려면 미국수어가 필요했다. 다른 아이들과 언어를 공유하고 그들의 문화 속으로 들어가야 했다. 그래서 고등학교 정규반으로 진급하기 위해 노력하기 시작했고, 그 지독스러운 고집은 결국 소피아의 트레이드마크가 되었다.

외국어 전학반은 렉싱턴에 들어오려는 이민자의 수가 늘어나면서 1984년에 신설되었다. 소피아가 입학했던 1989년 11월에는 한 학급뿐이었는데, 2년 뒤에는 네 학급으로 늘었다. 현재 렉싱턴에는 서른네 개 나라에서 온 1세대 이민자들이 다니고 있다. 이 아이들의 가족이 사용하는 언어는 너무도 다양하다. 하지만 학교의 언어는 영어와 수어다.

일반 공립학교에서는 이중언어 반이나 영어를 제2언어로 배우는 프로그램이면 충분하겠지만, 렉싱턴의 경우엔 문제가 조금 복잡했다. 청각장애인을 위한 학교 자체가 없는 나라에서 온 학생이 많았고, 몇몇은 지적장애아를 위한 특수학교를 다녔다. 학교엔 다닌 적이 없고, 다른 청각장애인을 본 적도 없으며, 보청기라는 걸 처음 껴보는 아이들도 있었다. 몇몇은 자기 나라의 수어나 집에서 만든 몸짓 정도만 알았고, 수화든, 구화든, 문자든 상관없이 언어 체계라고는 전혀 갖추지 못한 학생들도 있었다.

소피아는 렉싱턴에 들어오기 전에 상트페테르부르크에 있는 청각장애 기숙학교를 8년 동안 다녔다. 덕분에 러시아어가 유창하고 구화 실력도 뛰어났다. 제1언어의 기반이 탄탄하다 보니 학교에 다녀본 적이 없는 같은 반 친구들에 비해 영어도 훨씬 빨리 배웠다. 다른 언어와 마찬가지로 수어도 나라마다 제각각이지만(심지어 영국수어와 미국수어도 다르다), 러시아수어에 능하다는 것이 제2수어를 익히는 데에도 보탬이 되었다.

이런 강점을 지닌 소피아는 이듬해 8월에 고등학교 정규반으로 옮길 수 있었다. 이 모든 게 성공적이라고 할 수 있었지만, 단 한 가지 마음에 걸리는 게 있었다. 동생 이리나를 외국어 전학반에 남겨둔 것이다.

소피아에겐 언니가 둘 있고 여동생이 하나 있는데, 여동생 이리나와는 무려 일곱 살이나 터울이 졌다. 소피아는 이리나와 가장 친했다. 이리나도 귀가 들리지 않기 때문이다. 아무리 끈으로 묶고

핀을 꽂아도 제멋대로인 머리카락과 또랑또랑한 갈색 눈동자 위로 커다란 돋보기안경을 쓴 이리나는 영락없는 막내 동생이었다. 애교를 부리다가도 고집을 피웠고, 언니를 대장처럼 섬기다가도 샘을 냈으며, 고집불통이지만 사랑스러웠다.

소피아의 가족은 소련에 있을 때 중앙아시아 남쪽의 도시, 사마르칸트라는 곳에 살았다. 우즈베키스탄 부하라한족 계통의 유대인으로, 러시아어와 페르시아 방언을 썼다. 집은 유복했다. 아버지는 백화점 경리과에서 일했고, 엄마는 소련 연방이 아닌 나라에서 옷가지며 장신구를 떼어다 집에서 장사를 했다.

소피아는 다섯 살 때부터 집에서 비행기로 여덟 시간 거리에 있는 상트페테르부르크에서 구화학교를 다녔고, 그곳에서 말을 배웠다. 나중에는 동생 이리나도 가족들과 떨어져 소피아가 다니는 구화학교를 다녔다. 둘은 이곳에서 대부분의 시간을 보냈고, 집에는 여름방학 때나 한 번씩 다니러 갔다. 소피아와 이리나의 세계는 학교였고, 청각장애가 그들의 문화였다.

1989년 봄이 막 시작될 무렵, 소피아 가족은 고국인 러시아를 떠났다. 영어 한 마디 모르는 채로 먼저 오스트리아에 갔다가 이탈리아를 거쳐 3개월 뒤 최종 목적지인 미국에 도착할 수 있었다. 그리고 남몰래 믿던 유대교를 이제는 랍비가 있는 회당에 나가 떳떳하게 믿을 수 있게 되었다.

퀸스 레고파크에 있는 현대식 아파트에 집을 마련한 후 가족들이 느낀 가장 큰 차이점은 지하철로 세 정거장 거리에 렉싱턴 청각장애 학교가 있다는 사실이었다. 가족들은 새로운 나라에 적응하는 한편으로, 여름방학 한철만이 아니라 1년 내내 청각장애가 있는 두 딸과 함께 생활하는 것에도 익숙해져야 했다.

고향을 떠나면서 가져온 몇 장 안 되는 사진만 봐도 두 딸이 얼마나 가족과 동떨어진 삶을 살아왔는지 짐작할 수 있다. 탄생과 죽음, 결혼과 명절, 가족들이 한자리에 모인 세월의 흔적이 기록으로 남아있지만, 소리를 들을 수 없는 두 아이의 모습은 보이지 않았다. 둘은 사실상 제외된 존재였다.

미국으로 건너오면서 가족들의 종교가 울타리 밖으로 나온 것처럼, 소피아와 이리나의 존재도 그 모습을 드러냈다. 레고파크에서는 더 이상 청각장애가 있는 두 딸을 비행기로 여덟 시간 떨어진 발트해 연안의 누군가에게 맡겨둔 채 잊어버릴 수 없었다. 청각장애가 있는 두 딸은 이제 고개만 돌리면 눈에 들어왔고, 조금은 낯선, 그러나 피를 나눈 가족이었다.

하지만 가족들은 이리나 키우는 일을 소피아에게 거의 맡기다시피 했다. 소피아는 같은 청각장애인으로서 어린 동생을 지도하고 가르치고 돌봐야 했다. 게다가 러시아어 구화 실력이 뛰어나다 보니, 학교를 다니면서 영어와 수어에 더 익숙해진 이리나와 러시아어를 쓰는 가족들 사이에서 통역사 노릇도 해야 했다. 2년 전 동생과 함께 외국어 전학반에 들어갔을 땐 지나치게 밀착된 관계 사이에서 숨이 막힐 지경이었다. 그런데 막상 혼자 고등학교에 올라가고 보니 또 다른 부담감이 소피아를 괴롭혔다. 그건 이리나를 정규반으로 진급시켜야 한다는 것이었다.

아이스크림을 먹으면서 팻앤조에서 나온 소피아와 친구들은 렉싱턴 학생들이 무리 지어 버스를 기다리는 정류장으로 향했다. 학생증이 있으면 루스벨트 애버뉴 지하철역까지 버스를 공짜로 타고 갈 수 있다. 오후 들면서 날이 눅눅하고 차가워지더니 어느새 이에 닿는 아이스크림의 느낌이 오싹해졌다. 한쪽에서는 우비를 입고 구부정한 자세로 쇼핑백을 움켜쥔 여자 세 명이 버스를 기다리면서 호기심과 경계심이 뒤섞인 눈빛으로 학생들을 바라봤다.

길 건너편에서는 웬 괴팍스러운 집주인이 현관에 나와 길모퉁이에서 얘기 나누는 렉싱턴 학생들을 노려보고 있었다. "저리들 가!" 그러더니 낡은 실내화 바람으로 집 계단을 중간쯤까지 내려왔다. "거기들 서있지 말라니까!" 학생들은 차분한 얼굴로 집주인의 무의미하게 오물거리는 입술과 붉으락푸르락한 얼굴을 쳐다볼 뿐이었다. 그러다 이내 고개를 돌려 하다 만 얘기를 계속했다.

얼굴에 빗방울이 떨어지는 걸 느낀 소피아는 조금 전보다 더 낮게 내려앉은 듯한 하늘에서 눈을 돌려 버스가 오는지 살폈다. 그러더니 다시 열심히 손과 몸을 움직여 친구들과의 대화에 빠져

들었다. 주변에 있는 아이들이 한 번씩 끼어들어 다른 얘기를 보태기도 하고, 무슨 얘기를 하나 보려고 다가서기도 하고, 앞사람을 밀치기도 하면서 손과 몸의 동작은 점점 활기를 띠었다.

수화는 빠르고 맛깔스럽고 육체적이다. 우비를 입은 여자들이나 길 건너 집주인을 조금도 개의치 않는다. 한 학생이 구내 매점에서 사 입은 티셔츠엔 '청각장애인의 자긍심'이라는 글귀가 박혀 있었다.

소피아는 처음 렉싱턴에 왔을 때 전학 과정이 두 단계로 이루어져 있다는 걸 몰랐다. 첫 단계인 외국어 전학반은 단 8개월 만에 속성으로 마쳤는데, 평균 3년이 걸리는 것에 비하면 대단히 빠른 경우였다. 1990년 9월에는 마침내 정규반으로 진급했고, 고등학교 2학년 학생이 되어 친구들과 어울리기 위해 노력했다. 두 번째 단계는 이때부터 시작되었다. 그 덕분에 소피아는 이제 당당하게 길모퉁이에 서서 얼굴을 두드리는 빗방울에 눈을 끔뻑대면서도 친구들과 수화를 나누며 세상을 정면으로 응시할 수 있게 되었다.

청각장애학 수업도 들었다. 미국수어의 역사와 문법에서부터 내이(內耳)의 해부학, 청각장애인용 보조 기기의 변천사, 청각장애인의 정체성에 이르기까지 다양한 주제를 다뤘는데, 모두 러시아에서는 몰랐던 내용이었다. 청각장애학이라는 말도 처음 접했고, 청각장애 문화니, 청각장애인의 자긍심이니 하는 말도 처음이었다.

도널드 갤러웨이 선생님이 렉싱턴에서 이 수업을 시작한 건 불과 4년 전의 일이다. 발그레하게 상기된 넓적한 얼굴에 물 삼키는 소리를 내면서 잘 웃는 도널드 선생님은 소피아가 처음으로 만난 청각장애인 교사였다. 그는 학생들에게 일기를 쓰게 했다.

소피아는 이 수업을 위해 칸이 넓은 노트를 샀다. 그리고는 아직 능숙하지 못한 탓에 저절로 시가 되는 문장으로 청각장애인의 삶을 써나갔다. 이 얇은 청록색 노트 안에는 소피아가 자기 자신을 찾아 떠난 여행의 기록이 담겨 있다. 그 가운데 〈나는 누구인가?〉는 가장 최근에 쓴 글의 제목이다.

나는 내가 누구인지를 알게 되었다.

나는 청각장애인이며, 유대인 소녀이다.

나는 청각장애인의 문화와 청각장애인의 언어에 대해 많은 걸 배웠다. 청각장애학을 접하기 전까지는 내가 청각장애인이라는 것에 대해 부정적이었는데, 그건 내가 러시아에서 자랐기 때문이다. 러시아에서는 청각장애인이 자신의 목표를 성공적으로 달성할 능력을 지닐 수 없었다. 청각장애인을 위한 첨단 장비도 없었다. 내가 늘 부정적이었던 건 그 때문인 것 같다.

미국에는 TTY가 있고, 자막 방송과 청각장애인을 위한 기계가 있다. 원하는 목표나 꿈을 이룰 능력을 지닌 청각장애인도 많다. 또 청각장애인을 위한 클럽과 대학, 좋은 학교와 공동체가 있다. 이제 나는 내가 자랑스럽고, 청각장애가 있는 모든 사람이 자랑스럽다. 나는 내가 원하는 건 뭐든지 할 수 있다.

"청각장애인은 듣는 것 말고는 뭐든지 할 수 있다."

이 말을 나는 가장 좋아한다.

길모퉁이 버스 정류장에는 이제 가을비가 제법 세차게 내리고, 윗도리를 머리 위까지 끌어올린 학생들은 모두 거북이가 되었다. 빗방울은 차가웠다. 소피아는 고향인 사마르칸트에서 맞았던 살이 얼얼할 정도로 세찬 빗줄기를 떠올렸다.

나라를 바꾸고, 건청 가족들과 청각장애 공동체 사이를 오가면서도 소피아는 각각의 삶을 잘 꾸려갔다. 자신은 빠지고 없는 가족사진, 새로 정한 미국식 이름, 청록색 노트에 담은 이야기들. 소피아는 자신이 손에 넣을 수 있는 것, 끌어모을 수 있는 것들로 잃어버렸던 삶의 조각을 맞춰갔다.

차가운 빗줄기에 머리카락이 달라붙고 양말 위로 물방울이 뚝뚝 떨어졌지만, 친구들과 옹기종기 몸을 맞댄 소피아는 미국에서 강인한 청각장애인들과 함께 있다는 사실이 기뻤다. ▪사마르칸트의 비가 그리워.▪ 수화로 친구들에게 이렇게 얘기하지만, 소피아의 미소 띤 얼굴에서는 아쉬움을 찾아볼 수 없었다. 바로 그때, 저 멀리서 길을 따라 달려오는 버스가 눈에 들어왔다.

백마 탄 왕자님

제임스는 늘 자신의 이름을 새긴 큼직한 금귀고리를 보청기 바로 아래쪽에 끼고 있다. 엄지와 검지로 귓불을 꼬집는 동작이 그의 이름수화가 된 것도 2~3센티미터나 되는 이 귀고리 때문이다. 목에도 사슬 모양의 묵직한 금목걸이가 커다란 종교 문양 펜던트를 달고 쇄골 한참 밑으로 늘어져 있다. 왼손에는 무늬도 제각각인 커다란 금반지를 세 개나 끼고 있는데, 하나는 사자, 또 하나는 성모마리아, 그리고 마지막 하나는 캐딜락 휘장이다.

제임스 테일러는 렉싱턴에서 성공 사례로 통했다. 선생님은 물론이고 상담교사와 직원들까지도 제임스 얘기만 나오면 다들 렉싱턴에 처음 왔을 때에 비해 굉장히 좋아졌다며 칭찬을 늘어놓았다. 제임스는 브롱크스에 있는 세인트요세프 청각장애 학교를 다니다가 열여섯 살 때 렉싱턴으로 전학을 왔다. 입학준비반부터 다시 다녀야 했는데, 그때를 기억하는 선생님들은 하나같이 고개를 절레절레 저었다.

렉싱턴에 와서 처음 1년 동안 제임스는 148일을 결석했다. 학교에 오는 날이 일주일에 한 번이나 될까 말까였고, 와서도 스웨터에 달린 모자를 뒤집어쓴 채 책상에 볼을 대고 잠자기 일쑤였다. 제임스에 대한 소견서 내용은 간단했다. '결석이 잦고, 성적이 낮으며, 배를 곯는다.'

실제로 제임스는 항상 배가 고팠고 수업에 집중할 수가 없었다. 어쩌다 학교에 와도 1교시 수업에 들어가는 대신 고등학교 교무실 안쪽에 있는 작은 방부터 찾아갔다. 브롱크스 시절부터 친구였던 폴 에스코바도 마찬가지였다. 그곳에서 일하는 보조교사는 제임스와 폴의 수업 준비를 위해 주스와 토스트, 시리얼, 연필, 공책, 그리고 그 둘에게 필요하고 학교에서 줄 수 있는 거라면 뭐든 나눠주었다. 하지만 제임스가 학교에 나오는 날은 워낙 드물었다.

이제 렉싱턴에 다닌 지 5년. 제임스의 결석 횟수는 차츰 줄어 일주일에 한 번꼴이 되었고, 그건 대개 월요일이었다. 제임스가 브롱크스에 있는 집에서 버스를 두 번, 지하철도 두 번을 갈아타고 학교에 오는 날이었다. 다른 날은 등굣길이 훨씬 수월했다. 계단 몇 개만 걸어 내려오면 되니까. 주중에는 가정생활이 '학습 발전에 방해가 되는' 학생들을 위해 학교에서 마련한 주5일 기숙사에서 생활했다. 기숙사 생활 만 2년째에 접어든 제임스는 이제 우등생이며, 흑인문화동아리 회장이다. 작년까지는 레슬링 팀 주장이었고, 올해부터는 방과 후에 통학 버스 대기실 관리를 맡고 있다. 학교에서는 시간당 5달러(약 6천 원)을 지급했는데, 그 정도면 운동화를 사고 잼이 든 도넛을 사 먹기에 충분했다.

지금은 직업교육 시간. 창가에 비스듬히 스며든 가을 햇볕에 제임스는 몸을 뒤척여 잠을 쫓는다. 고등학교 졸업반이 되어 '긴급 상황에 대처하는 법'이라는 수업을 듣기까지 19년이라는 세월이 걸렸다. 사람들이 긴급 상황이라고 부르는 건 사실 제임스의 삶 그 자체였다.

직업교육은 일주일에 세 시간으로, 졸업반이면 누구나 필수적으로 들어야 했다. 이날은 생활기술 센터의 상담교사가 강의를 맡았다. 교사는 건청인이지만, 수어로 말할 뿐 목소리는 전혀 사용하지 않았다. 제임스는 청력과 독순술에 어느 정도 의존하기 때문에 수어로만 진행되는 강의 내용을 이해하기가 다소 힘들었다.

상담교사는 뉴욕시의 주거 정책에 대해 이야기했다. ▪간혹 공공주택을 배정받기 위해 한없이 기다려야 하는 경우도 있어요. 혼자서 아이를 키우는 모자 세대가 1순위이고, 미혼 남성일 경우에는 신청서를 제출해도 기약 없이 기다려야 할 수도 있습니다.▪ 강사는 분필을 손에 든 채 수화를 계속했다. ▪어떤 공공주택은 좋지만, 정말 형편없는 곳도 있죠.▪

제임스에겐 별로 새로울 게 없는 얘기였다. 그는 산만하게 교실을 두리번거렸다. 다른 아이들은 강사를 열심히 쳐다보고 있었다. 대학에 진학하거나 좋은 직장을 얻을 게 확실한 아이들도 마찬가지였다. 아이들은 이젠 청각장애인이라도 뭐든 할 수 있다는 걸 알고 있다. 변호사나 심리학자, 무용수, 건축가도 될 수 있다. 하지만 몇십 년 만에 닥친 최악의 취업난에 직면하게 되리라는 사실, 한정된 자리를 놓고 건청인들과 겨뤄야 한다는 사실, 그리고 어쨌거나 고용주들 역시 대부분 건청인이라는 사실도 알고 있었다. 그래서 아이들은 똑바로 앉아 상담교사의 얘기에 주목한다.

▪긴급 상황이 발생했을 때, 예를 들어 직장을 잃었을 때 이런 안전망이 여러분을 구해줄 수 있습니다. 현재 청각장애인을 위한 시의 정책은 형편없어요. 통역사조차 충분히 확보하고 있지 않으니까요. 그렇다고 해서 그냥 포기해서는 안 됩니다. 생활보호를 신청할 땐 통역사를 불러달라고 요청하세요. 시 당국은 통역을 제공해야 할 의무가 있습니다. 그리고 통역사 없이는 담당자를 만나지 마세요. 뭔가 이해할 수 없는 부분이 있을지 모르고, 그것 때문에 신청이 기각될지도 몰라요.▪

상담교사는 마치 상상 속의 외줄 위를 걷는 듯이 양팔을 좌우로 쭉 뻗고 보이지 않는 장대로 몸의 균형을 잡아가며 조심스레 걸음을 떼어놓는 시늉을 했다. 몸을 비틀거리면서 한 발 한 발 떼어놓는 상담교사의 모습에 아이들은 반쯤은 웃고, 반쯤은 걱정스러운 듯 눈을 찌푸렸다.

제임스는 그 장면을 외면했다. 지금껏 어머니의 고공묘기를 지켜보며 살아왔는데, 상담교사의 팬터마임 정도에 가슴이 조일 리 없다. 제임스 어머니는 가느다란 실에 매달린 채 화재도 겪고, 집에서 쫓겨나기도 하고, 미혼모에 온갖 병치레를 겪으며 가족을 부양해왔다. 이날 배운 내용 중에 제이스가 겪어보지 않은 일은 없다.

제임스는 무릎 위에 팔꿈치를 얹고 깍지 낀 손 위에 턱을 얹었다. 겉보기엔 더 없이 경청하는 듯한 자세였지만, 어느새 제임스의 눈꺼풀이 스르르 감겼다.

3년 전에 렉싱턴에서 제임스를 찾아 나선 적이 있다. 입학준비반 시절이나 1학년 때에도 결석을 밥 먹듯 하던 제임스였지만, 새 학년이 시작되고 두 주일이 지나도록 단 한 번도 학교에 나오질 않았다. 제임스를 봤다는 사람도 없었고, 학생들 사이에 들리는 얘기도 없었다. 결국 사회복지사와 고등부 학생주임이 차를 몰고 제임스네 집으로 향했다. 가정방문을 좋아하지도 않고, 예고 없이 학생의 집을 방문하는 건 더더욱 질색이었지만 제임스네 집에는 전화가 없었고, 두 사람은 제임스가 너무나 걱정됐다.

차를 세운 브롱크스 웹스터가에는 잡화점이며 통닭집, 셔터를 내린 채 굳게 잠긴 가게들이 다닥다닥 붙어있었고, 공터는 자갈과 녹슨 자동차 부품, 부서진 가구로 어지러웠다. 제임스네 집은 길에서 조금 들어가 있는 투박한 건물에 있었다. 햇살에 눈이 부신 더운 날의 오후였지만, 건물 현관은 침침하고 지린내가 진동했다. 렉싱턴의 두 사람은 엘리베이터를 탔고, 눅눅하고 비좁은 금속 상자는 그들을 싣고 위층으로 올라갔다.

두 사람은 14층에서 내려 복도 맨 마지막에 있는 문을 두드렸다. 작고 다부진 인상의 제임스 어머니는 물이 뚝뚝 떨어지는 나무 주걱을 한 손에 든 채 문을 열었다. 얼굴은 습기로 번들거리고, 눈 밑에는 초승달 모양으로 땀방울이 걸렸으며, 눈썹과 입술 위에도 땀이 송골송골 맺혀 있었다. 빨래를 삶고 있었는지 변변한 세간 없이 휑한 부엌엔 풍로가 하나 있고, 그 위에 올려놓은 커다란 솥에서 침대보가 부글거렸다. 다른 쪽으로는 거실이지 싶은 공간이 있었지만, 거기도 가구 없이 텅 비어있기는 마찬가지였다.

제임스 어머니는 낭랑하면서도 건조한 목소리로 손님을 맞이했다. 그러고는 아들을 부르러 세 번째 방으로 들어갔다. 두 사람이 서있는 자리에서 보자니, 그 방에도 달랑 매트리스 하나뿐인 것 같았다. 노란색 페인트를 두껍게 덧칠한 벽을 통해 다른 집의 소음이 새어 들었다. 잠시 후 제임스가 반바지에 티셔츠를 주섬주섬 입으면서 밖으로 나왔다. 잠기운을 털어내지 못해 푸석하던 눈이 놀라서 휘둥그레졌다.

세 사람은 조용히 얘기를 나눴다. 제임스는 학교에 가고 싶다고 했다. 하지만 운동화가 없었다. 공책도 없고, 돈도 없었다. 정확히 말하자면 생활보조 명목으로 정부에서 나오는 보조금을 타지 못한 것이다. 제임스도 그렇고, 장애가 있는 동생도 이 혜택을 받을 자격이 있었지만, 어머니는 신청에 필요한 온갖 서류를 구비할 시간이 없었다. 진료 기록에다 소득증명서, 출생신고서, 가스와 전기 고지서, 그리고 한집에서 같이 사는 사람들은 누구이며, 각자의 수입이 얼마인지를 증명하는 서류까지 준비해야 했는데, 마지막 두 가지는 특히 불분명하고 유동적이었다. 어찌어찌 한 가지 서류를 준비하면, 다른 쪽 서류가 소용이 없어지곤 했다.

거기다 다른 아이들 뒤치다꺼리도 해야 했다. 막내인 요세프는 열여섯 살이지만 벌써 경찰서를 들락거렸고, 한 살 많은 안드레는 척추파열증으로 휠체어 신세를 져야 했다. 제임스의 누나들은 둘 다 임신을 해서 결국 고등학교도 마치지 못했다.

렉싱턴에서 찾아간 두 사람은 제임스 어머니에게 생활보조금 신청 서류 준비에 대해 조언하고, 제임스가 학교 기숙사로 들어가는 방안에 대해 의논했다. 제임스는 학교에 나오겠다고 약속했다. 서로 고맙다는 인사를 했다. 부엌에선 빨래가 끓었다. 어른들은 축축해진 손으로 악수를 나눴다.

월요일이 되자 약속대로 제임스는 학교에 나왔고, 유급을 했기 때문에 1학년을 2년째 다녀야 했다. 이듬해 2월에는 기숙사 입실 허가가 나왔지만, 들어가지 않기로 마음을 바꿨다. 제임스는

180일 중에서 64일을 결석했다. 학년이 끝났을 때 그의 성적표에는 F가 셋, D^-가 둘, D도 두 개였고 구화에서는 C^-를 받았다. 그 정도면 제임스로선 상당한 발전이라고 볼 수 있었다. 그는 마침내 2학년으로 올라갈 수 있었다.

졸업반 연극 발표회를 위해 영어과에서는 〈숲 속으로〉라는 작품을 선정했다. 보조교사까지 모두 열일곱 명의 선생님이 연출과 무대장치, 의상 제작 등의 일을 나눠 맡았다. 각색을 담당한 두 선생님은 2주에 걸쳐 수화로 옮기기 쉽게끔 문장을 자르고, 순서를 바꾸고, 대사를 고쳐 썼다. 그리고 졸업반 학생들과 함께 동화를 다시 읽기 시작했다.

〈숲 속으로〉는 신데렐라와 라푼첼, 잭과 콩나무, 빨간 모자 같은 유명한 동화를 뒤섞어 각색한 작품이다. 많은 학생이 이미 줄거리를 알고 있는 동화지만, 청각장애 학교에서는 이 정도의 문화적 지식조차 당연하게 여길 수 없었다. 들을 수 있는 아이들이 초등학교에서 잭과 콩나무 동화에 귀를 기울이는 동안, 렉싱턴의 아이들은 콩이 뭔지에 대해 배웠을지도 모른다. 들을 수 있는 아이들이 라푼첼이나 럼플 스틸스킨이라는 이름을 어떻게 발음하는지 배울 때, 렉싱턴의 아이들은 구화실에 앉아 플라스틱 주걱으로 혀를 누르는 선생님 앞에서 자신의 이름을 애써 발음하고 있었다.

그리고 들을 수 있는 아이들이 동화책을 읽기 시작할 때, 청각장애 아이들은 그제야 부모님의 입모양 읽는 법을 배우기 시작했다.

오디션이 있던 5월 중순의 어느 날, 소극장 입구의 벽에는 커다란 안내문이 붙었다. '졸업반 여러분! 맡고 싶은 배역 옆에 이름을 적으세요. 그리고 신발과 옷 치수도 함께 적어주세요!'

여전히 줄거리가 파악되지 않은 까닭에 어떤 배역에 도전할지 결정을 내리지 못한 아이들도 있었다. 어떤 남학생은 모든 배역 옆에 자기 이름을 썼다. 뭐가 됐든 꼭 배역을 맡고 싶다는 뜻이다. 두꺼운 안경을 쓴 여학생은 오디션 보고 싶은 배역이 있었는데 이름이 생각나지 않는다며 입까지 비쭉 내밀고 선생님에게 하소연을 했다. ▪여자였어요.▪ 여학생은 도움이 될까 싶어 덧붙였다.

오디션은 대본 없이 몇 가지 상황 설정만으로 진행됐다. 유리구두를 신어보는 장면, 늑대가 할머니 침대에 누워있는 장면, 잭이 젖소의 젖을 짜는 장면 등이다. 이런 방식으로 하면 대본을 받은 학생들 사이에 해석을 놓고 의견이 분분해지고, 익숙하지 않은 단어에 대해 묻고 답하느라 시간이 지체될 게 뻔했다. 대신 읽는 게 수월치 않은 학생들도 재량껏 얘기를 꾸며갈 수가 있었다. 오디션은 실제로 그렇게 진행되었다.

신데렐라 역에 도전한 여학생이 야구 점퍼에 물 빠진 청바지 차림으로 무대 위로 올라와 독백을 시작했다. 넋이 반쯤 나간 표정으로 천장을 올려다보던 여학생은 죽은 어머니의 영혼에게 하소연했다. ■오, 어머니. 왜 저는 하루 종일 청소만 해야 하나요? 저도 예쁜 드레스 입고 무도회에 가고 싶어요.■

신데렐라 어머니의 영혼 역을 하겠다고 올라온 여학생은 세상 물정 좀 겪어봤다는 듯이 고개를 젖혔다. ■신데렐라야, 도대체 뭐가 문제니?■ 그러자 선생님들 사이에서 웃음이 터져 나왔다.

■오, 어머니, 의붓언니들이 저를 못살게 굴어요. 그리고 저만 무도회에 갈 수 없다니, 이건 너무 불공평하잖아요.■

■그냥 무시해버리렴.■ 어머니는 현명하게 충고했다. ■그런 것 때문에 속상해할 것 없어.■

잭의 암소 역을 맡고 싶다는 남학생은 소의 고뇌를 표현하려는 듯이 중간에 느닷없이 낮은 목소리로 울기 시작했고, 선생님들은 웃느라 정신을 못 차렸다.

제임스는 옆으로 비스듬히 앉아 두 팔을 양쪽의 의자 등 위에 쫙 펼치고, 다리 한쪽은 다른 의자 위에 턱하니 올려놓은 채 친구들과 신나게 웃고 있었다. 제임스는 올해의 작품 선정이 실망스럽다. 아무리 그래도 졸업반 연극인데 동화라니. 그러면서도 자기 차례가 되자 보무도 당당하게 무대 위로 올라갔다.

제임스가 오디션을 볼 장면은 라푼첼이 장님이 된 왕자님을 만나는 부분이다. 라푼첼의 탑에서 떨어지면서 가시에 눈을 찔린 왕자는 앞을 못 보게 된 채로 무대 위를 정처 없이 헤맨다. 제임스는 귀가 들리지 않는 사람이 시력까지 잃으면서 느끼게 되는 한없는 두려움을 표현했다. 무대 위에서 비틀거리다 쓰러졌고, 떨리는 손가락으로 바닥을 기어가더니, 몸을 굴러 하늘을 향해 드러누웠다. 제임스가 쿵 하고 뒤로 넘어가는 모습에 몇몇 학생들은 웃음을 터뜨렸다.

그때 라푼첼이 무대 옆에서 나와 왕자를 발견하고는 기쁨에 겨워 어쩔 줄 몰라 한다. 그리고는 무릎을 꿇고 앉아 왕자의 머리를 들어 자신의 무릎 위에 눕힌다. 이제 라푼첼이 울면 그 눈물에 왕자의 눈에 난 상처가 치유되면서 마법의 힘으로 시력을 되찾게 된다. 라푼첼은 배역에 충실하게 흑흑 흐느끼면서 보이지 않는 눈물을 왕자의 얼굴 위로 떨궜다. 제임스는 가늘게 몸을 떨며 그냥 누워만 있었다.

"이제 다 나은 거야, 제임스." 한 선생님이 언질을 줘도 소용이 없다. 라푼첼도 왕자를 일으켜 세우려고 한마디 했다. "제임스, 너 이제 볼 수 있어." 또 다른 선생님이 물정 모르고 누워있는 왕자에게 말했다. "일어나."

하지만 왕자는 꼼짝도 하지 않았다. 제임스는 앞을 못 보는 데다 귀까지 들리지 않는 왕자가 된 상황에 완전히 몰입해있었다. 모든 사람 앞에 속수무책인 자신을 그대로 드러내고 그 장면을 길게 늘였다. 힘 있고 당당한 제임스가 마치 어린아이처럼 대책 없이 누워 자신은 약한 존재이며, 보살핌이 필요하다는 걸 모든 사람에게 몸으로 보여주고 있었다.

배역이 결정되었다. 제임스는 백마 탄 왕자 역을 맡았고, 곧 바로 리허설이 시작되었다.

리허설을 시작할 때면 선생님 한 분이 강당 무대 중앙에 나가 손을 휘젓고 발을 굴렀다. ■나 좀 쳐다봐. 다들 보이니? 옆에 있는 친구들을 쳐서 선생님 좀 보게 해. 됐니? ■ 이제 그룹을 나눠 장면별로 선생님과 연습을 할 차례. 어떤 그룹은 무대 위에서 하고, 다른 그룹은 강당 여기저기로 흩어져 자리를 잡았다.

대사를 줄이고 쉽게 고쳐 썼지만 대본은 여전히 장애물 천지였다. 우선 배역마다 이름수화를 정해야 했다. 어떤 이름은 수화의 일반명사를 그대로 썼다. 빵 장수나 마녀, 왕자, 늑대는 문제가 없다. 하지만 고유명사에는 정해진 수화가 없다. 지화로 표현해야 하는데, 그러면 자칫 지루할 수 있는데다 강당 뒤쪽에 앉은 사람들은 알아보기 힘들다. 그래서 라푼첼은 이름의 첫 자에다 외모의 특징을 더해 ■긴 곱슬머리■가 되었고, 신데렐라는 ■불쌍하고 불쌍한 청소부■라고 이름을 붙였다.

로버트와 리사가 맡은 해설자의 임무가 막중하다. 두 학생은 연극이 진행되는 내내 긴 문장을 수화로 전달해야 한다. 점잖은 로버트는 수화가 정확한 반면에 목소리는 거의 사용하지 않는다. 활달한 리사는 학급에서 구화 능력이 가장 뛰어난 학생이다. 공통점이라곤 없는 이 두 학생은 복도 끝에서 공동 감독을 맡은 맥과이어 선생님과 함께 열심히 준비를 하기 시작했다.

"신데렐라가 엄마의 무덤에 나뭇가지 하나를 심었다." 로버트는 이 대사를 어떻게 옮겨야 좋을지를 따져보느라 손으로 수화를 우물거리면서 대본을 읽었다. 선생님을 쳐다보는 로버트의 이마에 주름이 가득했다. 정확하게 나뭇가지를 뜻하는 수화가 없기 때문이었다. 로버트는 그 다음 대사를 읽었다. "신데렐라는 무덤이 젖도록 눈물을 흘리고, 그 눈물에 나뭇가지가 자란다." 다시 고개를 든 로버트는 입을 쩍 벌린 채 어이가 없다는 표정이었다. "이걸 어떻게?"

"그래, 알아. 각색할 때도 이 부분을 수화로 표현하기 어렵겠다고 얘기했었어." 선생님이 이해한다는 듯이 고개를 끄덕였다.

로버트가 대본을 건네자, 리사는 로버트가 두 손을 다 쓸 수 있도록 대본을 들어줬다. 로버트는 잠깐 생각을 하더니 나름대로 표현을 하기 시작했다.

"좋았어, 아주 분명해!" 선생님이 말했다.

"어순대로 하지 않아도 괜찮을까요?"

"괜찮아. 리사가 구화랑 수화를 같이하면서 문장을 순서대로 표현할 거야, 그렇지?"

"모르겠어요." 리사는 무대에 섰을 때 목소리를 어떻게 내는지 기억이 나지 않을까 봐 겁이 났다.

"자, 어쨌든 의미만 분명하면 영어 순서에 따라 수화를 하든, 전적으로 수화로만 표현하든 그건 상관없어.■ 선생님은 아이들을 안심시켰다. 공연할 땐 영사기를 이용해서 무대 위쪽에 대본을 비출 예정이었다. 수화를 모르는 사람들을 위한 일종의 저예산 자막 장치라고 할 수 있었다.

수화를 하는 배우들에겐 소품도 방해물이 된다. 신데렐라는 손에 들고 있던 먼지떨이가 수화에 방해가 되자, 그걸 계모에게 건네주었다. "아니지, 그렇게 하면 안 되지." 무대 아래쪽 조명이 비치지 않는 곳에 앉아있던 연출자들이 중얼거렸다. "그냥 바닥에 내려놓으라고 해." 거인의 집에서 도망친 잭은 금 거위와 하프를 들고 무대 위로 뛰어 올라왔지만, 훔쳐온 물건 때문에 벙어리 신세가 되었다. "옆구리에 끼고 하면 안 될까?", "배낭을 메게 할까?" 감독들은 고민했다.

그래도 리허설은 착착 진행되었다. 색색의 돌과 나무들, 그리고 마분지로 만든 커다란 탑이 완성되었다. 선생님들은 의상을 가득 담은 수레를 강당으로 가져와 아이들에게 가운이며 망토를 입혔다. 연출을 맡은 선생님들은 모두 감기에 걸렸다. 자리 앞에는 휴지와 여러 개의 주스 병이 놓여있었고, 인내심은 바닥이 났다.

■제임스, 너처럼 왕자 같지 않은 사람은 처음 본다.■ 의상 리허설을 하는 날, 아델 선생님이 제임스에게 호통을 쳤다. 제임스는 시선을 돌려버렸다. 아델 선생님은 제임스가 1학년 때와 2학년 때 영어를 가르쳤다. 이럴 때 선생님이 어떻게 나올지 제임스는 잘 알

고 있었다. 하지만 무례하지는 않았다. 씩 웃는 미소에 볼에는 보조개가 잡히고 사이가 뜬 윗니가 드러났다.

아델 선생님은 제임스와 빵 장수 아내 역의 마리나를 조용한 곳으로 데려가 밀회 장면을 다시 한 번 연습시켰다.

■제임스, 너 이게 뭐니?■ 평소에 우아하고 단정하던 아델 선생님이 고개를 삐딱하게 하고 부랑아처럼 건들거리며 걷자, 제임스는 웃음을 참지 못했다. ■똑똑히 기억하란 말이야. 위엄을 지키라고!■ 선생님은 금세 왕자다운 자세를 취하며 제임스에게 당부했다. 제임스는 꽤 비슷하게 흉내를 내서 아델 선생님의 비위를 맞췄고, 선생님은 마지못한 듯 칭찬을 했다. ■흠, 좀 낫군.■

제임스와 마리나는 그 장면을 애써 조심스럽게 지나가려 했지만, 아델 선생님은 거기에 낭만적인 느낌을 주고 싶어 했다. 왕자가 빵 장수 아내를 끌어안는 장면에서 둘은 머뭇거리며 웃었다. 빵 장수 아내를 번쩍 안아들고 한 바퀴를 돈 다음, 여자의 코끝에 대고 ■재미있다■고 수화하는 장면을 연습할 때 제임스는 친구처럼 마리나의 어깨에 손을 얹고 대충 몸을 돌리면서 얼버무리려고 했다. 마리나를 안고 숲으로 들어가야 하는 장면에선 그럴만한 힘이 없다고 투덜거렸다.

■제임스!■ 아델 선생님은 못마땅한 눈초리로 꾸짖었다. ■너는 레슬링도 했어. 마리나는 무겁지도 않고.■ 얌전하고 야무진 외모의 마리나가 키득대고 웃었다.

■좋아. 마리나를 안아 올려. 뱀처럼 냉혹한 매력을 좀 보여줘.■ 아델 선생님은 지체 없이 연기를 주문했다. ■네가 진지하다는 건 다 아니까, 이번엔 뱀처럼 냉혹하게 좀 해 봐.■

제임스는 청바지 주머니에 손을 찌르고 목소리로 말을 했다. "나중에요." 아델 선생님이 눈을 부릅떴다. "지금 해." 제임스는 아델 선생님의 눈빛을 피하지 않고 태평스럽게 마주 보며 미소 띤 표정을 그대로 유지한 채 대꾸했다. "나중에요.", "아니, 지금, 지금, 지금!" 그러다 아델 선생님은 작전을 변경했다. 무섭게 을러대던 사람은 온데간데없고 완전히 애원조가 됐다. ■제임스, 우리 싸우지 말자. 공연이 내일이야, 내일! 이제 좋아지기 시작했으니까 조금만 더 다듬자.■

그렇게 해서 제임스와 마리나는 다시 연습을 했다. 제임스는 조금씩 냉혹한 매력을 드러내기 시작했고, 아델 선생님은 그럴수록 더 몰아붙였다. 제임스의 표정에 오만한 매력이 퍼지고 추켜세운 눈썹에서는 속물 같은 느낌이 묻어났다. 임기응변을 동원해서 마치 '깃털처럼 가볍잖아!' 하듯이 빵 장수 아내를 안아들었다. 당당하게 숲으로 걸어가던 제임스는 어깨 너머로 선생님을 돌아보며 의기양양한 미소를 던졌다.

■그래, 아주 좋아! 바로 그거야.■ 아델 선생님이 환호했다.

제임스는 고개를 끄덕였다.

제임스는 상황을 타개해나가는 법을 안다. 고집과 순종, 냉철함과 다정함 사이에서 외줄 타는 법은 이미 오래전에 익혔다. 그가 사는 세계에서는 태도가 모든 걸 좌우한다. 강인함을 유지하되, 굽혀야 할 때를 알아야 한다. 제임스는 어떻게 처신해야 이 세상을 헤쳐 나갈 수 있는지를 정확히 알고 있다.

졸업반이 되면서 제임스는 금붙이가 더 늘었다. 새 반지, 사슬 모양 팔찌, 종교 문양의 목걸이도 하나 더 장만했다. 선생님과 기숙사 직원들까지 달려들어 호들갑을 떨었다. ■돈은 어디서 났어?■ 사람들은 이렇게 물었다. ■돈은 네가 냈니?■ 그럴 때마다 제임스는 기분이 상했다. 물론 사람들이 알고 싶은 건 돈을 주고 샀느냐는 것이다. 그러니 불쾌할 수밖에. 그래도 제임스는 화를 속으로 삭였다. 항상 부드럽던 눈동자에 힘이 어리면서 눈빛이 싸늘하게 식지만, 다른 태도는 여전히 느슨하고 무심했다.

제임스는 생각했다. 나라고 해서 왜 운동화가 여덟 켤레면 안 된단 말인가? 왜 필라, 리복, 패트릭유잉, 뉴밸런시스를 오렌지색과 청록색, 보라색과 붉은색과 검은색으로 갖춰 신으면 안 된단 말인가? 왜 친구들과 연락하기 위해 휴대전화를 갖고 다니면 안 된단 말인가? 이제 일도 하고 돈도 벌어서 그럴 능력이 생겼을 뿐인데, 금붙이를 찬들 뭐가 대수란 말인가? 강하고 냉철하고 제 의지대로 살아가는 주변의 건청 또래들처럼 하고 다니면 왜 안 된다는 건가? 왕자에겐 금장식이 어울리는 법이다.

하지만 사람들은 제임스에게 이렇게 말했다. ■그러고 다니니까 꼭 마약 장사꾼 같다.■ 그러면 비단 같던 눈동자가 얼음처럼 싸늘해졌지만, 다른 태도는 여전히 느긋했다.

제임스는 2학년이 끝나기 3주 전에야 기숙사에 들어갔다. 가정방문을 받은 날로부터 거의 2년이 지난 뒤였고, 렉싱턴에 입학한 날로부터는 거의 4년이 지난 뒤였다. 입실 소견서를 작성하기 전에 몇 가지 테스트를 받아야 했는데, 심리 평가에서는 제임스가 '소외감과 좌절감을 느끼므로 격려와 안정이 필요하다.'고 나왔고, '때때로 외로움에 시달릴 수 있으며, 특히 집에 있으면 그런 감정을 더 심하게 느낄 수 있다.'고 했다.

제임스는 브롱크스 집을 떠나 작은 싱크대와 미니 냉장고, 침대 하나와 책상 두 개, 옷장과 화장대와 벽장, 심지어 화장실까지 딸린 혼자만의 방으로 이사를 왔다. 이곳에 살게 된 후로 제임스는 숙제를 하다가도 도움을 받을 수 있었고, 복도 끝에 있는 세탁기를 얼마든지 쓸 수 있었으며, 따뜻한 저녁을 원한다면 두 그릇도 먹을 수 있었다. 제임스의 학교와 기숙사 이야기를 들은 형제들과 건청 친구들은 부러움에 탄성을 질렀다.

어찌된 일인지 청각장애 덕분에 제임스는 행운아가 되었고, 특별한 혜택과 보살핌을 받았으며, 그의 형제들과 친구들은 누리지 못하는 기회를 얻게 되었다.

제임스의 기숙사 방에는 오렌지색과 보라색과 청색과 검은색의 야구 모자가 침대 뒤쪽 벽에 압정으로 꽂혀 있다. 갭의 비닐 가방도 반듯한 직사각형 모양으로 책상 위쪽에 압정으로 눌러 꽂아 두었다. '친구 같은 버드와이저'라는 글자 밑에서 이브닝드레스 차림의 라틴계 여성 세 명이 목이 긴 색색의 병을 들고 있는 포스터가 있고, 파란 눈에 털이 하얀 새끼 고양이와 '나는 이대로 완벽해'라는 글귀가 적힌 또 다른 포스터도 보인다.

작은 코르크 메모판에는 직업교육 선생님과 지도교사의 명함, 분홍색 메모지에 적은 중계 서비스 전화번호, 운전 수업 시간표 등이 꽂혀 있다. 1년이 종이 한 장에 모두 표시된 렉싱턴 달력은 또 하루를 살았다는 표시로 뒤덮여 있지만, 그건 세상에 나가고 싶어 안달이 난 청춘들의 검은색 X가 아니다. 한 칸 한 칸 대각선으로 그어 올린 녹색 선은 진지한 승리의 표시이다.

제임스가 가장 아끼는 물건은 건청 친구들에게서 얻은 중고 라디오와 카세트 플레이어다. 제임스는 이걸로 자신이 좋아하는 레게와 랩 음악을 듣는다. 가슴이 진동하고 목젖이 울리도록 베이스를 최대로 높인다. 118데시벨 이상이 되면 오른쪽 귀로 소리를 감지할 수 있다. 제임스는 자신의 음악을 들으며 고향과 형제자매의 리듬, 뒷골목과 거리의 리듬을 즐긴다. 때로는 기숙사 자신의 방에서 문을 닫아걸고 새벽 1시나 2시, 3시까지 음악을 듣는다.

거대한 침묵

약속 시간은 12시 30분이었지만, 뉴욕주 교육청에서 주최하는 공청회에 참가할 네 사람은 1시가 거의 다 되서야 모였다. 고등학교 졸업반인 멜리사는 그중 가장 어리다. 오늘은 아무래도 공식적인 자리다 보니 검은색 재킷과 짧은 주름치마를 단정하게 차려입었고, 연설할 원고를 두 손에 꼭 움켜쥐고 있었다. 학생상담실장인 도널드 선생님도 밝은 색 넥타이를 매고 나타났다. 이어서 브렌다 교감 선생님이 또각또각 구둣발 소리를 울리며 바쁘게 걸어왔다.

교육처장인 아버지는 제일 늦게 도착했다. 건청인이 청각장애인보다 시간관념이 철저하다는 고정관념을 이번에도 여지없이 날려 보냈다. ▪준비됐죠?▪

네 사람은 차를 몰고 출발했다. 새로운 장애학생 교육안을 마련하고자 교육청이 주최한 공청회에 증인으로 출석하러 가는 길이다. 그렇지 않아도 대중적인 입지를 넓혀 가고 있는 통합교육에 새로운 정책마저 힘을 실어준다면, 청각장애 학교는 완전히 사라져버릴지도 모른다. 그러므로 오늘 네 사람의 어깨는 무겁다. 이들에게 렉싱턴은 단순한 학교가 아니다. 청각장애인의 90퍼센트가 건청 가정에서 태어나고, 학교는 청각장애 문화의 중심이다. 이들은 렉싱턴을 구하기 위해 노력할 것이다.

네 사람 뒤로 조금씩 멀어져 가는 붉은 벽돌 건물은 너무나 듬직하고 활기에 넘쳐 렉싱턴 청각장애 학교의 미래가 위태로울지도 모른다는 게 도무지 믿기지 않는다. 하지만 다른 청각장애 학교에서 들려오는 소식은 그렇지 않았다. 메릴랜드 학교는 내년 여름에 문을 닫을지도 모른다. 메인 주에 있는 거버너백스터 학교는 학생 수가 열네 명으로 줄었다. 밀 넥 학교는 팀을 구성할 학생이 없어 운동부를 여럿 해체했다. 통합교육 운동이 확산되면서 청각장애 아동들이 일반학교로 향하다 보니, 청각장애 학교들은 예산을 걱정하면서 입학생의 추이를 지켜보는 형편이었다.

렉싱턴의 대표들이 호텔에 도착했다. 아버지는 빛나는 샹들리에와 푹신한 자줏빛 카펫이 화려한 호텔 로비를 익숙하게 걸어갔다. 1987년에 청각장애 학생 교육을 위한 상원위원회에, 그리고 하원의 예산지출위원회에 출석했던 경험이 있었다. 마치 보호자처럼 아버지는 다른 세 사람을 이끌고 계단을 따라 공청회장으로 내려갔다. 그곳은 공간이 다소 작았고, 호텔 로비에 비하면 분위기가 훨씬 수수했다.

공청회는 아직 시작되지 않았다. 교육청에서 나온 남자와 여자가 앞쪽 작은 테이블에 앉아있고, 발표할 사람들은 다섯 줄로 놓인 의자 여기저기에 흩어져 있었다. 복도에는 〈호두까기 인형〉의 선율이 흐르고, 공청회장 안으로도 나직하게 음악 소리가 번졌다. 통역사가 렉싱턴 사람들을 보자마자 얼른 다가와 인사를 건넸다. 그녀는 뉴욕에서 제법 알려진 통역사로, 다들 만났던 적이 있었다. 그들은 문가에 서서 다정하게 얘기를 나눴다.

도널드 선생님은 얼음물과 사탕 바구니가 준비된 작은 테이블을 발견하곤 사탕을 몇 개 집어먹었다. 그러다 다른 선생님들의 시선을 의식했는지 장난스럽게 입을 삐죽대며 변명을 했다. ■저는 이게 점심이라고요.■

■오늘 발표를 잘하면 호텔 레스토랑에서 점심 살게.■ 아버지가 말했다.

■발표가 형편없으면요?■ 도널드 선생님이 물었다.

■사탕이나 더 먹어야지, 뭐.■

■교육처장님도 정말 너무하셔. 하지만 할 수 있나요, 말씀대로 해야지.■

최근 렉싱턴에서는 청각장애인 교사가 관리직에 오르는 게 새로운 전통이 되었고, 도널드 선생님과 브렌다 교감 선생님도 그런 경우였다. 학생상담실장인 도널드 선생님은 올해까지 수학과 청각장애학을 가르쳤고, 브렌다 교감 선생님은 영어과 학과장이었다.

아버지는 청각장애인을 관리직으로 키운다는 평을 들었지만, 그게 그저 좋기만 한 건 아니었다. 관리자를 새로 앉혀 놓으면 다른 학교의 더 높은 자리로 옮겨가곤 했다. 작년에도 가장 높은 자리까지 올랐던 청각장애인 관리자 두 명이 렉싱턴을 떠났다.

교감이었던 수잔 시엔 선생님은 버몬트주에 있는 오스틴 청각장애 학교로 옮겨가면서 미국에서 단 세 명뿐인 여성 청각장애인 교육처장이 되었다. 교육지도를 맡았던 레지널드 레딩 선생님은 미네소타 청각장애 아카데미로 옮겨가 미국 유일의 흑인 청각장애인 부교육처장이 되었다. 올해 말에는 브렌다 교감 선생님마저 오스틴 청각장애 학교 교장으로 부임할 예정이었다. 교감 선생님을 위해서는 잘된 일이지만, 지금처럼 청각장애인 교직원이 하나둘 떠나가면 렉싱턴을 겨냥한 청각장애 공동체의 공격이 더욱 심해지리라는 사실을 아버지는 잘 알고 있었다.

청각장애 공동체는 인사위원회를 좌우할 정도로 정치적 영향력을 갖고 있었고, 학교는 고위직에 앉힐 청각장애인을 적극적으로 찾아야 한다는 압력에 시달리고 있었다. 얼마 전까지만 해도 볼 수 없던 현상이었다. 갈등이 고조되면서 채용 과정은 갈수록 꼼꼼한 검증을 거쳐야 했고, 별것도 아닌 자리도 정치적인 입장이 충돌하는 격전지로 변했다. 지난달에도 렉싱턴의 청각장애인 교사 한 명이 통학 버스 안전 요원으로 건청인을 고용했다며 학생들을 동원해 항의 시위를 벌이려고 했었다. 그 전달에는 밀 넥 청각장애 학교의 새 교육처장 후보에 청각장애인을 포함시키지 않으면, 청각장애 공동체 차원에서 학교의 사과 축제를 거부하겠다고 으름장을 놓기도 했다.

청각장애인을 대상으로 한 자리에 청각장애인 지원자를 제치고 건청인을 고용하는 것은 점점 더 곤란한 상황을 낳고 있었다. 청각장애인이 그 자리에 적합하지 않은 경우라고 해도 상관이 없었다. 학교를 청각장애 공동체가 정당한 권리를 주장할 수 있는 영역이라고 생각하는 사람들이 많다 보니, 특히 이런 문제는 일촉즉발의 뇌관이 되기도 했다.

▪우리는 너무 오랫동안 참고만 살아왔다!▪고 청각장애 공동체 사람들은 경고했다. ▪이제는 삶과 직업 현장에서 겪어온 차별에 대해 보상을 받아야 할 때가 됐다. 그간의 상실에 대한 보상 차원에서라도, 그리고 그동안 청각장애인 교사를 만나지 못하고 귀감이 될 만한 청각장애 어른을 접할 수 없었던 모든 청각장애 아동의 박탈당한 기회 때문에라도 우리에겐 청각장애 학교에서 일자리를 요구할 권리가 있다.▪

청각장애 공동체를 위해 봉사하고, 어떤 면에서는 책임이 있다고 여기는 내 아버지 같은 건청인 관리자들은 이런 시각을 진지하게 고민해야 했다. 청각장애 어른들의 이해와 학교 학생들의 이해가 충돌하는 것처럼 보일 때, 이를테면 전자의 바람을 충족시킬 경우 후자에게 부적절한 처우를 하게 될 때 딜레마가 발생했다.

그러나 지금까지는 적절함의 정의를 건청인이 좌우해왔기 때문에 그런 개념 자체가 성립되지 않는다고 얘기하는 사람들도 있었다. 청각장애 학생을 위한 자리라면 청각장애인이 무조건 건청인보다 적합하다고 주장하기도 했다.

이 논란은 1960년대의 인권운동만큼이나 뜨겁게 진행되고 있었다. 아버지는 폭풍의 눈 속에 앉아 건청인과 청각장애인 사이의 간극이 벌어지는 걸 지켜보면서 제2, 제3의 수잔과 레지널드, 브렌다와 도널드를 찾고 있지만, 그것만으로는 충분치 않다는 걸 잘 알고 있었다.

하지만 이날의 공청회는 채용 정책에 관한 것이 아니었다. 보다 근본적인 투쟁, 청각장애 학교의 존폐에 대한 문제였다.

1975년에 의회에서는 장애아동 교육법을 통과시켰다. 이 법은 신체장애, 정신장애, 학습장애 등을 지닌 미국 아동에 대한 공교육 정책을 수립하겠다는 취지로 제정되었고, 모든 장애아동은 '개별 아동의 필요에 맞게 고안된 특수교육과 관련 서비스에 중점을 둔 적절한 공교육을 무상으로 받아야 한다.'고 명시했다.

1980년대에 들어와 법의 실행을 놓고 고민하던 정책 입안자들은 다소 모호하면서도 애매한 부분에 초점을 맞췄는데, 그건 바로 '장애아동이 비장애아동과 함께 교육받을 수 있도록 적절한 한도 내에서 최대한 보장한다.'는 조항이었다. 여기에서 '최소 제한 환경'이라는 개념이 뿌리를 내렸다. 이 문장에 함축된 의미로부터 이 법의 가장 광범위한 결과가 파생됐는데, 그것이 바로 통합교육이다. 통합교육을 옹호하는 사람들은 모든 아이에게 최소 제한 환경은 동일해야 하며, 일반 공립학교가 그 해답이라고 믿었다.

이제 사회적 통합은 어떤 대가를 치르더라도 반드시 성취해야 하는 목표가 되었다. 하지만 통합교육이 많은 아이에게는 바람직할지 몰라도, 일부 아이들에겐 잘못된 교육을 제공할 수도 있었다. 무엇보다 청각장애인들에게 그건 문화의 해체를 의미했다.

그래서 아버지는 공청회 안내문을 받았을 때 교육처장의 재량에 따라 청각장애인 교직원 두 명과 학생 두 명에게도 증언을 부탁했다. 이 사람들을 빼면 공청회 자리에 온 사람 대부분이 심신장애 아동을 위한 사립학교의 관리자였다. 즉 특수교육이 쇠퇴하면서 자리가 위태로워진, 그러니까 직장이 없어질 위기에 처한 교육서비스 제공자들이다. 아버지와 교감 선생님, 도널드 선생님도 어느 정도는 그 사람들과 입장이 비슷했지만, 이들에게 가장 큰 문제는 일자리를 유지하는 것이 아니라 청각장애 공동체와 문화를 지키는 것이었다.

공청회가 시작됐다. 렉싱턴 사람들 중에서는 아버지가 가장 먼저 증언을 했다. 이날 발표자들은 교육청 담당자 정면에 앉아 마이크를 통해 발언을 하고, 그 증언은 녹취되어 주정부에 보고된다. 아버지는 주정부에서 지원하는 11개 신체장애 학교의 연합조직인 '4201 스쿨스'의 회장으로서 소견서를 낭독했다.

교감 선생님과 도널드 선생님, 멜리사가 앉은 자리에서는 아버지의 널찍한 어깨만 보였다. 대신 오른쪽에 있는 통역사의 수어로 아버지가 발표하는 소견서 내용을 접할 수 있었다.

"통합교육은 훌륭한 시도입니다." 이렇게 인정하는 건 아버지의 진심이었다. 교육 일선에 있는 사람들이 가르치기 어려운 아이들을 분리시킬 명목으로 특수교육을 악용하는 경우가 많고, 그런 구분에 계층과 인종적 색채가 두드러질 때가 많다는 사실을 알기 때문이었다. 그러나 이날 공청회 자리에 나온 이유는 청각장애 아동을 위해서였다. 아버지는 말을 이었다. "하지만 청각장애 아이들은 일반교육 환경에서 의사소통할 기회를 평등하게 얻을 수 없습니다. 그렇다면 이 아이들에게 각 지역의 특수학교에서만 제공할 수 있는 전문화된 교육의 기회를 보장해주는 것이 전문가로서의 윤리이자 의무라고 생각합니다."

민주주의적 이상에 따르면 분리교육은 혐오스러울 수밖에 없다. 하지만 그런 법 해석이 청각장애 아동을 그들에게 힘을 주는 문화로부터 단절시킬 수 있다는 걸 어떻게 설명해야 할까? 다른 장애 집단과 달리 청각장애인들에겐 그들만의 고유한 언어가 있다. 그들만의 모임과 경기연맹, 극단과 텔레비전 프로그램이 있고, 그들만의 대학과 잡지가 있으며, 심지어 국제올림픽도 독자적으로 개최한 바 있다. 소수인종과 달리 청각장애인들은 부모에게서 문화를 물려받지 않는다.

청각장애 문화를 전파하고 전달하는 건 공식적, 비공식적을 막론하고 청각장애 학교의 몫이다. 시각적인 환경, 모든 교내 활동에서의 의사소통, 또래나 어른 청각장애인들과의 교류, 최소한의 수어 능력을 갖춘 또래와 교사들. 언어 습득 이전의 청각장애 아동에게 필요한 이런 요건을 공립학교에서 제공해준다는 건 현실적으로 불가능하다. 게다가 문화적 환경이라는 풍부한 자양분을 제공해줄 수 있는 공립학교는 없다.

통계를 봐도 청각장애인들은 사회에 진출해서 독자적인 생활과 직업을 유지하는 데 상당한 성공을 거두었다. 1970년대 중반 이전에는 청각장애 아동의 75퍼센트가 기숙학교에 다녔고, 청각장애인들은 다른 장애 집단에 비해 상대적으로 높은 취업률을 기록했다. 실제로 1972년도 자료에 따르면, 백인 남성 청각장애인의 취업률이 백인 남성 전체의 경우보다 높았다. '분리교육'이 실시되던 이때가 청각장애인들에게는 오히려 경제적으로 풍요롭고 독립된 시절이었다.

이제 청각장애 아동의 80퍼센트 이상이 일반 공립학교를 다니지만, 청각장애인의 실업률은 60퍼센트가 넘는다. 물론 수많은 사회 문제가 교육계의 노력을 희석시키는 현 상황에서 이 두 가지만 놓고 직접적인 인과관계를 논할 수는 없다. 하지만 여기서 청각장애 아동에게 적합한 특수한 교육 방식의 필요성이 제기된다. 청각장애 학교를 폐쇄하고 아이들을 모두 공립학교로 몰아 건청 사회에 얼마나 동화되었는지로 성공의 잣대로 삼는 것은 모두의 손해로 돌아갈 것이다.

"이 나라와 우리 주의 청각장애 공동체에서는 이번 정책이 청각장애 아동을 '도매금으로 통합'시키려 한다고 생각합니다. 그래서 심기가 몹시 불편합니다." 아버지는 발표를 마무리하며 이렇게 설명했다. "게다가 청각장애 공동체는 지난 15년간 진행된 정책 입안이나 프로그램 준비 과정에서 완전히 배제됐습니다. 청각장애 아동을 위한 정책인데, 정작 본인들은 아무런 영향도 미칠 수 없었던 거죠. 안타깝게도 공교육 담당자와 교육자들은 의사소통이 단절된 채 공립학교 교실에 앉아있어야 하는 청각장애 아동의 외로움과 고통에는 전혀 관심이 없다고 생각합니다."

다음은 멜리사의 차례였다. 멜리사는 앞으로 나가 아버지가 했던 대로 다른 사람들을 등지고 앉았다. 그 옆에 앉은 통역사는 멜리사의 수화가 잘 보이도록 자세를 고쳐 잡고 마이크를 조정했다. "안녕하세요." 멜리사가 수화로 발표를 시작하자, 그걸 전달하는 통역사의 목소리가 공청회장 안에 울려 퍼졌다.

그 순간 뒤쪽에 앉아있던 아버지와 도널드 선생님이 거의 동시에 자리에서 벌떡 일어났고, 그 바람에 통역이 중단됐다. 도널드 선생님과 교감 선생님은 멜리사의 수화를 볼 수 없었고, 그러면 무슨 얘기를 하는지 알 길이 없었다.

"죄송합니다만, 멜리사 양이 연단 앞으로 나가서 발표를 하면 안 될까요?" 아버지가 말했다.

교육청에서 나온 남자와 여자는 머리를 맞대고 의논했다. 그러고는 멜리사가 연단 앞으로 나가 연설문 종이를 펼쳐놓을 때까지 기다렸다. 다른 사람들은 호기심에 웅성거렸다.

▪제가 잘 보이시나요?▪ 멜리사는 통역사에게 수화로 물었다. 가슴을 펴고 똑바로 선 자세가 안정돼 보였다. 사실 멜리사는 연설 경험이 많다. 렉싱턴의 모의재판 팀에서도 활동했고, 학생회장을 하면서 국제 회의 절차에 따라 회의도 여러 차례 진행했다. 지금은 3학년 대표이자 학생회에서 학생 자문을 맡고 있다.

▪제가 렉싱턴 청각장애 학교에 입학한 건 초등학교 3학년 때였습니다.▪ 멜리사가 다시 얘기를 시작했다. 정확한 동작으로 허공을 가르는 수화가 야무지다. ▪저희는 청각장애 가정이고 부모님은 페루 출신이십니다.▪

멜리사는 어려서 경험했던 통합교육에 대해 이야기했다. ▪저는 울면서 집에 갔습니다. 속상했으니까요. 아이들은 제가 말을 하면 놀려댔고, 입을 다물고 있으면 말을 안 한다고 주먹으로 때렸습니다. 그러다 보니 전 저만의 껍질 속으로 숨게 되었습니다.▪

멜리사가 발표를 하는데도 교육청 관리들은 멜리사를 쳐다보지 않았다. 연단에 서있는 청각장애 학생과 마이크에서 나오는 통역 내용을 연결시키지 못하는 것 같았다. 한 사람은 통역사를 쳐다봤고, 다른 사람은 녹음기만 보고 있었다.

멜리사는 렉싱턴으로 전학 왔을 때만 해도 자신이 사소한 실수에도 울음을 터뜨리는 숫기 없고 소극적인 아이였다고 얘기했다. 이어서 얼마나 힘들게 자신감을 되찾았는지, 그리고 렉싱턴에서는 친구와 선생님과도 의사소통할 수 있다는 사실을 알았을 때 얼마나 놀랐는지에 대해 얘기했다.

활발한 교내 활동에 대해 말할 때는 입가에 옅은 미소가 번졌다. 만약 멜리사가 일반학교를 다녔다면 렉싱턴에서와 같은 경험은 하지 못했을 것이다. 청각장애 학생이 과연 건청 또래들 틈에서 교내 연극의 주인공을 맡고, 토론 팀에서 논쟁을 벌이고, 학생회를 이끌고, 응원단장을 하고, 학생 자문으로 활동하고, 무용 팀의 안무를 짤 수 있을까?

■이것만은 확실합니다.■ 멜리사는 작은 테이블 앞에 앉은 공무원들을 보며 말했다. ■만약 제가 그대로 통합교육 학교를 다녔다면 지금의 제가 될 수 없었을 겁니다.■

멜리사의 발표가 끝나자 드문드문 박수가 터져 나왔다. 그제야 공무원들은 놀라서 고개를 들었지만, 그들 눈에는 자리로 돌아가 앉는 멜리사가 보일 뿐이었다.

교감 선생님과 도널드 선생님과 아버지는 엄지를 치켜들고 윙크를 하며 멜리사를 맞았다. 고개를 숙이고 자리에 앉는 멜리사의 볼이 장밋빛으로 달아올랐다.

교감 선생님과 도널드 선생님이 뒤를 이어 연단에 올랐다. 두 사람은 청각장애인이자, 학교의 관리자로서 그 자리에 섰다. 이날 뉴욕주에서는 총 350명이 증언을 하는데, 멜리사와 도널드 선생님과 교감 선생님은 운명이 좌우되는 당사자로서 의견을 말하는 몇 안 되는 사람이었다.

교감 선생님은 그 자리에 참석하지 못한 학생회장을 대신해서 얘기했다. ■이 자리에 나오지 못한 학생의 비디오테이프가 여기 있습니다. 제가 발표할 내용은 이 비디오테이프를 요약한 것입니다.■ 통역사가 교감 선생님의 수화를 목소리로 옮겼다.

"이례적이긴 하지만 좋습니다." 교육청에서 나온 남자가 말했다. "잠깐, 그 전에 질문 있습니다. 그럼 학생의 증언을 읽는다는 말씀인가요?" 남자는 교감 선생님이 아니라 통역사를 보면서 이렇게 물었다. 통역사는 그 말을 수화로 옮겼고, 그 순간 남자는 자신의 실수를 깨달았다. 하지만 '미안하다'는 말을 또다시 통역사에게 함으로써 같은 실수를 반복했다. "죄송합니다. 저 분을 보고 말했어야 했군요."

교감 선생님은 두 번째 실수에 미소 지으며 대답했다. ■아니요, 저는 요약만 할 겁니다. 비디오테이프를 보시면 학생이 수어를 하고 목소리 해설도 나옵니다."

"알겠습니다." 남자는 조금 곤란한 듯한 표정으로 비디오테이프를 받았다.

이제 도널드 선생님의 차례. 먼저 선생님은 청각장애인들의 관습에 따라 어느 학교를 다녔는지부터 얘기했다. 학교는 청각장애 문화의 뿌리이자 중심이기 때문에 통합학교를 다녔는지 아니면 청각장애 학교를 다녔는지, 만약 청각장애 학교를 다녔다면 기숙학교인지 주간학교인가 그 사람에 대해 많은 것을 말해준다.

도널드 선생님이 출신 학교 이름을 지화로 얘기하는 부분에서 통역사가 조금 허둥댔다. 몇 자를 놓쳤으니 앞으로 조금만 돌아가자고 통역사가 신호를 보냈지만, 도널드 선생님은 연설문 종이를 내려다보느라 전혀 눈치 채지 못했다.

이때 회의장 뒤쪽에 앉아있던 아버지가 그 부분을 대신 통역했다. "저는 버지니아주에 있는 베서니 대학을 나왔고, 그곳에서 수학을 전공했습니다."

느닷없이 남자 목소리가 엉뚱한 곳에서 들려오자 주위가 어수선해졌다. 사람들은 목소리의 주인공이 누구인지 보려고 두리번거리며 어리둥절해하고, 언짢은 표정을 지었다. 그들은 아버지의 목소리와 도널드 선생님의 얘기를 연결시키지 못한 채 이상한 얘기를 해서 분위기를 어지럽힌 것을 못마땅해할 뿐이었다. 통역사는 재빨리 상황을 수습하고 이어서 뒷부분을 옮겼다.

마침내 교육청 사람들이 휴회를 선언하고 출입문이 열렸다. 렉싱턴 사람들이 밖으로 나가려는데, 큼직한 붉은 테 안경을 쓴 여자가 다가왔다. 여자는 붉은 입술을 과장되게 움직여가며 다들 수고했다고 칭찬의 말을 건넸다. 그러더니 아버지에게 보다 구체적인 사항을 묻기 시작했다. "렉싱턴에는 주정부에서 위탁한 학생들이 많나요?", "그곳에서는 학생들을 어떻게 지원해주나요?", "한 교실에서 몇 명이나 수업을 받죠?"

간신히 얘기를 끝낸 아버지가 다과 테이블 앞에 서있는 도널드 선생님에게 다가갔다. ■사탕 더 안 먹어?■ 아버지는 시침을 뚝 떼고 도널드 선생님에게 물었다.

■아, 제 발표가 형편없었나 보죠?■

아버지가 씩 웃었다. ■농담이야.■

■저도 알아요.■ 도널드 선생님은 사탕을 한 줌 집더니 그중 하나를 흔들어 보이며 말했다. ■자, 하나 드세요. 선생님 발표도 형편없었으니까요.■

아버지가 말했다. ■사탕은 그만두고, 우리 이제 점심이나 먹으러 갑시다.■

호텔 레스토랑에 들어서자마자 아버지는 의자에 털썩 주저앉았다. 이제 공청회도 끝났고, 사람들은 엄숙한 분위기에서 벗어나 한결 가벼운 기분이 되었다. 도널드 선생님은 테이블 위에 놓여있던 포인세티아 화분을 바닥에 내려놓았다. 청각장애인들은 얼굴은 물론이고 상체까지도 완전히 볼 수 있어야 편안하게 대화를 나눌 수 있다. 그러니까 선생님은 좀 더 이야기하기 편한 상황을 만든 것이다.

그들은 공청회에 대해 얘기하고, 다들 잘 끝냈다며 만족해했다. 발표할 때 불편해하던 사람들의 모습을 익살스럽게 흉내 내고 시시콜콜한 부분을 꼬집어가며 재미있어하기도 했다. 이때의 유머는 세상의 아이러니가 만들어낸 것이었고, 그들은 무신경한 세상으로부터 받은 상처를 웃음으로 달랬다.

테이블에서 화분을 치우는 도널드 선생님의 동작에는 쾌활함이 넘쳤다. 장난기가 발동했거나 좌절감을 깔끔하게 넘어선 듯한 모습이었다. 식사를 마친 후에 화분을 제자리에 되돌려놓는 것도 잊지 않았다. 도널드 선생님의 재치 있는 한 마디에 사람들은 동료애 어린 미소를 보냈다. "이제 다시 들리는 사람들을 위한 테이블이 됐군."

그다음 주에 방학을 하루 앞두고 렉싱턴에서는 고등학생들의 무지개 올림픽이 열렸다. 중앙 현관은 사람들로 북적이며 활기를 띠었고, 학생들은 마치 세를 과시하려는 부족민들처럼 색색으로 치장을 했다. 노랑 팀은 라푼첼의 가발에서 떼어낸 노란색 털실로 머리를 땋았다. 초록 팀은 코와 이마에 녹색 스티커를 붙였다.

파랑 팀은 뺨과 팔뚝에 푸른색 번개를 그렸고, 빨강 팀은 어디서 구했는지 펠트 천으로 만든 산타클로스 모자를 썼다.

학생들은 중앙 현관을 거쳐 체육관으로 우르르 몰려갔다. 천장이 높은 체육관에 팀별로 모여 앉아 응원전을 펼치는 학생들은 눈부신 오렌지빛 햇살의 세례를 받고 있었다. 체육관 안은 시각적 부조화와 청각의 불협화음 속에 즐거움과 흥분이 충만했다.

아버지는 이걸 '공인된 광란'이라고 불렀다. 10년 전부터 렉싱턴의 전통으로 자리 잡은 무지개 올림픽은 보름간의 방학을 앞두고 학생들의 긴장을 풀어주기 위해 시작됐다. 많은 아이들에게 다가올 방학은 거대한 침묵, 끝 모를 심연을 예고했다. 앞으로 보름 동안 꼼짝없이 들을 수 있는 사람들에 둘러싸여 외로움 속에 지내야 하기 때문이다.

그래서 학생들은 맹렬한 기세로 게임에 임한다. 네 팀으로 나뉘어 여섯 시간 동안 계속 게임을 펼쳤는데, 이어달리기, 촌극, 청각장애의 역사를 주제로 한 퀴즈, 인간 피라미드 쌓기, 스파게티 국수와 테이프로 탑 쌓기, 두루마리 화장지로 선생님 미라 만들기 등 프로그램도 다양했다. 학생들은 체육관에서 강당으로, 다시 식당으로 분주히 오가며 게임을 벌였고, 복도에도 응원의 함성이 울려 퍼졌다. 학생들은 팀의 색을 구호로 빠르게 합창하면서 동시에 손으로 지화를 했다.

▪목소리! 목소리! 목소리를 내!▪ 평소에는 구화 수업 시간

에나 들을 수 있었던 이 말을 이날은 응원단장들이 쉬지 않고 반복했다. 학생들의 응원 소리는 입천장에 울려서 삐익거리는 외침처럼 들렸지만, 그 소리는 많은 사람이 들을 수 있을 만큼 컸고, 그 모습은 흥겨웠다.

신체 접촉에 대한 충동은 마치 생물학적인 요구인 듯이 빈번했다. 참가자들은 이쪽저쪽으로 옮겨 다녔고, 온몸이 땀으로 범벅이 되어 몸에 칠한 물감이 번져 흐르는 채로 서로를 스쳐 지나가며 악수를 나눴다. 바닥에 널브러진 다리가 뒤엉키고, 무릎이 부딪히고, 서로의 어깨에 턱을 얹은 채 숨을 몰아쉬기도 하고, 상대방의 소매와 머리를 잡아당기기도 했다. 건청인들 사이에서는 어색하거나 무례하게 느껴질 수 있는 이런 행동이 렉싱턴에서는 암묵적으로 이해되었다.

전달할 얘기가 있는 선생님들은 의자나 사다리 위로 올라갔다. 일종의 시각적 확성기인 셈이다. “내가 소리치는 방법은 따로 있지.” 파랑 팀의 건청인 선생님이 이렇게 말하면서 푸른색 응원 도구를 번쩍 치켜들었다. 선생님들이 아무리 급하게 빛을 깜빡이고, 벽에 비춘 영사기 화면을 아무리 크게 키워도, 학생들이 따라주지 않으면 아무 얘기도 전달할 수 없다. 청각장애인들은 의사소통하려면 서로를 쳐다봐야 하기 때문이다. 그리고 그들은 기꺼이 그렇게 했다. 초롱초롱한 그 눈망울 속에는, 그리고 서로를 가만히 지켜보는 그 온기 속에는 내일도, 모레도, 그리고 그다음 날에도 학교에 나올 수 없다는 서늘한 현실이 자리 잡고 있었다.

2시 30분이 되자 대회는 끝이 났고, 체육관은 방학 인사를 나누는 몸짓으로 소란스러워졌다. 마지막 통학 버스가 출발하고 한참이 지났는데도 고학년 학생들은 주차장에 남아 이야기를 나누고 있었다. 운 좋게도 여자 농구부는 연습을 핑계 삼아 조금 더 남아있을 수 있었다. 얼마 후 주차장에 있던 남학생 두 명이 농구부 감독을 맡고 있는 재니 모랜 선생님에게 코트 한쪽에서 농구를 해도 되느냐고 물었고, 선생님은 차마 매몰차게 거절하지 못하고 허락을 했다. 재니 모랜 선생님은 렉싱턴 출신으로, 8년 전에 이 학교를 졸업한 학생이었다.

오후 네 시쯤 체육관을 들여다보러 온 아버지에게 재니 선생님은 장난스러운 표정을 지어 보이며 말했다. "선생님도 한 게임 하실래요?" 재니 선생님의 수화는 늘 그랬듯 간결하고 힘이 있다.

"좋지."

"근데 운동할 복장이 아니신데요."

"차에 운동화가 있어."

아버지는 주차장으로 가서 때 묻은 하얀색 운동화로 갈아 신고 돌아왔다.

아버지는 남학생 두 명과 한편이 되어 여자 농구부와 30분 동안 대결을 펼쳤다. 두 팀 모두 전심전력을 다했다. 학생들은 이리저리 공을 몰고 달려가고, 아버지도 넥타이를 나부끼며 열심히 뛰었다. 무지개 올림픽을 하는 동안 꽉 찼던 체육관에 공허한 소리가 울려 퍼졌다.

7개월 뒤, 뉴욕주는 장애학생을 위한 새 교육안을 발표했고, 거기에는 렉싱턴 대표들이 한 증언 내용은 하나도 반영되지 않았다. 그 교육안은 '최대한 적절한 범위 내에서 장애가 없는 다른 학생들과 함께 교육할 것'을 명시했다. 그리고 '만약 장애가 없었다면 다녔을 학교에서 교육받아야 한다.'고 강조했다.

빨간색, 하얀색, 그리고 파란색 표지가 번쩍거리는 그 교육안에는 관료답게 깔끔하고 건조한 전문 용어가 가득했다. 그리고 청각장애가 질병이 아니라 문화적 정체성이라는 사실을 인정해보려는 노력은 조금도 찾아볼 수 없었다.

미처 하지 못한 말

우리 할아버지를 생각할 때 가장 먼저 떠오르는 기억은 지독하게 뾰족한 턱이다. "그건 뾰족한 게 아니라 튀어나온 거지." 어머니는 이렇게 말씀하신다. 하지만 어린 내 얼굴에 닿는 그 느낌은 뻣뻣한 흰 털로 감싸놓은 숫돌 같았다. 할아버지는 우리를 볼 때마다 한 명씩 번쩍 들어 올려 뺨을 세차게 비비곤 했다. 이 까칠까칠한 인사가 우리의 주된 의사소통 방법이었다.

할아버지 입에서 내가 알아들을 수 있는 말이 나온 적은 한 번도 없었다. 가끔 우리를 부르려고 목소리를 내긴 했는데, 그건 마치 대장간의 풀무처럼 형체가 없는 돌풍 같은 소리였다. 할아버지는 식사할 때도 소리를 냈다. 입맛을 다시고 쩝쩝거렸으며, 음식을 씹을 때면 물기 많은 뭔가가 여기저기 부딪히는 소리가 났다.

목구멍 뒤쪽에서 깊고 낮게 새어 나오는 끄응 소리는 마치 단잠에 빠진 강아지의 한숨 같았다. 그리고 트림은 얼마나 크고 당당했던지. 가끔 웃음보가 터진 우리는 서로 눈을 마주치지 않으려고 애를 쓰면서 낄낄거리곤 했다.

우리는 게임도 자주 했는데, 몸을 많이 쓸수록 더 재미있었다. 특히 손바닥 놀이를 좋아했다. 할아버지가 손바닥을 위로 펼쳐 들고 있으면, 우리는 손바닥으로 할아버지의 손바닥을 덮을 듯이 조금씩 가까이 가져갔다. 그러다 거의 닿을 정도가 되면 "찰싹!" 우리 손은 할아버지의 두 손 사이에 샌드위치처럼 갇혀 버렸다. 하지만 내가 술래가 되었을 땐 할아버지의 손을 잡기는커녕 근처에도 가보지 못했다. 할아버지의 손은 어찌나 재빨랐던지 마치 커다란 흰색 물고기 같았다.

카드 세 장을 엎어놓고 그림을 알아맞히는 놀이도 했다. 할아버지는 긴 손가락 사이에 카드를 끼운 채 다이아몬드 잭을 우리에게 보여주곤 믿을 수 없을 만큼 빠르고 신속한 동작으로 손을 이리저리 움직여 우리의 눈을 혼란시켰다. 얌전히 엎어져 있는 카드 중에서 어쩌다 잭을 뒤집을 때도 있었지만 그건 순전히 운이었다. 우리가 틀리면 할아버지는 한바탕 웃으시곤 카드를 집어서 다시 게임을 시작했다.

우리는 할아버지의 먹는 모습을 흉내 내기도 했다. 입을 우아하게 모아 오물오물 하고 입맛을 살짝살짝 다시면서 한 입씩 베어

먹는 시늉을 할 때면 할아버지는 수줍은 표정으로 눈썹까지 깜빡거렸다. 할아버지는 채플린의 걸음걸이를 정말 똑같이 흉내 냈다. 가끔은 동전을 사라지게 하는 마술도 부렸다. 분명히 있던 동전은 주먹을 이쪽저쪽 다 펼쳐 봐도 나타나지 않았고, 할아버지를 눕혀놓고 구석구석 뒤져도 끝내 찾아낼 수 없었다. 이 모든 걸 우리는 말 한 마디 없이 하고 놀았다.

할아버지와 할머니는 브롱크스에 살았고, 우리 아버지와 큰아버지도 그 집에서 자랐다. 그 집은 방 세 개짜리 반지하 아파트였다. 부엌은 정말 비좁았는데, 특히 할머니가 오븐에 넣어놓은 사과 파이나 양배추 찜을 살펴볼 때면 통로가 완전히 차단돼서 할아버지는 작은 식탁에 다리를 쩍 벌린 채 앉아있어야 했다.

그 집에서는 서로를 부르기가 쉬웠다. 공간이 작아서 발만 한 번 굴러도 진동이 분명하게 전해졌고, 팔을 쭉 뻗으면 서로의 시선을 끌 수 있었다. 거실은 침침했지만 마루가 넓고 스탠드가 있어서 수어로 얘기를 나누기에 좋았다. 높이 걸린 창문으로는 지나는 사람들의 다리가 보였다. 그 아래에서 우리는 검은 가죽 의자에 파묻힐 듯이 앉아 슬랩스틱 코미디를 봤다. 청각장애인을 위한 자막 방송이 일반화되기 훨씬 전이었던 그때, 할아버지는 눈이 내리는 듯한 흑백 필름 속의 익살스러운 코미디를 보며 호탕하게 웃었다.

세월이 흐르면서 할아버지는 머리가 점점 빠졌고, 갈수록 두꺼워지는 안경 너머로 눈은 더 침침해졌다. 운동으로 다져진 다부진 체격도 예전의 우아함이나 민첩함을 잃어 등이 굽고 팔짱을 끼고 있는 가슴은 홀쭉해졌다. 길고 엷은 미소마저도 코와 빼쭉한 턱 사이로 주춤대며 점점 뒤로 물러나는 것만 같았다. 하지만 손만은 여전히 보드랍고 힘이 넘쳤다. 장난을 치거나, 얘기를 하거나, 잡담이나 우스갯소리를 할 때면 할아버지는 손으로 마음을 드러내고 생각을 펼쳐 보였다 .

우리가 들은 바에 따르면, 할아버지의 본명은 사무엘 콜로민스키이고, 청각장애를 갖고 태어났다. 렉싱턴에 보관되어 있는 서류에는 할아버지의 부모님이 '생후 1년 6개월이 지나서야 그 사실을 알았다.'고 적혀 있다. 할아버지는 러시아에서 태어났고, 고향은 키예프 근처 어디라고 했다. 렉싱턴 기록에는 1908년 출생으로 되어있지만, 할머니는 1907년이라고 했다.

가족들이 러시아의 유대인 학살을 피해 탈출했을 때 할아버지는 아직 어린아이였다. 할머니 말씀으로는 네 살 때 이민을 왔다고 한다. 당시 이민 검역소의 관리들은 서류에 이름을 '코헨'이라고 적어 멀쩡한 성을 엉뚱하게 바꿔버렸지만, 다행히 청각장애는 눈치 채지 못했고, 할아버지는 미국으로 들어가는 마지막 관문을 무사히 통과했다.

할아버지는 어디서든 걷는 걸 좋아했다. 활동사진 속의 장면처럼 아무 소리도 없지만 풍경은 총천연색으로 펼쳐지는 동네를 즐겨 산책했다. 내가 열다섯 살 때의 일이다. 할아버지가 돌아가시기 얼마 전이었는데, 어느 더운 날 저녁에 우리 가족은 다 함께 집으로 걸어오고 있었다. 가족들과 함께 할아버지 댁에 가서 하루 종일 놀고 난 후였다. 할머니와 나머지 가족들은 반 구역 정도 앞서 가고, 나는 뒤에 처져서 할아버지의 손을 잡고 걸었다. 서로 쳐다보지는 않았다. 할아버지의 손은 따뜻하고 건조했다. 그때 이미 할아버지의 걸음걸이는 고르지 못해서 오른발이 느리게 걸음을 떼어놓으면 왼발이 끌리듯이 쫓아오는 식이었다. 나는 할아버지에게 내 걸음을 맞췄다. 분홍빛 어스름한 가로등이 켜져 있을 뿐 주변은 깜깜했다. 나는 할아버지의 리듬을 찾아냈고 거기에 귀를 기울였다. 그건 우리가 나눈 가장 긴 대화였다.

할아버지는 내가 수어를 제대로 하기 전에 돌아가셨다. 나는 할아버지가 손으로 쓴 글씨를 본 적이 없다. 유리컵에 담아 욕실 창틀에 올려놓은 틀니는 본 적이 있다. 그러다 어느 날 렉싱턴에 보관되어 있는 할아버지의 기록을 볼 기회가 찾아왔다.

마지막 통학 버스마저 학교를 빠져나간 어느 날 오후, 아버지와 나는 지하실로 내려갔다. 우리는 자료가 엉망으로 보관되어 있을 거라고 예상했고, 나는 바스라지기 일보직전의 문서로 가득찬 서랍을 열 때마다 폴폴 풍겨 나오는 곰팡이 입자를 마셔가며 오후를 바칠 작정을 하고 내려갔다.

내가 계단을 내려가는 사이에 한 다발이나 되는 열쇠를 뒤적이던 아버지는 철걱거리는 것들 사이에서 마스터키를 찾아 육중한 갈색 문을 열고 들어갔다. 렉싱턴의 문서 보관실은 마치 무시무시한 지하 묘지 같았다. 창문도 없는 황량한 공간에 칸막이를 쳐놓아 마치 유치장처럼 보였다. 천장에 걸린 전등에서는 흐릿한 빛이 엷게 번졌고, 창백하고 축축한 곰팡이 냄새가 우리를 재촉했다.

네모반듯한 캐비닛 안에는 오래전 기록이 담겨 있었다. 아버지는 관리실 아저씨께 작업등을 빌려달라고 부탁했고, 그 아저씨가 등을 가져다 줄 때까지만 여기 있을 생각이라고 말했다. 하지만 뭔가를 찾는 일은 무슨 마법처럼 사람의 마음을 사로잡는지, 아버지는 가봐야겠다고 하면서도 계속해서 캐비닛을 뒤적였다. 웅크린 가슴과 둥근 어깨, 손을 허리에 얹은 아버지의 자세가 아버지의 아버지를 꼭 빼닮은 듯했다.

잠시 뒤 아버지는 가운데 통로로 넘어갔고, 나는 미심쩍은 마음으로 그 뒤를 쫓았다. 그곳에는 약 마흔 개의 캐비닛이 있었는데, 전부 다 표지가 붙어있는 것도 아니었다. 그때 내가 왜 무릎을 꿇고 앉았는지는 알 수 없다. 아버지가 앞에서 멈춰 서는 바람에 더 이상 앞으로 나갈 수 없었기 때문일 것이다. 아버지는 키가 크니까, 나는 아래쪽 서랍을 살펴봐야겠다고 생각한 것 같기도 하다. 아무튼 그렇게 아무 의미도 없는 단순한 이유에서였다.

나는 무릎을 꿇고 앞에 있는 서랍을 열어 3분의 1쯤 되는 지점에 손가락을 찌르고는 두툼한 갈색 서류철을 두어 개 끄집어 올렸다. 그랬는데 그게 할아버지의 서류철이었다. 나는 조심스럽게 서류철을 넘겼다. 색이 바랠 대로 바랜 종잇조각들이 아래로 펄럭이며 떨어졌다. 샬로테와 요세프를 지나 레스터와 밀리, 레이철 다음에 레이와 레베카까지 지나갔고, 그랬더니 그 다음에 사무엘이 있었다. "아빠…."

나는 서류철을 아버지에게 내밀었다. 직접 보라고 해주시길 은근히 기대했는데, 아버지는 말없이 그걸 건네받았다. 나는 까치발을 하고 아버지의 어깨 너머로 내용을 들여다봤다. 비교적 최근에 작성한 듯한 색인 카드가 맨 앞에 있었다. "이게 맞구나." 아버지가 중얼거리며 카드를 읽었다. "이게 할아버지 파일이야." 색인 카드에는 이렇게 적혀 있었다.

1979/12/01

이 문서는 맨해튼 렉싱턴 68번가에 있던 옛 학교 건물에 일어난 화재로 사무엘 코헨 씨의 파일이 소실됨에 따라 새로 작성한 것입니다.

카드에는 긴 갈색 봉투가 클립으로 끼워져 있었다. 아버지가 봉투를 흔들어 꺼낸 내용물은 반지갑 크기만 한 다 자란 소년의 사진이었다. "이게 맞아." 아버지는 또 한 번 말했다.

소년은 흰색 셔츠 위로 두툼한 짙은 색 스웨터를 입었는데, 왼쪽 어깨 부분이 깃 가까이 삐죽 솟아있었다. 양손은 가슴 아래에 깍지를 끼었고, 턱하고 목을 앞으로 내밀어 넥타이 매듭 위에서 목젖이 도드라져 보였다. 윤이 나는 곱슬머리는 가지런히 빗어 넘겼고, 입을 약간 벌린 채 쾌활한 표정을 지어 눈 밑에는 살짝 주름이 잡혔으며, 카메라 렌즈 대신 사진사를 쳐다봤는지 시선은 약간 위를 향하고 있었다.

옛 학교 건물에서 일어난 화재에 대해서는 나도 알고 있었다. 아버지는 파일을 찾게 되더라도 새로 모은 자료라 별 내용이 없을 거라며 큰 기대는 하지 말라고 했지만, 그 서류철은 제법 두툼했다. 우리는 밝은 곳에서 자세히 살펴보려고 그걸 들고 올라왔다 .

아버지의 사무실로 가는 길에 바퀴 달린 쓰레기통을 밀고 가는 관리실 아저씨를 만났다. “아직도 작업등이 필요하신가요, 코헨 선생님?” 아저씨가 물었다. “아니요. 이제 괜찮아요, 벌써 찾았어요.” 아버지는 뭘 찾았는지 보여주려는 듯이 갈색 파일을 들어 조금 수줍은 표정으로 아저씨에게 내밀었다. “1916년에 렉싱턴에 입학했던 어떤 사람의 파일이랍니다.” 아저씨는 뭔가 싶어 조심스럽게 받아 열어보았다. “그 학생의 이름은 샘 코헨이었죠.” 아버지는 관계를 짐작할 시간을 주기 위해 한 박자 쉬었다가 말을 이었다.

“제 아버지세요.”

“아버님이 이 학교 학생이셨어요?”

"네."

"그러면 귀가 안 들렸어요?"

"네, 청각장애인이셨어요."

아저씨와 아버지는 잠시 동안 서로를 쳐다보더니 미소를 지었다. 아저씨가 파일을 돌려주었다. "그렇군요. 자, 그럼 일 보세요." 그리고는 커다란 쓰레기통을 밀며 복도를 내려갔다.

아버지 책상 뒤쪽에는 낡은 사진이 하나 걸려 있었다. 구겨진 채 액자에 담긴 그 사진 속에는 헤브루 청각장애 운동연맹의 유니폼을 입은 열한 명의 남자가 뒷짐을 지고 가슴은 내민 채 서있거나, 한쪽 무릎을 구부리고 앉아있다. 가운데 놓인 농구공에는 '1937~1938 농구 챔피언'이라고 적혀 있다. 오른쪽에서 두 번째에 서있는 젊은 남자가 우리 할아버지 샘 코헨이다.

사무실을 처음 찾는 사람에게 아버지는 늘 그 사진을 보여주었다. 가끔은 책상 뒤로 직접 가서 자세히 보라고 하면서 누가 우리 할아버지인지 맞춰보라고 할 때도 있었다. 나는 아버지가 모스크바에서 온 청각장애인 대표와 흑인 역사 주간을 맞아 강연을 하러 왔던 흑인 여성 조종사 두 명, 그레나다 대사, 갤로뎃 대학의 청각장애인 총장, 그리고 말썽을 피워 벌을 받으러 왔으니 겁을 먹고 있을 게 분명한 학생에게까지 그 사진을 보여주는 걸 봤다.

아버지에게 그 사진은 일종의 통행증이었다. 들을 수 있는 사람들에겐 아버지의 이력을 알려주는 참고 자료였고, 들을 수 없는 사람들에겐 하나의 관문, 청각장애 공동체 회원으로서의 자격을 입증해주는 증명서였다 .

우리는 할아버지의 파일을 사무실로 가져왔고, 아버지가 그날 약속이 많았던 덕분에 나는 혼자서 내용을 살펴볼 수 있었다. 나는 당장이라도 바스러질 듯한 얼룩덜룩한 종이를 한 장씩 조심스레 넘겨가며 천천히 읽었다. 만년필로 글씨를 흘려 쓴 메모지는 누렇게 바랬으며, 옛날 스타일로 멋스럽게 휘갈기고 구부려 쓴 서체들도 모두 갈색으로 변해있었다.

1916년에는 렉싱턴을 농아학교라고 불렀다. 이 말은 거의 모든 페이지마다 빠지지 않고 등장했고, 묵직한 납덩이처럼 할아버지의 이름을 눌러댔다. 귀가 안 들리고 말을 못하는 샘, 귀머거리에 벙어리인 그는 사회에서 책임져야 할 존재가 되어 학교로 보내졌다. 할아버지를 주립 특례생으로 규정한 몇 개의 문서에는 '왕정 카운티의 비용으로 교육하고 지원한다.'는 설명이 적혀 있었다.

할아버지의 아버지(그러니까 내게는 증조할아버지인데, 그분의 성함도 오스카였다)가 보낸 위임장도 있었는데, 병원 의사에게 검사를 받게 하여 아들의 아데노이드와 편도선을 제거하고, 주사를 맞혀 주고, 안경을 쓸 수 있게 해달라는 내용이었다. 위임장이라고 해 봐야 대개는 서명이 전부였지만, 한 서류에 덧붙인 짧은 글에서 자신의 청각장애 아들을 대하는 당국에 대한 증조할아버지의 태도가 잘 나타나있었다. '여러분이 제 아들에게 취하고자 하는 올바른 처사에

만족하는 바입니다. 감사한 마음으로, 오스카 코헨으로부터.' 아들이고 뭐고 납덩이처럼 지긋지긋한 짐이 시야에서 말끔히 사라졌다는 듯한 글이었다.

렉싱턴에 들어간 지 12년 만인 1928년에 할아버지는 학교를 졸업하고 브루클린에 있는 집으로 돌아갔다. 몇 달도 지나지 않아 증조할아버지는 렉싱턴에 도움을 요청하는 편지를 띄웠다. '제 아들은 일자리를 찾으려고 부단히 노력했지만 소용이 없었습니다. 학교에서 직업교육을 시켜주지 않아 이렇다 할 재주도 갖고 있지 않습니다. 저희로서는 뭘 어떻게 해야 할지 모르겠고 그저 낭패스러울 따름입니다. 아이도 이제 스물세 살의 성년이니 제 앞가림은 해야 하지 않겠습니까.'

당시 고등 농아학교의 교장선생님은 '학교의 모든 사람이 샘을 너무나 좋아하지만, 그는 시간을 허비했고, 학교에서는 그에게 직업교육을 시킬 수가 없었으며, 본인이 더 열심히 노력하지 않으면 안 될 것'이라며 학교를 변호했다. 교장선생님은 특히 샘, 그러니까 할아버지의 부족한 구화와 언어 능력, 그리고 간판 도색 일을 배우는 데 의욕을 보이지 않았다는 점을 지적했다. 그런데도 무한한 아량을 발휘해 스물세 살이 된 샘을 '착한 아이'라고 표현하면서 '어떤 시련과 역경이 닥치더라도 저희는 충심으로 두 분을 위로할 것입니다. 모두가 샘의 친구니까요.'라고 덧붙였다 .

실제로 편지를 쓴 그날, 교장선생님은 할아버지에게 전보를 쳤다. '일거리가 있을지도 모르겠음. 내일 오전 11시까지 오기 바람.' 그 이후에 주고받은 편지를 보면, 학교에서는 할아버지에게 일자리를 알아봐 주려고 계속 노력했으며, 그런데 그 노력이 별 성과가 없었다는 사실도 확인할 수 있다.

이듬해 2월에 증조할아버지는 다시 교장선생님에게 편지를 썼다. '학교를 졸업하고 집에 와있는 동안(그게 벌써 1년이 되었습니다) 샘은 간판 칠하는 곳에서 주급 12달러(약 만 4천 원)를 받고 두 달을 일한 게 고작입니다. 그리곤 해고를 당했어요. 매일같이 일자리를 알아보러 나가지만 소용이 없습니다. 아무래도 장애인이기 때문이겠죠. 학교에서 샘에게 일자리를 좀 알선해주실 수 없는지요. 만약 가능하다면 연락주시겠습니까?'

나는 머릿속으로 그려보았다. 기골이 장대한 증조할아버지가 두꺼운 코트에 털모자를 쓰고 눈길을 걸어 편지를 부치러 가는 모습이 떠올랐다. 무성한 눈썹에는 근심이 가득하다. 그리고 교장선생님은 더 좋고 편한 직장을 마다한 채 청각장애인들의 안타까운 운명을 어떻게든 개선시키려고 노력하는 맘씨 좋은 사람이다. 나는 교장선생님이 책상에 앉아 아마도 한 손으로 매끈한 턱을 문지르다 한숨을 내쉬며 편지를 읽는 모습이 떠올랐다.

그런데 편지와 전보와 서류와 진료 기록을 아무리 살펴봐도 정작 할아버지는 보이지 않았다. 나는 그 모든 상황 속에서 할아버지를 어떻게 그려야 할지 알 수 없었다. 그러던 어느 날 큰아버지가 찾아왔다. 나는 서류철을 더 자세히 보기 위해 집으로 가져갔는데, 큰아버지는 식탁에 앉아 무릎을 흔들면서 그걸 넘겨봤다. 큰아버지는 증조할아버지의 편지를 읽더니 코웃음을 쳤다. "아버지가 매일같이 일자리를 알아보러 나갔다고? 행여나." 큰아버지는 은근한 미소를 지으며 말했다. "아버지는 농구를 하러 나간 거라고."

그제야 마지막 조각이 채워졌다. 증조할아버지는 걱정스런 표정으로 편지를 우체통에 넣는다. 교장선생님은 책상에 앉아 고개를 절레절레 젓는다. 그리고 우리 할아버지는 언어 수업과 건청인 고용주들, 그리고 아무와도 이야기 나눌 수 없는 직장을 벗어나 농구 코트 위에 있다. 아스팔트 코트에서 할아버지의 심장과 폐와 팔다리는 저마다 가장 자신 있는 일에 열중하고 있다.

봄에 할아버지는 칠순을 맞았고, 우리는 생일파티 초대장을 수십 통씩이나 발송했다. 엄마가 직접 글을 쓰고, 내가 수채화 물감으로 그림을 그렸다. 집안도 구석구석 청소했다. 2미터 가까이 되는 특대형 샌드위치도 두 개나 주문했다. 그리고 우리는 집으로 이르는 1.6킬로미터 길에 있는 전신주마다 화살표를 붙였고, 샘이라고 적은 색색의 풍선을 달았다.

아무리 칠순이라지만 성대한 생일파티는 우리 집 전통이 아니었다. 그런데 그해에는 축하해야 할 더 중요한 일이 있었다. 할아버지가 마침내 뉴욕 청각장애 운동연맹 명예의 전당에 이름을 올렸기 때문이다. 그건 할아버지가 평생토록 간직해온 소망이었지만, 20년 쯤 전에 포기했던 바람이기도 했다.

결혼을 하고 얼마 되지 않아 할아버지는 여성용 목욕 가운의 원단 자르는 일을 하게 됐다. 그리고 그 일은 평생 직업이 되었다. 가족, 그러니까 아내와 건청인으로 태어난 두 아들을 부양할 유일한 소득원이 된 것이다.

할아버지는 아침마다 고가철도를 타고 출근을 했다. 출근부를 찍고 나면 하루 종일 무거운 가위를 들고 천을 잘랐다. 저녁이 되면 어찌나 고단했던지 꾸벅꾸벅 졸다가 내려야 할 역을 지나치기 일쑤였다. 그래도 20세기 중반을 살았던 청각장애인에겐 그리 나쁘지 않은 직장이었고, 할아버지는 세월을 바쳐 가족을 부양했다.

하지만 할아버지가 진정으로 살아 숨 쉬는 순간은 농구 코트 위에 있을 때였다. 할아버지는 언제나 농구를 사랑했다. 초등학교에 다닐 때도 점심시간에는 비가 오나 눈이 오나 혼자서 농구를 했고, 렉싱턴에 와서도 수업이 끝나면 농구공부터 집어 들었다.

여름방학을 맞아 집에 있을 때면 부모님이 일정한 시간 이상은 운동을 하지 못하게 했다. 그러면 6층 아파트에서 운동화와 반바지를 창밖으로 던져놓은 다음, 신문 사러 간다고 나갔다가 몇 시간이 지나서야, 대개는 신문도 들지 않은 빈손으로 집에 돌아왔다.

성인이 되어서도 생활의 중심은 농구공, 그리고 미국에서 가장 오래된 청각장애 모임인 유니온 리그였다. 할아버지는 목요일 밤마다 클럽 회원들이 모여 카드를 치고 담소를 나누는 곳으로 갔다. 어찌나 열심히 참석을 했던지 집에서는 목요일을 가리키는 수화가 유니온 리그의 앞 글자를 따서 "유엘U-L"이 될 정도였다. 아버지는 어렸을 때 일주일이 일요일, 월요일, 화요일, 수요일, 유엘, 금요일, 토요일인 줄 알았다는 얘기를 지금도 즐겨한다.

할아버지는 유니온 리그와 렉싱턴 남학생 팀, 헤브루 청각장애 운동연맹, 그밖에 여러 청각장애인 농구 팀에서 활동했다. 그리고 필라델피아 스파스와 캐슬 힐 비치 클럽이라는 세미프로 팀에서 뛴 유일한 청각장애 선수이기도 하다. 할아버지는 1959년까지 농구를 하고, 또 지도했다.

할아버지가 농구를 그만뒀을 때, 고등학교를 갓 졸업한 아버지는 미국 청각장애인 운동연맹 앞으로 편지를 썼다. 그건 아버지가 할아버지를 위해서 쓴 수많은 편지 가운데 첫 번째였다. 그 편지는 당시 52세였던 할아버지가 백내장이 심해져서 수술 날짜를 받아놓고 있다고 설명하고 있다. 게다가 25년간 일해온 공장이 문을 닫아 일자리마저 잃었다고 했다. 아버지는 이렇게 썼다.

제가 18년을 살면서 본 아버지는 행복하고 명랑한 분이셨습니다. 세상 그 누구도 제 아버지만큼 인생을 즐기는 사람은 없을 겁니다. 그런데 지난 5주 사이에 아버지는 우울하고 의기소

침한 분이 되셨습니다. 겉으로는 여전한 듯 행동하시지만, 안에서는 저처럼 가까이 있는 사람만이 느낄 수 있는 변화가 일어나고 있습니다.

어제 우연히 서류를 정리하다가 미국 청각장애인 운동연맹 명예의 전당 후보 추천과 관련해서 1956년에 연맹에서 보내주신 편지를 발견했습니다. 제가 아는 아버지라면 아마 답장 쓰는 걸 잊었을 가능성이 높습니다. 아버지의 관심은 운동경기에 참가하는 것이지, 거기에 따르는 유명세나 명성이 아니니까요.

이제 제가 이 편지를 쓰는 이유를 말씀드리겠습니다. 저는 아버지의 기운을 북돋워드릴 일이 없을까 생각해봤고, 만약 명예의 전당에 오를 가능성이 있다면 아버지에게 더 없이 큰 기쁨이 될 거라고 판단했습니다.

저는 자선을 바라지 않습니다. 제 아버지를 불쌍히 여겨달라고 부탁드리는 것도 아닙니다. 왜냐하면 제 아버지는 뛰어난 능력을 가졌고, 동정이 아닌 부러움의 대상이니까요. 저는 아버지가 훌륭한 선수였고, 또 지금도 그렇다는 걸 잘 알고 있습니다. 그건 제가 아버지에게서 농구를 배웠기 때문이고, 그 가르침을 증명해줄 트로피도 제법 가지고 있습니다.

아버지께서는 이 편지에 대해 전혀 모르고 계시다는 걸 다시 한 번 말씀드리고 싶습니다. 만약 아신다면 아마 저를 몹시 꾸중하실 겁니다. 그만큼 자존심이 강한 분이기 때문입니다.

아버지는 마지막으로 검은색 펜으로 단정하게 서명을 한 다음, 그 편지를 봉투에 넣어 우표를 붙였다. 그리고는 당신의 돌아가신 할아버지의 발자국을 따라 디디며 눈길을 터벅터벅 걸어 편지를 부치러 갔을 것이다. 편지에는 아무런 답이 없었고, 어떤 결과도 발생하지 않았으며, 할아버지는 당신 아들이 무슨 일을 했는지 아무것도 알지 못했다.

할아버지가 다시 후보로 거론되고 마침내 명예의 전당에 오른 건 그로부터 18년이 지나서였다. 할아버지는 일흔 번째 생신을 몇 달 남겨놓고 그 소식을 들었다. 잔치가 있던 날, 할머니는 일부러 할아버지와 함께 외출했다. 그리고 돌아올 때는 우리가 붙인 화살표와 풍선이 보이자마자 안경이 더럽다는 핑계로 할아버지의 안경을 반강제로 벗겨서 그 길을 벗어날 때까지 열심히 닦았다.

아무것도 모르는 할아버지는 차 뒷좌석에서 내리는 순간 조금 어리둥절한 표정이었다. 친지들이 모두 모여 여전히 미심쩍은 표정으로 두리번거리는 할아버지를 향해 따뜻한 미소를 보내고 있었다. 마침내 사태를 짐작한 할아버지의 가늘고 큰 입에는 수줍음과 고마움이 섞인 미소가 떠올랐고, 오후 내내 너무나도 깨끗하게 닦인 안경 뒤에서 눈동자를 반짝이며 웃음을 감추지 못했다.

오후 늦게 누군가 창고에서 농구공을 꺼내왔다. 우리 집엔 없었지만, 옆집에 농구 골대가 있었는데, 우리는 모두 그 집 진입로에 도열했다. 할아버지는 하프코트쯤 됨직한 거리에 자리를 잡았다. 할아버지가 성공할 거라고는 생각하지 않았다. 할아버지는 이제 나이가 일흔이고, 머리는 하얗게 샜으며, 밤이면 틀니를 벗어놓는 노인네였으니까. 그렇더라도 다른 날도 아닌 오늘 같은 날, 할아버지가 참담하게 실패하는 장면을 목격해야만 한다는 생각에 나는 속이 다 울렁거렸다. 다들 조용히 지켜보는 가운데 할아버지는 천천히 자세를 취하면서 공을 부드럽게 손에 쥐었다. 그리고는 몸을 펼치듯 뛰어올랐고, 우리의 머리 위로 원을 그리며 날아간 공은 깨끗하고 정확하게 골대에 꽂혔다. 그 거리에서 할아버지는 한 번도 슛을 실패한 적이 없었다.

3년 뒤, 그때 그 사람들이 할아버지의 장례식을 치르고 나서 큰아버지네 집에 다시 모였다. 사람들은 뒷마당으로 나가 고인을 기렸다. 어른들은 의자에 몸을 기댔고, 우리는 예쁘지만 불편한 신발을 벗어 던지고 맨발로 토끼풀밭을 뛰어다녔다. 너무 많은 과일과 초콜릿에 물릴 지경이 된 우리는 잔디밭에 앉아 들을 수 있는 사람들이 하는 말을 엿듣고, 들을 수 없는 사람들이 나누는 수화를 지켜봤지만, 이해할 수 없기는 어느 쪽이나 마찬가지였다.

잠시 뒤, 나는 시원한 거실로 들어가 미닫이문 앞에 서서 유리창으로 밖을 내다봤다. 큰아버지는 장례식에서 슬프게 울었지만, 우리 아버지는 눈물 한 방울 흘리지 않았다. 그런데 아버지가 지금 구부정한 어깨로 손에 든 음료수 잔마저 잊어버렸는지 손가락 사이에 아슬아슬하게 쥐고는 잔디밭을 서성이고 있었다. 누군가 수화로 얘기를 건네도 고개만 끄덕일 뿐이었다. 나는 하루 종일 아버지에게 말을 걸지 못했다. 나는 아버지가 조금 무섭게 느껴졌다. 그의 강철 같은 슬픔, 그의 지독한 기품이 어쩐지 두려웠다.

청각장애 부모 밑에서 건청으로 태어난 사람들은 종종 어려서부터 자신이 부모 노릇을 해야 했다고 말한다. 통역도 해야 하고, 뒤치다꺼리도 해야 하고, 생계도 책임지고, 부모님께 세상살이도 가르쳐줘야 했다면서 그런 책임감이 자신의 성장 과정을 무겁게 짓눌렀노라고 얘기한다.

아버지는 이런 주제의 에세이나 기사를 늘 대수롭지 않게 여겼다. 그러면서 ■당신은■ 가족을 부양한 적이 없고, ■당신은■ 장을 본 적이 없고, ■당신은■ 가족의 생계를 책임지거나 아파트를 관리해본 적이 없다고, 당신을 돌보고 정서적으로 이끈 건 바위처럼 든든했던 부모님이라고 덧붙였다.

그날 잔디밭을 거닐던 아버지의 모습, 넓은 어깨를 축 늘이고 무표정한 얼굴로 서성대던 그 모습, 평소의 모습에서 갈라졌거나 떨어져 나온 편린 같은 그 모습은 내 시선을 잡아끌면서도 두려움을 불러일으켰다. 그리고 아버지가 낮게 가라앉은 목소리로 할아버지의 죽음에 얽힌 이야기를 내게 들려준 건 그로부터 10년이 지나서였다.

1981년 7월 25일 토요일 오후, 유니온 리그에 가기 위해 할머니와 함께 집을 나선 할아버지는 몇 걸음 뒤처져서 걷다 길에서 쓰러졌다. 누군가 팔을 건드려서 뒤를 돌아본 할머니는 남편 주위로 사람들이 몰려있는 것을 봤다. 눈부시게 밝은 날, 남편은 길가에 쓰러져 머리에서 피를 흘리고 있었다. 경찰이 오고, 뒤이어 구급차가 도착했다. 병원으로 이송된 할아버지는 심장마비 중환자실로 옮겨졌다.

병원으로 달려온 아버지는 병원 직원과 간호사와 의사들에게 할아버지가 완전한 농인이고, 말로 의사소통을 할 수 없다고 설명했다. 할아버지와 의사소통을 할 수 있는 수어 가능자가 옆에서 상황을 설명해줘야 병원에서도 증상이며 병력에 대한 정보를 알 수 있으며, 환자의 대답을 들을 수 있다고 거듭 강조했다. 아버지는 필요하면 자신이 통역을 하겠노라고 얘기했다. 아버지는 병원 직원에게 집과 사무실의 전화번호를 남기면서 언제든 전화만 주면 즉시 달려오겠다고 했다.

일요일 오후 3시, 병실에 들어가려던 아버지는 입구에서 제재를 당했다. 지금은 회진 중이라 병실에 들어갈 수 없다는 설명이었다. 아버지는 통역사로서 회진에 함께하고 싶다고 말했다. 그 직원은 청각장애인을 위한 통역사가 대기하고 있다고 하면서 아버지의 도움은 필요 없다고 대답했다. 결국 아버지는 병실에 들어가지 못했고, 나중에야 통역사가 그 자리에 없었다는 사실을 알았다. 병원의 통역사는 주말에는 일을 하지 않았다.

그날 밤에 아버지는 병원에 전화를 걸어 할아버지의 상태를 물었다. 당직 간호사는 의사가 자리를 비웠다고 대답했다. 아버지는 일요일 밤이지만 의사 선생님이 집으로 전화를 해주셨으면 고맙겠다고 부탁했다. 전화는 없었다.

월요일 아침 9시에 아버지는 병원에 전화를 걸었고, 할아버지의 상태가 호전되었으며 심장마비의 위험이 사라져 중환자실에서 15층 병실로 옮겼다는 얘기를 들었다. 아버지는 TTY로 할머니에게 기쁜 소식을 전했다.

할머니가 병원에 도착한 건 아침 11시 15분이었다. 방문증을 요청했더니, 환자 명단에 코헨이라는 이름이 없다고 했다. 할머니가 그럴 리가 없다고 하자, 안내 데스크에 있던 직원은 전화를 몇 통 해 보더니 15층으로 올라가라고 했다. 아무도 통역사를 부르려 하지 않았다. 할머니가 15층에 올라가니 이번에는 대기실에서 잠깐 기다리라고 했다. 간호사가 수어를 할 줄 몰라 할머니는 당신이 뭘 기다려야 하는지도 모른 채 마냥 앉아있어야 했다.

마침내 인도 액센트가 섞인 레지던트가 와서 도무지 읽기 힘든 입모양으로 전문 용어를 섞어가며 말했다. 할아버지가 그날 아침 8시에 일어난 두 번째 심장발작을 넘기지 못했다는 얘기였다. 할머니는 '심장발작'이 무슨 뜻인지도 몰랐을 뿐더러 그 레지던트의 설명 자체를 제대로 이해하지 못했다. 하지만 고개를 가로젓는

게 무슨 뜻인지는 알았다.

충격과 혼란에 빠진 할머니는 병원 로비로 안내되었다. 의사는 아버지의 사무실로 전화를 걸었다. 손가락 하나 움직이지 못할 정도로 망연한 심정으로, 팽팽하게 당겨진 듯한 침묵의 장막 뒤에서 할머니는 아버지가 오기만을 기다렸다. 그런데 먼저 도착한 사람은 큰아버지였다. 할아버지의 죽음을 모르는 채 밝은 표정으로 다가오는 큰아버지를 보는 순간, 할머니는 무너져 내렸다. 할머니는 병원의 벽을 붙잡고 통곡하기 시작했다.

하루가 지나고 또 지나도 의문만이 꼬리를 물었다. 할아버지가 심장마비 중환자실에서 일반 병실로 옮겨진 일요일 밤에 그 이유를 설명해줄 통역사는 왜 그 자리에 없었을까? 월요일 아침에 발작이 일어났을 때 의사의 지시를 할아버지에게 전하고, 할아버지의 이야기를 의사에게 말해줄 통역사는 왜 그 자리에 없었을까? 아버지가 필요성을 누차 강조했는데 병원 측에서 제공하겠다고 장담했던 통역사는 할아버지가 진찰을 받는 자리에 왜 함께 있지 않았을까? 일요일 오후 회진 때 통역을 하겠다는 아버지를 저지한 것에 대해 병원 측은 어떤 해명을 할 수 있을까? 그리고 할머니에게 남편의 사망 소식을 전할 때조차 통역사가 보이지 않았던 이유는 뭘까?

아버지는 해명을 요구하는 편지를 병원에 보냈다. 몇 달이 지나고 나서야 답신이 왔다. 잘못에 대한 시인은 없었고, 무마하려는 듯한 말뿐이었다. '저희는 청력에 장애가 있는 환자와 원활하게 의사소통하기 위해 지속적으로 노력하고 있으며, 이에 따라 직원 교육 프로그램을 더욱 강화했다는 것을 말씀드립니다. … 이 문제에 대한 귀하의 지속적인 관심은 저희 의료 센터에서 치료를 받는 다른 청각장애 환자들에게 바람직한 영향을 미칠 것입니다.'

아직 어렸던 나는 뭔가 문제가 있다는 것만을, 죽음이라는 기정사실 외에 뭔가 잘못되고 나쁜 사정이 얽혀 있다는 것만을 어렴풋이 짐작할 수 있을 뿐이었다.

몇 년이 지난 후에 나는 아버지에게 그때의 얘기를 해달라고 부탁했다. 아버지는 거절하지 않았고, 마지막 며칠의 얘기를 들려주었다. 그리고 나는 10년 동안 내 마음을 괴롭혔던 균열의 실체를 보게 되었다. 아버지의 얼굴에 그늘이 지고 안색이 흐려졌다. 아버지의 목구멍에서 뭔가 아픈 것이 넘어왔다. 잠시 동안 아버지는 말없이 큰 슬픔 속에 잠겨 있었다. 아버지도 할아버지를 그리워하고 있었다.

꺾이지 않는 강인함의 상징이었던 할아버지. 그분을 아버지는 어떻게 마음속에 담고 있는지 궁금했다. 할아버지의 자취를 돌아봤을 때 내가 찾은 건 종이 뭉치뿐이었다. 할아버지에 대해 쓰거나 할아버지를 대신해 쓴 편지는 있었지만, 정작 할아버지가 쓴 건 없었다. 할아버지가 바위라면 벌써 오래전에 닳아 흙이 되었고, 화석이 된 게 있다 해도 그건 다른 사람들이 남긴 것이었다. 당신의 아버지 오스카와 아들 오스카가 쓴 편지처럼 말이다.

할아버지 자신의 자취는, 할아버지의 손이 표현했던 말들과 코트를 누빈 동작들은 남아있지 않다. 할아버지의 말과 동작은 일단 완성되고 마무리되면 그뿐, 아무 흔적도 남기지 않는다.

아주 특별한 축복

눈을 떴을 때 소피아는 잠시나마 상트페테르부르크에 있던 학교 기숙사에서 자고 일어난 듯한 착각에 빠졌다. 하지만 옆 침대에서 분홍색 담요를 둘둘 감고 자는 사람은 학교 친구가 아니라 동생 이리나였다. 커튼도 없는 창문 너머로 어스름 속에서 노란색 등을 켜고 조심조심 지나는 차량 행렬이 보였다. 자리에서 일어나 욕실에 들어간 소피아는 곧 핏자국을 확인했고, 거기서부터 이날의 문제가 시작됐다.

“엄마.” 소피아는 살그머니 부모님 방으로 들어갔다. 더듬더듬 침대를 짚어가며 어머니 옆으로 간 소피아는 격앙된 러시아어로 말했다. “그게 시작됐어요, 하필이면 지금.” 이날은 소피아가 유대교 회당에서 정식으로 바트미츠바(14세~15세 소녀를 유대인 사회의 구성원으로 받아들이는 유대교 성인식. 소년의 경우에는 바르미츠바라고 한다.)를 받기로 한 하루 전날이었다. 정통파 유대교에서는 월경 중인 여자를 불결한 상태로 보는데, 성단에 서서 율법을 읽기로 한 날을 하루 앞두고 월경이 시작된 것이다. 어머니는 어두운 침대에 누워 소피아의 목소리를 가만히 듣고 있었다. 어딘가 당겨진 듯하고 높낮이 없이 평평한 딸의 이상한 목소리를 들으면서 어머니는 생각했다. '그렇다면 바트미츠바도 없겠군.'

부모님은 애초부터 소피아의 바트미츠바를 원치 않았다. 1년 전에 렉싱턴에서 종교교육을 지도하던 랍비가 얘기를 꺼냈을 때에도 부모님은 거절했다. 청각장애 아이가 무엇 때문에 바트미츠바를 받는단 말인가. 귀가 멀쩡한 위의 두 딸도 그런 것 없이 잘 컸다. 물론 그 아이들은 유대교가 금지된 소련에서 자랐지만 말이다.

그러다 아버지는 차츰 생각을 바꾸어 랍비의 제안을 받아들였고, 나중에는 좋아하기까지 했다. 예정된 날짜가 다가오면서 저녁이면 소피아의 헤브루어 공부를 도와주기 위해 큰 소리로 율법도 같이 읽었다. 하지만 어머니는 여전히 반대였다. 다른 아이라면 몰라도 소피아가 많은 사람 앞에서 큰 소리로 말하는 걸 보고 싶지 않았다. '이건 어쩌면 신께서도 소피아의 바트미츠바 의식을 원치 않는다는 계시일지 몰라.'

어머니는 살그머니 침대에서 빠져 나와 소피아와 함께 부엌으로 갔다. "어떻게 할 생각이니?" 어머니가 미심쩍은 목소리로 묻자, 소피아는 기다렸다는 듯이 대답했다. "랍비님께 전화를 걸 거예요. 어쩌면 괜찮다고 하실지도 몰라요." 모녀는 잠시 설전을 벌였다. 소피아는 엄마의 입모양을 읽기에 여념이 없었다. "너는 죄를 짓는 거야. 바트미츠바는 아무런 의미도 없어. 너에게 나쁜 일이 일어날 게다."

어머니의 그 말은 집을 나서는 소피아를 쫓아왔다. 목소리가 귓전에 울리는 게 아니라 이미지가 머릿속에서 맴돌았다. 어머니의 그 입술, 말할 때 드러나는 이, 다 안다는 듯한 검은 눈동자. 통학버스는 이미 길모퉁이에 도착했고, 소피아는 눈 위에 어지럽게 난 바퀴 자국과 질척한 웅덩이 사이를 바쁘게 달렸다. 이날은 토실토실한 다리로 숨이 턱에 차게 따라오는 이리나를 신경 쓸 여유가 없었다. 랍비와 얘기를 해야 한다. 랍비에게 전화를 걸려면 서둘러 학교에 가야 한다.

일주일 전 수요일, 바트미츠바를 앞두고 학교 도서관에서 마지막 헤브루어 수업을 받을 때만 해도 모든 것이 순조로웠다. 소피아는 수업에 몇 분 늦었고, 먼저 도착한 도나 버먼 랍비는 도서관 제일 안쪽에 있는 원탁 테이블에 앉아있었다.

처음 랍비를 만났을 때, 소피아는 여자 랍비가 있다는 사실을 알고 충격과 기쁨을 감추지 못했다. 하긴 당시에는 충격과 기쁨이 소피아의 일상이었다. 미국의 학교생활은 놀라움으로 가득했다. 청각장애인 선생님, 들을 수 있는데도 수화를 할 줄 아는 선생님, 학교 일정에 버젓이 올라와 있는 유대교의 휴일들, 어디로 눈을 돌려도 꿈쩍도 않던 낡은 가치들이 산산이 부서져 내리는 것 같았다.

도나 랍비는 작년 가을부터 렉싱턴에서 종교 수업을 진행했는데, 다른 네 명과 달리 소피아는 처음부터 두각을 나타냈다. 수업은 일주일에 한 시간이고 학점도 인정되지 않았지만, 소피아에겐 가장 중요한 시간이 되었다.

소피아에게 헤브루어는 러시아어, 러시아수어, 영어, 그리고 미국수어에 이어 다섯 번째 언어인 셈이었다. 하지만 소피아는 타고난 언어 능력으로 새로운 언어에 도전했다. 헤브루의 알파벳이자 행운의 상징인 차이(chai) 모양의 금 펜던트를 목에 걸고 다녔고, 난생 처음 유대교의 장식촛대인 메노라를 갖게 되었을 땐 기쁨의 탄성을 질렀다. 러시아에서 남몰래 하누카(유대력으로 9월 25일부터 8일간 진행되는 유대인의 연례축제)를 기념할 때는 양초 모양으로 대강 자른 감자로 만족해야 했었다.

한때는 가질 수 없었던 것들이 새롭게 주어졌다. 소피아의 눈앞에는 자유로운 믿음의 세계가 빛나고 있었다. 너무나 많은 걸 거부당하고 제약받으며 살아왔기에 그 빛을 거부한다는 건 있을 수 없었다. 소피아는 밤낮으로 헤브루어를 공부했다. 그 인내와 소망은 어린 손에 꼭 쥔 금화 두 닢처럼 소피아의 가슴을 벅차게 눌러댔다.

수업을 시작하고 3개월이 지났을 때 도나 랍비는 소피아에게 바트미츠바를 받고 싶으냐고 물었다. 사실 소피아는 바트미츠바 의식에 참석해본 적이 없었다. 그 의식을 받는다는 게 구체적으로 어떤 의미인지도 몰랐고, 뉴욕에 온 이후로 정통파 유대교를 열심히 믿고 있는 부모님이 허락을 하실지도 알 수 없었다. 단지, 스무 살인 자신의 나이가 전통적으로 바트미츠바를 받는 나이에서 다섯 살이나 초과했다는 사실은 잘 알았다. 하지만 그건 문제될 게 없다는 랍비의 말에 소피아는 다른 불안을 꿀꺽 삼키고 부모님의 동의도 구하지 않은 채 9개월 동안 바트미츠바를 준비했다.

아늑한 어항 옆자리에 도나 랍비와 함께 앉아 마지막 수업을 시작했을 때야 비로소 소피아는 이 모든 게 실제로 일어나고 있다는 확신이 들었다. 소피아는 랍비의 두툼한 가죽 책 위로 몸을 숙인 채 오른손 엄지에는 차이 글자가 달랑거리는 목걸이를 감고, 왼손 검지로는 문장을 짚어가면서 소리 내어 읽었다. 어느 틈에 오른손의 손가락들은 헤브루어를 일일이 지화로 표시하고 있었다.

랍비는 의자를 끌어다 소피아의 어깨 너머로 같이 문장을 보고 읽었다. 이따금 소피아의 발음을 고쳐주기도 하고, 수화로 정확한 소리를 일러주기도 했다. 랍비의 지화는 진지하지만 부정확했다. 소피아는 번번이 가볍게 웃으며 ▪자신의▪ 헤브루어를 고쳐주는 랍비의 수화를 고쳐주었다.

두 사람의 뒤쪽으로 중학교 여자아이 다섯 명이 나타났다. 아이들은 허리에 폭이 넓은 고무 밴드를 두르고 거기에 보청기 리시버를 차고 있었다. 도서관에 온 아이들은 도서 목록에서 도마뱀을 찾는다고 이리저리 깡충대며 부산을 떨었다. 적당한 제목의 책을 못 찾았는지 몇 명이 소피아가 앉아있는 탁자로 몰려오더니 호기심 어린 눈으로 쳐다보다가 선생님이 쫓아내자 다시 파충류를 찾아 떠났다.

소피아는 개의치 않고 계속 읽었다. 둥그렇게 구부린 등 위로 검은 머리가 물결치듯 흘러내렸다. 도나 랍비는 소피아 옆에 바짝 다가앉아 소피아가 읽는 걸 지켜보며 고개를 끄덕였다. 소피아는 엄지손가락으로 여전히 목걸이 줄을 감았다 풀었다 해가면서 책에 적힌 헤브루어를 지화로 소리 내고, 목소리로 그려냈다. 끝까지 다 읽은 소피아는 한숨을 폭 쉬고는 잘했냐고 묻는 듯한 미소로 랍비를 쳐다봤다.

지난 몇 달 동안 도나 랍비는 소피아의 태도가 조금 어정쩡하다는 느낌을 받았다. 바트미츠바 의식을 내키지 않아 하는 것 같기도 했다. 혹시 결심이 흔들렸나 싶어 이렇게 물어봤다. "하기 싫은 걸 선생님이 강요하는 거니?"

소피아는 고개를 저었다. "아니에요, 그건. 그런데 아직 어머니한테 말을 못 했어요." 랍비와 함께 있을 때면 소피아는 목소리만 사용했다.

랍비는 준비물에 대한 얘기를 꺼냈다. “소피아, 초대장은 만들고 있지?”

“아니오, 아직…. 하지만 만들고 싶어요.”

“시간 나면 할 거지? 바트미츠바가 끝나면 말이야.” 랍비는 농담을 하면서 소피아의 어깨를 따뜻하게 토닥였다.

“몇 명이나 초대하죠?” 소피아가 물었다.

“회당에는 자리가 아주 많단다.”

“너무 많이는 말고, 적당한 게 좋겠어요.”

“나는 가도 되지?” 랍비는 또 농담을 걸었다.

소피아의 미소는 어딘지 피곤해 보였다.

하지만 그때까지만 해도 소피아는 이런 문제로 랍비에게 전화를 걸게 될 줄은, 이렇게 착잡한 심정으로 눈길을 달리는 버스에 앉아있게 될 줄은 꿈에도 생각지 못했다.

학교에 도착하자마자 소피아는 전화와 TTY와 중계 서비스를 이용해서 랍비의 사무실로 전화를 걸었다. 자동 응답기가 받았고, 소피아는 상담교사인 루앤 선생님의 도움을 받아 전화를 부탁한다고 메시지를 남겼다. 이번 바트미츠바에 초대받은 몇 안 되는 렉싱턴의 교직원 가운데 한 명인 루앤 선생님은 힘 있고 빠른 수화로 랍비에게서 전화가 오는 즉시 알려주겠다고 약속했다. 이젠 교실

로 돌아가 기다리는 것밖에는 할 일이 없었다.

소피아는 랍비의 대답을 지레짐작하지 않으려고 애썼지만, 묘하게도 이날은 온통 그 생각을 하게 만드는 주제들뿐이었다. 미국사 시간에는 종교의 자유를 다뤘다.

■비국교도들이 왜 1644년에 매사추세츠 베이 콜로니를 떠나 로드아일랜드에 자신들만의 집단 거주지를 형성했을까?■ 선생님이 물었다.

소피아는 마치 그 주제에 대해 생각하고 있었던 것처럼 바로 대답했다. ■자신들의 신을 자신들의 방식에 따라 믿고 싶었으니까요. 왜냐하면 종교는 개인적인 문제거든요.■

■맞아. 여기서 기억해야 할 점은 매사추세츠 베이 콜로니가 대단히 엄격했다는 사실이야.■ 선생님은 손가락 두 개를 갈고리처럼 구부려서 콧등 위에 대고 퉁기면서 ■엄격■이라는 수화를 강조했다. 마치 기수가 잡아당기는 말고삐처럼 보였다.

소피아는 뺨을 문지르면서 어깨 너머로 시계를 쳐다봤다. 아직 10시도 안 됐다.

울적할 정도로 차갑고 눅눅한 그날 아침은 시간도 더디 흘렀다. 영어 시간에 리즈 선생님은 로자 가이의 소설 《친구들》을 큰 소리로 읽었다. 수화를 하려면 두 손이 자유로워야 하기 때문에 책은 탁자 위에 펼치고, 그 위를 묵직한 스테이플러로 눌러놓았다. 선생님은 소리 내어 읽으면서 동시에 수화를 했다. 선이 고운 얼굴에 이런저런 감정이 어리고, 좁은 어깨는 여러 등장인물의 변화에 맞춰 들썩였다. 리즈 선생님의 수화는 초등학교 선생님의 반듯한 글자처럼 군더더기 없이 명확했다.

소피아는 주먹 쥔 손 위에 턱을 괴고 한 시간 동안 아무 생각 없이 소설에 빠져보기로 했다. 하지만 소설의 내용마저 지금 처한 현실을 돌아보게 만드는 건 무슨 조화일까. 이날 읽은 부분은 뉴욕으로 이민 온 십 대 소녀가 교실에 앉아 어머니 생각을 떨쳐버리지 못하는 내용이었다. 그러더니 소설 속 학생들이 선생님을 조롱하는 내용으로 넘어갔다. ■그 여자는 아무것도 아닌 유대인이야.■ 이 대사 부분을 읽으면서 리즈 선생님은 못마땅한 심기를 턱의 주름으로 나타냈다. ■라스 선생은 유우-대인이야.■

소피아로서는 심란할 정도로 익숙한 장면이었다. 소피아는 '더러운 유대인'이라고 불리는 게 어떤 느낌인지 잘 알고 있었다. 상트페테르부르크에서 학교에 다닐 때 피부색이 짙고 중앙아시아인의 이목구비를 가진 소피아는 반유대주의의 표적이 되곤 했다. 2년 전 렉싱턴에 입학했을 때 소피아는 그 경험을 글로 썼고, 러시아어를 하는 선생님이 그걸 영어로 번역했다.

> 저는 러시아와 미국의 유대인이 어떻게 살고 있는지에 대해 말씀드리고 싶습니다. 러시아에서는 유대인을 차별합니다. 정부는 사람들에게 신을 믿어서는 안 된다고 말하고, 일부 교회

> 와 회당을 폐쇄하기도 합니다. 또한 러시아에 사는 일부 유대인들은 자신의 종교를 알지 못합니다. 그들은 유대교 휴일에 대해 자유롭게 배우지 못하고, 유대 율법에 따라 만든 정결한 음식을 먹을 수도 없습니다.

소피아의 가족은 사마르칸트에서도 남몰래 유대교를 믿었다. 하지만 소피아는 어려서부터 상트페테르부르크에 있는 청각장애기숙학교에 다니느라 가족은 물론 종교와도 차단된 삶을 살았다.

소피아는 목에 걸린 차이 글자를 만지작거렸다. 소피아는 지구를 반 바퀴 돌아 유대교를 자유롭게 믿을 수 있는 나라에 왔고, 이곳에서 청각장애 학생을 성심껏 지도해주는 랍비를 만났다. 헤브루어와 율법 공부를 열심히 했고, 침묵으로 일관하는 가족들과도 씨름했다. 이제야 그 장벽을 다 넘어섰는데 달의 주기가, 별것도 아닌 날짜가 길을 가로막다니.

영어 다음에는 생물, 생물 다음에는 수학. 드디어 1시가 되고 소피아는 식당 대신 상담실로 근심 어린 걸음을 옮겼다. 루앤 선생님은 소피아가 채 앉기도 전에 얘기를 시작했다. “그 랍비님이 전화하셨어. ■상관없대.■ 자, 이건 댁 전화번호야. 네가 직접 전화해 보고 싶으면 해 봐.”

통화 내용을 전해주는 루앤 선생님의 얘기를 듣고 있자니 소피아의 온몸으로 달콤한 피로가 나른하게 퍼졌다. 랍비는 ‘월경을 한다는 건 부끄러운 일이 아니다. 오히려 신이 주신 선물이다. 생산의 잠재력을 갖는 시기, 이 축복의 시기보다 바트미츠바 의식을 하기에 더 적당한 때는 없다. 다만 가족의 생각은 다를 수 있기 때문에 자신은 소피아의 생각을 존중하겠으며, 어떤 결정을 내리더라도 전적으로 동의하겠다.'고 강조했다. 랍비는 최종 결정을 소피아에게 맡겼다.

소피아는 어머니를 생각했다. 어머니는 아직도 청각장애가 있는 딸이 대중 앞에서 얘기한다는 사실을 곤혹스러워한다. 다음엔 아버지. 아버지는 한 달 전에야 헤브루어 공부를 도와주면서 찬성의 뜻을 비쳤다. 소피아는 그동안 바트미츠바 준비를 도와주고, 자신을 격려해주고, 내일 있을 의식에도 참가할 도나 랍비와 학교 선생님들의 얼굴을 떠올려 보고 스스로에 대해 생각했다. 그리고 루앤 선생님에게 결심을 밝혔다.

'저희 가족은 신을 믿었고 항상 유대교의 휴일을 지켰습니다.' 소피아는 2년 전의 에세이에서 이렇게 썼다. '하지만 저는 가족들과 함께 축하할 수 없었습니다. 기숙학교에 다녔기 때문이죠. 저는 청각장애 학교의 기숙사에서 생활했습니다.'

너무나 오랜 세월 동안 소피아는 가족들과 떨어져 지냈다. 너무 많은 것을 누리지 못했고, 너무 많은 부분을 놓쳤다. 이제부터라도 잃어버린 조각들을 찾아내고 그동안에 생긴 수많은 빈틈을 메우기 시작해야 한다.

"소피아, 나는 오늘 아침에 동이 트는 걸 봤단다."

랍비와 소피아가 연단 앞에서 마주 보고 섰다. 두 사람 뒤로 스테인드글라스 유리창을 통해 들어온 빛이 색색으로 아련하게 번졌다. 회당은 폭이 길고 천장은 낮았다. 양초 모양 전등의 뾰족한 오렌지 불빛이 이따금 이리저리 펄럭이고 있었다.

"새벽같이 일어나 동이 트는 걸 보게 된 이유는 이 글을 쓰느라 애를 먹었기 때문이야. 사실은 한 주 내내 생각을 정리하려고 몇 번이나 다시 써보려고 시도했단다. 어제는 글이 마음에 들지 않아 밤늦도록 종이를 찢고 또 찢었어."

소피아는 도나 랍비를 쳐다봤다. 키가 크고 다정한 도나 랍비는 짙은 색 옷에 알록달록한 탈리스(유대교인들이 아침기도 때 두르는 기도용 어깨걸이)를 걸치고 있었다. 도나 랍비는 말을 이었다.

"그러다 아침에 일찍 일어나 해가 뜨는 것을 보고서야 너에 대해 글을 쓰는 게 왜 그렇게 어려웠는지를 깨달았단다. 너무 아름다운 것, 너무 아름다운 사람을 어떻게 제대로 표현할 수 있겠니? 바로 그것 때문이었어."

이날은 12월 7일, 하누카의 여섯 번째 날이었다. 바트미츠바 의식을 이날 받기로 선택한 이유는 소피아가 가장 좋아하는 유대교의 휴일이 하누카이고, 또한 하누카가 종교의 자유를 축하하는 날이기 때문이었다. 날짜를 정한 건 거의 1년 전이었고, 그건 완벽한 선택이었다. 하늘은 푸르렀고, 황금빛 햇살은 눈부셨다.

전날 내린 눈으로 네모반듯한 현대식 콘크리트 건물인 포트 유대교 센터 주차장은 바퀴 자국으로 어지러웠다. 가족들은 아침 일찍 차를 타고 회당에 도착했고, 소피아의 어머니와 두 언니 아다와 넬리는 하이힐을 신고 조심조심 진창을 피해 걸었다.

가족 외에는 초대한 사람이 얼마 없었다. 삼촌과 선생님 몇 분, 그리고 렉싱턴에 함께 다니는 친구 루벤이 전부였다. 루벤은 소피아처럼 러시아에서 이민 온 유대인 청각장애인이고, 어머니들끼리 친구처럼 가깝게 지냈다.

그런데 모르는 사람들이 계속해서 회당으로 들어왔다. 랍비는 추수감사절을 며칠 앞두고 신도들에게 예배에 참석하거나, 피로연에 쓸 음식을 준비해주면 고맙겠다는 편지를 띄웠다. '소피아네 가족은 미국에서 열심히 살아가고 있습니다. 그런 만큼 예배가 끝난 후에 특별한 환대의 시간이 이어지면 좋을 것 같습니다.' 아침 내내 축하에 동참한 사람들이 가져온 음식이 뒤쪽에 마련된 탁자 위에 조용히 쌓였다.

10시 30분이 되자 오십 명이 넘는 사람이 신도석에 앉았다. 파란색 벨벳 야물커(유대교의 남자 신도가 쓰는 작은 모자)를 쓴 남자가 뒤쪽에 비디오카메라를 설치했고, 오르간 앞에는 안경 줄을 목에 드리운 은발의 여자가 앉았다. 소피아 가족은 앞줄 오른쪽에 나란히 자리를 잡았고, 렉싱턴의 선생님들과 루벤은 왼쪽에 앉았다. 아침 내내 뛰어다니고 있는 막내 이리나는 생일이라도 맞은 듯이 너풀거리는 분홍색 드레스를 차려입고 영어나 러시아어나 미국수어를 할 줄 아는 사람이면 가라지 않고 말을 걸더니, 렉싱턴 사람들 사이에 끼어 앉았다.

위층에서 의식을 준비하던 도나 랍비는 그동안의 원칙을 깨고 바트미츠바 의식을 갖는 소녀에게 선물을 줬다. 흰 실로 아름답게 수를 놓은 자신의 탈리스를 소피아의 어깨에 걸쳐준 것이다.

"기분이 어때?" 랍비가 소피아의 손을 꼭 쥐면서 물었다.

"유대인이 된 기분이에요."

두 사람은 함께 계단을 내려가기 시작했다.

성가대 독창자의 첫 번째 찬송이 끝나자, 소피아는 성단 앞에서서 익숙하거나 낯선 얼굴을 향해 최대한 정확한 목소리로 말했다. "기립해주십시오."

신도들은 처음에 무슨 말인지 몰라 망설이다가 뒤쪽에서 한 남자가 소피아의 말을 반복하자 그제야 허둥지둥 일어섰다. 소피아는 시선을 아래로 향한 채 기도문을 읽었다. 검은 머리를 탈리스 위에 드리우고, 오른손으로는 자기도 모르게 러시아 청각장애인의 악센트가 섞인 말을 지화로 옮기고 있었다. 소피아 어머니는 첫딸 아다의 한 살배기 아들 데이비드를 안고 자리에서 일어났다. 그러더니 울지도 않는 아이를 데리고 밖으로 나갔다.

시작 기도가 끝나자, 막내 이리나가 슬금슬금 성단 앞까지 다가와 몸을 옴죽거려 언니의 시선을 끌었다. 한 손에는 금박종이에 싼 동전 모양의 하누카 초콜릿 자루를 움켜쥐고, 남은 손으로 수화를 했다. ■지루해. 섰다 앉았다, 섰다 앉았다 하는 거….■

소피아가 엄지를 입술에 댔다가 손가락 끝으로 손목 위쪽을 가볍게 찰싹 때렸다. ■참아, 경고야.■ 하지만 막내의 응석을 받아주고픈 미소가 입가에 떠올라 얼른 고개를 돌려버렸다. 몇몇 신도가 그 장면을 지켜보다가 보기 좋다는 듯이 함께 미소를 지었다.

작은 실수 하나를 빼면 예배는 순조로웠다. 독창자의 노래 중간에 소피아가 "조용히 계속하겠습니다."라고 말해서 신도들은 숨죽여 웃고, 독창자는 의아한 시선을 보냈다. 아다와 넬리는 번갈아 사진을 찍느라 신발까지 벗은 채 몸을 숙이고 통로를 오갔다. 이리나는 그런 대로 얌전히 앉아있었다. 어머니는 방패막이라도 되는 듯이 여전히 손자를 끌어안고 입구에서 서성댔지만, 소피아와 시선이 마주치자 아기의 손을 잡아 흔들어줬다.

랍비의 부름에 따라 소피아 가족 모두가 성단 앞에 섰다. 가족들은 함께 궤를 열고 그 안에서 율법을 꺼내 읽은 다음, 율법을 앞세워 회당 주변을 함께 행진했다. 소피아의 어머니도 같이 걸었다. 안고 있던 손자의 목덜미 뒤로 은근한 미소를 감춘 채.

이제 소피아가 연단에 서서 그동안 도움을 준 모든 이에게 감사를 전하고, 수화로 얘기하는 것에 대해 부모님께 양해를 구했다. 그 다음으로 맏언니 아다가 한마디를 하고 나서 가족 대대로 내려오는 금팔찌를 소피아에게 선물했다.

"저희는 지금 아주 이상한 마음이 듭니다. 뭐라 설명하기는 힘들지만 여기 계신 모든 분과 가족이 된 기분이고, 한 분 한 분께 감사를 드리고 싶습니다." 아다는 말을 멈추고는 울음을 삼키며 가쁜 숨을 내뱉었다. 촉촉하게 젖은 눈자위가 불빛에 반짝였다.
"이상한 마음이요? 그건 물론 행복한 마음이죠."

그런 다음 누군가가 빨갛고 하얀 카네이션 꽃다발을 소피아에게 건넸다. 여기저기서 가방을 열었다 닫느라 딸깍거리는 소리가 나더니 다들 휴지며 손수건을 꺼내들었다. 비디오 촬영을 하던 남자도 소리 나게 코를 풀었다.

랍비가 다시 마이크 앞에 섰다.

"이토록 아름다운 사람을 어떻게 제대로 표현할 수 있겠습니까?" 랍비의 그 말에 소피아는 뭔가 뭉클한 것이 가슴에서 올라와 파르르 떨리는 듯한 느낌이 들었다. "이 소녀를 제대로 표현할 단어를 어디서 찾을 수 있을까요? 소피아, 너를 생각할 때면 내 머릿속에는 온갖 형용사가 물결친단다. 너는 강하고, 어쩌면 아주 고집이 세지." 소피아는 싱긋이 웃었다.

"너는 의지가 강하고 아주 총명하단다. 너에게는 고결함이 어려 있어. 넌 남다른 기품과 위엄도 갖추고 있지. 렉싱턴 청각장애학교 사람을 붙잡고 '소피아'에 대해 얘기하면, 다들 미소를 지을 거야. 널 생각하면 마음이 따뜻해지거든." 랍비는 말을 이었다.

"소피아, 너의 눈을 들여다보면 세상이 보인단다. 이 세상에 네가 할 수 없는 건 아무것도 없어. 신께서는 너에게 너무나 많은 선물을 내려주셨거든. 어느 세상, 어떤 세계를 탐험할지는 너에게 달렸어. 너의 마음과 너의 가슴에는 날개가 달렸단다. 그걸 펼쳐서 너의 꿈을 실현할 수 있고 평온을 얻을 수 있는 곳으로 날아가렴."

소피아 뒤에서 가족들은 그 장면을 보고, 또 듣고 있었다. 눈물로 뺨을 적시면서도 조금 의아한 심정이 되기도 했다. 소피아가 결심만 하면 탐험할 수 있다는 세계가 도대체 어디일까? 러시아에서 청각장애 여성으로 살았다면, 아마 공장에서 일을 하거나 재봉사가 되었을 것이다. 실제로 러시아에서 떠나기 전에 소피아는 사마르칸트의 재단사에게 바느질 기술을 배우느라 한 학기 동안 학교를 다니지 못했다.

"소피아, 오늘은 네가 우리 모두의 선생님이란다. 너는 우리에게 용기를, 부지런함을, 자유의 가치와 믿음의 소중함을 가르쳐 줬어. 바트미츠바를 하누카 기간에 받으려고 한 이유도 종교의 자유를 기리는 축일이기 때문이라는 걸 나는 알고 있단다. 자유를 찾아 이 나라에 왔으니까 그건 더 없이 적절한 선택이었지.

하지만 하누카가 너의 바트미츠바에 꼭 어울리는 이유는 또 있단다. 그건 바로 너야, 소피아. 네 안에는 특별한 빛이 있기 때문이야. 메노라 촛대에 꽂힌 촛불처럼 너의 삶을 통해 다른 이들도 빛을 발하게 하는 그런 삶을 살려무나. 그게 네가 이 세상에 가져온 특별한 선물이야."

소피아는 손을 얼굴로 가져가 되는 대로 눈물을 훔쳤다. 랍비는 소피아가 다시 통역사를 쳐다볼 때까지 가만히 기다렸다가 말을 이었다.

"그리고 오늘 아침에 동이 트는 걸 보니 네 생각이 났단다. 붉게 떠오르는 해처럼 네 안에는 지성과 능력이, 그리고 너를 통해 발하는 신성한 빛이 밝게 타오르고 있단다."

아침에 일어나서 커피 한 잔 마신 게 고작이었던 소피아는 그 순간 뱃속이 날개를 퍼덕이는 듯이 요동치는 걸 느꼈다. 현기증으로 눈앞이 빙빙 돌았다.

"너를 환영한다." 랍비가 말을 맺었다.

두 사람이 포옹할 때 소피아가 끼고 있던 보청기가 빠지면서 삐익 하고 높은 호각 소리가 울렸다. 그 소리는 어떤 신호, 마치 비밀스런 메시지처럼 들렸다. 잃어버렸던 뭔가를 찾아냈다는 메시지. 고장 났던 뭔가가 복구되었다는 메시지.

소리의 바나나

제임스는 방음장치가 된 검사실로 들어가 문 바로 앞쪽에 앉았다. 출입문을 빼면 검사실에서 바깥과 연결되는 통로라고는 커다란 플라스틱 창뿐인데, 그것마저도 기름때가 묻어 반투명 유리 같았다. 제임스는 무료한 듯 바로 옆에 있는 선반에서 감자 모양의 장난감 인형을 집어 들고 눈이며, 코며, 입 등을 뽑았다 끼웠다 하며 만지작거렸다.

창 너머로 그 모습을 본 친구 폴 에스코바가 수화로 농담을 건넸다. ■그거 새로 사귄 여자 친구니?■ 폴은 이미 청력검사를 마쳤고, 지금은 교실로 돌아갈 허가증을 받기 위해 검사실 밖 대기실에서 기다리는 중이었다.

렉싱턴 청력발화 센터는 학교 북쪽 별관에 자리 잡고 있는데,

이 센터는 렉싱턴의 학생들뿐만 아니라 보청기를 수리하거나 청력검사를 받으려는 외부인도 이용할 수 있었다. 뉴욕주에서 권장하는 청력검사 시한은 학생들의 경우 3년에 한 번이지만, 렉싱턴에서는 여덟 살 이하 아동은 매년, 그 외 아이들은 2년마다 한 번씩 청력검사를 실시하고 있었다.

흐릿한 창문을 통해 폴의 수화를 읽은 제임스는 우습지도 않다는 듯이 고개를 뒤로 젖혔다. 옅은 갈색 피부에 주근깨가 송송하고 눈은 반쯤 감은 듯한 폴의 얼굴 위로 느릿한 미소가 번졌다.

저쪽에서 감청색 코트를 입은 꼬마 여자아이가 두리번거리며 다가왔다. 제임스가 감자 인형의 길쭉한 팔을 잡고 흔들어주자, 아이는 작은 이와 분홍색 잇몸을 드러내며 씩 웃었다. 그러다 대기실 책상 위에서 검이경을 발견하고는 반짝이는 원뿔 모양의 금속 기구를 굳은 표정으로 쳐다봤다. 아이는 눈썹을 추켜세우고 폴의 무릎을 톡톡 건드리더니 검이경을 가리켰다.

▪귓속에 들어가. 밝게 빛나.▪ 폴은 수화와 목소리로 동시에 설명했다. 설마 했던 게 사실로 드러나자 아이는 그 기구로부터 벗어나려고 적잖은 소동을 피웠다. 고개를 사정없이 흔들어대는 바람에 동아줄처럼 두툼하게 땋은 머리가 요동을 쳤다.

이때 청능치료사(난청을 평가하고 적합한 보청기를 처방하는 전문가)가 제임스의 진료 기록을 손에 들고 흔들면서 나타났다. 방학 뒤끝이라 예약이 조금 밀렸다. 그녀는 제임스의 창문이 마주 보이는 책상에 앉아 진료 기록을 펼쳐 놓고 필기도구를 손에 쥔 다음, 순음 청력계의 다이얼을 조정했다. 이 기계는 제임스가 앉아있는 검사실로 주파수와 데시벨을 달리한 신호를 전송한다.

그때 꼬마 여자아이가 용기를 내서 제임스가 있는 검사실 유리창 근처까지 다가왔다. 아이는 감자 인형과 한 번 더 인사를 하고 싶은 마음에 손을 흔들어보지만, 제임스는 아이의 머리 너머로 폴을 쳐다보다가 그의 수화에 웃음을 터뜨렸다.

청능치료사는 아이를 보더니 통로 쪽을 가리키며 입모양을 크게 해서 말했다. "자, 이제 엄마한테 가렴. 나가서 엄마를 찾아봐." 아이가 돌아가자 청능치료사는 창문을 통해 제임스에게 수화를 했다. 손가락이 뻣뻣하고 자꾸 멈칫거렸다. ▪방금 무슨 말을 한 거니? 잘 모르겠어. 수화를 다시 해 볼래?▪

제임스는 눈을 찡긋거리며 어리둥절한 표정을 짓다가 고개를 흔들었다. ▪아니오, 선생님한테 말한 게 아니에요. 재한테 얘기한 거예요.▪ 제임스는 항공모함처럼 커다란 흰색 농구화를 신고 다리를 짝 벌린 채 반대쪽 벽에 기대앉아 있는 폴을 가리켰다.

"아." 청능치료사는 잠깐 눈을 감았다. 속으로 열까지 세고 있는 게 분명했다. 그녀는 의자를 휙 돌리더니 자리에서 벌떡 일어나 폴 앞에 버티고 섰다. "자, 어서 다른 의자로 가줄래? 너 때문에 재가 자꾸 웃잖니." 청능치료사는 수화를 하지 않았다. 하지만 폴은 잔여청력과 독순술로 무슨 얘기인지 알아들었다. 폴는 요청을 받아들이겠다는 듯 흔쾌한 태도를 보였다.

"제임스와 저는 알고 지낸 지 17년 됐어요. 같이 자랐다고 봐야죠." 폴의 구화는 조금 울리는 것만 제외하면 명료했다.

"그래." 청능치료사는 짧게 대답했다. "17년이면 꽤 기네."

"네, 따분한 친구예요."

"따분하지 않아."

느닷없이 나온 '따분하다'는 말에 청능치료사는 잠시 혼란스러웠다. 미국수어로 '따분'이라고 하면, 그건 그냥 말로 할 때보다 훨씬 더 다양한 의미를 갖기 때문이다. 수화로는, 특히 십 대 후반의 아이들이 '따분'이라는 수화를 쓸 때에는 '둔하다' 내지는 '지나치게 성가시다' 내지는 '혐오스럽다' 또는 '쓸데없다'는 뜻이 될 수 있다. 하지만 폴이 제임스를 두고 '따분'하다고 말한 건, 그냥 제임스가 전체적으로 자신보다 한 수 아래라는 뉘앙스를 풍기려고 한 것이다. 물론 그 속뜻이야 제임스는 자신의 둘도 없는 짝패이며, 생명 없는 글자로 표현할 수 있는 것보다 훨씬 더 많이 제임스를 좋아한다는 것이지만.

사실 제임스와 폴이 처음 만난 건 13년 전이고, 당시 둘은 브롱크스에 있는 세인트요세프 청각장애 학교 1학년이었다. 뉴욕에 있는 다섯 개 자치구에서 청각장애인을 위한 고등학교는 렉싱턴 하나뿐이지만, 청각장애 아동을 위한 초등학교는 브롱크스와 브루클린, 맨해튼에도 있었고, 아이들은 대부분 자기 구역에 있는 학교를 다녔다. 제임스는 다섯 살부터 여섯 살까지 건청 아동과 함께 공립 유아원을 다녔다. 청력을 상실한 건 그 다음이다.

렉싱턴에 보관되어 있는 제임스의 서류에는 '일곱 살 때 병으로' 청력을 잃었다고만 적혀 있다. 청력 진료카드에는 박테리아성 뇌막염이라고 조금 더 자세히 설명되어 있는데, 이 질환은 어려서 청력을 잃는 가장 일반적인 원인이다.

하지만 제임스 어머니의 기억은 조금 다르다. 아들이 개와 뽀뽀를 했기 때문에 청각장애가 되었다고 믿고 있다. 제임스 어머니는 이런 말을 마치 텔레비전 드라마의 줄거리처럼 아무렇지도 않게 했다. 늦여름의 어느 토요일 저녁, 아이들이 공동주택의 복도에서 놀고 있는데 누군가 길 잃은 개를 데리고 들어왔다고 했다. 꽤 예쁜 개였는데, 꼬리를 흔들고 겅중대면서 보는 사람마다 달려들었고, 제임스의 얼굴을, 그것도 입을 핥았다고 했다.

"그러고 나서 일요일 아침에 밥 먹으라고 제임스를 깨웠는데 침대에서 꼼짝을 않는 거예요. 그땐 제임스가 일곱 살이라서 이불에다 오줌을 싸지 않았어요. 그러던 애가 그날 아침에는 아무리 불러도 대답도 없고, 움직이지도 않고, 침대에 오줌까지 쌌더라고요. 내가 일어나라고 해도 그냥 쳐다보기만 했어요, 아무 말도 없이."

제임스의 어머니는 아들을 바닥에 일으켜 세웠더니 풀썩 주저앉아 버렸다고 했다. 얼굴을 만져보니 뜨겁고 종잇장 같아서 눈앞에서 아들이 증발해버리는 줄 알았단다. 어머니는 제임스를 둘러

메다시피 하고는 14층에서 계단을 뛰어 내려가 동네 의원으로 달려갔다. 거기서 제임스는 다시 큰 병원으로 이송되었다.

"의사가 옷을 벗겨서 완전히 알몸뚱이로 눕혀 놨는데, 그 모습이 정말 가냘파 보였어요. 의사가 와서 하는 첫마디가 혹시 어떤 동물하고 문제가 있지 않았냐는 거예요. 그래서 전날 있었던 일을 얘기해줬더니 이러더군요. '이제 댁에 돌아가시는 대로 경찰을 불러서 그 개를 찾아야 합니다. 그리고 그 개가 다른 사람을 핥지 않았기만을 바라세요. 그 개가 무슨 병균을 가지고 있었던 간에 그걸 아드님께 옮겨놨습니다.'라고요."

석 달 뒤 제임스는 퇴원을 할 만큼 상태가 나아졌지만 병을 앓으면서 몸이 약해졌다. 어머니 말에 따르면, 마치 갓난아이 같았다고 한다. 걷지도 못하고, 말도 못하고, 모든 걸 처음부터 다시 배워야 했다는 것이다. 그리고 제임스는 소리를 잃었다.

제임스의 기억은 또 다르다. 자신이 청각장애가 된 이유를 계단에서 떨어졌기 때문이라고 믿고 있다. 제임스의 머릿속에 남아있는 장면은 자신이 계단을 급하게 뛰어 내려가다가 몸이 앞으로 쏠리면서 중심을 잃는 모습이다. 어쩌면 고열에 시달렸기 때문일지도 모른다. 또 이런 이미지도 남아있다. 고열과 탈수증에 시달리며 정신이 연기처럼 자신의 몸속에서 이리저리 흐르다가 흩어지는 모습. 이 두 가지 기억은 선명하지도, 완전하지도 않았지만 어쨌든 그의 머릿속에서 청력 상실의 원인과 뒤엉켜있다.

하지만 제임스에게 그런 건 중요하지 않다. 가장 최근에 만든 보청기를 잃어버리게 된 사연(4개월 전, 공원에서 열린 노동절 축제에 갔다가 밴드의 연주가 귀가 아플 정도로 커서 보청기를 빼 주머니에 넣은 것까지는 기억이 나는데, 그 이후론 다시 보지 못했다)도 중요하지 않다. 건청인이 좌우하는 세계에서 청각장애인으로서 어떻게 앞가림을 할지, 새 보청기는 어떻게 구할지 같은 미래의 문제도 마찬가지다. 오늘은 그저 학교의 대여용 보청기를 빌리고픈 마음뿐이다.

보청기는 하나에 400달러(약 45만 원)에서 800달러(약 90만 원) 정도 가격이 나간다. 렉싱턴에서는 도매나 중고품을 약 100달러(약 10만 원)씩에 구입해서 보청기를 수리하거나 교체 중인 학생들에게 빌려준다. 학생이 대여용 보청기를 빌려 가서 잃어버린 경우에는 새로 채워 넣을 수 있도록 50달러(약 5만 원)를 부담해달라는 편지를 집으로 보낸다.

지난 5년 동안 제임스는 대여용 보청기를 세 개나 잃어버렸고, 학교는 그것에 대해 한 푼도 받지 못했다. 그러므로 오늘 대여용 보청기를 받을 가능성은 그리 많지 않다. 그렇더라도 제임스는 기대를 품지도, 그렇다고 지레 포기하지도 않는다. 평소처럼 차분하게 그저 두고 볼 뿐이다. 다른 것도 거의 대부분 그런 식이지만, 제임스는 이 결정을 운명에, 또는 좀 더 높은 곳에 있는 절대자의 힘에 맡긴다.

잠시 혼란스러워하던 청능치료사는 폴에게 다른 의자로 옮겨

앉으라고 지시한 뒤, 제임스의 청력검사를 위해 자리로 돌아갔다. 그리고 제임스가 앉아있는 검사실로 일련의 신호를 보냈다. 소리가 들리면 제임스는 손을 들었다. 청능치료사는 주파수별로 제임스가 감지할 수 있는 가장 낮은 데시벨을 기록했다. 그리고 그 반응을 그래프로 작성했다.

중간의 세 주파수에 대한 반응을 합산해서 평균을 내는데, 그렇게 해서 나온 숫자를 순음평균치라고 한다. 청력검사를 완벽하게 하려면 이것 말고도 여러 가지 검사를 더 해야 하지만, 순음평균치는 청력의 상실 정도를 나타낼 때 가장 일반적으로 사용되는 데이터이다. 제임스의 순음평균치는 왼쪽 귀가 118데시벨이고, 오른쪽은 120데시벨이라고 나왔다. 풀어 말하자면, 제임스가 보청기를 끼지 않은 상태에서 감지할 수 있는 소리는 잔디 깎는 기계나 제트기의 소음처럼 118데시벨을 초과하는 소리뿐이다.

렉싱턴에 입학하려면 청력 상실 정도가 심각해야 한다. 대부분의 학생은 80데시벨(부엌에서 쓰는 음식찌끼기 분쇄기 정도의 소음)이나 그 이상이다. 하지만 다른 기준으로 입학이 허용되는 경우도 있다. 순음평균치는 80데시벨 이하이지만, 구두로 의사소통할 때 잔여 청력 사용에 어려움이 많아 기능성 청각장애로 분류된 아이들이다. 이 아이들의 행동이나 의사소통 방식, 정체성은 일반 청각장애 아동과 다르지 않다. 이 아이들을 하나로 묶어주는 공통점은 의학적이라기보다는 문화적이다.

순음에 열심히 귀를 기울이던 제임스가 뭔가를 들었다는 신호로 손을 들었다. 청능치료사는 다이얼을 조정하고 제임스 쪽을 다시 쳐다봤다. 이번에는 아무 반응이 없자, 또 다시 조정을 했다. 마찬가지였다. 청능치료사는 다이얼을 돌리는 듯한 시늉을 하더니 눈썹을 추켜세우고 제임스를 보면서 엄지와 검지 사이를 조금 띄어 보였다. ■아주 약간이라도 들리니?■ 제임스는 잠시 머뭇거리더니 얌전하게 고개를 끄덕였다. ■네, 희미하게요.■ 하지만 청능치료사는 아무 소리도 보내지 않았다.

청능치료사가 제임스를 골탕 먹이려고 일부러 그런 건 아니다. 제임스 역시도 거짓 반응을 한 게 아니다. 청력검사 도중에 침묵을 들었다고 반응하는 경우는 드물지 않았다. 뭔가를 애써 들으려다 보면 정말로 무슨 소리를 감지했다고 믿을 수도 있다. 청능치료사는 단지 제임스의 반응을 파악해서 검사 결과를 보다 정확하게 분석하려는 것뿐이다.

제임스는 청능치료사의 지시에 따라 다른 의자로 옮겨 앉았다. 그러자 그때까지도 제임스가 보이는 데 앉아있던 폴이 손을 들어 청능치료사의 손동작을 흉내 냈다. 제임스는 고개를 저으며 웃었다. 순간 미심쩍은 마음이 든 청능치료사는 눈을 가늘게 뜨고 나무라는 표정으로 제임스를 쳐다봤고, 제임스는 웃음을 주체하지 못한 채 폴을 가리켰다. ■아니에요, 쟤 때문에 웃은 거예요.■

청능치료사가 고개를 휙 돌렸다. “너 아직도 여기 있었어?”

■교실로 돌아가려면 허가증이 필요해요.■

"아." 청능치료사는 노란색 메모지에 허가증을 써줬다.

폴은 그걸 받아들고는 어슬렁어슬렁 문 밖으로 나갔다. 폴은 이번 봄에 제임스와 함께 졸업을 하지 못한다. 학교에 다닐 수 있는 시한이 1년 남아있어서 내년에도 렉싱턴을 다니기로 했다.

제임스와 폴은 둘 다 기숙사 생활을 하고 있지만 이제는 예전만큼 서로 가깝지 않다. 한때 둘은 함께 사고를 치고 다녔다. 세인트요세프 청각장애 학교 시절부터 그랬고, 렉싱턴에 온 후에도 처음 몇 해 동안은 아침마다 교무실에서 들러 함께 오렌지주스를 마시며 선생님들 골치깨나 썩였다. 그러다 2년쯤 전부터는 제임스는 학교생활을 착실히 하기 시작했고, 대학 진학을 염두에 두고 있는 아이들과 점점 더 많은 시간을 보내게 되었다.

제임스는 눈에 띄지 않게 조금씩 인생의 경로를 바꿔갔다. 마치 본능처럼 자신을 주저앉히려는 낡은 습관을 잘라냈고, 자신을 일으켜줄 만한 것으로 기울어졌다. 하지만 의도적인 것처럼 보여서는 안 된다. 그저 우연히 그렇게 된 것처럼 제임스는 자신의 인생을 구원해낼 것이다.

"야구." 청능치료사가 말했다. 이번에는 강강격 테스트다. 이제 청력검사도 거의 끝나간다. 이 테스트에서는 청능치료사가 강-강, 또는 약-약처럼 강세가 같은 한두 음절의 단어를 말하면, 제임스는 들리는 대로 똑같이 반복해야 한다.

"얼음, 과자." 청능치료사는 제임스가 유리창을 통해 자신의 입을 읽지 못하도록 종이로 가린 채 마이크에 대고 말했다. "목동, 비행." 데시벨을 조금 높였다. "겨울, 식빵, 식빵. 짐작이라도 해봐. 식빵, 장마. 노력 좀 해 봐. 장마. 이건 맞고 틀리는 문제가 아니잖아. 한번 추측해봐. 야구, 목동, 목동."

마침내 모든 검사가 끝났다. 제임스는 귀를 문지르면서 방음장치가 된 검사실 문을 열고 나왔다. 스웨터와 일부러 총알 자국처럼 구멍을 뚫은 새 청바지 차림이다. ▪따분해!▪ 제임스가 수화로 말했다. ▪귀가 아파요!▪

청능치료사는 서랍을 뒤적여 제임스의 이름이 적힌 봉지를 끄집어냈다. "자, 봐. 너의 새 몰드가 왔어." 청능치료사가 집어든 봉지 안에는 초콜릿색 귀 몰드 두 개가 들어있었다. 각각의 몰드마다 무색의 플라스틱 튜브가 솟아있는데, 이 부분을 보청기에 끼워서 초승달 모양의 플라스틱을 귀에 거는 것이다.

"지금 몰드를 끼울 거야." 청능치료사는 초콜릿색 몰드를 꺼내 베이지색 렉싱턴 보청기에 꽂았다. 제임스가 그걸 귀에 비틀어 끼우자, 청능치료사는 오른쪽, 왼쪽을 번갈아가며 검사했다. "내 말 들리니?" 제임스가 고개를 젓자 청능치료사는 곡선형 리시버의 음조와 음량을 조절하고 다시 물었다. "지금은 들려?", ▪전혀.▪ 그녀는 다시 스위치를 만지작거렸다. "이건 들려?"

일상적인 구어의 소리를 청력도로 표시하면 전체 주파수에 걸쳐 40~60데시벨 사이에서 곡선을 그린다. 만약 그 부분을 노란색 크레용으로 칠한다면, 그래프 중간쯤에 옆으로 길쭉하게 놓인 바나나 모양이 된다. 렉싱턴 학생들의 청력도는 대부분 바나나에서 훨씬 밑으로 떨어진다.

보청기를 끼는 이유는 이 청력을 끌어올려서, 이를테면 90데시벨(믹서기 정도의 소음)이 되어야 들을 수 있는 사람을 60데시벨(일반적인 대화)에서도 들을 수 있게 만들려는 것이다. 소리를 증폭한다고 해서 명료한 구어가 나오는 건 아니지만, 구어를 더 잘 해독할 단서는 제공해줄 수 있다. 이상적으로 얘기하자면, 보청기는 제임스에게 부분적으로나마 구어로 의사소통을 할 수 있게 해주고, 그를 바나나 속으로 끌어올려 줄 것이다.

보청기가 양쪽 모두 제대로 작동한다는 걸 확인한 청능치료사는 그걸 다시 봉지에 넣고 흔들었다. 그리고 문장 하나에 수화를 하나 정도만 하면서 말했다. "하지만 대여용 보청기는 네가 병원에 예약을 해야 줄 거야."

새 보청기는 의료보험 조합에서 값을 지급한다. 그래서 보청기를 받으려면 조합에 등록된 기관에서 소견서를 받아야 하는데, 렉싱턴은 여기에 해당되지 않는다. 루스벨트 병원에 가서 오늘 한 검사를 똑같이 반복해야만 새 보청기를 주문할 수 있다.

청능치료사는 제임스가 대여용 보청기를 받게 되면 새 보청기를 갖기 위해 노력하지 않을 가능성이 높다는 걸 간파하고 있었다.

그래서 제임스가 노력한다는 증거를 보여줄 때까지 몰드와 내이용 보청기를 볼모로 잡고 있을 생각이었다. "잘 봐, 여기 서랍 속에 있어. 예약을 하고 나서 나한테 얘기하면 그때 줄게." 그리고는 보청기가 든 봉지를 집어넣고 서랍을 닫았다.

제임스는 청능치료사에게 한 방 제대로 먹었다는 미소를 짓더니 고개를 뒤로 젖히고 웃었다. ■차라리 나를 감옥에 보내세요. 학교 보청기를 계속 잃어버렸으니까 감옥에 가야죠!■ 하지만 청능치료사가 교실로 돌아갈 허가증을 써주기 위해 고개를 숙이자, 기분 좋게 장난을 치던 태도는 어느 틈에 사라지고 제임스는 머리만 흔들어댄다. ■따아아아분해.■

제임스가 루스벨트 병원 개발장애 센터에 와 앉아있는 지도 50분이나 지났다. 점심나절의 묘하게 웅얼대는 듯한 공허에 제임스는 졸음이 쏟아졌다. 가끔씩 자동문으로 누군가 들어올 것 같은 기분이 들었지만, 진동이 느껴져서 돌아봐도 매번 사람은 보이지 않았다.

제임스는 병원에 오느라 점심시간과 직업교육과 목공예 실습을 빼먹었다. 기숙사를 관리하는 직원이 같이 가주겠다고 했지만, 제임스는 혼자 지하철을 타고 왔다. 그래도 전화로 예약을 확인할 때에는 학교의 복지사와 간호사의 도움을 받아야 했다. 가끔은 너무나 많은 부분이 선생님과 카운슬러와 사회복지사와 양호 선생님과 기숙사 직원에게 자동적으로 알려지고 공유되는 것 같다.

마침내 간호사가 다가와 이비인후과 진료실로 들어가도 된다고 말했다. 그 간호사는 수어를 조금 할 줄 알았다.

제임스는 간호사를 따라 자동문 밖으로 나갔다. 서늘하고 어두운 복도를 지나 조그만 방으로 들어간 다음, 스스로 알아서 진료 의자에 앉았다. 두 발은 발걸이 위에 얹고 팔꿈치를 팔걸이 위에 걸친 제임스는 마치 왕좌에라도 돌아와 앉은 듯한 자세이다.

뒷짐을 지고 들어온 의사는 제임스 앞에 앉아 허리를 곧추세우고 입모양을 둥글려서 말했다. “자, 귀를 좀 봅시다.” 제임스가 모자를 벗자, 의사는 가느다란 금속 막대로 양쪽 고막에 압력을 가하는 임피던스 검사를 했다. 채 1분도 걸리지 않았다. 의사는 제임스의 차트에 뭔가를 적었다.

“이렇게 간단한 테스트는 앞으로도 없을 거예요.” 간호사는 축하한다는 듯한 표정이었다. 제임스는 예의상 미소를 짓고 고개를 가볍게 끄덕였다.

의사와 간호사는 머리를 맞대고 얘기를 했고, 의사는 차트를 따라 손가락을 짚어 내려갔다. 뭔가를 발견했거나 결정을 내리는 중이다. 차트를 들여다보느라 서로의 얼굴을 쳐다보지 않는다.

초조하게 검사 결과를 기다리던 제임스는 가죽 폴로 재킷을 벗었다. “옷을 벗을 필요까진 없다고 하세요.” 의사가 제임스의 차트 위에 마지막으로 뭔가를 더 쓰면서 간호사에게 말했다. “별로 오래 걸리지 않을 거니까.”

제임스는 렉싱턴에 돌아와 청능치료사가 차트의 글씨를 해독해낸 다음에야 의사가 인공와우(인공달팽이관) 이식수술을 권했다는 사실을 알았다.

청각장애 공동체와 의료계 사이에서 격렬한 논쟁이 오가는 인공와우란 음파를 전기 임펄스로 바꿔 뇌에 전달하여 그걸 소리로 인식하게 만드는 장치이다. 인공와우를 이식하려면 자석과 해독기와 전극이 박힌 작은 코일 등으로 이루어진 장치를 달팽이관이라고도 하는 내이의 와우관에 집어넣어야 한다. 수술이 끝나면 또 다른 자석을 귀 뒤쪽 피부에 설치하는데, 여기에 송신장치와 마이크가 달린다. 그리고 이걸 클립처럼 옷에 차거나 포켓용 계산기처럼 넣고 다닐 수 있는 구화 처리기에 연결한다.

이 인공 장치는 전 세계 여러 곳에서 30년 넘게 연구와 개발을 거듭하다 1990년에 미국 FDA로부터 2세~17세 어린이들을 대상으로 판매할 수 있다는 승인을 받았다. FDA의 승인이 떨어지자 미국 청각장애인협회(NAD)에서는 자체적인 특별 조사단을 구성했고, 그 결과를 근거로 어린이 인공와우 이식에 대해 강력한 반대를 천명했다. FDA의 결정을 윤리적으로 옳지 못할 뿐더러 과학적인 근거가 희박하다고 비난했으며, 어린이들에게 인공와우를 이식하는 건 그들에게서 선택의 자유를 앗아가는 것이라고 주장했다.

인공 장치를 이식하게 되면 청신경을 정상적으로 활성화해주는 내이의 솜털이 뜯기거나 짓눌린다. 한 번 그렇게 되면 그 결과는 돌이킬 수 없다. 나중에 장치를 제거하더라도 조금이나마 남아있었을지 모를 청력이 완전히 소멸되어 버린다.

그러므로 만에 하나 이식수술이 성공하지 못할 경우, 그 아이는 평생 일반 보청기의 혜택조차 누릴 수 없게 된다. 여기서의 성공이란 수술에서 건강하게 회복하는 것뿐만 아니라 청능치료사와 구화·언어 병리학자, 심리학자, 교육학자 등을 포함하는 재활 전문가들의 도움을 받아 이식한 장치의 전기신호에서 말을 해독해내는 법을 배우는 것까지의 전 과정을 의미한다.

이식을 찬성하는 입장에서는 어린 아이들일수록 전기신호 해독에 일찍 익숙해지고, 그러면 학교생활에서나 성년이 되어서도 완전한 혜택을 볼 수 있기 때문에 이식수술을 받기에 가장 이상적이라고 주장한다. 인공와우 주식회사에서는 어린 아이들을 대상으로 인공와우를 의인화한 색칠 그림책을 배포하고 있다. 딱딱하지만 다정한 미소, 움켜쥔 주먹과 근육이 불끈거리는 팔뚝, 그리고 가슴에는 마치 슈퍼맨처럼 S자를 새긴 이 인공와우는 우주를 날아다니며 상처받은 아픈 귀를 치료해주는 것으로 묘사된다.

청각장애 공동체에서는 모욕적인 메시지와 그릇된 편견을 심어줄 가능성이 농후한 이 같은 선전 행위에 경악을 금치 못한다. 그들은 청각장애를 '치료'하겠다는 의료인들의 시혜적인 태도가 청각장애인의 가치를 훼손시키고, 자신들의 가장 소중한 자산인 청각장애 아동, 즉 자신들의 미래를 지워버리려 한다고 생각한다.

청각장애 공동체에서는 여러 세기에 걸쳐 청각장애 자녀를 둔 건청 부모들과의 관계를 다지려고 노력해왔다. 아이들이 청각장애라는 현실에 적응할 수 있도록 도와주고, 청각장애인이더라도 성공적이고 행복한 삶을 영위할 수 있다는 증거를 보여주려고 했다.

하지만 많은 부모가 이런 노력을 거부한다. 행여 자신은 속할 수 없는 낯선 가족들에게 아이를 뺏기기라도 할까 봐 걱정하기 때문이다. 인공와우 주식회사에서는 이 틈을 비집고 들어와 정반대의 논리를 편다. '여러분의 자녀들을 여러분처럼, 저들이 아닌 여러분과 비슷하게 만들어드리겠습니다.' 이런 말에 솔깃해하는 부모들을 탓할 수는 없겠지만, 그로 인해 상처받고 분노하는 청각장애인들을 나무랄 수도 없는 노릇이다.

하지만 뒤엉킨 혼란의 와중에서도 몇 가지 기준만큼은 양측의 의견이 일치한다. 이식수술을 하면 내이에 회복할 수 없는 손상이 가해지기 때문에 일반 보청기의 혜택을 이미 누리고 있는 사람, 얼마가 됐든 잔여청력을 어느 정도 활용하고 있는 사람은 수술에 적합하지 않다는 것이다. 이는 공인된 사실이며, 논란의 여지가 없다. 제임스의 진료 기록은 그가 여기에 해당한다는 것을 분명하게 보여준다. 그런데도 루스벨트 병원의 의사는 인공와우 이식 적합성 검사를 받아보라고 권한 것이다.

인공와우 이식은 대부분의 의사에게도 비교적 생소한 분야였다. 직접 경험한 의사보다는 인공와우 이식을 청각장애를 치료할 새 만병통치약처럼 다룬 의학 잡지에서 처음으로 접한 의사가 더 많았다. 루스벨트 병원에서는 시술조차 하지 않았다. 뉴욕에서도 이 수술을 할 수 있는 곳은 맨해튼 안·이과 병원, 그리고 최근에야 장비를 설치한 뉴욕 안·이과 의원, 이렇게 두 군데뿐이었다. 그 의사의 소견은 성급하게 의욕만 앞선 경우였고, 미국 청각장애인협회에서 반대하고 우려하는 것도 바로 이런 상황이었다.

또 한 가지, 여기서 고려되지 않은 사항이 있다. 바로 청각장애의 사회적 요소, 이식수술을 받은 사람이 처하게 되는 문화적인 위치이다. 청각장애인이 이식수술을 받는다고 해서 건청인과 같은 기능을 가질 수는 없을 것이다. 이식수술만 받으면 청각장애인이 건청인으로 '통하거나', 청각장애가 '치료'될 것이라고 간주하는 건 옳지 않다. 그 수술만 받으면 외롭고 고립된 세계에서 활기찬 의사소통이 가능한 따뜻한 세계로 기적처럼 옮겨갈 수 있다고 가정하는 것도 옳지 않다.

청각장애인들은 자신들의 공동체 안에서 이미 그런 따뜻함과 활기찬 의사소통의 세계를 누리고 있다. 청각장애인이라는 정체성과 자긍심은 공동체 안에서 대단한 가치를 지닌다. 그렇기 때문에 인공와우 이식수술을 받는 건 공동체 전체를 모욕하고 '보다 건청에 가까워지기 위해' 노력하는 행위로 받아들여질 때가 많다. 심지어 흑인이 머리카락을 직모로 펴거나 인위적으로 피부 톤을 밝게 만드는 행위와 같은 수준으로 보는 사람들도 있다.

사회적 정체성을 이미 청각장애 공동체에 깊이 뿌리내리고 있는 사람에게 인공와우 이식수술을 권할 때에는 최소한 그 수술로 인해 치러야 할 대가를 자문해보는 의료인으로서의 의식과 배려 정도는 갖춰야 한다. 말소리 감지력이 월등히 좋아졌다고 해서 집단 내에서의 정체성 상실까지 상쇄해줄 것인가? 전체적인 삶의 질은 향상될 것인가, 악화될 것인가?

안타깝게도 전문의 훈련을 받는 동안 대부분의 의사(그리고 청능치료사와 언어치료사, 그리고 수많은 교육자 역시도)가 청각장애를 오로지 병리학적으로 접근하도록 학습받을 뿐, 청각장애를 문화로 보는 시각을 되살리지 못한다.

다시 루스벨트 병원 검사실. 한참동안 의사와 머리를 맞대고 의논하던 간호사가 마침내 제임스를 바라봤다. 그러더니 열 손가락을 활짝 펴서 손목을 확 젖히며 말했다. "검사는 끝났어요!"

제임스는 왕좌에서 일어나 간호사를 따라 밖으로 나갔다. 그런 제임스의 모습에서는 스스로 삶을 통제하려는 노력을 오래전에 포기한 사람의 차분함이 배어 나왔다. 제임스는 간호사가 이끄는 대로 엘리베이터 앞으로 가서, 엘리베이터에 몸을 싣고 내려와 병원 문을 나섰다.

바깥 세상은 하얗게 젖어있었다. 세상을 단조로운 색으로 채색하는 비가 주전자 안에 맺히는 물방울처럼 거리 위로 흘렀다. 구름은 빌딩 꼭대기에 걸릴 듯 낮게 내려앉았다. 제임스는 스웨터의 모자를 야구 모자 위에 뒤집어쓰고 지하철역을 향해 걸어갔다.

키 큰 백인이 빗물을 뚝뚝 떨구며 제임스에게 말을 걸어왔다. "지하철 표, 1달러에 팔아요." 얼굴 주름을 따라 흐르는 빗방울 때문에 남자가 말을 할 때마다 입에서 물방울이 튀어 입모양을 읽을 수가 없었다. 제임스는 남자의 겉모습을 살피면서 잠깐 머뭇거렸다. 위험한 사람인가? 구걸하는 건가? 혹시 전도하는 사람? 아니면 길을 묻는 걸까? 그러다가 입을 꾹 다물고 예의바르지만 냉정한 눈빛으로 고개를 짧게 저은 뒤 계속 걸었다.

지하철을 갈아타기 위해 역 계단을 내려가는데, 또 다른 사람이 말을 걸어왔다. 이번에는 정장 차림의 젊은 흑인 남자다. "시내 가는 게 1호선인가요?" 남자는 상냥한 말투로 물었다. 조금 급한 모양인지 자세에는 여유가 없었다. "시내 가는 게 1호선이에요?" 남자가 반복해서 물었다. 제임스는 남자를 빤히 쳐다보면서 그의 말을 해석하기 위해 입을 오물거렸다. 남자는 조롱당하고 있다는 느낌이 들었는지 입의 가장자리가 아래쪽으로 휘어지면서 언짢은 심기를 드러냈다. 그는 불쾌한 표정으로 급히 걸음을 옮겼다. 제임스는 아래쪽 승강장으로 내려갔다.

제임스는 학교에 돌아와서 진료카드를 청능치료사에게 보여주었다. 의사의 얼토당토않은 권유에 헛웃음을 웃던 청능치료사는 병원 측의 오해로 원래 예정됐던 청력검사가 실시되지 않았다는 사실을 알게 됐다. 제임스의 병원 행은 완전히 시간 낭비였다.

■다시 가야겠는걸.■ 청능치료사가 여전히 문가에 서있는 제임스에게 말했다. 그의 얼굴은 탈을 뒤집어쓴 것처럼 무표정했다. ■왜 병원에 갔는지 얘기 안 했니?■

■그 사람들이 아무것도 묻지 않았단 말이에요!■ 제임스는 좀처럼 볼 수 없던 짜증을 버럭 내더니 팔을 내리고는 다른 곳을 쳐다봤다. 돌처럼 단단한 그의 시선이 플라스틱으로 형을 뜨기 전에 말리려고 내놓은 녹색 몰드 위를 스쳐갔다.

청능치료사는 루스벨트 병원에서의 실수를 가볍게 나무랐다. 제임스의 얼굴은 입구를 꽉 조여 맨 주머니처럼 모든 감정을 차단하고 있었다. 이건 일종의 배신이다. 제임스는 지금껏 인생의 결정을 전문가들에게 일임해왔다. 그러니 그에 대한 책임도 면제받아야 마땅했다.

청능치료사가 재차 다그쳤다. ■하지만 제임스, 그곳에 왜 갔는지를 네가 얘기했어야지.■ 그래도 제임스는 이 말밖에 할 말이 없다. ■아무도 물어보지 않았다고요!■ 그에게 맡겨진 역할은 권위에 복종하는 것이지, 의문을 제기하는 게 아니다.

인생에서 처음으로 내던져졌던 순간, 계단에서 날아올랐던 기억 속의 그 순간 이후로 제임스는 넘어지지 않으려고 손을 뻗을 수 없게 된 것만 같았다. 그는 난간을 움켜잡지 않을 것이다. 손바닥으로 벽을 부여잡으려 하지 않을 것이다. 두려움에 가슴이 오그라드는 일도 없을 것이다. 추락을 중단시킬 수 있다는 희망이 없을 때에는 두려움도 아무 소용이 없다. 제임스가 할 수 있는 일이라곤 그냥 자신이 넘어지도록 내버려두는 것뿐이다.

바벨탑

아버지가 의사소통위원회를 구성한 건 지난봄의 일이었다. 아버지는 우선 회람을 통해 구화-수화 논쟁의 양쪽에 선 사람들에게 핵심적인 문제를 제기했다.

- 렉싱턴 청각장애 학교가 전적으로 수화만 사용하는 환경을 제공하지 않음으로써 학생들이 청각장애 공동체에 참석할 시점을 지연시키고 있는가?
- 구화를 강요하여 학생들에게 창피를 주거나, 어떤 식으로든 자긍심에 상처를 입히고 있는가?
- 학생들에게 특정한 행동(예를 들어 보청기 착용)을 요구하는 것은 가부장적이거나 학생들의 인격을 무시하는 처사인가?

• 외부 강사의 절대 다수는 구화 능력이 대단히 뛰어나면서도 구화교육에 반대하는 입장을 보이는데, 그런 모습이 우리 학생들, 특히 학업 성취도가 낮은 학생들에게는 어떻게 받아들여질까?

• 청각장애 공동체 가운데서도 특정한 분파의 노선을 따를 경우 우리에게 돌아올 득과 실은 무엇인가?

• 우리는 선택을 충분히 장려하고 있는가?

• 구화를 찬성하는 것이 '청각장애 반대'를 의미하는가? 만약 그렇다면 양측의 대립각은 어느 정도인가?

그리고는 교내의 다양한 분야에서 일하는 열세 명의 교직원으로 이 문제의 본질을 논의하기 위한 위원회를 구성했다. 곧 위원회가 소집되었고, 다음 1년을 위한 목표를 정했는데, 그 목표란 교내에서 일괄적으로 시행할 의사소통 정책을 수립하자는 것이었다.

이런 목표가 정해졌다는 건 지금 렉싱턴에 이렇다 할 의사소통 정책이 없다는 뜻이다. 실제로 과목마다, 그리고 같은 과목이라도 수업 시간에 따라, 해당 선생님의 능력이나 소신에 따라 교실에서 쓰이는 의사소통의 방법이 달랐다. 정치성이 깃들인 문제인데도 공공연하게 논의되지 않았고, 교직원이나 학생들 사이에 '수어'에 대한 명확한 정의가 존재하지도 않았다. 순수한 미국수어에서부터 영어와 뒤죽박죽으로 섞인 혼성수화에 이르기까지 다양한 의사소통 방식이 무분별하게 사용됐다.

학생들은 어떤 식으로 의사소통을 해야 할지 갈피를 잡지 못했다. 서로 다른 의사소통 방법을 지닌 채 학교에 입학했고, 구화를 쓰는 학생과 수화를 쓰는 학생이 같은 교실에 앉아있지만 서로를 이해할 수 없었다. 한 마디로 뒤죽박죽인 상황이었다. 최소한 정책을 마련하고자 모인 사람들이 보기엔 그랬다.

이렇게 모호한 상황에서도 렉싱턴은 순수한 구화교육 기관으로서의 정체성을 고수해왔다. 그러다 최근 들어 이 오랜 체제의 정당성에 의문을 제기하는 두 가지 요인이 외부에서 일어났다.

그 첫 번째 요인은 수어의 정치성과 관련이 있었다. 이 정치성은 수어가 원시적인 몸동작으로 이루어진 신호 체계가 아니라 자체적인 문법과 통사를 갖춘 완전한 언어이며, 난해한 묘사와 추상적인 생각도 충분히 전달할 수 있다는 연구 결과가 발표된 1960년대 후반에야 비로소 발견되었다.

그전까지 교육계에는 말은 보다 높은 계급과 지성의 수단이며, 수화는 열등하다는 편견이 널리 퍼져있었다. 학교에서는 수화를 금지했고, 교실은 물론이고 운동장에서 학생들끼리 수화를 사용하는 것조차 허용하지 않았다. 기숙사에서도 수화를 쓸 수 없었다. 이 규칙을 위반하고 수화를 하다 발각되면 선생님들이 자로 학생의 손바닥을 때리거나, 심지어 양손을 묶어가면서까지 목소리 사용을 강요하는 학교도 있었다.

1960년대 말에 렉싱턴의 교육처장을 지낸 레오 코너 박사는 방과 후에 학생들이 수화를 하고 있으면, 당시 대학을 갓 졸업하고 학생상담실장으로 와있던 아버지를 내보내 야단을 치게 했다. 수화를 쓰는 부모에게서 태어나 수화를 모어(母語)로 쓰며 자란 아버지는 교육처장의 지시에 한 번도 토를 달지 않았다. 오히려 그 원칙을 거리낌도 없이 받아들였고, 학교에서는 손을 내려서 소통이 차단된 상태로 다녔다.

대학 교육을 받고, 가정과 직장이 있고, 평생 동안 수화를 쓰는 청각장애인을 보며 살아온 아버지 같은 사람이 수어에 대한 이런 부정적인 생각을 그토록 철저하게 받아들였으니, 건청 가정에 태어난 청각장애 아동은 훨씬 더 취약할 수밖에 없었다. 결국 수화를 배운다고 하더라도(대부분은 배우게 된다. 수많은 규칙으로 엄격하게 금지한다 해도 그걸 막을 수는 없다) 수화의 가치를 무시하도록 학습받았다.

게다가 구화학교에 다니는 많은 학생은 어려서부터 수화 쓰는 사람들을 업신여기도록 배우지만, 나중에 어른이 되어 우연히 수화를 쓰는 청각장애 공동체를 접하고는 새로운 흥분과 매력을 느낀다. 구화만 사용하다가 나중에 수화를 배운 사람들은 수어 실력이 떨어져서 공동체에 바로 합류하지 못한다는 사실에 좌절하고, 그때까지 공동체로부터 차단된 삶을 살았다는 사실에 분노를 느끼기도 한다. 엄격한 구화 환경에서 선택이 가능한 세계로 나아가는 과정은 그렇게 엄청난 고통을 수반할 수도 있었다.

이제 미국 전역의 청각장애 학교가 시대에 발맞춰 변화해가는 중이었고, 렉싱턴 역시도 고통스런 변화의 갈림길에 도달해있었다. 25년 전에 언어학자들이 미국수어를 정식 언어로 인정하면서 많은 청각장애 학교에서는 수어를 교과목에 포함시켰다. 하지만 순수 미국수어를 사용하는 대신 미국수어의 수화를 차용해 그걸 영어의 문법과 통사에 맞춰 넣었고, 그 과정에서 수화코드영어(MCE), 영어어순수화(SEE), 혼성수화영어(PSE)처럼 타당성과 일관성이 결여된 어색한 혼종어(混種語)를 만들어냈다.

최근 발표에 따르면, 혼성수화영어는 존재한다고도 볼 수 없었다. 혼성이란 별도의 문법과 통사를 지닌 두 개 이상의 언어를 섞어 구화를 단순화시킨 형태에 불과할 뿐, 완전한 언어가 아니기 때문이다. 즉 청각장애인들은 사실상 미국수어와 영어의 함량만을 달리한 가지각색의 '접촉언어'로 말하고 있는 셈이었다. 20여 년 전부터 렉싱턴의 수업 시간에 이런 변형된 수어 체계가 쓰이기 시작한 건 학교 차원의 정책이라기보다 우연에 맡겨진 것이었다.

렉싱턴의 의사소통 정책에 영향을 미치는 두 번째 요인은 학생층의 변동이었다. 렉싱턴이 구화학교로서 명성을 누리던 시기에는 컨트리클럽 분위기가 난다는 얘기를 듣기도 했다. 구화주의는 예전부터 높은 사회경제적 지위와 결부되어 왔는데, 아무래도 특권층일수록 자녀 교육에 더 많은 돈을 쓰고, 교육 방식에 대한 선택의 폭도 넓었기 때문이다. 자녀들이 비록 청각장애를 지녔더라도 자신들과 똑같은 특권을 누리며, 수준이 떨어진다고 여겨지는 청각장애 공동체와 접촉할 일 없이 건청인처럼 살기를 원했던 부모들은 그 방법으로써 구화주의를 선호했다.

렉싱턴이 구화학교로 탄생한 계기는 이러한 사회적인 특권과 관련이 있었다. 그러나 지금 렉싱턴에는 이민자 가정의 자녀가 많다. 이 아이들은 수어를 포함하는 교육 프로그램을 필요로 한다.

오래 지속된 체계의 당위가 흔들리고 재편되는 지금, 논쟁의 양측에 서있는 사람들의 뿌리 깊은 정서를 이해하고 문제의 본질에 다가가기 위해서는 구화주의의 초창기 역사를 알아야 한다.

렉싱턴의 설립자는 한나와 아이작 로젠펠트라는 독일계 유대인 부부였다. 지적이고 부유하고 여행을 많이 다녔던 부부에게는 성홍열을 심하게 앓다가 청력을 잃은 캐리라는 딸이 있었다. 당시 미국에서는 수화가 청각장애인을 위한 유일한 교육법이었고, 딸에게 수화를 가르치고 싶지 않았던 부부는 독일에서 분절법이라는 유명한 교육법으로 청각장애 아동에게 말하는 법과 입모양 읽는 법을 가르치던 베르나르트 엥겔스만을 만났다. 부부는 엥겔스만을 고용해서 뉴욕에 캐리가 다닐 학교를 세웠다.

여섯 명의 청각장애 아동을 데리고 시작한 1864년도의 첫 수업은 브로드웨이 367번지에 있는 로젠펠트네 집에서 열렸다. 아무도 이 조촐한 시작이 미국 최초의 구화학교가 되고, 다음 세기로 이어지는 거대한 논쟁의 씨앗이 되리라고는 짐작조차 하지 못했다.

3년 후, 로젠펠트 부부는 그들의 조그만 학교를 고등 농아자 교육원이라는 공식 법인으로 만들고, 지역 유지들을 모아 이사회를 구성했다. 학교의 성공이 입소문을 타면서 학생 수가 급증했고, 1880년에 렉싱턴가에 건물을 짓게 되었다. 1868년에는 뉴욕시 교육위원회에서 커다란 칠판 두 개와 책걸상 서른여섯 벌을 학교에 기증하면서 공공원조가 시작되었다. 그리고 2년 후에는 주정부에서 학생들의 등록금 전액을 지원하기로 결정했다.

렉싱턴에서는 가끔 우수 학생을 선발하여 관중들의 입모양을 읽고 그들의 질문에 구화로 대답하는 발표회를 열었다. 구화주의의 열기는 전 세계로 퍼져나갔다. 1880년에는 164명의 교사들이 밀라노에서 국제 대회를 열고 '농아자를 사회로 복귀시키는 데에는 구화가 수화보다 훨씬 우월한 방법'이라는 판단에 입각하여 '농아자 교육에는 구화법이 수화보다 우선되어야 한다.'는 성명서를 채택했다.

19세기 말에는 미국 내의 거의 모든 청각장애 학교가 순수한 구화주의로 돌아선 상태였다. 수어를 이따금 허용하기는 했지만 가르치지는 않았고, 그마저도 '구화 학습의 실패자'로 여긴 나이 많은 학생들에게만 허락했다.

'구화 학습의 실패자'라는 개념은 구화법이 불완전하며, 최소한 일부 학생에게는 부적절한 방법이라는 증거였지만, 그렇다고 해서 구화에 장점이 전혀 없는 것은 아니다. 미국수어가 독자적인 가치를 지니고 있긴 하지만, 영어가 미국의 제1언어라는 데에는 이론이 있을 수 없다. 영어로 사회생활을 할 수 있는 능력은 이 나라에 사는 사람이라면 누구에게나 도움이 된다. 같은 청각장애인이라고 해도 독순술에 능하고, 영어를 읽고 쓸 줄 알며, 남들이 알아들을 수 있게 말을 한다면 직업을 구하는 것에서부터 신문을 읽거나 하다못해 우유 한 통을 사는 것도 훨씬 쉬우니 말이다.

더구나 귀족과 상류층의 청각장애 자녀들에게만 가르쳤던 구화 능력은 사실 그에 못 미치는 환경에 있는 아이들에게도 똑같이, 아니 어쩌면 더 필요한 것이다. 이 아이들이야말로 가족의 재정적인 지원이나 사회적인 인맥을 바랄 형편이 못 되고, 통역사를 대동하는 남부러운 직업은 꿈도 꾸지 못하며, 혼자 건청 세계로 나가 제 앞가림을 해야 하기 때문이다.

렉싱턴은 주정부의 지원을 받기 시작한 1870년부터 사회 각계각층의 자녀들을 받아들였다. 아무래도 뉴욕이다 보니 이민자 가정의 자녀가 적지 않았고, 그 비율은 해마다 꾸준히 증가했다. 그리고 도시의 문제는 어김없이 학교로도 흘러 들어와 교문 밖에서 노숙과 마약, 폭력, 실업 문제가 악화되면 그 상황은 렉싱턴에도 고스란히 반영되었다.

통합교육의 대중화도 렉싱턴의 학생층 변화에 영향을 미쳤다. 예전 같으면 렉싱턴을 선택했을 부모들도 청각장애 자녀들이 바깥세상과 어우러져 살기를 바라는 마음에 통합교육을 실시하는 공립학교로 돌아서고 있었다. 원래 부모가 적극적으로 개입하는 아이들일수록 구화 학습의 성공률이 높다. 이 학생들이 빠져나가자 렉싱턴은 영어는커녕 직업이나 영주권조차 없는 가정의 자녀들을 가르쳐야 하는 훨씬 어려운 과제에 직면했다. 그리고 이 아이들의 상당수는 수어를 포함하는 교육 프로그램을 필요로 했다.

수어를 둘러싼 정치적인 논쟁이 지금까지 지속되어온 체제에 맹공을 퍼붓지 않았더라도 어차피 지금의 렉싱턴은 더 이상 순수한 구화학교로 머물러 있을 수 없었다. 이 도시의 청각장애 아동에게 필요한 교육을 제공하려면, 무엇보다 학교가 존속하기를 바란다면 더 이상 그럴 수가 없었다.

회의용 탁자를 다시 배치하고, 통역사가 자리에 앉고, 참가자들이 필기도구를 손에 들자, 아버지는 말과 수화로 동시에 쓰며 인사를 했다. 회의를 소집하면서 아버지는 학생들에게 청력과 영어가 모두 중요하다는 것을 인정하고, 의사소통 방법론과 관련해서 열린 마음을 가져달라고 부탁했다.

이번 토론에서는 적잖은 용기가 필요했다. 변화 자체가 위협적이기도 했지만, 무엇보다 이 문제와 관련해서 나아갈 방향이 전혀 명확하지 않은 상태였기 때문이다. 한쪽에선 청각장애 아동에게 목소리와 보청기 사용을 강요하거나, 자연스럽게 타고난 미국 수어 이외의 언어를 가르치는 건 범죄 행위라고 주장했다. 다른 쪽에선 어려서부터 영어와 말하기를 가르쳐 청력의 상실을 보완하고 부모와 대화할 수 있도록 가르치지 않는 것이야말로 범죄 행위라고 반박했다. 그런가 하면 선택을 제공하는 것만이 유일한 해결책이라고 주장하는 사람들도 있었다.

과연 그 선택은 누구의 몫인가? 부모? 아이들? 학교? 목소리는 어지럽게 뒤엉켰고 해결이 된다는 보장도 없었다. 위원회에서 어떤 방안을 제시한다고 해도 과연 렉싱턴이 그걸 제대로 실행할 수 있을지도 미지수였다. 형광등만이 나직이 웅웅대는 회의장에는 새로운 걸 시도하려는 흥분과 실현에 대한 불안감이 가득했다.

그렇더라도 100년이 넘는 역사와 구화학교로서의 명성을 생각한다면, 이처럼 토론의 장을 마련하고 균형 잡힌 시각에서 구화주의에 접근하려는 시도 자체가 엄청난 변화라고 할 수 있었다.

이날의 토론을 위해 세 사람의 외부 인사가 초빙되었다. 모두 청각장애인이며 박사 학위를 소지한 전문가이지만, 문제에 접근하는 시각에서는 전혀 닮은 점을 찾아볼 수 없었다.

구화교육을 실시하는 청각장애인을 위한 중앙학원(CID)의 리처드 스토커 원장은 통합교육이 청각장애인들을 사회적으로나 문화적으로 건청 사회와 어우러질 수 있게 해준다고 말했다. 그래서 중앙학원에서는 수어를 엄격하게 금지하고 있으며, 만약 렉싱턴처럼 주정부의 보조금 때문에 수화가 필요한 학생들을 받아들여야 한다면, 구화를 성공적으로 구사하는 학생들이 수화에 노출되지 않도록 따로 격리시키겠다고 단언했다.

학생들이 반발하지 않느냐는 질문에 스토커 원장은 이렇게 대꾸했다. "물론 구화교육의 단점만을 늘어놓는 소수의 성급한 학생들도 있기는 합니다. 하지만 저는 그 학생들을 흑인 우월주의자와 다를 바 없다고 생각합니다."

이 말에 참석자들은 하나같이 움찔했다. 하지만 중앙학원의 성과를 무시할 수는 없었다. 사립학교인 까닭에 구화 학습에 성공할 것 같은 학생들만 선별해서 받아들일 수 있었고, 그 학생들의 시험 성적은 건청 학생들에 비해 조금도 손색이 없었다. 중앙학원을 졸업한 학생들은 모두 초등부 1년 만에 글을 읽었다는 얘기에 렉싱턴 사람들의 얼굴에는 잠시나마 질투가 어렸다.

그 다음으로 나온 애리조나 대학의 언어학자 샘 수팔라 박사는 스토커 원장과 180도 견해를 달리했다. 그는 청각장애 부모에게서 태어나는 10퍼센트의 청각장애인으로, 미국수어가 말 그대로 모어이다. 청각장애인의 문화적 전통에 따라 집안 얘기와 출신 학교부터 소개한 그는 자신은 오리건의 외딴 농장에서 태어나 청각장애인 가족들 사이에서 자라면서 소리를 못 듣는 게 정상인 줄 알았고, 다섯 살 때까지 '건청'이라는 말은 '수화를 하지 못한다'는 뜻인 줄 알았다고 했다.

이어 수팔라 박사는 언어 습득 이론에 대한 설명으로 넘어갔다. 그는 청각장애 아동들은 청력이 아닌 시력에 의존하기 때문에 영어를 자연스럽게 습득할 수 없으며, 제2언어로 배워야만 한다고 얘기했다. 그리고 영어와 미국수어의 요소를 뒤섞어 만든 수화코드영어나 영어어순수화, 혼성수화영어와 같은 수화 체계의 사용에 대해 우려를 표했다. "영어와 미국수어는 양립할 수 없습니다. 두 가지를 섞으려고 할 경우, 언어 체계에서 예기치 못한 문제가 일어나게 됩니다."

또 수팔라 박사는 청능과 구화 학습은 청각장애 아동의 강점보다 약점을 부각시켜 자긍심을 훼손할 수 있기 때문에 찬성할 수 없다고 했다. 아이들의 첫 번째 언어는 미국수어이어야만 하며, 여기에는 타협이나 예외가 있을 수 없다고 주장했다. 그에게 수어는 인권의 범주에 속하는 문제였다.

두 사람의 얘기만으로도 참석자들은 머리가 어지러웠다. 만약 수화를 사용하는 아이들과 구화를 배우는 아이들을 따로 격리한다면 어떻게 될까? 아이들에게 지우지 못할 상처가 남지는 않을까? 부모는 물론이고 선생님들 가운데는 수화를 거의 하지 못하는 사람이 많은데 어떻게 미국수어가 청각장애 아이들의 첫 번째 언어가 될 수 있을까? 두 시각 사이의 간극은 도저히 메울 수 없을 것 같았다. 위원회는 벌써부터 교착 상태에 빠진 느낌이었다.

현실을 가장 통렬하게 직시한 건 누구보다 상황을 잘 이해하고 있던 렉싱턴 정신건강 센터의 아이린 리 부소장이었다. 수팔라 박사처럼 리 부소장도 개인적인 이야기부터 시작했다. 어렸을 때 보청기를 끼고 발화 치료를 받았던 일, 청각장애인으로서 귀감이 되어줄 인물이 없어 아쉬웠던 점, 그리고 공립학교에서 통합교육을 받으면서 건청인과 청각장애인이라는 서로 다른 두 집단의 친구들과 우정을 나눴던 일 등을 얘기했다.

앞의 두 사람과 달리 양쪽의 입장을 모두 경험하고, 양분된 두 문화를 삶 속에서 조화시켜 온 리 부소장은 어느 한쪽을 지지하는 대신 두 가지 질문을 던졌다. "여러분의 학생들이 모두 구화교육에 성공할 수 있다고 생각하시나요? 그리고 그 아이들에게서 말을 배울 기회를 박탈해도 된다고 생각하시나요?"

그리고는 스토커 원장과 수팔라 박사 사이의 절충안이 아닌, 제3의 시각을 제시했다. 심리학자로서 건청 부모를 상담해온 리 부소장은 자신의 아이가 청각장애 공동체에 파묻혀 '현실 부적응자'가 되지는 않을까, 청각장애인의 자부심을 앞세우는 과격론자가 되지나 않을까 하고 걱정하는 모습을 많이 접했다. 청각장애 공동체의 일원으로서 청각장애 아동을 무능한 존재로 만들고, 문화를 빼앗긴 외로운 구화주의자로 만든다는 비난도 숱하게 들었다.

부적응-무능의 패러다임을 통해 리 박사는 문제의 핵심을, 교수법과 언어학과 독해력이라는 건조한 표면 밑에 감춰진 진실을 드러냈다. 그것은 다름 아닌 '의사소통의 방법'이 편 가르기를 위한 수단으로 전락했다는 사실이었다. 청각장애 아동들을 놓고 벌이는 이 줄다리기에 얽힌 감정과 정서를 이해하지 않고서는 의사소통 방법에 대한 논쟁의 해법은 결코 찾아낼 수 없을 것이다.

"보청기를 설거지물과 같이 내버리지는 맙시다." 이 말을 아버지는 좋아했고, 별다른 의도 없이 자주 얘기했다. 문제는 이 말 자체에 이미 의도가 담겨 있다는 것이다. 지금처럼 정치적인 상황에서는 이 말을 누가, 어떤 맥락에서, 누구에게 하느냐에 따라 뇌관이 될 수도 있었다.

아버지가 이 말을 할 수 있었던 건 한편으로는 렉싱턴이 유서 깊은 구화학교이고, 그러니만큼 정치적 시류를 좇아 조급하게 미국수어 쪽으로 기울어지리라고는 아무도 생각하지 않기 때문이다. 또 한편으로는 태어나면서부터 뉴욕 청각장애 공동체의 준회원처럼 생활해왔기 때문이다. 청각장애인들은 아무것도 모르는 건청인 개입한 것보다는 아버지를 조금은 더 신뢰하고 존중했다. 하지만 아버지가 그런 말을 거리낌 없이 할 수 있었던 건 무엇보다도 교육처장이라는 비교적 안전한 지위 덕분이었다. 청각장애 공동체에서 현직에 있는 사람을 내몰려고 한 적은 없었다. 적어도 아직까지는.

갤로뎃 대학에서 분규가 발생했던 1988년 이후, 청각장애 공동체 안팎에서 일하는 건청인들은 입을 조심하고 있었다. 일주일

동안 이어진 갤로뎃의 시위는 미국 전역의 청각장애인들을 동요시켰고, 국제 언론의 관심을 끌었으며, 갤로뎃 최초의 청각장애인 총장과 청각장애인 이사장을 임명하는 개가를 올렸다.

청각장애인 총장 추진 운동은 자발적으로 일어났고, 정치적 배후에 의해 조종된 것이 아니었으며, 사전에 위원회를 구성해서 치밀한 전략을 세운 것도 아니었다. 당시 갤로뎃은 신임 총장을 물색하는 중이었다. 인사위원회에서 건청인을 후보로 내정했다는 발표도 1864년에 설립된 이래 쭉 건청인이 총장이었음을 감안한다면 특별히 주목할만한 일이 아니었다. 하지만 1960년대를 휩쓴 인권운동은 언어의 장벽을 넘어 청각장애 공동체 안으로 침투했고, 그것이 마침내 비등점에 도달한 듯했다.

학생들은 반발했고, 의사당까지 가두행진을 벌였다. 캠퍼스를 점거하고, 교문 앞에는 버스로 바리케이드를 쳤다. 학생회에서는 새벽 2시나 3시, 혹은 4시에 화재 경보기를 눌러 기숙사 방마다 반짝이는 섬광으로 학생들을 깨웠다. 그러면 학생들은 어둠을 뚫고 체육관에 모여 그날의 작전을 의논했다.

언론에서는 기삿거리를 포착했고, 기자와 사진기자와 방송국 카메라가 대학으로 몰려왔다. 통역사들은 일정을 급히 취소하고 갤로뎃에 모여 언론의 인터뷰를 도왔다. 청각장애 지도자들도 달려와 힘을 보탰고, 정치인과 유명 인사들이 학생들의 입장을 지지하면서 언론의 관심도 더욱 뜨거워졌다.

일주일 뒤, 결국 총장으로 내정되어 있던 사람이 사의를 표했고, 킹 조던이 대학 최초의 청각장애인 총장이 되면서 갤로뎃은 전 세계적으로 유명해졌다.

전국의 청각장애 학교들이 앞다투어 갤로뎃의 선례를 좇았다. 렉싱턴은 특히 주목을 받았다. 갤로뎃의 학생회장이며 텔레비전 뉴스에 시위 주동자로 소개된 그렉 힐복이 렉싱턴 졸업생이었다. 갤로뎃의 신임 이사장으로 취임한 필 브레이빈 역시 렉싱턴 졸업생이었다. 지금은 렉싱턴 중앙 이사회의 임원으로 두 자녀를 렉싱턴에 보내고 있는 그는 아버지의 친구이자 동료이기도 했다.

갤로뎃의 청각장애인 총장 추진운동이 어디로 이어질지 상상하기란 어렵지 않았다. 구화주의는 오랫동안 교육 정책을 장악하면서 억압의 색채를 띠게 되었고, 청각장애인이 교사가 되어 교육계에 진입할 길은 사실상 차단되어 왔다. 이는 청각장애 아동들의 운명을 건청인의 손에 맡기는 것이나 다름없었다. 청각장애 어른들은 일자리를 빼앗길 뿐만 아니라 청각장애 아동의 교육에 전혀 영향을 미칠 수 없는 상황이었다. 청각장애인 총장 추진 운동은 이제 더 이상 이런 상황을 묵과할 필요가 없음을 보여주었다. 이 운동은 무풍지대와도 같았던 건청인들의 권위에 종말을 고하는 신호탄이었다.

청각장애인들의 대의명분은 좋은 기삿거리였고, 정치인들은 그 틈을 이용해서 대중적인 인기를 누리려 했다. 이로써 언론과 정치인을 등에 업은 청각장애인들은 수세기 동안 기울어져 있던 힘의 불균형을 자신들에게 유리하게 바꿀 수 있었다.

이후 갤로뎃의 전례를 쫓아 학교의 인사위원회와 정책 입안자에게 압력을 행사하려는 각종 시위가 줄을 이었다. 이런 일련의 움직임은 대중과 언론과 정치인들의 의식을 일깨우는 계기가 되었으며, 이전까지 청각장애 공동체의 권리, 심지어 존재 자체를 무시했던 학교 관계자들 사이에서도 자성의 목소리가 나오기 시작했다.

하지만 호전적인 청각장애 과격주의자들의 뜻에 무조건 머리를 굽히는 경향도 없지 않았다. 청각장애인의 인권을 지지한다는 걸 과시하려는 마음에 청각장애 아동과 부모들에게 교육적인 선택을 제공해야 한다는 의무를 도외시하기도 했다. 수화가 금지되고 구화를 강요받은 세월을 보상받으려면 선택의 대상에서 구화를 아예 제외시켜야 한다고 주장하는 사람들도 있다.

이렇게 억압의 도구로 받아들여진 구화는 완전히 폐지되어야 할 부정적인 것으로 비쳤다. 구화 폐지가 건청 부모를 소외시키고 청각장애 자녀들과의 관계를 소원하게 만들지라도, 또한 청각장애 아동이 나중에 사회에 나가거나 직업을 선택할 때 누릴 수도 있는 기회를 차단하게 되더라도 말이다.

건청 부모들의 입장은 대체로 두 가지였다. 한쪽은 이런 변화가 청각장애인의 승리를 예고한다고 믿고 과격주의자들을 진심으로 지지하는 입장이고, 다른 한쪽은 그 반대 입장이었다. 그렇지만 반대 입장의 부모 대부분은 강경한 태도를 자제했고, 모호하게 말을 돌리면서 청각장애 지도자들을 멀리 하지 않으려는 신중한 모습을 보였다. 청각장애와 건청 세계 사이 놓인 중간 지대는 이렇게 위험천만한 정치적 지뢰밭으로 변했다.

그 지뢰밭을 당당하게 거닐 수 있는 운 좋은 사람이 내 아버지 오스카였다. 아버지는 어느 한쪽의 입장에 동조하는 대신 고집스럽게 중간을 오가며 양측이 지니고 있는 확신에 의문을 제기했다. 그렇다고 해서 다른 사람들이 이념의 칼을 휘두르고 권력의 암투를 벌이는 옆에서 아버지만 순수하게 초심을 지켰다는 얘기는 아니다. 그 역시 누구 못지않게 투쟁에 휘말려있었지만, 아버지가 중시하는 점은 예나 지금이나 조금 남달랐다.

아버지가 우려하는 상황은 청각장애 과격주의자들을 무마하려는 마음에 성급한 결정을 내리는 것이었다. 실제로 1991년에 갤로뎃 캠퍼스 내에 있는 부속 초등학교와 고등학교에서 바로 그런 실수를 범했다. 청각장애인을 위한 켄덜 시범학교와 시범중고등학교(MSSD)에서는 그해 가을 학기부터 모든 의사소통을 미국수어로 통일한다는 규칙을 정했다. 그 규칙을 어찌나 철저하게 시행했던지 건청인 교사들이 들을 수 있거나 수화를 못하는 부모들과 회의를 할 때조차 수화를 쓰고, 통역사가 그걸 말로 옮기는 웃지 못 할 풍경이 펼쳐졌다. 불만이 쏟아진 건 당연했고, 겨울이 시작될 무렵 그 규칙은 폐지되었다.

그리고 얼마 후, 갤로뎃에서 미국수어의 정의를 확대 적용한다는 얘기가 나왔다. 이제부터는 목소리를 사용하지 않는 순수한 미국수어에서부터 목소리와 병행해서 어순에 따라 수화를 하는 것까지 모든 종류의 수어를 여기에 포함시킨다는 것이다. 언어학자들은 이의를 제기했다. 켄덜 시범학교와 시범중고등학교는 무리한 조치로 뒷수습을 하지 않고도 미국수어 유일 정책으로 되돌아갈 수 있었다. 전문가들은 계속해서 새로운 정의를 내놓았고, 청각장애인들은 이제껏 사용해왔던 것과 똑같은 접촉언어를 가지고 계속 생활해갔다.

이것말고도 아버지의 마음을 무겁게 하는 또 다른 사건이 있었다. 작년에 렉싱턴의 고등학교 졸업반 학생 한 명이 발화 수업을 받지 않겠다는 뜻을 밝힌 것이다. 문제의 학생은 필 브레이빈의 막내아들, 세스 브레이빈이었다. 그는 학업 능력이 뛰어났고, 학급의 반장이었으며, 갤로뎃 대학으로의 진학이 확정되어 있었다.

아버지는 세스의 의사와 권리를 존중하고, 그의 생각에 동의를 표했다. 다만, 다른 학생들이 본을 받는 반장이라는 위치를 생각해달라고 부탁했다. 대학에 진학하지 못하는 학생들, 건청인 고용주와 청각장애에 익숙하지 않은 동료들 사이에서 육체노동을 해야 할지도 모르는 친구들에게 발화 능력이 어떤 의미를 가질지 생각해보라고 말했다. 아버지는 발화 수업에서 빠지는 게 유행처럼 번질까 봐, 그래서 세스와 달리 그게 최선일 수 없는 학생들마저도 덩달아 그만둘까 봐 걱정이라고 털어놓았다.

렉싱턴도 건청 세계에 동화되는 것을 성공의 기준으로 삼았던 때가 있었다. 렉싱턴 최초의 학생이었던 캐리 로젠펠트는 후배들의 모범이었다. 캐리는 일흔 살에 쓴 글에서 이렇게 얘기했다. “나는 청각장애인인데도 정상적으로 들을 수 있는 사람이 되는 행운을 누렸다. 대부분의 지인들도 그 세계에 속해있었다.”

이제 이 말은 너무나 슬프게 들린다. 왜 캐리는 ‘정상적으로 들을 수 있는 사람들’과의 교제를 열망해야 했을까? 사람들이 청각장애인들과는 사귀지 말라고 가르쳤던 걸까? 캐리는 ‘헌신적인 건청인 남편을 만난 건 ‘축복’이었으며, 아이들과 손주들도 모두 들을 수 있는, 그녀의 말대로 하자면 ‘정상’이었다며 행복해했다. 그렇다면 가족 중에서 유일하게 ‘비정상’인 사람으로 사는 기분은 어땠을까? 들을 수 있는 남편을 만난 게 ‘축복’이었다면, 남편 입장에서는 청각장애인을 아내로 맞이한 것이 ‘불운’이었을까?

이제 캐리 로젠펠트는 더 이상 모범이 아니다. 렉싱턴이 구화주의를 옹호하는 이유는 건청 사회에 동화되기 위해서가 아니라 선택과 기회의 폭을 넓히기 위해서이다.

아버지와 세스 브레이빈은 이 점을 잘 알았고, 서로의 의견을 존중했다. 그럼에도 세스는 기어이 발화 수업을 그만둠으로써 렉싱턴에 기록을 남겼다. 하지만 유행으로 번지지 않았으면 좋겠다는 아버지의 요청을 받아들여 최대한 조용히 일을 처리했다. 그 뒤로 그런 결정을 내린 학생은 없었다. 하지만 이 사건은 변화의 기류가 렉싱턴 내부로 스며들어 왔다는 증거였고, 이제 학교에서도 본격적인 대비를 시작해야 했다.

통합교육이 날로 확산되고, 청각장애 공동체가 발화와 청능학습을 외면하면서 렉싱턴의 입지는 갈수록 좁아지고 있다. 의사소통위원회는 렉싱턴이 서있는 현재의 좌표를 정확하게 읽어내려고 노력하고 있다. 그렇지만 양자택일의 방법만을 제시하는 논쟁의 어느 한쪽으로 무작정 기울어지지 않을 것이며, 그럴수록 그들의 노력은 더 힘들 수밖에 없을 것이다.

렉싱턴은 제3의 대안, 아직은 존재하지 않는 대안을 모색하고 있다. 건청인 우월주의자나 청각장애 과격주의자가 아닌, 학생과 부모의 요구에 부응하는 대안. 리 박사가 그려준 복잡한 지평위에서, 양분된 입장 사이를 절묘하게 오가는 아버지의 행보를 좇아 새로운 대안을 만들어내기 위해 노력할 것이다.

기억의 주인

우리 할머니가 태어나서 처음으로 잃은 건 베시라는 당신의 본래 이름이었다. 할머니가 다섯 살 때 큰 병을 앓자, 가족들은 액운을 쫓는다며 이름을 내버렸고 그건 효과가 있었다. 액운은 베시라는 빈껍데기에 실려 사라졌고, 아이는 병을 털고 일어났다. 하지만 아이에게서 소리를 빼앗아갔고, 병을 앓았던 자리에 도톰하고 하얀 상처를 남겼다. 그 흉터는 한쪽 귀 뒤에서 목구멍이 있는 부분까지 끈처럼 이어졌다. 또 액운은 아이의 머리카락까지 가져가 버려서 할머니는 머리가 다시 자랄 때까지 모자를 쓰고 다녔다. 그리고 머리가 다 자랐을 땐 패니라는 이름으로 불렸다.

우리 할머니 패니는 1914년에 맨해튼의 로워 이스트사이드에서 일곱 남매 중 막내로 태어났다. 위의 다섯 명(하이미, 이다, 예타, 이지, 그리고 로레타)은 루마니아 북부의 부코비나라는 곳에서 태어났고, 밑의 두 아이(아서와 패니)는 할머니의 부모님이 가족을 이끌고 기회의 땅으로 온 이후에 태어났다. 병 끝에 청력을 잃은 할머니와 태어나면서부터 소리를 듣지 못한 여섯 살 위의 이지 오빠를 제외하면 다른 형제들은 모두 건청이었다.

외증조할아버지는 모피 무역상이자 바람둥이였는데, 그 두 가지에는 해외여행이 잦다는 공통점이 있었다. 외증조할머니는 알 수 없는 병으로 오랜 시간을 요양소에서 보냈다. 가끔 집에 오면 부엌 바닥에 무릎을 꿇고 앉아 몸을 흔들면서 머리를 벽에다 찧곤 했는데, 아무도 할머니에겐 상황을 설명해주지 않았다.

할머니가 열세 살이었던 어느 날, 집에 들어와 보니 온 가족이 모여있었다. 외증조할머니가 거실 중앙에 놓인 나무 상자 안에 누워있었다. 다른 형제들은 오가며 자신들의 어머니가 요양소 8층 창문에서 뛰어내렸다는 어른들의 얘기를 주워들었지만, 할머니는 한참 뒤에야 그냥 신경쇠약으로 숨을 거뒀다는 얘기만 들었다.

외증조할아버지는 1년 뒤에 재혼했고, 그 후에도 두 번을 더 했다. 거처도 브루클린의 윌리엄스 버그로 옮겼다. 그때부터 할머니는 낮에는 맨해튼에 있는 P.S. 47이라는 청각장애 학교를 다니고, 밤에는 언니들이 사는 아파트에서 간이침대를 펴놓고 잤다.

그렇게 열네 살이 됐을 때 할머니는 자신의 이름과 청력과 어머니를 잃고, 아버지와도 떨어져 사는 아이가 되었다.

할아버지가 돌아가시고 얼마 안 있어 할머니는 플로리다주에 있는 헬렌데일로 이사를 했고, 거기서 10년을 혼자 사셨다.

1년 내내 덥고 습한 그곳에서 할머니는 보존의 미학을 보여주었다. 장을 봐온 물건은 무조건 냉장고로 직행했는데, 여기엔 낱개로 포장된 사탕이나 소금 통도 예외가 아니었다. 또 다림질 판을 늘 펼쳐놓았고, 끊임없이 다림질을 했으며, 바삭거릴 정도로 옷을 말려서 말린 고기처럼 옷장에 걸어두었다.

사진은 벽과 탁자의 유리판 밑에 보관했다. 남편과 두 아들, 며느리와 손주들, 최근에 태어난 증손주의 사진까지 보관했고, 그 사진 속엔 가족들과 행복했던 시절이 고스란히 담겨 있었다.

그에 비하면 할머니의 어렸을 적 사진은 거의 없었다. 어린 시절의 기억도 사진만큼이나 희미했다. 자질구레한 물건까지 아끼고 보관하는 분인데도, 집안에는 하나같이 요즘 물건뿐이었고, 오래된 장신구와 옷가지와 사진은 당신만의 방식으로 처분하셨다.

할머니는 과거에 연연하는 사람이 아니었다. 사실은 소중히 간직할 과거도 없었다.

기억마저도 할머니의 차지가 아니었다. 어린 시절의 일은 이리저리 자리를 바꾸면서 바닷가의 조약돌처럼 닳아 없어졌고, 진짜 기억이 있어야 할 자리엔 사람들이 들려준 얘기들이 대신 들어앉았다. 한 번은 불과 5분 사이에 당신이 어떻게 청력을 잃게 되었는지에 대해 세 가지 이유를 대기도 했다. 원래 그렇게 태어났다, 한 살 때 다림질 판에서 떨어졌다, 다섯 살 때 크게 앓는 바람에 그렇게 됐다.

부엌에서 점심 식사를 준비하던 아버지가 끼어들었다. "아니에요, 엄마." 수화를 하기 위해 주걱을 내려놓으면서 아버지가 큰 소리로 말했다. ▪엄마는 원래 그렇게 태어나신 게 아니에요!▪

할머니는 아버지를 쳐다봤고, 누군가의 입모양을 읽을 때면 늘 하는 대로 입을 움직였다. 양손을 마주 쥐고 있던 할머니는 한쪽 엄지손가락으로 다른 손 엄지 아래의 도톰한 부분을 문지르기 시작했다. "내가 떨어졌어." 할머니가 말했다. "한 살 때였는데, 우리 어머니가 다림질을 하다가 나를 밑으로 떨어뜨리신 거야."

할머니의 구화는 알아듣기 쉬웠다. 억양이 대체로 평평하고, 맨 마지막 자음은 으레 사라지며, 이와 혀와 입이 느닷없이 부딪히면서 탁탁거리고 쉬쉬거리기는 소리가 나기는 했지만 알아듣는 데는 전혀 무리가 없었다. 할머니는 들을 수 있는 사람들, 그리고 아들과 있을 때에도 주로 목소리를 썼다 .

아버지는 즉각 대꾸했다. ▪다림질 판에서 떨어져서 청력을 잃었다고 생각하시는 거예요?▪ 아버지는 말과 수화를 동시에 했다. 혼란스러워서 그런지 목소리가 조금 퉁명스러웠다.

"어머니가 떨어뜨렸으니까, 다림질 판에서 말이야. 사람들이 그렇다고 얘기해줬거든. 나야 알겠니? 애기 때였는데." 할머니는 아랫입술을 자꾸만 깨물었고, 엄지손가락으로는 여전히 다른 쪽 손바닥을 문질러댔다. "우리 어머니가 나를 바닥에 떨어뜨리셨대, 내가 막 태어났을 때. 나는 몰랐는데 이다 이모가 말해주더구나." 그리고는 ▪태어난다▪는 뜻의 수화를 했다 .

▪그러니까 집에서 나셨단 말이에요? 병원에서 태어나신 게 아니고요? 그러다 한 살 때 다림질 판에서 떨어져서 청력을 잃었다고요? … 아니에요, 엄마. 그때 전화를 썼던 게 기억난다는 말씀을 하셔놓고선. 좀 더 컸을 때 청력을 잃으셨을 거예요. 병을 앓았기 때문이라고, 그렇게 말씀하셨어요.▪

할머니는 조금 자신이 없는 표정으로 눈을 찌푸렸다. 그러더니 보일 듯 말 듯 어깨를 들썩이며 고개를 끄덕였다. "네 말이 맞다. 그래, 맞아. 나는 모른다. 네가 옳아." 할머니는 머리를 흔들어 남은 기억의 조각들을 털어내 버리곤 창밖으로 시선을 돌렸다.

잠시 뒤 아버지는 빵을 썰기 시작했다. 아버지가 혼자서 뭔가를 생각한다는 걸 느낄 수 있었다. 그리고 얼마 후 내게 말했다. "모르겠다. 이상해. 할머니 말씀 말이야." 그렇게 등을 돌리고 서 있으면 할머니 모르게 얘기를 할 수 있었다.

"으음." 나는 할머니를 보면서 대답했다. 할머니가 눈치 채지 못하도록 입도, 가슴도 움직이지 않으려고 조심하면서. 나는 할머니 모르게 얘기를 나누는 것에 기꺼이 동조했고, 또 제법 노련했다. 하지만 그건 어떤 기분일까? 자신의 인생에서 어떤 일이 벌어졌는지를 알지 못한 채 여기저기서 전해 들은 몇 조각의 이야기에 의존해서 미심쩍은 소설 같기도 하고 희멀건 죽 같기도 한 기억으로 빈 틈을 메우는 기분이란.

할머니는 거의 사반세기를 살고 나서야 인생의 행복을 맛봤다. 할머니는 이때를 더 이상 들을 수 있는 가족들과 같이 살지 않고 당신만의 집으로 이사를 간 때라고 했다. 그 이전의 기억은 드물기도 했지만 속상한 것들뿐이었다.

여덟 살부터 열일곱 살까지 할머니는 P.S. 47의 학생이었다. 당시에는 대부분의 청각장애 학교가 구화를 가르쳤고, 수화는 금지되었다. 처음 학교에 간 날, 이다 언니는 막내 동생을 거의 끌다시피 교실에 데려가 앉혔다. 머리카락도 없이 훌쩍이는 아이에게 거기가 어딘지, 어떤 상황인지 설명 한 마디 해주지 않았다.

그 후의 9년에 대해선 거의 아무것도 기억을 못하는데, 단 하루, 어머니가 돌아가시고 얼마 안 됐던 어느 날, 학교 가는 길을 찾을 수가 없었다. 23번가의 큰 회색 건물, 주변 동네와 지하철역, 장소에 대한 감각까지 모든 게 사라져버렸다. 세상에서 가장 심각한 방식으로 길을 잃은 것이다. 아버지는 걸핏하면 해외에 나가고, 어머니는 완전히 사라져버린 상황, 이다와 예타 언니네 간이침대를 오가던 아이는 밧줄 풀린 배처럼 표류했다.

열네 살이던 어느 날 아침에 상황은 그렇게 극적인 방식으로 펼쳐졌고, 아이의 몸은 5년 동안 아침마다 다녔던 길을 찾아갈 능력을 상실했다. 그 대신 다리가 저 혼자 아버지의 회사로 걸어갔다. 마침 여행을 떠나지 않고 회사에 있었던 아버지는 학교에 있어야 할 딸아이를 보자마자 P.S. 47로 데리고 갔다. 너무나 현실적이고 효율적인 대응이었다. 그 뒤로 아이는 알아서 학교에 갔고, 정해진 길에서 벗어나는 일은 두 번 다시 일어나지 않았다.

4년 뒤, 할머니는 동급생들과 함께 졸업을 했다. 역사와 지리는 별로였지만, 작문과 수학 성적은 좋았다. 그리고 발화에서는 두드러진 실력을 보였다. 학생이 수화를 하다 발각되면 수치스러움을 상징하는 빨간 깃발이 교실 밖에 걸리는 학교에서 특히 높이 평가하는 능력이었다.

이 능력과 빳빳한 새 졸업장으로 무장한 할머니는 첫 번째 직장에 들어갔다. 자투리 천을 잘라 진열장에 놓을 장식용 책에 붙이는 일이었다. 그건 건청인들이 청각장애인에게 적합하다고 생각하는 전형적인 일이었다. 혼자서 할 수 있고 큰 기술도 필요 없는 일. 할머니는 일주일에 10달러(약 만 2천 원)를 벌었고, 봉급을 받는 족족 당신 아버지에게 주었다.

이듬해 여름, 언니들과 함께 브루클린의 해변가로 놀러간 할머니는 그곳에서 장래의 남편을 만났다. 같은 청각장애인인 이지 오빠는 코니아일랜드 청각장애인 클럽에서 우리 할아버지 사무엘 코헨을 알게 되었다. 그게 계기가 되어 1930년 여름, 여러 청각장애 학교 졸업생들이 오션 파크웨이에 모여 그들만의 친분을 다지던 어느 날 여름날, 두 분은 해변에서 서로를 만났다. 할아버지는 바로 그날 저녁에 산책로에서 다시 만나자고 제안했고, 할머니가 그 청을 받아들이면서 두 사람의 연애가 시작되었다. 당시 할머니는 열여덟, 할아버지는 스물넷이었다.

할머니의 가족과 친지들은 아무도 두 사람의 관계를 인정하지 않았다. 할아버지는 말을 할 수 없었다. 할머니는 구화 실력이 뛰어난데, 그 정도면 같은 청각장애인이라도 최소한 구화를 할 수 있는 사람, 난청 정도의 사람을 만날 수 있지 않겠냐는 것이었다.

심지어 같은 청각장애인 이지 오빠마저도 막내 여동생을 설득했다. ■말도 못하는데 무슨 수로 밥벌이를 하겠어? 게다가 샘은 안정된 직업보다 농구를 더 중요하게 생각하는 겉만 멀쩡한 녀석이야.■ 이지 언니는 정신 차리라며 동생의 뺨까지 때렸다. 하지만 할머니의 마음은 흔들리지 않았다.

할아버지와 할머니는 꾸준히 사랑을 키워나갔고, 4년 후에 결혼했다. 그리고 시어머니와 두 시누가 살고 있는 브루클린의 집으로 들어갔는데, 할머니는 그게 너무 싫었다. 들을 수 있는 시누이들이 머리 위에 앉아 당신을 손에 넣고 휘두르려고 하는 것만 같았다. 젊은 부부는 베란다에서 잠을 자야 했다. 그리고 할아버지는 한 직장에 진득하게 다니지 못했다. 들쭉날쭉 일을 했고, 감원이 있을 때면 늘 가장 먼저 해고되었다. 청각장애인은 불평을 할 수 없다고 생각했던 고용주에겐 손쉬운 선택이었다.

할아버지에게 안정된 직장을 마련해준 사람은 건청인 여성 사회복지사 티나 내시 여사였다. 청각장애인의 권익 보호에 앞장섰던 내시 여사는 청각장애 구직자들에게 기회를 달라고 고용주들을 설득했고, 차별을 하는 회사에게는 공정한 대우를 하라고 압력을 가했다. 지금이야 청각장애인의 권리를 보호해줄 법과 제도가 있고 정부 기관에서 상담과 교육, 구직 활동까지 도와주지만, 당시에는 내시 여사뿐이었다. 그녀의 명성은 뉴욕 전역의 청각장애 공동체로 퍼졌다. ■무슨 문제 있어? 가서 내시 여사를 만나 봐.■

할아버지는 내시 여사를 찾아갔고, 그녀의 도움으로 국제여성의류노조에 들어갔다. 조합의 일자리를 갖게 되자, 할아버지와 할머니는 마침내 당신들만의 집으로 이사를 할 수 있었다. 브롱크스에 있는 방 하나 반짜리 조그만 아파트였다. 손바닥만 한 부엌과 중간에 칸막이처럼 놓인 식탁, 이사하기 몇 달 전에 태어난 아들 맥스와 부부가 다 함께 자는 방 하나. 그게 전부였다.

할머니는 그때 스물여섯 살이었고, 태어나서 처음으로 행복했다. 그 집 얘기를 할 때면 할머니는 지금도 흥분을 감추지 못한다. 그 아파트에선 할머니가 속속들이 모르는 게 없었고, 뭐든 할머니 마음대로였다. 아무도 할머니에게 이래라 저래라 하지 않았고, 열등감을 안겨주지도 않았다. 그곳은 듣지 못하는 귀머거리의 집이었고, 할머니는 자신의 언어로 얘기했다.

얼마 후 할머니와 할아버지는 방 두 개짜리 아파트로 이사를 갔고, 또 얼마 지나지 않아 녹스 플레이스에 있는 방 세 개짜리 반지하 아파트로 집을 옮겼다. 그리고 그곳에서 30년을 넘게 살았다. 그때는 둘째인 내 아버지 오스카가 태어나 가족도 늘었다. 소리를 들을 수 있는 두 아들은 수화와 영어를 동시에 쓰며 자랐다.

부모의 역할이 미진했던 적은 없었다. 할머니는 의지와 열정, 그리고 소름이 끼칠 정도의 정확한 육감으로 가족을 돌봤다. 거실 저편에서 등을 돌리고 서있다가도 누가 기침이라도 하면 어김없이 돌아보며 물었다. "무슨 일이냐, 감기 걸렸어?" 큰 소리로 이름을 부를 땐 아무 반응이 없다가도 기침이나 재채기는 알 수 없는 주파수를 타고 전해지는지 당장에 반응을 보였다. 마치 어린 시절에 자신이 겪은 무관심을 보상이라도 하려는 듯이.

가족들에게 먹일 음식에 대해서도 한 치의 양보가 있을 수 없었다. 하루는 스테이크 요리를 해서 먹으려다 고기가 너무 질기다는 걸 알게 된 할머니는 그 고기를 접시째 들고 가서 정육점 주인에게 한 입 먹어보라고 들이밀었다.

아이들이 문제를 일으키면 할머니는 가장 든든한 울타리가 되어주었다. 아버지는 고등학교 2학년 때 체육관 관리를 맡았는데, 하루는 라커룸에서 친구들과 포커를 치다가 그만 들키고 말았다. 학생주임 선생님은 부모님을 모시고 오라고 했다.

운명의 그날, 할머니와 함께 학교에 가던 아버지는 신신당부를 했다. ■엄마, 제발 부탁이에요. 학생주임 선생님께 다른 애들 잘못이라고 말씀하시면 안 돼요, 아셨죠? 그냥 듣기만 하고 뭐라고 하시든 그렇다고 하세요. 제발 약속하세요.■

아버지는 할머니가 상담실로 들어갈 때 쫓아 들어갈 작정이었다. 할머니의 독순술이 뛰어나기는 하지만 그것만으로는 충분하지 않았다. 최적의 상황에서도 입모양으로 읽을 수 있는 얘기는 30퍼센트에 지나지 않았고, 나머지는 추측으로 메워야 했다. 그에 따른 낭패와 오해를 줄이기 위해 통역을 할 생각이었지만 학생주임 선생님의 호통에 문 앞에서 멈춰 서고 말았다.

"코헨, 너는 밖에 있어라." 쾅 소리를 내며 문이 닫혔다. 20초나 지났을까. 다시 문이 열렸다. "코헨, 안으로 들어오너라!"

학생주임 선생님은 대화를 진두지휘하려 했다. "코헨, 어머니께 네가 저지른 일을 아시냐고 여쭤봐라."

아버지는 얼굴이 빨개져서 할머니에게 수화를 했다. ■선생님께서 제가 저지른 일을 아시는지 여쭤보래요.■

할머니가 수화로 대답했다. ■선생님께 그건 네가 아니라 다른 아이들이었다고 말씀드려.■

■엄마, 제가 그러시지 말라고 했잖아요!■

■어서, 빨리. 선생님께 너는 착한 아이라고 말씀드려.■

"어머니가 뭐라고 하시는 거니, 코헨?"

"제가 잘못했고, 다시는 이런 일이 없을 거라고 하시는데요."

"그래." 학생주임 선생님의 표정이 밝아졌다. "자, 코헨. 어머니께 네가 다시는 포커를 치지 않고 착한 아이가 되기를 바란다는 선생님의 바람을 전해드려라."

도무지 빠지지 않는 착한 아이란 그 말을 또 한 번 전달하게 된 아버지는 얼굴이 더욱 붉게 변했다.

들을 수 있는 아이들을 둔 청각장애인 어머니로서 할머니는 두 세계를 오갔고, 때론 각각의 필요에 따라 이중으로 일을 하기도 했다. 아버지가 성인식을 치렀을 때 할머니는 집에서 잔치를 열었고, 모든 걸 손수 준비했다. 그리고 오후에는 들을 수 있는 친척들을, 밤에는 들을 수 없는 친구들을 모아 놓고 똑같은 행사를 두 번 치렀다. 첫 번째는 의무였고, 두 번째는 즐거움이었다. 둘로 나뉜 세계와 두 번의 잔치. 그리고 모든 게 끝났을 때 며칠에 걸친 준비로 기진맥진한 할머니는 결국 앓아누웠다.

할머니는 절대로 도움을 청하지 않았다. 공공 기관이나 건청인 친척들에게서 경제적 도움을 받지 않고도 충분히 가정을 꾸려나갔다. 물론 친척들은 그것과 상관없이 청하지도 않은 충고를 쏟아부었고, 특히 아이들에 관해서는 사사건건 개입하려 했다.

친척들의 참견은 지나칠 때가 많았고, 상처를 주기도 했다. 그들에겐 빈틈없고 헌신적인 할머니의 노력도 성에 차지 않았고, 귀머거리 엄마가 아이들을 키운다는 사실이 영 마뜩지 않았다. 큰아버지가 열두 살 때 소아마비에 걸리자 모든 걸 할머니 탓으로 돌리기도 했다. "올케가 아이를 제대로 돌보지 못했으니까 이렇잖아."

사실 친척들은 일찌감치 그걸 기정사실화했고, 아이가 태어나기도 전부터 할머니의 엄마 노릇에 월권을 일삼았다. 얼마 전에 나는 할머니에게 아버지와 큰아버지의 이름을 어떻게 지었느냐고 물어보았다. 할머니가 플로리다에서 우리 집에 다니러 오셔서 아버지와 함께 공항으로 마중을 나갔을 때의 일이었다.

내 질문에 할머니의 얼굴에는 조심스러운 듯 애매한 표정이 번졌다. 나는 수화로 다시 물었다. 할머니가 내 입모양을 같이 읽을 수 있도록 얼굴을 정면으로 바라보면서. ■큰아버지랑 아빠 이름을 어떻게 생각해내셨어요? 그 이름을 어떻게 지으셨냐고요.■

운전대를 잡은 아버지도 귀를 기울인다는 걸 알 수 있었다. 아버지도 처음 듣는 이야기였다.

창밖으로 잎을 떨군 겨울나무가 수백 그루쯤 지나간 후에야 할머니는 대답을 했다. "친척들이." 할머니는 그만하자는 듯이 불편한 기색으로 손을 내저었다. "할아버지네 가족들이. 그 사람들이 알아서 했단다."

입을 넓게 벌리고 뚝뚝 끊어 발음하는 할머니의 얘기를 마침내 이해하기까지는 약간의 시간이 걸렸다. 젊은 청각장애 여성으로서 할머니는 자신이 낳은 아이들의 이름조차 지을 능력이 없는 사람으로 취급받았던 것이다.

플로리다에는 할머니의 일상이 있고, 매일 들르는 곳과 만나는 사람들이 있다. 쇼핑몰까지 걸어가다 보면 할머니는 어김없이 아는 사람들을 만난다. 선글라스를 낀 젊은이, 다정한 러시아 아가씨, 해마다 플로리다에서 겨울을 보내고 가는 부유한 캐나다 부부. 햇빛이 눈에 들이치지 않아서 입모양을 읽을 수 있으면 할머니는 그 사람들과 잠깐 얘기를 나누기도 한다.

쇼핑몰에 도착하면 유대교 율법에 따라 고기를 파는 정육점에 간다. 그곳 사람들은 다들 할머니를 안다. 할머니는 간이탁자를 펴놓고 있는 주근깨 간호사에게서는 무료로 콜레스테롤 검사를 받는다. 그리고 커피 한잔 하면서 마멀레이드와 크림, 설탕 봉지를 한 줌씩 가방에 챙겨 넣는다.

내가 플로리다에 가면 할머니는 나를 여기저기 데리고 다녔다. 나를 보살펴야 한다는 책임감까지 더해져 정신이 없었다.쇼핑몰에 가기로 하면 미리 버스 값을 계산해서 집을 나서기도 전부터 주먹에 꼭 쥐고 있었다. 에어컨 찬바람이 나오는 버스에 어깨를 드러내놓고 탔다며 속을 끓이기도 하고(지갑에서 휴지를 꺼내 일회용 숄처럼 덮여주려 한다. 내 타박에 시도가 무산되긴 했지만), 작전 계획을 세우는 장군처럼 자못 진지하게 다양한 버스 노선을 설명해주기도 했다. 그러다가 혹시라도 그 사이에 변경되었을까 봐 내게 앞에 가서 새 버스 시간표를 가져오게 했다.

마치 현지어를 모르는 신중한 관광객처럼 할머니는 미리미리 정보를 챙겼다. 다른 사람들은 이런저런 얘기들을 지나면서 들을 수 있지만, 그럴 수 없는 할머니는 잡동사니 틈에서 쓸 만한 것을 찾으려는 사람처럼 늘 시각적인 부분을 꼼꼼하게 챙겨두었다.

쇼핑몰에 도착하면 할머니는 프렌치 베이커리 카페라는 곳으로 나를 데려갔다. 검은 머리를 허리까지 기른 젊은 아가씨가 카운터에서 할머니를 알아보고 반갑게 인사를 했다. 할머니는 같은 장소를 반복해서 가는 걸 좋아했다. 사람들이 할머니를 알고, 또 할머니의 귀가 안 들린다는 걸 알면 운신이 한결 여유로웠다. 그곳에서 할머니는 더 이상 이방인이 아니었다.

그리고 플로리다에는 할머니의 친구들이 있다. 화요일마다 모여 함께 카드 게임을 하는 청각장애인들, 그리고 브롱크스에서 살다가 근처로 이주해온 옛날 친구들이다. 할머니와 친구들은 생선과 감자 요리를 먹으며 먼저 세상을 떠난 지인들과 유니온 리그 시절을 추억하고, 새로 이사 온 주의 전화 중계 서비스며, 어느 방송국의 자막 서비스가 가장 좋은지, 의료보험과 세금 신고 양식은 어떻게 작성하는지에 대한 정보를 주고받는다.

할머니는 주저하지 않고 건물 관리인이 보낸 공지문이나 청구서의 뜻을 물어본다. 암호 같은 건청 세계를 서로 도와가며 해석하고 정보를 제공하는 건 청각장애인들의 문화적 전통이다. 그러므로 이런 모임은 친목 도모 외에 정보 교류를 위해서도 중요하다.

그 밖의 날에는 저녁 시간을 대부분 혼자 보낸다. 할머니는 창문을 열어놓고 산들바람을 맞으며 침대에 누워있는 걸 좋아한다. 〈장하다, 우리 개〉라는 프로그램도 즐겨 본다. 개들이 나와서 실력을 겨루는 일종의 게임쇼인데, 진행 방식은 매번 한결같다. 개 두 마리가 나와서 미로찾기, 장애물달리기, 재주넘기로 승패를 가른다. 그걸 보는 데에는 언어가 그다지 필요치 않다. 오히려 주절주절 떠들어대는 사회자의 말이 들리지 않아 더 좋다. 할머니는 그 프로그램을 꼬박꼬박 챙겨 보면서 큰 소리로 웃는다.

수요일과 금요일 아침 10시에는 세 구역 정도를 걸어서 그레이터 헬렌데일 노인보호 센터에 간다. 할머니는 평생 남에게 이용당하지 않으려고 노력해왔고, 아무런 보상 없이 모르는 사람을 위해 일한다는 건 꿈에도 생각해본 적이 없었다. 그런데 그동안 지켜왔던 원칙을 깨고 할머니는 자원봉사를 시작했다.

할머니가 하는 일은 점심 준비인데, 그곳에서 점심을 먹는 사람 중엔 치매 환자가 많다. 할머니는 보라색 스웨터 소매에 이름표를 꽂고, 짧게 자른 밝은 금발을 머리그물로 얌전하게 정리하고, 손에 비닐장갑을 낀다. 작업 지시서를 보며 오늘은 몇 명이나 식사를 하고, 누가 소금이나 육류를 안 먹는지를 살펴본다. 그리고 일회용 접시와 냅킨을 놓고, 과일 그릇과 빵과 마가린까지 가져다 놓은 다음에야 당신과 해즈라가 마실 커피를 끓이기 시작한다.

해즈라는 정식으로 급여를 받는 상근 직원이다. 수요일과 금요일엔 해즈라와 할머니가 한 팀이 되어 일을 한다. 해즈라는 서인도제도 출신이고, 나이는 할머니의 절반밖에 안 되지만 부지런함에서는 조금도 뒤지지 않았다.

잠깐 쉬는 동안 커피를 마시면서 두 사람은 아이들과 건강에 대해, 두 사람 다 좋아하는 카드 게임에 대해, 근처 공터에서 주말마다 열리는 벼룩시장에 대해 얘기를 나눈다. 할머니는 해즈라에게 "커피"와 "우유", "좋습니다", "고맙습니다" 등의 수화를 가르쳐줬지만, 대화를 할 때에는 해즈라의 언어를 사용한다.

두 사람은 가끔씩 강당에서 진행되는 활동을 지켜본다. 아침이면 그곳에서 스무 명의 참가자가 운동을 한다. 의자에 축 늘어진 채 속까지 텅 비고 금방이라도 증발할 것 같은 모습으로.

오후에는 젊은 남자가 와서 '평생교육'을 진행하는데, 이름만 거창할 뿐 시사 상식을 가르쳐주는 시간이다. 신문을 쉬운 말로 풀어서 읽어주는데, 참가자들이 듣는지 안 듣는지는 알 길이 없다.

이 노인보호 센터에 오는 사람들은 뭔가 중요한 것을 잃어버린 사람들이다. 더 없이 중요한 정보, 자신의 인생의 근간을 형성하는 가장 기본적인 사항을 까맣게 잊어버린 사람들이다. 존재와 개인사를 이어주는 실은 닳고 얇아져서 올이 풀리고 어딘가에 걸려 끊어졌다.

이곳에서 주관하는 프로그램은 매일매일이 똑같은데, 여기 노인보호 센터에 오는 사람들에게 연속성보다 더 중요한 것은 없다. 반복과 일상만이 삶을 지탱해주는 버팀목이고, 기억의 부재 속에서 하루하루를 살아가게 해주는 생명수이다.

삶의 중요한 부분을 잃어버린 건 할머니도 마찬가지다. 자신과 관련된 이런저런 얘기를 한 번도 우연히 들을 기회가 없었고, 청각장애인이기 때문에 허용되지 않거나 거부당한 경험도 많았다.

그런 것들의 빈자리에 할머니는 일상의 거미줄을 짜 넣는다. 커피를 마실 때마다 한 줌씩 챙기는 마멀레이드와 설탕 봉지들, 끝없는 다림질, 하루도 빼놓지 않고 보는 텔레비전 프로그램, 익숙한 버스 노선, 생전 처음 해 보는 자원봉사와 화요일의 카드 게임. 할머니는 이 일상을 세심하게 지킨다.

그러나 노인보호 센터에 오는 사람들과 할머니 사이에 어떤 관련이 있을지는 몰라도, 당신 생각으로는 천만의 말씀이다. 할머니는 젊고, 소리를 들을 수 있으며, 능력 있고 현명한 조리실의 파트너 해즈라를 당신과 동일선상에 놓는다. 두 사람은 혀를 차면서 강당에 있는 몸이 불편한 사람들을 냉정한 시선으로 훑어본다. 그리곤 서로를 쳐다보며 고개를 한 번 젓고는 다시 일을 시작한다.

두 가족 사이에서

소피아는 졸업 앨범에 실을 광고를 따오는 일을 영광이라고 생각하려 했다. 어찌됐거나 자신은 정식 편집위원도 아니었고 2학년 수습일 뿐이었다. 원래대로라면 광고 담당인 재스민 선배가 했을 테지만, 오늘 자리를 비웠다. 불현듯 2월이 코앞인데 광고 지면이 여전히 텅 비어있음을 깨달은 지도교사는 실적 좀 올려보라며 소피아를 인근 쇼핑 센터로 내보냈다.

소피아는 작년도 졸업 앨범과 광고 신청서 한 다발을 옆구리에 끼고, 분홍색 패딩 점퍼는 여미지도 않은 채 학교를 나섰다. 오늘은 추위가 한풀 꺾였다. 쇼핑 센터는 학교에서 대각선 방향에 있는데, 뒤쪽으로 짐을 부리는 콘크리트 설비와 밀어 올리면 슈퍼마켓 내부가 훤히 들여다보이는 슬레이트 철문이 즐비해서 거대하고 위압적으로 보였다. 소피아는 트레일러에서 파인애플 상자를 내리며 고함을 질러대는 사람들 옆을 서둘러 지나갔다.

렉싱턴 졸업 앨범 편집에는 3학년 중에서도 가장 똑똑하고 활동적인 아홉 명, 그리고 2학년 두 명이 수습으로 참여했다. 소피아는 수습으로 뽑힌 것만으로도 영광이라는 걸 알고 있었다. 게다가 선배를 대신해서 이런 일까지 맡았다는 건 말도 못할 만큼 흥분되는 일이었다. 재스민 선배는 졸업 앨범의 광고 담당일 뿐만 아니라 응원단의 공동 단장, 무용단의 안무 팀장, 3학년 학생회의 간사까지 맡고 있었다. 멋지고, 침착하고, 모두에게서 인정을 받으며, 모나리자 같은 미소에서는 알 수 없는 확신이 빛을 발했다. 그런 선배 앞에 서면 소피아는 왠지 조금 위축이 되었다.

그러면서도 소피아의 마음은 복잡했다. 능력이 있어서 선발되었다는 걸 알기 때문에 거절은 생각도 할 수 없었다. 하지만 31번가를 건너자 내키지 않는 마음에 걸음이 느려졌다. 소피아는 잠시 한쪽 길가에 서서 머뭇거렸다. 바람에 나부끼는 머리카락이 얼굴을 때리고, 길가의 나뭇잎과 빈 과자 봉지가 바람에 실려 제멋대로 두둥실 춤을 췄다. 소피아는 속을 저밀 듯한 찬 공기를 한껏 들이마신 뒤 세탁소의 문을 밀고 들어갔다.

마침 카운터 뒤에 서서 빨갛게 튼 손으로 동전을 세고 있던 빨간 머리 여자가 누군가 하고 고개를 들었다. 소피아는 최대한 능숙한 분위기를 자아내며 카운터로 걸어갔다. "지배인이세요?"

소피아는 발음에 애써 집중했다. 세탁기 소리가 얼마나 시끄러운지 알 길이 없어 목소리 크기를 중간 정도로 맞췄다.

다행히 두 번째 시도 만에 빨간 머리 여자가 고개를 끄덕였다. 일단 의미 전달은 성공했다. "지배인님은 낮엔 안 나와요." 여자는 동전을 세느라 머리를 숙인 채로 말했다. 그 바람에 대답을 놓쳤다. 소피아는 무슨 말을 했을지 추측해보았지만 단서가 충분치 않았다. 소피아는 다른 방법을 시도했다.

"렉싱턴 졸업 앨범에 후원을 해주시겠어요?" 그러면서 작년도 졸업 앨범을 살짝 앞으로 내밀었다. 인근 상점에서 양면으로 광고를 실은 페이지를 펼친 채로. 빨간 머리 여자는 소피아의 말을 완전히 알아듣지는 못했지만, 앞에 놓인 앨범을 보고 방문의 목적을 금방 알아차렸다. "지금 안 계세요."

소피아는 여자의 입을 자세히 쳐다봤다. 그런 시선이 당황스러울 수도 있을 텐데, 여자는 별 내색 없이 참을성 있게 다시 대답했다. "지배인님 여기 없어요." 소피아는 입모양을 보고 이번엔 제대로 이해했다. 이제 2단계로 넘어가 광고 신청서를 한 장 내민다.

"이걸 지배인님께 전해주시겠어요? 광고를 내시려면 여기로 전화주세요." 소피아는 손가락으로 전화번호를 가리켰다. 이제 발성은 중요하지 않다. 신청서라는 소도구가 모든 얘기를 대신한다.

"지배인님께 전할게요." 신청서를 읽느라 고개를 숙인 여자의 얼굴 위로 곱슬머리가 흘러내렸다. 소피아는 여자가 무슨 말을 했는지, 혹시 거절은 아니었는지 몰라 머뭇거렸다. 여자는 몸을 바로 세우더니 신청서를 반으로 접어 청바지 뒷주머니에 꽂았다. "전해줄게요." 여자는 반복해서 말했고, 그제야 소피아는 웃으며 고맙다고 인사를 한 다음 유리문을 밀고 나왔다.

한 곳은 됐고, 열세 곳 남았다. 오늘도 집에 일찍 들어가기는 틀렸다.

이번 주는 고단한 날들의 연속이었다. 중간고사 준비를 하느라 공부할 게 산더미였고, 졸업 앨범 편집 때문에 늦게까지 학교에 남아있는 날이 많았으며, 매점 일도 그대로 해야 했다. 졸업 후의 진로도 상담했다. 렉싱턴 생활에 익숙해질 만하니까 어느새 떠날 준비를 시작해야 했다. 여러 선생님의 충고와 조언에 따라 소피아는 청각장애인을 위한 유일한 인문대학인 갤로뎃으로 진로를 정했다. 모두가 청각장애인인 환경에서 지낼 생각에 마음이 설레었지만, 한편으론 두렵기도 했다. 갑자기 미래가 현재를 침범하는 듯한 느낌이었다. 게다가 엄마와 말다툼을 해서 머리가 더 복잡했다.

지난주 금요일에도 소피아는 졸업 앨범 편집 때문에 오후 늦게까지 학교에 남아있었다. 집에 갔더니 어머니는 안식일 만찬을 준비하느라 좁은 부엌에서 부산하게 일을 하고 있었다. 어머니는 학교에서 너무 늦게 왔다고 야단을 쳤고, 학교가 끝나자마자 곧장 집에 와서 엄마를 도와주지 않는다며 자기밖에 모르는 아이라고 소피아를 몰아붙였다.

"지금부터 도와드릴게요." 소피아는 러시아어로 대답했다. 소피아의 언어는 아파트 문을 들어서는 순간부터 러시아어로 바뀌었다. 힘들고 지쳤지만 소피아는 착한 딸의 역할을 맡았고, 가방은 현관에 내려놓은 채 어머니를 돕기 위해 부엌으로 갔다. 하지만 어머니는 이미 심기가 상할 대로 상한 상태였고, 그 기분은 서서히 소피아에게 전염되어 어느 순간부터는 소피아의 마음속에도 단단한 분노의 씨앗이 맺히고 있었다.

안식일 저녁 식사 중에 기어코 질문을 해서 갈등을 고조시킨 것도 어쩌면 이 씨앗이 발단이었는지 모른다. 소피아는 그 달콤한 포도주 잔이 다 돌 때까지 기다렸다. 아버지는 낡은 갈색 성경책을 덮어 접시 옆에 내려놓았다. 그리고는 베이글을 몇 조각으로 뜯어 소금 접시에 담아 가족들에게 돌렸다. 만찬 의식은 그것으로 끝이 났고, 다들 본격적으로 식사를 하려는데 소피아가 입을 열었다.

"어머니." 최대한 또렷하게 발음한 소피아의 러시아어가 식탁 위로 퍼졌다. "졸업하고 갤로뎃 대학에 가고 싶어요."

"반대다." 어머니의 대답은 붙이고 뺄 것 없이 간단했다.

"왜요?" 소피아의 질문에서는 짜증이 묻어났고, 가족들은 조용히 타이르기 시작했다. "자, 자, 소피아. 엄마한테 대들지 말거라. 안식일에 그러면 안 되지."

대답을 듣지 않아도 소피아는 이유를 알고 있었다. 갤로뎃 대학은 차로 다섯 시간 거리인 워싱턴 DC에 있고, 가족들이 사는 곳이나 러시아 유대인 공동체에서 너무 멀다. 소피아의 부모님은 건청 사회에서 성공적이고 생산적인 성인이 될 수 있다면 교육을 받는 것 자체는 반대하지 않는다. 하지만 갤로뎃에 진학해서 청각장애의 세계로 완전히 떠나버린다면 영영 딸을 잃고 말 것이다. 가족에 대한 의무감은 사라지고, 결국에는 남남이 되고 말 것이다.

이 갈등의 본질은 학교와 집 사이의 팽팽한 긴장감이었다. 그게 올해 들어 더 빈번해지면서 점점 고조되어 왔다. 고등학교에 완전히 적응하지 못했던 작년에는 집안일을 많이 도왔다. 요리도 하고, 청소도 하고, 어린 조카들이며 막내 동생도 잘 돌봤다.

그런데 올해 들어서는 거의 하루도 빠지지 않고 학교에서 살다시피 했다. 청각장애인의 자긍심에 대해 드러내놓고 열정적으로 얘기를 했고, 구화가 아닌 수어를 사용할 권리를 주장하면서 어머니의 기대마저 저버리기 시작했다. "렉싱턴에 다니는 다른 친구들은 집에서 이렇게 많은 일을 하지 않는단 말이에요. 학교 동아리반이랑 교내 활동 때문에 시간이 많이 부족해요. 청각장애인으로서 청각장애 공동체와 유대감을 형성할 필요가 있다고요."

가족들은 소피아가 조용히, 하지만 단호하게 조금씩 반항적이 되는 것을 지켜봐 왔다. 갑자기 모든 게 렉싱턴 위주가 되고, 청각장애 문화와 소파아의 소중한 새 언어인 미국수어 위주가 되었다. 부모 입장에선 학교를 고깝게 여기지 않을 수 없었다. 어머니가 그토록 고마워하고 너무나 존경했던 바로 그 학교가 아이의 마음을 놓고 줄다리기를 벌이는 라이벌이 되었고, 이제 불신과 질투마저 불러일으키고 있었다.

이런 갈등은 소피아의 마음을 무겁게 만들었다. 가족들도 소피아의 변화가 거슬리겠지만, 소피아 자신도 속으로는 회의에 시달리고 있었다. 가족에 대한 막중한 책임감과 청각장애인으로서 갖게 된 정체성은 죄책감과 열망이 되어 소피아의 양쪽 어깨를 짓눌렀다. 가족의 문화를 존중하면서 청각장애 문화를 향한 마음을 균형 있게 조화시킬 방법은 없을까?

지난주의 안식일 만찬 때 소피아는 갤로뎃 얘기를 더 꺼내지 않고 침묵 속에서 식사를 마쳤다. 나중에 식탁을 치우고 설거지를 할 때에도 여전히 입을 떼지 않은 채 머릿속 생각들의 소리 없는 아우성에 골똘히 빠져있었다. 가족들은 소피아가 퉁퉁 부었다고 짐작했지만 그냥 생각을 하고 있을 뿐이었다.

저녁 식사를 마친 어머니는 깨끗한 비닐 테이블보 위에 따뜻한 차와 과일을 놓고 식탁에 앉아 사과와 배와 키위를 껍질을 벗겨 가지런히 잘랐다. 아버지는 커다란 황금색 소파에 앉아 손주들 재롱을 즐기고 있었다. 어머니는 남편과 딸들과 사위들에게 과일을 권했다. 사람들이 사양하는데도 어머니는 부득부득 먹으라고 들이밀었다. 과일 접시가 깨끗이 비워졌을 때 어머니는 그럴 줄 알았다는 듯이 즐거워했고, 금빛 어금니를 반짝이며 미소를 지었다.

소피아는 어머니가 대단한 열의로 후식을 권하면서 모든 가족을 하나로 엮는 모습을 지켜보았다. 알아들을 수는 없어도 여전히 익숙한 러시아어와 페르시아어로 가벼운 농담이 오가는 그 모습에 소외감을 느끼면서도 왠지 끌렸다. 그날 밤, 가족 간의 두터운 정은 도저히 거부할 수 없는 힘처럼 보였다. 이 길을 받아들이고 갤로뎃을 포기해야 한다는 현실을 받아들여야 할 것만 같았다.

조금 뒤, 결혼한 언니들이 집으로 돌아가고 부모님이 잠자리에 들었을 때, 막내 이리나는 언니를 쫓아 부엌으로 갔다. 싱크대 위에 올려놓은 안식일 촛불은 거의 다 녹아 촛농 사이에 뜬 두 개의 작은 불씨처럼 보였다. 스토브에는 엄청나게 큰 솥 두 개가 약한 불 위에 올려져 있었다. 한쪽에는 쌀이 들어있고, 한쪽에는 부하라한식 요리인 바쉬가 끓고 있었다. 사마르칸트에서 안식일 점심에 먹는 전통요리였다.

소피아는 설거지를 시작했다. 흔히 청각장애인은 그릇을 내동댕이치듯 탕탕 내려놓고 식기도 조심성 없이 다룬다고들 하는데, 소피아는 청각장애인치고는 대단히 조용히 그릇을 씻었다. 그건 지금껏 가족들의 끊임없는 지적과 훈계로 조심스러움이 그만큼 몸에 배였다는 증거였다.

막내 동생은 비눗물에 손을 담갔다 뺐다 하는 언니를 지켜보고 있었다. 따뜻한 온기가 아직 남은 부엌만 빼면 온 집안이 어둡고 고요했다. 냉장고 옆의 높은 창문은 네모반듯한 칠흑의 어둠이었다.

이리나는 스토브 위의 솥에서 쌀을 한 줌 집어 손바닥 채로 핥아 먹었다. 막내는 어서 언니의 손이 일을 끝내서 같이 놀 수 있게 되기만 기다렸다.

하지만 소피아는 피곤했다. ■자, 이제 가자. 늦었어. 가서 자.■ 소피아는 시작한 지 1분도 안 돼 얘기를 끊고 이리나를 데리고 방으로 갔지만, 이리나는 그렇게 순순히 말을 들을 아이가 아니었다. 아니나 다를까 갑자기 심술을 부렸다. 지금 막내 동생은 언니랑 얘기하는 이 시간을 늘릴 수 있다면 못할 게 없었다.

■언니는 진짜 귀머거리가 아니야.■ 이리나가 느닷없이 비난을 했다.

한두 번 겪은 일이 아니었고, 이리나는 철부지 어린애일 뿐이다. 그런데도 왜 번번이 발끈하게 되는지. ■아니긴 뭐가 아니야!■ 소피아는 맞받아서 호통을 쳤다.

이리나는 첫 번째 공격이 주효했음을 확신했다. 이제 언저리로 가벼운 공격만 날리면 된다. ■아니야, 언니는 난청일 뿐이야.■

■난청 아니야. 청각장애야.■

■언니는 들을 수 있잖아!■ 이리나가 비아냥거렸다.

■보청기가 없으면 나는 완전히 귀머거리야. 그렇지 않았으면 렉싱턴에 갈 수 없었어!■

태어나서 지금껏 소피아는 모자란 청력을 보충하고 건청 세계에서 누릴 수 있는 기회와 선택의 폭을 넓히기 위해 발성과 언어와 잔여청력을 이용하는 법과 입모양 읽는 법을 배워왔다. 하지만 이런 기술은 아무리 능숙하게 연마해도 어떤 식으로든 소피아를 좌절하게 만들었다. 건청 세계로 편입할 수 있는 진정한 통로를 열어주지 않거나, 청각장애 공동체로부터 멀어지게 만들었다. 청각장애 공동체에서는 이런 기술의 습득에 지나치게 열의를 쏟는 사람들을 의심의 눈초리로 봤다. '건청인들을 동경하는 걸까? 자신의 정체성을 부정하는 걸까?'

▪믿을 수 없어.▪ 이리나는 고집을 부렸다. ▪언니는 귀머거리 아니야. 말을 너무 잘해.▪

늦은 밤, 잠들지 못하고 혼자 깨어있던 소피아는 울면서 친구에게 전화를 걸었다. 눈물이 번져 흐릿한 눈으로 TTY 화면에 이렇게 쳤다. '나한테 제1의 집은 학교이고, 두 번째 집이 가족 같아. 다섯 살부터 지금까지 학교에서 자란 것 같은데, 이제 집을 더 사랑하고 그 다음이 학교가 되는 습관을 들여야겠어.'

소피아가 세탁소에서 나와 찾아간 곳은 렉싱턴 학생들이 방과 후에 자주 가는 팻앤조였다. 오후 늦은 시간이라 가게 안은 조용하다 못해 썰렁했다. 소피아는 신청서를 미리 준비해놓고 작년에 이 가게에서 실었던 광고 면에 검지를 찌른 채 곧장 계산대로 향했다. 말로 설명할 것 없이 이 자료부터 보여주려는 것이다.

참깨 과자를 먹고 있던 점원은 과자 부스러기가 묻은 손가락을 핥아 먹고 바지에 쓱 문지른 다음, 소피아가 말도 없이 내민 자료를 살펴봤다. 그러는 사이에 소피아는 무심코 껌과 건전지가 놓인 선반으로 눈길을 돌렸다.

"지배인님께 전할게요." 점원이 큰 소리로 대답하고는 검은 머리를 등 뒤로 넘기며 알아들었냐는 듯이 소피아를 쳐다봤다. 뒤늦게 시선을 느낀 소피아는 다시 점원을 향해 고개를 돌렸고, 이미 대답이 끝났다는 사실을 모르는 채 기대에 찬 눈빛으로 점원을 바라봤다. 두 사람이 알쏭달쏭한 시선을 주고받는 사이, 세탁소 아가씨가 동전을 지폐로 바꾸기 위해 문을 열고 들어왔다.

"아, 내가 알지." 여자는 상황을 금세 파악했다. "그냥 지배인한테 주면 돼." 그리고는 태연하게 계산대 안쪽으로 들어가 동전이 가득한 앞치마를 철커덕하고 계산대 위에 올려놓았다. "신청서를 받아둬. 학교 졸업 앨범에 광고를 실으라는 거야."

고개를 끄덕이면서 많은 것이 오고 갔다. 졸업 앨범을 돌려주고 광고 신청서를 받고, 동전을 주고 지폐를 받고, 고맙다는 인사에 잘 가라는 얘기가 오고갔다. 소피아는 말 한 마디 하지 않고 팻앤조를 나왔다.

소피아는 상트페테르부르크에 있는 청각장애 학교에 들어간 다섯 살 때부터 통역 기술을 연마해왔다. 의사소통의 달인이며, 어떤 수단을 사용하든 의미만 전달되면 그 대화는 성공적이라는 걸 알 만큼 노련했다. 통역을 하는 사람(직업적인 전문가든 즉흥적으로 얘기를 옮기든)은 손짓발짓을 하고, 글을 쓰거나 도표를 그리고, 수화와 구어를 이용한다. 소피아는 어느 방법이 더 우월하다거나 더 훌륭하다는 식의 생각은 하지 않는다. 건청 세계와 청각장애 세계를 놓고 쏟아지는 무수한 말들, 미국수어와 영어를 둘러싼 논쟁과는 상관없이, 현실을 살아가는 대부분의 청각장애인은 다양한 방법을 동원해서 주어진 상황에 대처하는 기민함을 가져야 한다.

소피아는 은행으로 향했다. 정문 출입구는 이미 닫혔고, 도로변의 인출 창구에 있던 젊은 직원이 지폐 넣는 곳으로 신청서를 받아주었다. 소피아는 걸음을 재촉했다. 다음으로 간 곳은 중국 음식점. 일찌감치 자리를 잡은 술손님들이 코트를 입은 채로 바에 앉아있었고, 한눈에 봐도 바 주변에 담배 연기가 자욱했다.

소피아는 영업을 시작했다. "저희 졸업 앨범에 후원해주시겠어요?" 지배인이 하얀 행주에 손을 닦으면서 다가왔다. 화가 난 듯한 표정이었다. "조리 앨범이라고?"

소피아는 그가 무슨 말을 하는 건지 알 수가 없었다. 러시아식 억양과 중국식 억양이 충돌하는 순간이었다. 렉싱턴에 와서 미국식 발화교육을 받았지만 러시아 억양이 섞이는 건 어쩔 수 없었고, 중국 음식점의 지배인은 그걸 다시 중국식으로 받아들였다.

소피아는 무슨 말인지 모르겠다는 듯이 자신을 바라보는 지배인을 향해 다시 한 번 말했다. "조올업 앨범이요." 하지만 상황이 크게 나아지지는 않았다. 연기는 자욱하다 못해 뿌옇고, 목소리를 어느 정도로 내야 할지도 알 수 없었다.

하는 수 없이 소피아는 신청서와 광고 지면을 말 없이 내밀었다. 그리고 불편한 마음으로 기다렸다. 그저 지배인이 자신이 온 이유를 알아주기만 바라면서, 숨은 될 수 있는 대로 안 쉬려고 애를 쓰고, 공기는 아주 조금씩만 들이마시면서.

마침내 지배인은 신청서를 받아들었지만 어떤 언질도 주지 않았다. 소피아는 다시 밖으로 나온 것만으로도 기뻐서 석유 냄새가 아릿한 주차장의 차가운 공기를 한껏 들이쉬었다.

가게는 열 곳이 남았는데, 날은 이미 어두웠다. 소피아는 점퍼의 지퍼를 여미고 서둘러 걸음을 옮겼다.

소피아는 이런 일을 맡을 때가 많았다. 그만큼 능력이 있고 책임감이 강하기 때문이다. 청각장애인이라는 걸 떠나 또래 아이들과 비교해봐도 정말 믿음직했다. 언어 실력도 명민하고 바깥 사회에서도 비교적 수월하게 처신했다. 바로 그 점 때문에 사람들은 소피아가 아직 십 대라는 사실, 그 나이 때면 으레 경험하는 성장의 고통을 겪고 있다는 사실을 쉽게 잊어버리고, 되려 그 나이에 익숙하지 않은 일을 맡기곤 했다. 아마도 그 중에서도 가장 고달프고 충돌이 심한 건 이리나를 돌보는 일일 것이다.

귀엽지만 가끔씩 속을 긁어놓기도 하는 여동생은 소피아가 짊어진 특별한 의무였고, 언니와 동생 모두 그 점을 잘 알고 있었다. 둘의 관계는 이례적으로 가까우면서도 격렬했다. 소피아는 일곱 살의 터울로는 감히 도전하지 못할 권위를 누리는 게 힘들었다. 그런데도 부모님은 걸핏하면 이리나를 소피아에게 맡겼고, 언니와 동생은 자유와 한계를 놓고 끝없이 줄다리기를 벌였다.

이리나가 점심시간에도 교실에 남아 독해를 하고 있을 때 교무실에 찾아가 이렇게 따져 묻는 건 소피아였다. ■제 동생이 독해에서 조금 헤맸다고 벌을 주시는 건가요?■ 그리고 ■그게 아니라 숙제를 안 해 와서 벌을 받는 것■이라는 선생님의 대답에 자기 숙제를 밀쳐놓고 저녁 내내 동생 숙제를 봐주는 것도 소피아였다.

이리나가 배가 고프다며, 혹은 나쁜 꿈을 꿨다며 한밤중에 잠을 깨면 소피아는 다가가서 동생을 달랬다. 둘은 다른 가족을 깨우는 일 없이 둘만의 조용한 언어로 얘기를 나눴다. 이리나가 잠자리에 누워 시를 읽어달라고 보채는 것도 언니 소피아였고, 그러면 소피아는 자신이 영어로 쓴 ■달님 곁에 별님■이라는 시를 수화로 읽어주었다. 물레가 실을 잣듯이 소피아의 손가락에서 엮여져 나오는 부드러운 가락은 눈으로 보는 자장가였다.

이리나가 방과 후에 무용 연습을 하면 소피아는 기다렸다가 같이 버스와 지하철을 갈아타고 집에 왔다. 소피아가 학교 친구들과 어울릴 때면 이리나는 아무리 달래고 을러도 같이 가겠다고 고

집을 피웠다. 이리나는 언니를 통해 청각장애 공동체의 존재를 맛봤고, 언니가 자기를 떼어놓지 못하도록 꼭 매달렸다.

이리나와의 관계에는 소피아가 소리를 듣지 못한다는 사실이 큰 비중을 차지했다. 이리나에게 언니 소피아는 영웅처럼 보일 때가 많았다. 언니는 러시아어로도 의사소통이 가능하고, 어머니에게도 당당히 맞서서 두 사람의 입장을 밝혔다. 가족들이 미국으로 이민 왔을 때 이리나는 겨우 열 살이었고, 소피아처럼 러시아어에 능통하거나 입모양 읽는 법을 충분히 배울 기회가 없었다. 그렇기 때문에 이리나와 들을 수 있는 다른 가족들 사이에서 다리 역할을 하는 것도 소피아의 몫이었다.

가족들은 그걸 아예 소피아의 의무로 여겼다. 소피아가 이리나의 대변인이 되기를 거부하면, 마치 부모로서의 의무를 저버리기라도 한 것처럼 화를 냈다. 다리 역할을 할 수 있는 건 소피아뿐이었고, 그 의무를 다시 수용할 때까지 집안에는 불만과 비난의 분위기가 팽배했다. 소피아는 부모님이 갤로뎃 대학으로 진학하는 걸 반대하는 이유 중에 이리나를 떠맡게 될 불안감이 어느 정도나 차지하는지 궁금해지기 시작했다.

지난 토요일, 충돌 직전까지 갔던 전날의 기운이 채 가시지 않았을 때, 소피아는 거두절미하고 어머니에게 물었다. "만약 제가 떠난다면 어떻게 하실 거예요? 이리나와 어떻게 말하실 거예요?"

어머니도 허심탄회하게 말했다. "그 애를 좀 더 너처럼 가르칠 수는 없니? 말도 더 잘하고, 러시아 사람답고, 철이 들도록?"

소피아는 잠시 생각을 하다가 솔직하게 대답했다. "아니요, 못해요. 그건 너무 힘들어요."

화를 내거나 방어적이 되지 않고 얘기를 나누는 건 드문 일이었다. 거실에는 어머니와 소피아 둘뿐이었고, 갈등이 사라진 자리에는 뭐든 얘기할 수 있다는 가능성이 꽉 들어찬 듯했다.

"엄마, 말씀해주세요." 소피아는 어머니를 졸랐다. "제가 태어났을 때 어떻게 소리를 못 듣는다는 걸 아셨어요? 그리고 상트페테르부르크의 학교는 어떻게 찾으신 거예요? 얘기 좀 해주세요." 여기저기 띄엄띄엄은 알고 있었지만 전체적으로는 한 번도 듣지 못했기에 소피아는 문득 어머니의 입을 통해 듣고 싶어졌다.

어머니는 짐짓 퉁명스러운 분위기로 딸의 마음을 돌려보려 했지만, 소피아는 끝내 고집을 피웠다. 어머니가 결혼을 한 건 열여덟 살 때였다. 그쪽 문화에서는 그런 결혼이 드물지 않았다. 소피아의 어머니는 대가족을 원했고, 아이를 적어도 여덟 명은 갖고 싶었다. 스무 살 때 첫딸 아다를 낳았고, 2년 뒤에 넬리가 태어났다. 3년 후 소피아가 태어났을 땐 또 딸이라는 사실에 실망이 되긴 했지만, 건강한 아이를 얻었다는 축복 속에 섭섭함을 달랠 수 있었다.

어머니가 뭔가 이상한 낌새를 챈 건 소피아가 두 살 때였다. 엎드려있을 때면 아무리 불러도 영 반응이 없었다. 아버지는 "말도 안 된다."며 직접 확인에 나섰다. 아마도 아이를 부를 때 발을 굴

렸거나, 혹은 아이가 곁눈으로 어떤 움직임을 감지했었나 보다. 어쨌든 아이는 반응을 보였고, 아버지는 어머니를 안심시켰다. 하지만 어머니는 여전히 마음이 편치 않았다.

얼마 뒤, 어머니는 아이를 데리고 병원을 찾았고, 우려는 사실로 드러났다. 소피아는 청력에 이상이 있었다. 하지만 사마르칸트에는 전문적인 청력검사 인력과 기술이 없었기 때문에 정확한 진단이나 처방을 받을 수 없었다. "특수학교에 보내거라." 이렇게 말한 건 어머니의 할머니였다.

아이가 청각장애라는 걸 알게 된 건청 부모가 대개 그렇듯이, 어머니는 슬픔과 죄의식에 휩싸였고, 미로처럼 얽힌 인맥을 총동원해서 방법을 모색했다. 몇 달에 걸쳐 편지를 쓰고 또 쓴 끝에 마침내 도움을 주겠다는 사람을 찾았다. 상트페테르부르크에서 이비인후과 전문의로 일하는 유대인이었다. 어머니는 아다와 넬리를 할머니에게 맡겨놓은 채 어린 막내를 품고 그 의사를 찾아갔다. 하지만 상트페테르부르크에 있는 구화학교에 보내서 말하는 법을 가르치는 것이 아이를 위한 최선의 방법이라는 얘기만 들었다.

어머니는 이렇게 말했다. 사마르칸트로 돌아온 뒤 수렁 같은 우울에 빠졌다고. 너무나 피곤하고, 패배한 것 같고, 바짝 말라버린 것 같았다고. 하지만 7년 뒤, 이리나가 태어났을 땐 상트페테르부르크에 있는 제 언니에게 보내는 것으로 간단히 해결했다. 그 뒤로 어머니는 더 이상 아이를 낳지 않겠다고 결심했다.

늦은 오후, 숨죽인 어둠 속에서 어머니는 눈물을 흘리며 얘기했다. 진실하지만 쓰라린 그 얘기의 결론이 처음으로 드러났다. '귀머거리 아이를 갖느니 차라리 아이를 낳지 않는 게 더 낫다'는.

"엄마를 원망하지 않아요." 얘기를 다 들은 소피아가 마음을 추슬러서 한 말이었다. "원망하지 않아요. 엄마도 많은 고통을 겪었다는 걸 아니까요. 나도 그래요. 그리고 나는 청각장애인이라는 게 자랑스러워요. 이제 그걸 받아들이셔야 해요."

며칠 뒤, 소피아가 거실에 있는데, 어머니가 막내 이리나에게 빨래를 널어달라고 부탁했다. 이리나가 일을 다 마치자 어머니는 ▪고맙다▪는 말을 수화로 해서 두 딸을 놀라게 했다.

이리나의 두 눈은 안경 뒤에서 휘둥그레졌고, 놀라움을 금치 못한 막내는 엄마에게 달려들어 볼에 한없이 입을 맞췄다.

소피아는 자리에서 일어나 엄마를 쳐다봤다. "수화를 하시는 거 처음 봐요. 정말 예쁘게 잘하시네요. 어디서 배우셨어요?"

딸들의 호들갑에 기쁘기도 하고 부끄럽기도 한 어머니는 막내의 머리 너머로 셋째 딸에게 미소를 지으며 이렇게 대답했다. "너한테서 배웠지."

기차, 떠나다, 미안

제임스는 여기가 처음이 아니다. 여기 이렇게 서서 길 저편으로 가파르게 휘어지는 제방을 바라보며 교도소행 버스를 기다리는 건 이번이 세 번째다. 라이카스 아일랜드 교도소로 면회를 가는 사람들은 차를 몰고 갈 수 없다. 시내버스를 타고 다리를 건너 그 섬까지 3분 정도를 가야 한다. 차창 밖으로 펼쳐지는 초록빛 하늘 아래 라이카스 아일랜드 해협이 있고, 그 너머에 동생이 1년 가까이 수감 중인 교도소가 있다는 걸 제임스는 알고 있다.

제임스는 그 일이 일어났던 날짜도 정확히 기억한다. 6월의 두 번째 토요일이었고, 그날 그레이트 어드벤처 놀이공원에서는 제7회 연례 청각장애인의 날 행사가 열렸다. 제임스는 렉싱턴의 친구들과 함께 뉴저지로 원정을 가서 음료수와 핫도그를 먹고, 게임을 해서 싸구려 인형도 받고, 놀이 기구를 탔다. 돌면 도는 대로 뒤집히면 뒤집히는 대로 흐름에 몸을 맡기고 스릴을 즐겼고, 모든 것이 짜릿했지만 그러면서도 안전했다. 제임스와 친구들이 햇빛이 쏟아지는 주차장의 뜨거운 아스팔트에서 물총을 쏘아댔던 건 그저 열기나 좀 식혀보려던 장난이었다.

그 시각, 브롱크스에 있는 집에서는 동생 요세프가 친구들과 어울려 놀고 있었고, 그들에게도 총이 있었다. 그러나 그 총은 진짜였고, 그 아이들은 다른 곳도 아닌 자기네 아파트 건물의 엘리베이터에서 한 여자에게 그 총을 들이댔다.

그날 밤, 집에 갔을 때 본 동생의 얼굴이 마지막이었다. 제임스는 팽팽한 긴장감을 느꼈지만 어떻게 된 상황인지 파악이 되지 않았고, 그를 붙잡고 설명해주려는 사람도 없었다. 다음 날 아침에 일어났을 때 동생은 이미 아버지네 아파트로 몸을 숨긴 뒤였다. 아버지는 며칠 뒤 아들을 자수시켰다. 누군가가 제임스에게 상황의 전말을 설명해주었을 땐 동생은 이미 사라지고 없었다.

제임스의 학교 사물함 안쪽에는 사진이 한 장 붙어있다. 그 사진 속에서 빛바랜 노란색 벽을 배경으로 앉은 두 형제는 팔꿈치를 무릎에 대고 손은 앞으로 늘어뜨린 채 터프한 분위기를 풍기고 있다. 둘 다 헐렁한 면 스웨터를 입고 야구 모자를 썼다. 오른쪽에

있는 제임스는 아무 감정도 실리지 않은 무심한 시선으로 카메라를 바라본다. 그보다 조금 작고 체구가 좋은 요세프는 잔뜩 인상을 썼지만 반쯤은 모자에 가려 보이지 않는다. 둘은 서로를 향해 약간씩 몸을 틀고 있다.

동네에서 요세프는 두려움과 경외의 대상이었다. 동생은 학교와 가정법원과 보호시설을 들락거리며 살아왔다. 피부색이 제임스보다 밝아서 계피 색에 가깝고, 눈꺼풀이 얇고 가는 눈에, 몸은 근육질로 단단했는데, 그래서인지 쇠붙이가 자석에 달라붙듯이 여자들이 몰렸다. 그리고 그 여자들 가운데 한 명, 누나의 친구에게서 어린 아들도 하나 낳았다. 요세프는 올해 열아홉이다.

제임스는 동생에 대해 얘기할 때면 아이처럼 변해 생기가 넘쳤다. 동생을 재미있는 녀석이라고 말했고, 마치 소설 속의 악당 얘기를 하듯이 말했다. 경외의 대상이기는 하지만, 나와는 상관없는 사람. 오로지 자신이 속한 이상하고 동떨어진 맥락 안에서만 해석될 수 있는 사람인 것처럼.

제임스도 한때는 동생과 같은 세계에 속한 것처럼 보였다. 둘이 열여섯 살과 열네 살이던 소년 시절의 어느 여름날엔 차에 불을 붙이는 요세프를 옆에서 돕기도 했다. 햇살이 하얗게 작열하는 따분한 오후였다. 요세프는 석유 한 통을 발견했고, 형을 부추겨서 차에 석유를 붓게 했다. 과감하게 성냥을 그은 건 요세프였다. 차에 불이 붙는 순간 경찰차가 달려왔고, 형제는 서로 흩어져서 숨이 턱에 차도록 달렸다. 제임스는 철로 옆 담을 넘어 나무 밑에 몸을 숨겼지만, 달리기가 형만 못한 요세프는 경찰에 붙잡혔다. 그게 처음이었다. 동생은 난폭 운전과 지하철에서의 난투로 두 번 더 체포되었고, 끝내 교도소까지 가게 되었다.

그 얘기는 재미있는 일화였다. 그러나 제임스가 해준 이 이야기에는 판박이 같은 즐거움 외에 뭔가 다른 것이 섞여 있었다. 거리감이라는 편하지 않은 사치. 형제는 모두 집에서 멀리 나와있다. 제임스는 렉싱턴에 있고, 요세프는 라이카스에 있다. 직선거리로는 1.5킬로미터 정도밖에 안 되는데도 두 사람 사이의 거리를 다시 이을 수는 없다.

렉싱턴에서 차로 5분이면 갈 수 있는 곳을 제임스는 요세프가 체포되고도 일곱 달이 지난 밸런타인데이가 되어서야 처음으로 면회를 하러 갔다. 아침 여덟 시면 아직 이른 시간인데도, 콘크리트로 만든 버스 승차장에는 버스를 기다리는 사람이 최소한 열두어 명은 되었다. 밀가루 포대인 양 갓난아이를 둘둘 말아 안은 사람, 은박지에 싼 음식을 쇼핑백 한가득 들고 있는 사람, 흐리멍덩한 눈과 헝클어진 머리와 일그러진 얼굴로 정면만 바라보는 사람, 하이힐을 신고 추위에 발을 동동 구르며 버스가 오나 안 오나 연신 고개를 돌리는 사람. 제임스를 제외하면 기다리는 사람들은 거의 여자였고, 대부분 흑인이거나 라틴계였다.

버스는 검문소를 통과하고 다리를 건너 〈여러분은 지금 라이카스 아일랜드 교도소에 들어오셨습니다〉라는 안내문을 지나갔다. 햇볕에 반짝이는 해협 너머로 라과디아 공항의 끝자락과 도시를 차고 오르는 커다란 은빛 제트기가 보였다.

버스에서 내린 제임스는 다른 사람들을 따라 길고 나지막한 건물로 들어갔다. 안쪽에는 유리 칸막이를 쳐서 구역별로 대기실이 나뉘어져 있었다. 제임스는 종이쪽지에 동생이 수감된 구역의 번호를 적었다. C-74. 그리고는 해당 대기실로 가서 하나 남은 빈자리에 앉아 벽에 설치된 텔레비전을 봤다. 〈시민 법정〉. 아는 프로그램이었다. 자막은 나오지 않았다. 제임스는 눈을 비비고는 다른 곳으로 시선을 돌렸다.

렌즈 표면을 거울처럼 코팅한 선글라스를 끼고 귀마개가 내려오는 모자를 쓴 덩치 큰 간수가 돌아다니면서 신분증을 검사하고 빳빳한 흰색 카드를 나눠주었다. 제임스는 그 과정을 예의 주시하며 다른 사람들을 살펴봤다. 얼핏 봐서는 무관심한 태도와 구분하기 어려웠다. 제임스는 늘 지나치게 상냥해 보이지 않으려고 애쓰는데, 그건 나약함으로 해석될 수 있기 때문이었다.

하지만 너무 거칠어 보이는 것도 좋아하지 않았다. 이건 호전적으로 받아들여질 수 있었다. 어느 쪽이든 문제의 소지를 안고 있었다. 제임스는 보다 안전한, 어느 쪽에도 치우치지 않는 무심한 표정을 완벽하게 터득했다. 그 가면 뒤에서 제임스는 상황을 해석할 단서를 찾는다.

제임스는 장애인 승차권과 학생증을 내밀었다. 간수는 잠깐 살펴보고는 '수감자 이름', '수감 번호', '시설 명'이라고 적힌 흰색 카드와 함께 돌려주었다. 제임스는 빈 칸에 내용을 채워 넣었다. 어머니가 요세프의 주소를 알려준 건 몇 달 전이지만, 사용하는 건 이번이 처음이었다. 브롱크스에서 교도소가 얼마나 멀다고 그의 가족 중에 요세프를 면회하러 온 사람은 한 명도 없었다.

40분 뒤, C-74구역 대기실에 있던 사람들이 자리에서 일어나기 시작했다. 제임스도 그 뒤를 쫓아 줄을 서서 손에 도장을 찍고 , 금속 탐지기를 지나, 뒷문을 통해 주차장으로 갔다. 오렌지색 버스에 올라 50미터쯤 떨어진 또 다른 건물로 이동하니 버스가 멈추고 문이 열렸다. 이번에도 제임스는 다른 사람들을 따라 건물 밖에 설치된 여러 대의 금속 탐지기 중 한 곳에 가서 섰다. 주변을 둘러보니 하나같이 우중충한 벽돌과 회색 시멘트 건물이고, 지붕에는 가시철망이 둘러쳐 있었다.

또 다른 간수가 문을 열고 방문객들을 들여보냈다. 넓은 대기실에서 두 번째 신분증 검사가 진행됐다. 이번 간수는 잰걸음으로 사람들 사이를 걸어 다니면서 설명을 했는데, 그 행동에 어쩐지 쇼맨십이 섞인 듯했다. 간수가 뭐라고 하자 다른 면회객들은 웃음을 터뜨렸고, 제임스는 앞에 있는 여자의 입모양에서 "코미디언 해도 되겠네."라는 말을 읽었다. 여자는 금니가 보이도록 깔깔대며 웃었고, 같이 온 사람은 고개를 끄덕이며 맞장구를 쳤다. 간수가 뭐라고 했는지 알 길이 없는 제임스만 표정에 변화가 없었다.

면회객들은 한 번에 한 명씩 대기실 밖으로 나갔다. 몇 분 뒤에는 제임스도 어떤 절차를 밟는지 볼 수 있을 만큼 문에 가까워졌다. 자신의 차례가 왔을 때는 카운터 뒤에 앉은 간수에게 건넬 카드를 이미 손에 들고 있었고, 주머니를 비워야 한다는 사실도 알고 있었다. 열쇠고리, 동전 몇 개, 얇은 검은색 지갑. 간수는 제임스의 렉싱턴 청각장애 학교 학생증을 들여다봤다.

"여기는 왜 왔니?" 간수가 물었다.

제임스는 간수를 빤히 쳐다봤다. 콧수염을 길렀고, 게다가 말을 할 때 입을 이상하게 오므리는 버릇이 있다. 제임스는 그의 말을 제대로 파악하지 못했지만 상황을 감안하고 본능적으로 짐작했다. 그리고 대답의 모호함을 상쇄시키려는 듯 분명한 소리로 또렷하게 얘기했다. "제 동생이요."

"몇 살이니?" 간수가 다음 질문을 했다. 방금 전 대답이 넘어갈 만했던 모양이다.

제임스는 망설였다. 이번에는 추측이 불가능했다.

"몇 살, 몇 살이냐고?" 간수는 같은 질문을 반복하면서 마치 그렇게 하면 의미가 더 분명해지기라도 하는 듯이 한쪽 손으로 가슴을 눌렀다.

"스물하나, 스물한 살이요." 제임스는 간발의 차이로 질문을 이해하고는 간수와 동시에 대답을 했다.

간수는 이제 제임스를 아예 모자란 사람 취급을 하며 과장된 동작으로 바지를 걷고 스웨터를 올려보라고 했다. 그러자 발목까지 내려오는 빨간색 긴 내의와 스웨터 안에 껴입은 속옷이 드러났다. 간수는 셔츠와 바지는 한 벌씩만 입을 수 있다고 간단히 얘기하고는 화장실을 가리켰다.

몇 분 뒤, 제임스는 에어조던 티셔츠와 청바지만 입은 채 나머지 내의와 스웨터와 재킷을 둘둘 말아 가슴에 품고 나와 또 다시 기다렸다. 이미 소지품을 넣어둘 사물함을 지정받은 사람들은 금속 탐지기를 한 번 더 통과해서 스타킹 차림으로 줄을 서있었다. 나머지 사람들은 바닥에 고정시킨 딱딱한 플라스틱 의자에 앉아 자신의 이름이 호명되기만을 기다렸다.

렉싱턴을 떠난 지 어느덧 세 시간이 되었다. 아침부터 기다리고, 줄을 서고, 아무것도 묻지 않고, 수많은 규칙과 지시를 따르다 보니 제임스는 정신이 멍해져서 더 이상 긴장도 되지 않았다.

마지막으로 제임스에게 말을 하는 간수는 눈도 마주치지 않았다. 제임스는 간수의 얘기를 알아듣기 위해 온 신경을 집중했지만, 돌아온 대답은 그 오랜 시간을 기다린 것 치고는 너무나 간단하고 허무했다. "요셉프 테일러? 오늘 법원에 출두했어." 그러더니 제임스에게 의자로 돌아가라고 손짓을 했다.

제임스는 어느 요일, 어느 시간대에 와야 동생을 면회할 수 있는지 알고 있었지만, 재판 날짜가 막판에 결정된다는 건 몰랐다. 그러나 제임스의 표정에서는 실망이나 좌절감을 읽을 수 없었다. 그는 간수의 지시에 따라 자리로 돌아갔다.

제임스는 상황을 이렇게 이해했다. ■유감스럽게도 기차가 떠나버렸군.■ 이 말은 청각장애인들이 갈아탈 차편이나 기회를 놓쳤을 때 쓰는 표현이다. 가끔은 조금 바꿔서 ■기차가 그냥 떠났다.■거나, ■기차가 부웅 떠났다.■고도 한다. 어쨌거나 모두 '좋은 기회를 놓쳤다, 실패했다'는 미국수어식 표현이다. 제임스의 인생은 그렇게 눈앞에서 놓쳐버린 기회의 점철이었다.

카운터에서는 머리가 하얗게 센 아주머니가 1일 2회 면회 한도가 다 차서 아들을 만날 수 없다는 간수와 실랑이 중이었다. 제임스는 어디에도 관심을 두지 않았다. 그저 옷 뭉치를 가슴에 끌어안고 연신 하품만 해댔다. 앉아있는 자세만으로는 도저히 교도소에 처음 온 사람이라고 볼 수 없었다.

3월 초에 제임스는 두 번째로 요세프를 만나러 갔다. 이날은 렉싱턴에서 우등생 조찬회가 있는 날이기도 했다. 제임스는 1년 반 전에 기숙사에 들어온 뒤부터 줄곧 우등생 명단에서 빠진 일이 없었고, 이번 학기에도 마찬가지였다. 여기에 얼마 전 뉴욕주 교육청에서 발표한 RTC 시험 결과까지 더해져 좋은 소식이 두 배로 늘었다. 제임스는 독해와 미국사 시험을 통과했고, 이제 학위증 수여라는 장애물도 제거되었다. 제임스는 동생 면회를 조찬회 이후로 미뤘다. 수업이라면 기꺼이 빠지겠지만 우등생 조찬회는 그럴 수 없었다.

8시 30분이 되자 조그만 식당 앞에 학생들이 모여들기 시작했다. 지하에 있어서 창문도 없이 꽉 막힌 공간이지만, 아이들의 기분이 무미건조한 실내를 충분히 밝혀주었다. 각종 음식이 마련되어 있는 뷔페에서는 보라색 불꽃이 음식을 데우고 있었다. 매일 같이 앉아서 밥을 먹던 테이블에도 종이 식탁보가 깔끔하게 펼쳐져 있었다. 이 모든 것이 자부심과 즐거움을 자아냈고, 공간의 분위기를 한 순간에 바꿔놓았다. 렉싱턴 고등학교의 최우수 학생들만 모인 자리였고, 제임스도 그 속에 앉아있었다.

제임스는 가장 먼저 도착했으면서도 줄을 서는 대신, 문가에 앉아 음식을 담는 아이들을 쳐다보기만 했다. 달걀을 한 입 베어 문 예쁘장한 여학생이 제임스 옆을 지나가다 왜 안 먹느냐고 물었다. 그는 가볍게 어깻짓을 하며 이제 먹을 거라고 대답했다. 줄 끄트머리에 서있던 또 다른 여학생이 손을 흔들어 그의 시선을 끌고는 "야, 제임스!"라고 명랑하게 소리쳤다. 제임스는 사이가 뜬 이를 드러내며 씩 웃고는 고개를 한 눈금쯤 까딱였지만 자리에서 일어나지는 않았다. 상담교사가 아는 체를 하며 어서 가서 먹으라고 채근했을 때도 알았다며 고개만 끄덕였을 뿐, 여전히 그냥 앉아있는 것에 만족했다.

제임스는 어제 늦게까지 기숙사 선생님들과 그의 가장 오랜 청각장애 친구인 폴 에스코바에 대해 얘기를 했다. 제임스와 폴은 렉싱턴의 졸업반이고 기숙사에서 생활했지만, 상황은 완전히 달랐다. 제임스는 기숙사에서도 모범생으로 인정받았지만, 폴은 통행금지를 위반하거나 싸움을 벌여서 걸핏하면 제재를 당했다. 제임스는 당당하게 학위증을 받고 졸업하지만, 폴은 3학년을 한 번 더 다녀야 했다. 제임스는 우등생 조찬회에 나와 잠재력으로 반짝이는 최우수 학생들과 함께하지만, 폴은 거기에 없었다. 제임스의 다른 흑인 남자 친구들도 대부분 마찬가지였다.

어떤 면에서 폴은 제임스의 동생과 비슷했다. 강단 있는 턱, 다혈질의 성격, 교도소 스타일의 패션 취향도 닮은꼴이었다. 폴은 이른바 뒷골목 스타일을 좋아했는데, 바지통을 넓게 하고 허리를 엉덩이에 걸치는 것이 그 동네의 유행이었다. 허리띠 착용이 허용되지 않는 수감자들의 흉내를 낸 것이다.

제임스는 자신이라면 폴의 마음을 잡아줄 수 있다고 생각하는 기숙사 선생님들과 밤늦도록 얘기를 나눴다. 하지만 둘 사이의 고리는 이미 오래전에 녹이 슬었다. 제임스는 먼 길을 걸어 이날 이 조찬회에, 가능성으로 가득 찬 이곳에 들어왔다. 이제 제임스와 폴 사이에 남은 관계는 동생과의 관계와 다르지 않다. 정겹게 회상하지만 먼 옛날이 되어버린, 전적으로 과거에 기반한 관계일 뿐이다.

그렇다고 제임스가 과거의 흔적을 모두 털어버렸다는 건 아니다. 여전한 걸음걸이와 옷차림은 그가 속한 동네에서 살아가려면 중요한 것들이다. 그러나 교실에서의 생존은 또 다른 행동과 모습을 요구했다. 제임스의 생존에서 가장 큰 역할을 하는 건 아마도 서로 다른 문화에 적응하는 뛰어난 감각일지도 모른다.

작년에 제임스는 영어 시간에 랩 가사를 써서 무대에까지 올렸다. 전교생이 모인 강당에서 댄스 팀을 이끌고 랩을 했는데, 관객들의 반응은 뜨거웠고 앙코르 요청이 끊이지 않았다. ■청각장애라도 할 수 있어 / 두려움 없이 살 수 있어 / 청각장애인은 할 수 있어 / 듣는 것 빼곤 못할 게 없어■ 이게 후렴이었는데, 구어로는 약간 어색할지라도 수화로 하면 흐름이 아주 아름다웠다.

공연은 교사와 학생들 모두 좋아했고, 흑인문화와 청각장애인의 자긍심이 위협적이지 않을 만큼 적당히 섞여 있었다.

하지만 선생님과 상담교사들이 던지는 얘기 속에서 제임스는 그들의 눈에는 자신이 예전 그대로라는 걸 깨닫곤 했다. 제임스는 보청기를 끼지 않았다고 호되게 야단을 맞았고, 삐삐를 찬 것에 대해 의심 어린 질문을 받았다. 우등생 명단에 오르고 대학에 진학할 졸업반이라는 현재의 상태는 여전히 하찮은 것이었고, 피부가 하얀 건청인들이 수여한 것에 지나지 않는 것 같았다. 사람들은 자신들의 사회적 필요에 순응하며 화답하는 동안에만 제임스의 재능을 인정하고 자신들의 세계에 참여하도록 허락할 것이다.

제임스는 이런 조건을 불평 없이 받아들여 왔다. 그런데 마음 속에서 자꾸 의문이 들고 약이 오르기 시작한다. 이번 봄에 렉싱턴에서 개최한 문화 인식 워크숍에 참가했을 때, 제임스는 그 좌절감과 분노를 여과 없이 글로 옮겼고, 비뚤어진 기대에 포로처럼 잡혀 있는 심정을 토로했다.

> 어떤 선생님들은 흑인과 백인 학생들 사이에 서로 다른 두 가지 태도를 보일 때가 많다. 예를 들어, 흑인 학생과 백인 학생이 동시에 손을 들면 그 선생님은 백인 학생에게 먼저 대답할 기회를 준다. 그건 흑인 학생들에게 공평하지 않은 처사이다. 또 다른 예도 있다. 선생님의 질문에 백인 학생이 다시 한 번 말해달라고 하면 선생님은 그 요청을 받아들여 반복해주지만, 흑인 학생이 요청하면 이중적인 태도를 보이며 "집중을 하라"고 말한다. 이건 내가 겪은 일이다. 또 어떤 상담 선생님은 주로 백인 학생들에게만 대학을 권유하고 내게는 권하지 않는다.
>
> 선생님들은 흑인과 스페인계 학생들을 제대로 알지도 못하면서 부정적으로 생각하지 말아야 한다. 학생들은 문화에 대한 애정을 과시하기 위해, 또는 자신이 원하는 대로 옷을 입고 싶어 한다. 일부 선생님들도 다른 문화에 대해 배울 수 있도록 문화 모임을 만들어야 할 것 같다.

제임스는 다른 아이들이 모두 음식을 담을 때까지 앉아서 보기만 했다. 그는 이 자리에 참석할 자격을 얻었고, 이건 교도소에 있는 동생의 두 번째 면회까지 늦출 정도로 소중한 특권이었다.

하지만 다른 친구들처럼 흥겨운 분위기에 휩쓸릴 수는 없었다. 이 자리에 오기 위해 그 누구보다 멀리 달려왔지만, 그런데도 뒤에 남겨놓고 온 과거는 여전히 제임스를 동떨어진 존재로 만들고 있었다. 지난밤에 얘기한 폴에 대한 생각과 조금 있다가 만날 요세프에 대한 생각이 문가에 혼자 앉아있는 제임스를 조용히, 그러나 무겁게 에워쌌다.

식이 시작되자 제임스는 자신의 이름이 호명되는지 지켜보았다. 자신의 차례가 오고, 앞으로 나가 상장을 받았다. 제임스는 그걸 주말에 집으로 가져가 어머니께 드릴 생각이었다.

그러나 일단 이날은 미래를 약속하고 성공을 보장해줄 이 한 장의 종이를 잘 접어서 안주머니에 넣어 가슴에 품고 교도소로 향했다. 해협을 건너, 금속 탐지기를 지나, 간수를 통과해서, C-74 구역의 책상 앞에 도착해 이날도 동생이 법원에 출두했다는 얘기를 듣게 될 때까지 그 상장은 옷 안에 감춰져 있었다.

아무도 상장이 거기에 있는지 모른다. 아무도 제임스가 지금까지 무엇을 성취했고, 무엇을 극복했는지 짐작조차 하지 못한다. 사람들의 눈에는 다른 사람들과 좀처럼 어울리지 않고 말귀를 잘 못 알아듣는 흑인 청년만 보일 뿐이다.

제임스가 세 번째 시도를 한 건 봄이 거의 끝나갈 무렵이었다. 이번에는 일찍 출발했다. 너무 이른 나머지 하늘에는 잿빛 어둠이 베일처럼 낮게 드리웠고, 아직 꺼지지 않은 가로등은 새벽 어스름 속에 메론만 한 둥근 불빛을 달고 서있었다.

이번에도 버스를 타고 다리를 건너, 금속 탐지기를 지나, 소지품을 모두 꺼내고, 줄 뒤에 서서 기다렸다. 하지만 이날은 그의 차례가 되자 카운터 뒤에 앉아있던 간수가 커다란 흰색 카드와 특수 펜을 내밀었다. 제임스는 보이지 않는 잉크 같은 것으로 두 곳에 이름을 썼다. 그런 다음 사물함을 지정받아 동전 하나를 넣고 재킷과 스웨터, 시계와 지갑, 그리고 제임스라고 쓴 귀걸이를 제외한 모든 장신구를 집어넣었다.

손 표시를 그려 넣은 안내문에는 가지고 들어갈 수 있는 것이 구체적으로 명시되어 있었다. '기저귀 1개, 젖병 1개, 바지 한 벌, 셔츠 한 장, 양말 한 켤레.' 그 밑으로는 금지 항목이 더 길게 이어져 있었다. '모자, 담배, 돈, 시계, 껌, 사탕, 토큰, 머리띠, 머리끈, 금속핀, 재킷, 팔찌, 길게 늘어지는 귀걸이, 선글라스, 목걸이(종교적 의미의 짧은 목걸이는 1개에 한해 허용).'

제임스는 신발을 벗고 줄을 섰고, 면회객들은 차례대로 한 사람씩 호명되어 두 번째 금속 탐지기를 지나갔다. 제임스의 차례가 오고 탐지기를 통과해서 모퉁이를 돌았더니, 계단 아래쪽에 여성 간수 두 명이 기다리고 있었다.

영어를 이해하지 못하는 사람들 상대에 익숙한 두 간수는 지루한 몸짓으로 제임스에게 세 번째 계단에 올라가 셔츠를 밖으로 빼고, 속옷의 허리 밴드를 손가락으로 훑고, 바지를 한쪽씩 들고, 소매를 걷고, 양말을 내리고, 신발을 탁탁 친 다음 거꾸로 뒤집고, 입을 벌리게 했다.

검사를 마치고 위층으로 올라가니 수십 개의 좁고 네모난 탁자 양쪽에 의자들이 마주 보게 놓여있는 커다란 방이 나왔다. 그곳은 이미 다른 면회객들로 가득 차 있었다. 몇 개의 탁자에는 등에 교도소라는 뜻의 DOC라는 글자가 커다랗게 새겨진 수감복 차림의 남자들과 면회객들이 마주 앉아 있었다.

제임스는 자리에 앉는 대신 칸막이에 팔꿈치를 얹은 채 그 너머에 있는 더 넓은 면회실을 훑어봤다. 몇 개 안 되는 네모진 창문으로 흐린 햇살이 들어와 실내의 형광등 불빛에 섞였다. 아래층 사물함에 시계를 벗어놓고 온 면회객들은 바닥이 고정된 의자에 멍하니 앉아있었다. 누군가 시간을 물었고, 간수는 내키지 않는 듯이 꾸물거리다가 대답했는데, 제임스는 그 순간을 놓쳐버렸다.

제임스는 도무지 하품을 참을 수가 없었다. 그러다 문득 뭔가 착오가 있을지도 모른다는 생각이 들었다. 자신과 같이 온 면회객들 중에서 자신이 제일 오래 기다리는 것 같았다. 어쩌면 오늘도 요세프는 법원에 출두했을지 모른다.

대기실에 들어온 지 한 시간이 지나서야 마침내 제임스의 이름이 호명되었다. 제임스는 남자 간수를 따라 한쪽 끝에 있는 빈 탁자로 갔고, 의자에 앉아 주위를 둘러봤다. 거기에도 거의 모든 사람이 흑인 아니면 라틴계였다. 간수 몇 명을 빼면 백인은 한 사람도 없었다.

사람들은 손을 마주잡고 얘기를 나누고 서로의 팔뚝을 쓰다듬기도 했다. 그러다 몸이 지나치게 가까워지면 간수가 나타나서 둘 사이를 떨어뜨려 놓았다. 수감자 두 명이 제임스 옆을 지나 면회실 밖으로 나갔다. 한 사람은 볼에 분홍색 흉터 자국이 있고, 또 한 사람은 볼에 분홍색 립스틱 자국이 번졌다.

제임스는 의자를 뒤로 젖히고 창문 너머로 걸어가는 두 사람을 계속해서 쳐다봤다. 그러다 뭔가 웅성거리는 느낌에 앞쪽으로 몸을 돌렸다. 한 무리의 수감자들이 들어오고 있었다.

동생이 제임스를 보기 전에, 제임스가 먼저 요세프를 봤다. 제임스는 여전히 의자를 들어 뒤로 젖힌 자세였고, 팔짱을 낀 채 손을 흔들 생각도 하지 않고 무심한 눈빛으로 동생을 바라봤다.

다른 수감자들은 면회 온 사람들을 알아보고 뿔뿔이 자리로 흩어졌다. 하지만 요세프는 제임스가 앉아있는 자리에서 10미터쯤 떨어진 곳에서 흥미 없는 기색으로 면회실을 한차례 훑어보고는 간수가 앉은 책상을 향해 능숙하게 몸을 돌렸다.

요세프가 고개를 가로젓자 간수가 무슨 말인가를 했다. 요세프는 다시 몸을 돌려 무심히 사람들의 얼굴을 하나씩 살펴보다 형의 얼굴에 눈길이 닿았다. 얼핏 알아봤다는 기미가 스치는가 싶더니 금세 표정을 되돌리고는 시선을 옮겼다. 천천히, 마치 그냥 지나가는 듯이 제임스가 앉은 탁자를 향해 걸어오는 동안에도 요세프는 다른 사람들을 보는 데 정신을 팔았다.

요세프는 제임스 앞에 선 다음에야 손을 내밀었고, 시선을 외면한 채 형제는 손을 맞잡아 깔끔하게 3단계 악수를 했다.

"아빠가 온 줄 알았어." 빈자리에 앉은 요세프는 인사 대신 힐난하는 투로 이렇게 말했다. "나를 자수하게 해놓고 도대체 무슨 말을 할지 궁금했거든."

"아니야."

"어쨌든 빌어먹을 이름은 똑같잖아." 제임스의 원래 이름은 제임스 리 테일러 3세로, 아버지와 이름이 같았다.

요세프는 말하는 속도를 좀 늦추거나 눈을 맞추려고 하지 않았다. 하지만 그는 제임스의 동생이다. 정확한 단어를 알아보지 못할 때에도 제임스는 그게 무슨 뜻인지 금방 안다.

미소가 제임스의 얼굴을 살금살금 간지럽혔다. 동생의 뻔뻔함에, 무모하고 비이성적이고 자학적이기까지 한 허세에 웃음이 나왔다. 하지만 미소를 입술에서 털어내고 눈가의 잔주름에만 살짝 담아두었다. 제임스가 미소를 짓는 건 다른 대안을 생각할 수 없었기 때문이다.

요세프는 여전히 방안을 살펴보느라 정신이 없었다. 어느 수감자에게는 짧고 무뚝뚝하게 고개를 끄덕였다. 또 다른 수감자에게선 경멸하는 듯이 시선을 돌리더니 "저 인간은 나를 두려워해." 라고 떠벌렸다. 세 번째 사람에겐 손가락을 갈고리 발톱처럼 세우고 손등을 흔들어 인사를 했다. "쟤는 내 아들이야." 그러더니 왼쪽 가슴을 움켜쥐면서 교도소에서 형성된 관계의 깊이를 설명했다.

요세프는 앞으로 가족의 면회를 거부하고 면회객 명단에 여자 친구 이름이 있을 때만 나오겠다고 말했다. 하지만 제임스는 어머니나 누나들은 찾아올 생각조차 하지 않는다는 걸 알고 있었다.

제임스는 동생에게 아기들 얘기를 해주었다. 이번 봄에 조카 두 명이 새로 태어났다. 한 아이는 이름이 오니샤다. 또 한 아이는 뭐라고 하는지 입모양을 자세히 알 수 없었지만 'ㅁ'으로 시작하는 이름 같았다. 제임스는 또 운전면허 교육을 받은 얘기며, 교육용 면허증을 받은 얘기를 들려주었다. 그는 두 번 떨어진 끝에 그 주에 필기시험을 통과했다. 캠던 카운티 대학에 합격했고 7월부터 신입생 오리엔테이션을 받을 예정이었지만, 그 얘기는 하지 않았다.

요세프는 교도소에서 벌인 싸움에 대해 얘기했다. 싸움은 거의 일상에 가까웠다. 텔레비전을 놓고도 싸우고, 전화를 놓고도 싸우고, 식사의 배급 줄을 놓고도 싸우고, 출신 지역을 가지고도 싸웠다. 그러더니 브루클린 출신이라는 이유만으로 어떤 사람과 싸운 얘기를 했다.

"베어버렸어." 요세프는 그의 목을 벴다고 얘기했다. 남자는 병원으로 후송되었고, 자신은 90일 동안 독방에 갇혔다고 했다. 침대 하나, 세면대 하나, 화장실 하나, 그리고 하루 스물세 시간을 혼자 보내야 했고, 샤워를 할 때만 밖으로 나갔으며, 음식은 문 아래로 받았다고 했다. "그러면 정말 미칠 것 같아."

요세프는 또 변호사가 자기를 두려워한다고 했다. "두려워서 가까이 오려고도 안 해." 그는 변호사에게 거짓말을 했기 때문에 지금 문제가 생겼다고 말했다. 수감자들은 뭘 가지고도 칼을 만들 수 있다는 말도 했다. "이 의자로도 되고…," 그러면서 팔을 아래로 뻗어 쇠로 만든 의자 다리를 어루만졌고, 제임스의 얼굴을 향해 팔을 반쯤 뻗으면서는 이렇게 말했다. "형 안경으로도 가능해."

요세프는 자기는 뭘 가지고도 칼을 만들 수 있고, 뭐든 알아서 한다고 했다. 제임스는 고개를 뒤로 젖히고 짧게 웃었다.

"짜식, 이제 아주 나쁜 놈이 됐네." 제임스는 이 말을 마치 농담처럼 얘기했다.

"아니, 나는 훌륭해."

"아니, 예전과 달라 보여." 제임스가 말했다. "못생겨졌어."

동생은 형을 빤히 쳐다봤다. 요세프는 DOC라고 새겨진 수감복을 입고 있었다. 면으로 된 얇은 옷에 윤곽이 드러나는 그의 복부 근육이 단단해 보였다. 계속해서 시선을 주변으로 돌리고, 동향을 점검하고, 등 뒤를 살폈으며, 피부는 건조했고, 누렇게 떴다.

“감옥에 오더니 못생겨졌어.” 제임스가 말했다.

요세프는 형을 냉정하게 응시했다. “감옥에 온다고 못생겨지지 않아. 나는 괜찮아.”

그러더니 제임스에게 돈을 달라고 네 번인가 다섯 번쯤 말했다. 아래층의 창구에다 현금을 좀 맡겨 놓으라고. 그가 아는 몇 개 안 되는 수화가 ■돈■, ■여자■, ■집■, ■먹을 것■이었다. “돈을 안 가져오려면 면회도 오지 마.” 요세프는 형에게 말했다. 하지만 제임스는 이미 자신이 다시는 오지 않으리란 걸 알고 있었다.

이상한 건, 크는 동안 동네 아이들과 어울려 싸움을 벌이고, 학교를 빼먹고, 말썽을 피운 건 제임스나 요세프나 똑같았다는 사실이다. 렉싱턴 기숙사에 들어가서야 제임스는 불량한 동네 아이들이나 그들의 위험천만한 계획과 일정한 선을 그을 수 있었다. 하지만 앞으로도 그들과 완전히 따로 떨어져서 살지는 않을 것이다.

만약 제임스가 청각장애인이 아니었다면, 동생과 아이들이 무리 지어 총을 빼들고 강도짓을 벌였던 그날 그 자리에 함께 있지 않았으리라고 누가 장담하겠는가? 제임스 본인도 만약 자신이 들을 수 있었다면, 지금 여기 교도소에 동생과 함께 들어와 있을지 모른다고 생각했다.

12시가 지나고 이제 일어날 때가 됐다.

“형이 여기 있어라. 내가 집에 갈게.” 요세프가 말했다. 너무 조용해서 진담처럼 들렸다.

"안 돼." 제임스는 겁이 난다는 시늉으로 가볍게 받아쳤다.

요세프는 일어서서 등을 쭉 펴고 떠날 준비를 했다. 하지만 뭔가 얘기하고 싶은 게 더 있다. 요세프는 ▪집▪이라는 수화를 해 보였다. 다섯 손가락의 끝을 모두 모아 입 옆을 가볍게 건드리는 동작이다. 그 수화는 볼에 입을 맞추라는 것처럼 보일 수도 있다.

"집이 감옥보다 나아." 이게 그가 전하려는 메시지였다. 요세프는 최근에야 깨달았다는 듯이, 제임스가 분명히 알아두길 바란다는 듯이, 진지하게 훈계를 하듯이 말했다. "집이 여기보다 좋아."

제임스는 잘 있으라며 동생과 악수를 했다. 그는 알고 있었다. 이번에 기차를 놓친 건 동생 요세프라는 사실을.

갈채의 바다

아버지는 책상다리를 하고 사무실 바닥에 앉아있었다. 머리 위에는 작은 플라스틱 농구 골대가, 허벅지 위에는 그림책 한 권이 놓여있었다. 이날의 손님인 네 명의 초등학생은 책가방과 겉옷을 창문 옆 소파에 벗어놓고 갈색 카펫 위에 앉아 아버지를 바라보고 있었다. 아버지는 일일이 이름을 부르며 인사를 했지만, 아이들은 공손하다 못해 새침해 보일 정도로 예의를 차렸다. 한 남자아이는 두 손을 무릎 위에 얌전히 얹고 있기까지 했다.

아버지는 엄격해 보인다. 그때만 특별히 그런 게 아니라 대체적으로 학교 안팎에서 엄격해 보였고, 약간 침울해 보인다는 얘기도 들었다. 그건 눈 때문이다. 넓은 이마와 삐죽 솟아오른 눈썹 밑으로 깊숙이 자리 잡은 눈. 그리고 이도 한몫을 한다. 아버지는 자신의 이를 '브롱크스 치아'라고 말하곤 했는데, 그건 교열 치료를 받지 못한 탓에 아랫니가 들쭉날쭉하기 때문이다. 체구도 빼놓을 수 없다. 아버지는 키 185센티미터에 체격이 호리호리하면서도 어깨가 넓다. 아주 어린 아이들은 아버지를 대통령이라고 생각할지도 모른다.

물론 봄에 열린 무용제에서 얼굴에 케이크를 뒤집어쓴 모습도 보았고, 졸업반 연극제에서 녹색 타이츠에 튜닉 차림으로 버림받고 갈 곳을 잃은 로빈 후드 역할을 하는 것도 봤다. 사무실에서 꼬마 손님들과 마주 앉기 불과 15분 전까지만 해도 초등학교 문학주간 개막작으로 교직원들이 무대에 올린 단막극에서 바보 역을 맡았고, 사람들은 그런 아버지를 보고 깔깔거리며 웃었다.

그렇더라도 렉싱턴이라는 세계에서 내 아버지 오스카는 대가족의 우두머리다. 사람들은 내 아버지를 "코헨"이라고 불렀다. 그 이름을 부르는 수화는 손을 "C"자 모양으로 해서 어깨에 대고 두드리는 것인데, 그건 아버지의 이름 첫 자와 "대장"이라는 뜻의 수화를 합친 동작이다. 아버지는 부족의 족장이고, 키도 아주 크다.

이날은 초등학생들이 여러 조로 나뉘어서 이야기책을 읽기로 되어있었다. 아버지에게 배정된 네 명의 아이들은 얌전히 앉아 턱을 치켜들고 목을 쭉 늘인 채 아버지가 이야기하기를 기다렸다.

"말로 할까, 아니면 수화로 할까?" 아버지는 말과 수화를 동시에 하면서 아이들에게 물었다. 초등학교 아이들 중에는 부모의 반대나 구화를 당연시하는 태도 때문에, 또는 수화 환경에 노출되지 못해서 아직 수화를 배우지 못한 아이들이 있었다. 그 밖의 아이들은 청각적인 신호와 수화를 섞어주는 게 도움이 되었다.

■둘 다? 좋았어.■ 아버지는 초등학생들의 수줍은 끄덕임에 동의했다.

이날 읽을 책은 페이스 링골드가 쓴 《타르 바닷가》라는 책이다. 원래 이 이야기는 퀼트로 만들어졌다. 한 장씩 한 장씩 이어 붙인 퀼트 조각에는 밤이면 할렘의 지붕 꼭대기로 올라가 도시의 하늘을 날아다니는 한 소녀와 남동생의 환상적인 이야기가 담겨 있는데, 그 이야기와 퀼트의 도안을 나중에 그림책으로 엮은 것이다.

■그림이 예뻐요.■ 흑인 특유의 아프로 스타일 머리를 한 작은 아이가 말했다.

■그래, 예쁜 그림이지.■ 아버지는 책을 펼쳐서 천천히 돌아가며 아이들에게 보여주었다. 아버지가 책을 읽자 아이들의 자세가 조금씩 풀어졌다. 옅은 보라색 안경을 쓴 여자아이는 무릎에 턱을 괴었고, 검은색 벨벳 야물커를 쓴 남자아이는 옆으로 누웠다.

■ㅅ-ㅜ-ㅂ-ㅏ-ㄱ을 수화로 어떻게 하지?■ 본문에 수박이 나오자, 아버지가 읽기를 잠시 멈추고 물어봤다. 아버지는 어린 시절에 집에서 수박을 말할 때 일일이 지화로 표시했었다. 한 남자아이가 세모꼴로 썬 수박을 먹는 시늉을 하며 즉석에서 수화를 만들

어냈다. 다른 아이는 좀 더 널리 쓰이는 수화를 보여주었다. ■물■에다 엄지와 중지를 모아서 다른 쪽 손목을 살짝 치는 ■메론■을 더하면 된다. ■고마워.■ 아버지가 아이들에게 말했다.

책을 다 읽은 후에 아버지가 물었다. ■자, 타르 바닷가라는 게 무슨 뜻인지 아는 사람?■

■하루 바닷가.■ 아프로 스타일의 머리를 한 아이가 이렇게 따라 했다. “ㅎ-ㅏ-ㄹ-ㅜ가 아니라, ㅌ-ㅏ-ㄹ-ㅡ야.” 아버지가 천천히 지화를 해 보이자, 아이들은 그림책에서 타르를 칠한 지붕을 찾아보았다. ■그거 있잖아. 검은색이고 냄새 나는 거.■ 조금 큰 아이가 설명하자, 작은 아이는 알았다는 듯이 고개를 끄덕였다.

■아이들이 이 바닷가에서 뭘 했지?■ 아버지가 물었다.

■날았어요.■ 보라색 안경을 쓴 여자아이의 대답이다.

■여기 나왔던 가족은 부자일까? 가난할까?■

■가난해요.■

■아버지는 어떤 일을 하셨지?■

■건축 일이요.■ 몸집이 큰 남자아이가 대답했다. 아이들은 그 장면이 나오는 부분을 펼쳤다. 책에서는 아버지가 늘 일자리를 얻지 못하는 이유가 조합원이 아니기 때문이고, 조합에 가입하지 못하는 이유는 흑인이기 때문이라고 설명했다. 아이들은 조합이 뭐냐고 물었다.

■일하는 사람들이 모임을 만드는 거야.■ 아버지가 설명을 했다. ■사람들은 회비를 내고, 자기들이 일하는 조직을 발전시키려고 노력한단다. 렉싱턴에도 조합이 있어. 선생님들도 조합을 만들어서 렉싱턴의 근무 환경을 좋게 만들려고 노력하셔.■

널찍한 교육처장실 바닥에 앉아 눈을 반짝이는 열 살짜리들을 앞에 놓고 아버지는 마치 이주 노동자들과 함께 앉아있는 노동운동가처럼 그 주제에 열을 올렸다. 이건 정말 우스운 코미디일뿐더러, 1976년에 교장이 된 후 아버지의 머릿속에서 떠나지 않는 역설이기도 하다. 관리직 간부가 선동가라니.

아버지의 책상 위에는 옛날 만평을 복사한 그림이 파란색 싸구려 액자에 담겨 있다. 피켓을 들고 시위를 벌이는 교사들과 양복을 쫙 빼입은 이사들이 가운데 교장선생님이 끼어있고, 사람들이 다그치는 장면이다. 거기엔 이런 대사도 적혀 있었다. "당신도 옛날에는 선생이었으니까, 저 사람들을 좀 납득시켜 봐요!"

이 만평은 렉싱턴 교사들이 파업을 했던 1979년에 한 청각장애인 교사가 아버지에게 준 것이다. 관리직이라는 비교적 생소한 역할을 맡아 걱정이 많았던 아버지가 시위대와 마주치지 않기 위해 해가 뜨기도 전에 집에서 나와 일찌감치 학교 건물 안으로 들어가곤 했던 시절의 기념품이다.

당시의 렉싱턴은 청각장애 공동체의 정신적 중심으로서의 역할이 더 뚜렷했었다. 기숙사에서 생활하는 학생도 150명이나 됐다. 그들의 일상은 건물을 가득 채우고, 학교에 활력을 주었다. 렉싱턴 센터라는 중앙 조직이 만들어지고 외부인이 이용할 수 있는 부속 기관들이 생겨나기 이전의 렉싱턴은 하나의 유기적인 조직이었고, 모든 가지가 같은 뿌리에서 나온 한 그루의 나무였다.

아버지의 책상 위에는 또 다른 액자가 걸려 있다. 마틴 루터 킹 목사가 간디의 사진 앞에 서있고, 그 밑에는 폭력의 자제를 촉구하고 오직 사랑만이 증오를 몰아낼 수 있다는 유명한 말이 적혀 있다. 이 사진이 걸린 것도 관리 책임자로 자리를 옮긴 지 얼마 안 됐을 때였다. 그 시절만 해도 아버지는 인내심을 가지고 중도적인 입장을 고수하는 것이 최선이라고 믿었고, 화합과 평화적인 해결을 위해 노력했다.

그렇기 때문에 집에서는 노동자의 권리가 중요하다고 가르치면서도, 렉싱턴의 교사들이 파업을 할 때는 시위 현장을 애써 피했고, 협상 테이블에서도 말을 아꼈고, 양쪽의 입장을 경청했다. 그리고 우리에게 수화 가르치는 걸 분명히 좋아했으면서도, 어느 지루했던 날 녹색 페인트 통을 발견한 언니와 내가 차 뒤 범퍼에 "수화로 얘기해요!"라고 낙서를 했을 땐 당장 지우라고 호통을 쳤다. 우리는 평소와 다르게 화를 내는 모습에 상처를 입었지만, 당시의 렉싱턴을 뜨겁게 달궜던 구화-수화 논쟁이나, 우리의 낙서가 학교 주차장에서 불러일으킬 논란에 대해선 아무것도 몰랐다.

요즘에 이 얘기를 꺼내면 아버지는 당황한 표정으로 어쩔 줄 모른다. 하지만 그땐 그랬다. 처음 중책을 맡은 아버지는 양쪽 입장을 조정하고 화합하기 위해 자신의 사회적 이상을 초월했었다.

하지만 그 후로 많은 것이 변했다. 공동체도 변하고, 아버지도 변했다. 렉싱턴 내부의 목소리는 다양해졌고, 요구는 더 복잡해졌다. 렉싱턴이라는 나무는 가지가 군데군데 엉키고 두터워졌으며, 성장과 더불어 발전하기도 했지만 둔해지기도 했다.

하나였던 가족이 여러 갈래로 나뉘어 이제 중앙 이사회, 학교 이사회, 학부모 연합, 청각장애 학부모 모임, 흑인 학부모 모임, 라틴 학부모 모임, 청각장애인 교사 모임, 노동조합, 수화 학생회, 구화 학생회, 외국인 학생회, 동문회 등을 두루 포함하게 되었다. 이 모든 단체와 모임을 조율하는 일은 결코 쉬울 수 없었다.

게다가 아버지는 타협을 이끌어내는 중재자 역할에 싫증을 느끼게 되었다. 아버지는 쉰 살, 우리가 농담 삼아 하는 말로는 반세기를 채우면서 그에 따라 시간의 관념도 폭이 많이 줄었다. 인내심이 전만 못했고, 예전처럼 신중에 신중을 기하지도 않았다. 책상 옆에 걸린 내 어머니가 선물한 새 액자에는 인권운동가인 패니 루 헤이머의 말이 적혀 있었다. '우리가 다가갔던 역사는 결코 일어나지 않았으며, 그대여, 앞으로도 일어나지 않을 것이다.'

거침없는 반박과 적극적인 행동이 아버지의 방식이 되었다. 선동가는 이제 더 이상 신사적으로, 천천히 물밑에서 움직이는 데 만족하지 못하고 전에 없이 다급한 행보를 보이고 있었다. 아버지가 교육처장이 되고 8년 사이에 학교 이사회는 남자 여덟에 청각장애인은 단 한 명에 불과했던 열두 명의 백인에서, 총 열여섯 명 가운데 일곱이 여성이고, 청각장애인이 넷, 그리고 흑인 셋과 라틴계 둘로 구성이 바뀌었다.

아버지는 흑인 학부모 모임과 청각장애 학부모 모임을 만들고, 흑인 청각장애 아동 프로젝트를 창설했다. 작년에는 심리학자를 초빙해서 청각장애인 교직원과 건청인 교직원이 모두 참여하는 모임을 통해 서로 간에 존재하는 장벽과 갈등을 진단했다. 아버지는 점점 더 큰 모험을 보다 솔직하게 감행함으로써 그 과정에서 적잖은 사람들을 당황하게 만들었다.

사람들이 당황한 건 아버지의 진심을 의심하기 어렵다는 사실에서 비롯되는지도 모른다. 편견과 불공평에 반기를 드는 건 건전한 시민의 의무이자 모든 사람에게 요구되는 자세일 것이다.

하지만 아버지는 무모하게도 자신이 서있는 터전부터 파헤치고, 그것을 회의에 부치고 조목조목 지적했다. 이사와 교사들 앞에서, 렉싱턴의 강당과 대외적인 모임에서, 잡지와 비디오테이프를 통해 인종별로 극심한 편차를 보이는 학업 성적을 논하고, 청각장애인들을 무기력한 존재로 만들어 주도권을 유지하려는 건청인들의 관행을 시인하면서 구체적인 사안을 역설해왔다.

간혹 그런 위치에 앉은 사람이 건청인이고, 백인인데다가, 중년의 중산층 전문가라면 오로지 정의감만으로 그런 문제를 제기할

리가 없다고 의심하는 사람들도 있다. 위험할 정도로 순진하거나 독선에 빠져 문제를 일으키고 기존의 규칙을 존중하지 않는 이상주의자라고 생각하기도 한다.

렉싱턴의 중앙 이사회에서도 그렇게 생각하는 사람들이 적지 않았다. 아버지는 그들의 반감을 샀고, 가끔은 교육처장 자리에 앉아있을 날이 얼마나 남았을까, 혼자 생각하기도 했다.

하지만 지금은 네 명의 초등학생과 함께 있고, 아이들에겐 인자하기 그지없다. 나이와 중력이 얼굴을 부드럽게 만들어줬는지 《타르 바닷가》에 대해 얘기할 때의 표정은 너무나 풍부하고 어린 아이처럼 순수해 보였다.

"그러니까 이 책은…." 아버지가 말했다. "아주 간단한 이야기책처럼 보이지만 흑인과 백인, 가난한 사람과 부자, 차별과 조합의 꿈, 이런 아주 오랫동안 생각할 거리를 주는 그런 책이란다."

이것이 내 아버지, 오스카의 본질이다. 아이들은 아버지의 얼굴을 쳐다봤다. 눈썹에 아코디언처럼 주름이 잡히고, 둥그런 눈에는 질문이 담겨 있었다. 아버지는 아이들에게 묻는다. "너희들도 이 책의 주인공 같은 꿈을 꿔본 적이 있니?"

아버지는 매일 아침 6시 40분에 집을 나선다. 차에 올라 커다란 원을 그리며 후진을 한 다음, 차를 몰면서 라디오 주파수를 공

영방송에 맞추고 고속도로를 따라 남쪽으로 달린다. 렉싱턴에서 이사를 나온 뒤, 지난 17년 동안 일주일이면 다섯 번, 때로는 여섯 번씩 반복해온 아침의 일상이다.

아버지는 이 시간을 좋아했다. 책과 서류와 메모지와 잡지가 들어있는 불룩한 서류 가방은 뒷좌석에 던져 시야에서 치워버리고 순결한 새벽을 온전히 혼자 차지할 수 있었다. 이 순간에는 진행 중인 수많은 프로젝트와 난제를 되는 대로 생각하거나, 아니면 아무 생각도 하지 않았다. 그리고 이 시간이 하루 중에 가장 생산적인 시간이 될 때도 많았다.

사실 학교에 도착하면 무슨 일이 기다리고 있을지 모른다. "졸업 앨범 촬영에 쓰게 넥타이 좀 빌려주세요.", "학부모 한 분이 오시다가 지갑을 날치기당해서 돌아갈 차비가 필요하대요.", "웬 커다란 독일 셰퍼드 한 마리가 현관에 들어왔어요." 그러면 아버지는 넥타이를 풀어주고, 지갑에서 돈을 꺼내주고, 개가 있는 곳으로 달려갔다. 자연스러운 일상의 부산함 속에서 내재된 정치성이나 원칙 같은 건 감춰지고 잊혔다.

하지만 차 안의 이 아늑한 공간에 있으면 드넓은 풍경을 배경으로 일상의 사건들이 수면 위로 떠오르고, 계기판의 무늬만큼이나 명백하게 드러났다. 이 안에서 아버지는 연결 고리를 따지고 상관관계를 생각했다. 생각은 조금씩 진행되었고, 그 도안은 역설로 가득했으며, 일관성이 없었다. 가장 알 수 없는 것은 교육, 특히 아이들의 인생에서 가장 중요한 언어가 영어여야 한다는 렉싱턴의 오랜 믿음에도 한 세기가 넘도록 초등학생 수준 이상으로 읽기를 가르치지 못했다는 것이었다. 청각장애 부모를 둬서 어려서부터 수화에 노출된 아이들이 오히려 성취도가 높고 통솔력도 뛰어났다.

최근 뉴욕 주정부에서는 미국수어가 고등학교의 외국어 과목으로 자격이 있다는 결정을 내렸다. 청각장애인들은 취업의 기회가 확대될 것이라며 크게 환영했다. 하지만 대부분은 그 기회를 누릴 수 없을 것이다. 주정부에서 요구하는 교사 자격증을 가진 청각장애인은 거의 없었기 때문이다.

지난봄부터 렉싱턴에서는 수화 능력이 적정 수준에 미달되는 교사들에게 의무적으로 수업을 듣게 했는데, 수화로 의사소통을 할 경우 아이들이 평생 영어를 배우지 못할 거라고 생각하는 교사들과 조합에서 격렬하게 반대를 하고 나섰다.

그보다 더 시급하게 고민해야 할 문제는 렉싱턴의 학생들일지도 모른다. 필수 과목인 청각장애학을 들으면서 청각장애인의 자긍심에 새롭게 눈을 뜨게 된 아이들은 지금껏 수화를 배워볼 생각조차 안 한 부모를 원망했다. 하지만 부모들은 아이가 청각장애라는 진단을 받았을 때 수화를 배우기보다 아이에게 말을 하고, 계속하고, 또 하는 게 최선이라는 얘기를 들었다.

라디오에서 흘러나오는 아침 뉴스를 들으면서 아버지는 자신이 청각장애인 동료들에 비해 세상의 정보를 얼마나 쉽게 흡수하는지, 이렇게 듣고만 있어도 얼마나 지식의 폭이 넓어지고 관계 설정의 능력이 향상되는지에 대해 생각했다. 물론 그들도 신문이나 텔레비전을 통해 비슷한 정보를 얻을 수 있겠지만, 아무래도 따로 시간을 투자해야 하고 그만큼 다른 뭔가를 할 시간이 줄어든다.

어떻게 해야 그 간격을 메울 수 있을까? 청각장애를 가진 사람은 건청인과 보조를 맞추기 위해 항상 더 열심히 노력해야만 할 것이다. 건청인들은 하지 않아도 되는 희생과 선택에 끊임없이 직면할 것이다. 정보에 대한 이 같은 한계를 감안했을 때 과연 동등함이라는 건 가능한 일일까? 손을 뻗는 만큼 사과가 더 멀어져서 영원히 굶주림의 벌을 받는 신화 속의 탄탈로스처럼, 어쩌면 교육학자들은 불가능을 추구하고 있는지도 모른다.

결국 불공평함은 태어나는 순간부터 시작되고 쌓인다. 청각장애인을 부모로 둔 얼마 안 되는 청각장애 아동들은 수화를 배우고 언어가 충만한 가정에서 자라지만, 그래도 불리한 입장이긴 마찬가지이다. 그 아이들도 건청 아동들이 가진 수많은 의사소통의 기회는 누리지 못한다. 들을 수 있는 아이들은 유모차에 앉아서도 뒤에서 얘기하는 부모의 말소리를 들을 수 있다. 고개를 숙이고 그림을 그릴 때에도 전화 소리를 들을 수 있고, 침대에 누워서도 옆방에서 주고받는 얘기를 들을 수 있다. 직접적인 대화나 간접적인 접촉, 모든 면에서 건청 아동이 경험하는 양이 비교도 되지 않을 만큼 많다. 청각장애 아동이 그 정도로 언어에 노출될 수 있는 환경은 생각하기 힘들다.

이것은 결코 건청인 우월주의자의 편견이 아니다. 아동 발달에 영향을 미치는 엄연한 사실이다. 하지만 많은 청각장애인이 이 사실에 이의를 제기하고, 듣지 못하는 게 장애라는 생각에 반기를 들었다. 미국 청각장애인협회에서는 청력이 손상되었다는 식의 묘사를 거부하고, 대신 시각이 향상되었다는 식으로 스스로의 성격을 규정하려 했다.

우리가 건청인을 기준으로 삼는 사회에 살지 않는다면, 이런 차이가 박탈이나 상실로 이어지지 않을지도 모른다. 사실 청각장애가 기준인 사회라면 건청인들이 불이익을 받을 것이다. 하지만 지금 우리 사회를 장악하고 있는 건 건청인들이고, 현실을 규정하는 것도 그들의 시선이다. 이런 현실 속에서 어쨌든 들을 수 없다는 건 장애다.

아버지가 그걸 어떻게 바라보든 간에 듣지 못하는 게 장애라는 사실만은 피할 수 없다. 청각장애인들은 항상 불이익을 당할 것이다. 그 현실을 바꾸려면 '정상'에 대한 사회적 정의부터 바꿔야 한다. 어쩌면 이런 불이익의 무게 때문에 공동체 내의 모임이 더 중요한지도 모른다. 함께 모여 정보를 공유해야 한다는 특별한 필요가 생겨나기 때문이다. 접촉을 통해 지식이 싹트고 문화가 전수된다. 청각장애인들은 특수학교를 다니고 모임에 나가 활동하면서 잃어버렸던 소중한 조각들을 되찾는다. 이건 교육뿐만 아니라 정체성과 자긍심이라는 면에서도 중요하다.

하지만 렉싱턴과 청각장애 공동체 내의 여러 모임 간의 긴장이 아무리 팽팽하다 해도 가장 큰 위협은 외부에 있을지 모른다. 통합교육의 주창자들은 통합교육이야말로 청각장애인들을 보다 공정하게 대우하는 길이라고 믿는다. 하지만 만약 통합교육이 청각장애 학교의 해체를 의미한다면 득보다 실이 더 많을 수도 있다. 수많은 청각장애인들에게 건청인과의 동등함은 때로 별도의 학교 교육을 통해서만 다다를 수 있는 것이기 때문이다.

물론 민주주의의 이상 속에서 분리정책은 혐오의 대상일 수밖에 없고, 모든 것을 융합시키는 커다란 문화의 용광로가 없었더라면 렉싱턴의 존재도 미미했을 것이다. 이렇게 통합교육 운동에는 민주주의의 이상이 실려 있다. 상황의 모순은 너무나 명백하고, 그럴수록 아버지는 막막하기만 하다.

갤로뎃 대학 최초의 청각장애인 총장 킹 조던은 아침 11시에 트럼프 셔틀 편으로 도착했고, 아버지는 공항으로 그를 마중 나갔다. 4월 초순이라 날씨는 춥지도 덥지도 않았다.

킹 총장이 이날 워싱턴을 떠나 이곳에 온 이유는 아버지가 주최하는 렉싱턴 교육 지도자 세미나에 참석하기 위해서였다. 아버지의 머릿속을 떠나지 않던 고민이 결국 〈청각장애 아동과 통합교육

: 현실과 사회 정책의 충돌〉이라는 세미나 주제로 탄생한 것이다. 오후에는 뉴욕시의 청각장애인과 건청인들이 렉싱턴 강당에 모여 이 주제로 진행되는 전문가들의 토론을 들을 예정이었다.

토론자로는 청각장애인과 건청인이 두 명씩 참가한다. 갤로뎃 시위의 와중에 대중적 영웅 자리에 오른 킹 총장이 아무래도 가장 널리 알려진 인물일 테고, 그 밖에 하원 청각장애 교육위원회 의장과 뉴욕주 특수교육부행정관, 그리고 뉴욕시 특수교육부장 등이 참가한다. 이 사람들을 한날 한자리에 불러 모으는 일은 쉽지 않았고, 마침내 행사를 치르게 된 아버지는 무척 흡족했다. 너무나도 많은 청각장애 학교가 정치적 쟁점에 휩싸여 있는 이때, 아버지는 렉싱턴이 구체적인 의제를 설정하고 생산적인 논의를 주고받는 토론장이 되길 바랐다. 앞으로도 렉싱턴은 어떤 해답을 제공하기보다 문제를 분명하게 규정하려는 데 노력을 기울일 것이다.

■그래, 어떻게 지내셨습니까?■ 두 사람이 탄 렉싱턴의 승합차가 학교를 향해 출발하자 아버지가 수화로 물었다.

■좋습니다.■ 킹 총장은 활기차게 대답했다. 그러더니 싱글싱글 웃는 얼굴로 평평한 손바닥을 앞뒤로 까딱대며 덧붙였다. ■그런 대로요.■ 두 사람 모두 수화와 말을 동시에 사용한다.

키가 크고 마른 체구에 솔직하고 품위 있는 킹 총장은 청소년기에 청력을 잃었기 때문에 그의 영어는 음색이며 억양 모두 건청인 원어민과 다를 바 없다. ■선생님은 어떠세요?■

아버지는 한 손을 가볍게 떨면서 킹 총장을 흉내 냈다.

킹 총장은 웃음을 터뜨렸다. "요즘은 아주 흥미진진합니다. 어쩌면 너무 흥미진진한 건지도 모르지만요."

"중국에는 이런 악담이 있다고 합니다. '오래오래 흥미진진하게 살아라.'"

킹 총장은 또 한 번 웃음을 터뜨렸다. 그 웃음에는 공감의 뜻이 담겨 있었다. 두 사람은 모두 청각장애를 둘러싼 정치적 소용돌이에 깊이 휘말려있었다. 두 사람은 차를 타고 가는 동안 서로에 대한 걱정과 우려를 섞어가며 그간에 일어난 상황을 설명했다. 갤로뎃 대학의 미국수어 유일 정책이 처한 현재의 상태도 그냥 넘어가지 않았다. 봇물 터진 듯 밀려드는 불만과 비난에 그 정책은 보류되었고, 지금은 재고 중에 있다.

두 사람은 세인트 프란시스 드 살이라는 청각장애 학교의 새 교육처장 임명을 둘러싼 갈등에 대해서도 이야기했다. 청각장애인 임명을 요구하는 공동체의 탄원서는 소기의 성과를 거두지 못했다. 머지않아 렉싱턴에서도 새 교장을 선출해야 한다. 중앙 이사회의 대다수는 이제 렉싱턴도 청각장애인 교장을 맞을 때가 되었다는 의견을 인정하지 않는다.

마치 공동체의 에너지가 서로 다른 방향으로 당겨지는 듯한 상황이었다. 건청인 기득권자들의 온정주의적 정책에 반대하는 의견이 있는가 하면, 청각장애 공동체 내부의 다양성을 이해해야 한다는 의견도 있었다. 그런데 일부 과격주의자들은 후자가 전자의 힘을 갉아먹는다고 생각했다.

어디를 보나 양쪽에서, 아니 도처에서 분노와 좌절의 징후가 고개를 들고 있었다. 상황을 너무나 잘 아는 아버지와 킹 총장은 서로를 염려했다. 절친한 친구 사이는 아니지만 두 사람은 비슷한 논쟁에 휘말려있었고, 비슷한 경로의 다양한 소식통을 통해 상황을 폭넓게 이해하고 있었다.

■우리는 두 가지 모두를 해야 합니다.■ 아버지가 말했다.

■맞습니다.■ 킹 총장은 동의했다. ■문제는 정치적인 논쟁에 휘말려 정신이 없는 나머지….■ 킹 총장은 말끝을 흐렸고, 손은 도무지 표현할 길이 없다는 듯 가슴 앞쪽에 그대로 들고 있었다.

사안의 무게에 짓눌린 듯 두 사람은 잠시 동안 아무 말도 하지 않았다. 그 사이 차는 렉싱턴의 주차장에 들어서고 있었다.

세미나는 점심시간이 끝난 후 강당에서 시작될 예정이었다. 학생회에서 단정한 차림으로 안내를 맡았다. 연사들은 마이크와 얼음물 주전자가 놓인 탁자 앞에 앉았다. 이날의 행사를 위해 세 명의 통역사가 동원되었다. 한 사람은 무대 위에서 청중들을 위해, 또 한 사람은 객석 앞줄에 앉아 무대 위의 청각장애 연사들을 위해 수화를 하고, 나머지 한 사람은 수화로 진행되는 내용을 말로

옮기게 된다.

연사와 청중 모두 이날의 주제를 잘 알고 있다. 청각장애 아동은 들을 수 없다. 몇몇 연사가 명백한 사실을 반복해서 강조했다. 그러므로 그 아이들에겐 시각적 정보를 제공할 수 있는 환경이 조성되어야 한다. 그런데 통합교육은 그것을 충분히 제공할 수 없다. 그러므로 서비스의 질적 차원에서 손해가 발생하고, 역할 모델의 부족 현상은 더욱 심화될 것이다.

또 다른 연사는 우려를 표했다. 통합교육이 생겨난 이유도 사실은 장애아동이 공립학교에서 배척을 당했기 때문이다. 따라서 특수학교를 옹호하는 것은 사회악일 수밖에 없는 분리교육으로의 복귀를 주장하는 것으로 해석될 수도 있다. 그러나 통합교육에서 성공을 거두지 못한 아동은 낙오자로 인식되는 것이 현실이다. 실제로 많은 사람에게 그 상처가 아직도 고스란히 남아있다.

토론은 세 시간 동안 계속됐다. 아버지는 이번 세미나의 목적이 논쟁을 통해 승패를 가르는 것이 아님을 분명히 밝혔고, 서로를 공격하는 논쟁은 벌어지지 않았다. 다양한 의견이 개진되고 차곡차곡 쌓이면서 조금씩 크기를 키워가는 다채로운 몽타주가 만들어지고 있었다.

아버지는 맨 앞줄에 조용히 앉아있었다. 의견과 정보를 교환할 공론의 장을 조직하는 등 예전에 비해 활발한 활동을 벌일수록 아버지는 듣는 데 아무런 불편도 느끼지 않는 자신의 입장을 더 의식하게 되었다. 지금 아버지가 할 수 있는 가장 큰 기여는 다른 의견이 목소리를 낼 수 있는 토론의 장을 마련하고, 그런 의견을 되도록 많이 경청하는 일일 것이다.

안내를 맡았던 키가 크고 호리호리한 졸업반 학생이 마지막으로 질문을 던졌다. 폭이 좁은 넥타이를 목젖까지 바짝 치켜 맨 학생은 자리에서 일어나 다소 엄숙하게 물었다. ■점점 많은 학생이 통합교육을 받게 되면 우리의 문화는 위축될 것입니다. 우리는 청각장애 문화에 자부심을 느끼고, 그것을 다음 세대에 전해주길 원합니다. 그렇다면 통합교육은 우려할만한 문제가 아닐까요?■ 질문을 마친 학생은 행여 한 마디라도 놓칠 새라 무대에서 눈을 떼지 않은 채 자리에 앉았다.

■아니오. 그건 청각장애 공동체의 책임이지 학교의 책임이 아닙니다.■ 하원위원장 자격으로 이날 회의에 참석한 연사가 대답했다. ■청각장애 공동체가 저지를 수 있는 최악의 실수는 이 책임을 학교에 넘기는 것입니다. 청각장애인들의 조직에서 문화 전수의 책임을 져야 합니다.■

킹 총장도 이 문제에 대해 발언하고 싶다는 신호를 보냈다. 그는 얘기하기에 앞서 잔에 물을 따랐다. 마이크가 바로 앞에 놓여 있다는 사실을 모르는 채. 화장대 위로 진주알이 떨어지는 것 같은 소리가 마이크를 통해 강당 안에 메아리쳤다. 건청인들에게 그 소리는 이날의 마지막 발언에 대한 극적인 서론처럼 들렸다.

▪저는 문화는 가르칠 수 없다는 입장입니다. 문화는 흡수하는 것입니다. 청각장애 공동체의 중심은 언제나 학교였습니다. 학교의 역할이 갖는 중요성은 그래서 과소평가할 수 없는 것입니다.▪

청각장애인 총장 추진운동이 전개될 무렵 갤로뎃의 학생들은 청각장애 문화에서 박수에 해당할만한 새로운 시각적 표현을 만들어냈다. 그건 팔을 높이 들고 손가락을 펼친 채 손을 흔드는 동작이었다. 조용하게 반짝이는 그 박수는 청각장애 공동체 전역으로 널리, 그리고 빠르게 퍼져나갔다. 이제는 너무나 뿌리 깊이 정착한 나머지 그 전통이 생겨난 게 실은 얼마 되지 않았다는 사실을 믿기 어려울 정도였다. 그런 점에서 반짝이는 박수는 청각장애 문화가 학교로부터 꽃을 피우고 확산된다는 완벽한 증거라고 할 수 있었다.

아버지는 어깨 너머로 킹 총장의 마지막 발언이 불러일으킨 반응을 바라봤다. 어둑한 강당 곳곳에서 조용히 들어 올려 앞뒤로 흔드는 그 많은 손은 보이지 않는 흐름에 몸을 맡기는 희미한 바닷속 생물 같았다. 그것은 들리지 않는 갈채의 바다였다.

제3의 언어

내가 알렉 나이만을 찾아간 건 수어 과외를 받기 위해서였다. 창문도 없는 뉴욕 대학의 연구실로 찾아갔던 첫날 저녁, 그는 수어를 배우고 싶어서 찾아온 나에게 뭔가의 뒷장에다 한자(漢字)를 써서 주더니 그걸 똑같이 써보라고 했다.

알렉 나이만의 얘기는 자라면서 수없이 들었다. 그는 고등학교를 졸업하기도 전에 비행사 자격증을 땄고, 졸업과 동시에 세계 여행을 떠났으며, 장학금을 받고 중국에서 공부를 했다. 맨해튼에서는 택시를 몰았고, 뉴욕 주법원의 항소심을 거쳐 통역사를 대동하고 배심원으로 참가할 수 있는 권리를 얻어냈다. 그의 새로운 무용담은 이렇게 가끔씩 내 관심을 끌었고, 비록 변죽에 불과했겠지만 나는 그의 존재를 항상 의식하면서 자랐다고 할 수 있었다.

개인적으로 알지는 못했다. 우리 부모님이 부임한 직후에 그가 렉싱턴엘 다녔기 때문에 그의 부모님과 우리 부모님은 절친한 사이였다. 알렉은 나보다 열네 살이 많았고, 내가 말을 배울 때쯤에는 먼 나라로 탐험을 떠났다. 하지만 오랫동안 그 이름을 들으며 살다 보니 막연하게 한 가족 같은 느낌이 들었고, 그런 인연을 계기로 나는 스물세 살이 되던 해에 어린 시절 이후로 한 번도 보지 못한 그에게 수화를 가르쳐달라고 부탁했다.

처음 그의 연구실을 찾아갔던 날, 눈앞의 한자만 하릴없이 쳐다보던 나는 이런 시험을 치르는 이유를 짐작조차 할 수 없었다. 아직 벗지도 않은 비옷에서는 물이 뚝뚝 떨어져 바닥에 쌓인 책들을 적셨다. 나는 펜을 집어 들어 글자를 베껴 썼다.

"나쁘진 않군." 알렉은 종이를 집어 들면서 말했다. 그는 수화를 쓰지 않고 큰 소리로 말하면서 내가 빠뜨린 획을 지적했다. 나는 겸손한 인상을 심어주길 바라며 고개를 끄덕였다.

그날 이후, 우리는 일주일에 한 번씩 만났다. 사람들이 저녁을 먹으러 가거나 퇴근한 겨울 저녁에 알렉과 나는 심킨 홀의 묵직한 나무 탁자에 마주 앉았다. 영어는 내버린 채. 수업의 절대 규칙은 목소리를 쓰지 않고 입모양도 하지 않는다는 것이었다. 들리는 것이라곤 히터에서 나오는 바람 소리, 엘리베이터 옆에서 웅웅 돌아가는 청소기 소리, 그리고 우리뿐이었다. 이가 딸깍거리고, 입술이 쩍쩍거리고, 어쩌다 손끼리 부딪히는 그 소리.

■어휘에 대해서는 걱정하지 마.■ 알렉은 그 얘기부터 했다. ■그건 기본이 충분한 것 같으니까 문법에 치중하도록 해.■

수화의 문법은 눈과 눈썹, 머리의 기울기, 그리고 입술로 나타난다. 우리는 ■가깝다■와 ■멀다■를 연습했다.

■식수대가 어디 있나요?■ 그가 물었다.

식수대는 가까이에 있었다. 나는 복도 쪽을 가리켰다. 그는 내게 정확하게 표현하는 법을 보여주었다. 미간을 좁히고, 입술은 이에 가까이 밀착시키고, 어깨를 들어올리고, 턱은 바짝 당기고, 손목을 몸에 붙인 채 손가락 하나만으로 옹색하게 방향을 가리킨다. ■오른쪽 모퉁이를 돌면 바로 있어요.■

획 하나, 점 하나라도 빠지면 안 되는 한자를 생각하면서 나는 동작을 그렇게 우아하게 따라 해 보려 했지만, 엉성한 흉내 내기에 그치고 말았다. ■나는 듣는 데 너무 익숙한가 봐요.■ 나는 절망스러운 듯이 한숨을 내쉬었다.

■하나씩 나눠서 해 보자. 일단 내 입을 잘 봐.■

알렉이 입만을 움직여서 '가깝다'와 '멀다'를 표현하면, 나는 어느 쪽인지를 맞춰야 했다. ■멀다■는 입을 앞으로 내밀면서 조금 벌려서 숨을 들이마시고, ■가깝다■는 입을 안으로 당겨서 오므린다. 의자에 등을 기대고 앉아 번져 나오려는 민망한 미소를 애써 깨물며 나는 그의 입모양을 읽었다. 그는 꽤 멋있고 자연스러운 검은 콧수염을 안으로 당겼다. ■가깝다.■ 내가 수화로 대답했다. 그가 짧게 고개를 끄덕였다. 그가 동작을 연속해서 보여주면 나도 빠른 템포로 대답했다. ■멀다, 멀다, 가깝다, 멀다, 가깝다, 가깝다, 가깝다.■ 알렉은 맞았다고 고개를 끄덕였다.

초반의 수업은 이런 식으로 진행됐다. 얼마 후 대화로 넘어갔을 때에는 거의 언제나 여행 얘기를 했다. 알렉은 호주의 농장에서 일했던 것이며, 뉴질랜드 공장에서 신발을 포장했던 일, 중국에서 아편을 피웠던 경험 등을 말해주었다. 그러면 나는 언젠가 꼭 가보고 싶은 곳들에 대해 얘기했다.

그는 내게 산과 숲을 어떻게 표현하는지를, 아무것도 없는 허공에서 의미를 조각해내고 내 손가락으로 새로운 세상을 펼치는 방법을 보여주었다. 그는 머릿속에만 담고 있던 생각을 그림처럼 보여주었다. 마치 마법의 나침반이라도 가진 것처럼 그는 모든 것이 어디에 있는지 정확하게 아는 듯했고, 나는 수화의 관습과 행동을 나도 모르는 사이에 흡수하기 시작했다.

하지만 생각과 표현 사이에서 내 손은 종종 실수를 지질렀다. 한 번은 의미하는 바를 제대로 나타내지 못하고 허둥대다 천장으로 시선을 돌렸다. 손은 움직이고 있는데 고개를 돌려버린 것이다.

■리아.■ 알렉은 내가 다시 쳐다볼 때까지 내 시선의 가장자리에서 손가락을 가만히 흔들었다. ■누군가와 수화를 할 때는 절대로 눈을 떼면 안 돼.■

익숙하지 않은 수화라 손을 자세히 보려고 눈을 조금만 떨궈도 당장 야단을 맞았다. "항상 눈을 쳐다봐야 한다는 걸 잊지 마. 손은 주변시(시선의 바로 바깥쪽 범위)로 봐. 눈이 가장 중요한 거야."

수업이 진행될수록 나는 말이 사라진 이 공간에 더 깊이, 그리고 점점 편안하게 빠져들었다. 알렉을 바라보고 있노라면, 그의 수화를 머릿속에서 영어로 바꾸는 대신 아무런 중간 단계도 거치지 않고 바로 이해할 수 있는 순간이 있었다.

물론 자라면서 자연스럽게 습득한 게 아니라서 늘 표현에 서투를 수밖에 없었지만, 그래도 수화를 하다 보면 영어의 번드레한 미사여구가 떨어져 나가 더 진솔한 대화를 나눌 수 있었다. 딱딱하고 획일화된 영어라는 격자 속에 내 생각을 옭아매던 끈이 느슨해지고 풀어졌다. 나는 내가 볼 수 있는 것을 신뢰하기 시작했다. 만질 수 있고 숨김없는 언어, 우리 사이를 물처럼 흘러가는 그 언어로 우리는 소중한 우정을 쌓아갔다.

이렇게 겨울의 저녁은 봄날의 저녁으로 이어졌다. 우리는 이방의 문화를 탐험하는 것에 대해 얘기를 나눴고, 알렉은 내게 일본과 오스트리아와 이집트와 태국의 수화를 보여주었다. 그는 언젠가 직접 모는 비행기를 태워주겠다고 약속했다.

4월에 나는 미국 일주에 나섰고, 마지막 수업 시간에 색종이로 싼 넓적한 상자를 그에게 주었다. 그건 피터스 투영법에 따라 그린 세계지도였다. 이 지도에서는 우리 눈에 익숙한 대륙이 크기가 줄어들거나 늘어나서 조금 낯설어 보인다. 예를 들어 유럽과 스칸디나비아가 가까이 붙어 보라색 덩어리로 보이는가 하면, 아프리카와 남아메리카는 커다란 고치처럼 바다로 길게 늘어진다.

피터스 지도는 우리가 이해한다고 생각했던 것을 새롭게 보여준다. 달라진 대륙들은 우스꽝스럽거나 상식에 대한 모독처럼 보이지만, 지도 제작 면에서 보면 우리가 사실이라고 믿어온 것에 비해 오히려 월등한 기법이다. 이 지도 위에서는 불가능했던 거리가 줄어들고 경계선이 이동한다.

나는 선물 상자 속에 카드도 하나 넣었다. "고마워요." 그리고 세련되고 은근하게 마음이 전해지길 바라며 이렇게 덧붙였다. "또 만나길 바라요."

내가 여행에서 돌아온 다음부터 우리는 데이트를 했다. 알렉은 거의 매주 푸르고 흰 날개가 달린 작은 비행기에 나를 태우고 하늘을 날았다. 우리는 아침 일찍 비행장에서 만났고, 알렉이 사무실에서 비행을 위한 서류를 작성하는 동안 나는 밖에서 다른 비행기들이 이륙하는 걸 보며 기다렸다. 그러면 곧 문이 닫히는 소리가 들리고 알렉이 담배꽁초를 자갈길에 던지고 고개를 한 번 끄덕인 다음, 비행기가 있는 곳으로 걸어갔다.

나는 멀미를 하지 않았다는 사실이 너무나 대견했다. 알렉은 비행기를 기울이고 갑자기 고도를 낮춰서 땅이 빙글빙글 돌도록 곡예를 했다. "기분이 너무 이상해요." 나는 첫 공중 곡예 뒤에 가쁜 숨을 몰아쉬며 얘기했다. "어, 손이 왜 이렇게 떨리지?"

알렉은 구심력과 혈류가 몸의 중심으로 모이는 것에 대해 무슨 말인가를 했다. 비행기 안에서는 그의 얘기를 알아듣기 힘들었다. 무엇보다 엔진의 소음이 너무 심해서 가끔씩 내는 목소리마저 완전히 지워버렸다. 그때까지만 해도 그를 이해하는 데 말이 그렇게 큰 단서가 된다는 걸 몰랐다. 게다가 빛을 막아주는 검은색 안경을 쓰고 있어서 그의 눈을 볼 수가 없었다.

"이런 기분은 처음이에요." 계속해서 머리가 핑핑 돌았다.

"무서웠어?" 그가 물었다.

"아니오. 당신을 믿으니까요."

그러자 알렉이 미소를 지었다. 상당히 만족스러워하는 미소였다. 그는 조절판을 힘껏 당겼다.

나는 정말로 그를 믿었다. 그의 조종 능력, 비행기를 수월하게 다루는 능력은 누가 봐도 명백했다. 하늘 위에서는 귀를 기울일 게 없었다. 그는 하늘을 한눈에 살폈고, 내가 알아차리기 훨씬 전에 다른 비행기와 헬리콥터를 가리켰다. 그는 열네 살 때부터 비행기 조종법을 배웠고, 열여덟 살 때 처음으로 단독 비행을 했다. 용돈이나 생일 선물로 받은 돈은 모조리 비행에 쏟아부었다 .

우리는 뉴욕항으로 날아가 자유의 여신상 주변을 돌았고, 그 커다란 녹색 얼굴을 스칠 듯 가까이 날았다. 저 아래에서 배들이 껌 종이처럼 반짝였다. 우리는 코니아일랜드 섬의 해변을 따라 이스트 강까지 날아갔고, 케이크 장식만큼이나 조그맣게 보이는 다리를 건너갔다. 허드슨 강 상류에는 우리 부모님의 집이 있었고, 우리는 고도를 낮춰 뒷마당에 나와 노란색 테이블보를 털고 있는 어머니도 봤다.

▪내가 여기 있는 게 싫은 건 아니죠?▪ 나는 언젠가 그에게 물어봤다. ▪그러니까 내 말은, 여기가 당신의 개인적인 공간이 아니냐는 거죠.▪

▪느낌을 공유할 수 있어서 좋아.▪ 그는 기분 좋게 대답했지만 우리가 정말로 그런지는 알 수 없다. 그는 내가 만났던 사람들 중에 가장 자기 자신 속에 고립된 사람이었다.

하루는 비행을 마치고 맨해튼으로 돌아와 이스트 빌리지로 팬케이크의 일종인 블린츠를 먹으러 갔다. 길을 걸어가는 동안 계속해서 얘기를 나눴고, 나는 중간중간 수화 표현을 물어봤다. ▪다람쥐는 어떻게 해요? 편견은 어떤 식으로 표현하죠?▪

가끔은 내가 수화에 정신이 팔려 있으면 알렉은 소화전이나 달려오는 차에 부딪히지 않도록 내 팔꿈치를 잡아끌어야 했다. 나는 붐비는 거리를 걸으면서 수화로 얘기를 나누는 데 아직 익숙하지 않았다. 웬만큼 경험이 쌓인 후에도 길에만 나서면 알렉은 끊임없이 온갖 것들로부터 나를 구해주는 것 같았다.

저녁을 먹으면서 알렉은 전처에 대한 얘기를 조금 꺼냈다. 그는 뉴질랜드 출신의 부인과 결혼해서 11년을 같이 살았다. 뉴질랜드의 유스호스텔에서 일하다 부인을 만났고, 나중에 함께 뉴욕으로 건너왔다고 했다. 부인은 이혼한 후 자기 나라로 돌아갔고, 둘 사이에 아이는 없었다. 알렉은 그런 얘기를 좀처럼 하지 않았고, 나도 묻지 않았다. 그날 밤 식당에서 그는 또 다른 건청인 여자와 결혼하는 건 재고해볼 문제라고 말했다.

하지만 그의 인생은 너무나 많은 부분이 건청 세계에 존재했다. 알렉은 5년 만에 렉싱턴을 떠나 일반 고등학교를 졸업했다. 당시엔 렉싱턴이 전적으로 구화교육을 실시했기 때문에 그도 20대가 돼서야 수화를 배웠다. 그는 닥치는 대로 책을 읽었다. 셰익스피어에서부터 60년대 비트 세대의 기수로 꼽히는 케루악의 작품과 힌두교의 경전인 《바가바드 기타》에 이르기까지 가리지 않았다. 학위도 일반 대학에서 받았다. 그리고 그의 유창한 영어도 청각장애 공동체와 어울리는 데에는 도움이 되지 않았다 .

■강성-청각장애■라는 수화를 내게 제일 먼저 가르쳐준 것도 알렉이었다. ■그는 청각장애인입니다.■ 알렉은 옆에 있는 누군가를 설명하듯이 이렇게 얘기한 후, 동작을 대단히 강조하면서 같은 수화를 반복했다.

■그러니까 첫 번째 사람은 그냥 난청이고, 두 번째는 진짜 하나도 안 들린다는 뜻인가요?■ 내가 짐작으로 말해봤다.

그는 웃으면서 이건 청력과는 아무 상관이 없다고 설명했다.

그보다는 태도, 그러니까 청각장애 공동체 안에서 갖는 정치성이나 사회적 활동의 차이를 나타낸다는 것이다. "미국수어를 배우려면 이런 문화적인 관용어도 알아두어야 해." 그런 다음 이번에는 "강성-청각장애"에 반대되는 표현으로 "생각만-건청인"이라는 관용어를 알려주었다. 이 말은 지나치게 건청인처럼 생각하고, 지나치게 건청 세계에서 활동하는 사람을 가리켰다.

그렇게 그와 데이트를 한 지도 한 달이 다 되어갔다. 6월이 저물어가는 어느 더운 날의 저녁, 알렉과 나, 그리고 대학원생 열두 명은 모포를 펼쳐놓고 센트럴 파크 공원에 앉아있었다. 이틀 뒤 알렉은 영국과 스웨덴 등지에서 청각장애 재활 교육으로 학점을 이수할 그 학생들을 인솔하고 해외로 나갈 예정이었다. 알렉은 모두를 위해 〈십이야〉의 표를 마련했고, 우리는 연극이 시작되길 기다리며 수화로 얘기를 나누고 웃고 와인을 마셨다.

그 자리에는 통역사도 한 명 있었는데, 학생들과 동행할 사람이었다. 통역사와 개인적인 모임에서 어울리는 건 처음이었다. 그녀는 알렉과 아무런 어려움 없이 많은 대화를 나눴고, 그들의 수화는 내가 쫓아갈 수 없는 경지였다. 나는 위축이 되기도 하고 질투가 나기도 해서 와인 한 잔을 비우고는 먼지 날리는 뒤쪽 풀밭에서 공 차는 사람들이나 구경했다.

그날 밤 늦게 연극이 끝났고, 알렉과 나는 대학원생들과 헤어진 뒤 가로등 불빛이 비치는 곳으로 나와 택시를 잡았다. 택시의 창문으로 어둡고 더운 바람이 들어왔다. 얘기를 하기엔 너무 어두웠고, 우리는 조금 떨어져 앉아있었다. 그리고 그날 이후 우리는 만나지 못했다.

■아직도 당신이 왜 그곳에 갔는지 이해하지 못하겠어요.■

또다시 그 얘기가 시작됐다. 나는 집요했고, 알렉은 속을 털어놓지 않았다. 늦은 오후의 햇살이 비치는 그의 집 거실에서 우리는 찬물을 연거푸 들이켰다. 더위와 허기와 몇 시간째 도돌이표를 찍고 있는 얘기가 나를 지치게 했고, 나는 만족스러운 답을 얻기 위해 다시 그를 쪼아댔다.

그날은 8월 말이었다. 알렉은 이틀 전에야 레바논에서 돌아왔다. 대학원생 인솔 업무를 마친 그는 키프로스로 날아갔고, 레바논 여행을 금하는 재외국민 규정을 무시한 채 배를 타고 베이루트로 들이가 닷새 동안 머물면서 레바논의 청각장애인들 인터뷰를 비디오에 담았다. 그는 그 계획을 아무에게도 얘기하지 않았고, 무사히 돌아온 다음에야 그동안 어디 있었는지 말해주었다 .

■나는 전쟁의 현장에서 사는 청각장애인들과 얘기를 하고 싶었어. 그들의 얘기를 카메라에 담고….■

■네, 그래요, 나도 알아요.■ 나는 그의 말을 끊었다. ■그들의 얘기를 필름에 담아서 이 나라의 청각장애인들이 그들의 경험

을 생생하게 느낄 수 있도록 하고 싶었다 그거죠. 하지만 내 말은, 왜, 당신의 어떤 점이 그걸 원했냐는 거예요.■

그는 카펫만 뚫어져라 쳐다봤고, 그 위에는 늘 그랬듯 종이와 상자와 책과 청각장애인을 위한 잡지 같은 것이 널려 있었다.

■그 이유가, 알렉, 그러니까….■ 그가 곁눈으로 내 수화를 볼 수 있다는 걸 알았지만 그는 몸을 돌리지 않았다. 나를 화나게 하는 버릇이었다. 나는 손을 뻗어 그를 건드렸다. ■위험에 매력을 느끼기 때문인가요? 그것도 이유 중에 하나인가요?■

■아니야.■ 그는 또다시 시선을 돌려서 물을 마시고 손바닥으로 턱을 문질렀다. ■다른 이유가 있지만 지금은 어느 누구와 그런 얘기를 하는 게 편치가 않아.■ 그는 마지못해 이렇게 말하더니 밝은 표정으로 덧붙였다. ■당신 계획이나 얘기해봐.■

아침이면 나는 일곱 시간을 차로 달려 뉴욕 북부 로체스터에 있는 국립 청각장애 기술원(NTJD)에 갈 예정이었다. 나는 그 대학의 극단에서 인턴으로 일해보지 않겠냐는 제안을 받았고, 한 학기 동안 미국수어가 충만한 환경에서 생활하며 수화에 능통해지고 싶다는 게 내 희망이었다. 나는 통역사가 되고 싶었다.

■이미 알고 있잖아요. 내가 아는 건 당신도 다 알고 있어요.■ 조금 민망했다. 혹시라도 과욕이라고 생각할까 봐, 청각장애의 세계를 처음 접하고 눈이 휘둥그레져서 새로운 존재의 방식인 양 수화에 매달리는 사람처럼 생각할까 봐 겁도 났다.

■혹시… 나랑 얘기하는 게 짜증나요?■

■무슨 말이야?■

■내 수화 말이에요. 너무 어색하잖아.■

■전혀 그렇지 않아.■ 그는 당치 않다는 듯 나를 쳐다봤고, 그 순간 나는 그가 수화는커녕 영어도 할 줄 모르는 건청인들과 얘기를 나누는 데 아주 익숙한 사람이란 사실을 새삼 깨달았다.

알렉은 수화를 가르쳐줄 때가 아니면 미국수어를 거의 사용하지 않았다. 대신 수화와 영어를 섞어서 얘기했는데 후자의 비중이 더 컸다. 목소리는 거의 내지 않았지만 쌕쌕거리는 소리를 내며 단어를 입모양으로 말했고, 영어의 어순에 따라 수화를 했다. 정확히 그 뜻에 해당하는 수화가 없을 땐 비슷한 개념을 나타내는 대신, 영어 단어의 첫 글자를 지화로 표시하면서 발음을 했다. 가끔은 문장 전체를 이런 식으로 얘기할 때도 있었다. 그건 머리글자만으로 얘기를 하는 것과 같았고, 나는 줄줄이 이어지는 첫 글자들과 그의 입모양을 연결하느라 애를 먹었다.

우리의 언어는 영어도 미국수어도 아닌, 그 중간 어디쯤에 놓인 제3의 언어였다. 나중에야 나는 그게 청각장애인들 사이에서 드문 일이 아니라는 걸 알게 됐지만, 처음에는 무척 혼란스러웠다.

내가 알렉과 얘기를 할 때는 그와 정반대였다. 뭐든 수화로 나타내려고 애썼던 나는 수화로 깔끔하게 나타낼 수 있게끔 머릿속에서 끝없이 영어 표현을 고치고 다듬었다. 그게 어리석은 짓이었음을 깨달은 건 훨씬 나중의 일이었다. 알렉이 처음부터 공언했듯이, 그가 태어나면서 습득한 언어는 영어였고, 그는 구체적인 단어의 풍부한 의미나 함축된 뉘앙스를 완벽하게 이해할 수 있었다.

수화에 능숙한 사람이라면 그것만으로도 복잡하고 미묘한 뉘앙스를 전달할 수 있겠지만, 내 경우에는 그렇지 않았다. 수화로 나타낼 수 있는 어휘에 생각을 맞춰 담느라 원래의 가치를 잃어버렸고, 말로는 내 수화가 지루하지 않다고 하지만 끔찍하게 묽고 싱거운 얘기를 해왔던 것이다.

■내가 보기엔 아주 분명해.■ 알렉은 잔에 남아있던 물을 마저 마셨다. ■산책이나 갈까?■

우리는 신발을 신고 밖으로 나갔다. 알렉은 길 건너 시장에서 오렌지주스를 한 통 샀다. 천천히 길을 걷는 알렉의 고무 슬리퍼가 뜨거운 보도블록에 닿아 찰싹대는 소리를 들으면서 나는 그의 여행과 그가 감추려 하는 것들에 대해 생각했다.

그는 미국수어와 레바논수어를 조금씩 섞어가며 아무 문제없이 인터뷰를 했고, 간혹 의사소통의 장벽이 생겨나도 청각장애라는 공통의 연대감으로 거뜬히 넘어갔다. 나는 생각했다. '내가 수화를 더 잘한다면 이럴 때 알렉에게 어떤 질문을 해야 하는지 알 수 있겠지?', '내가 청각장애인이라면 알렉이 말하지 않은 부분들도 이해할 수 있겠지? 어쩌면, 알렉도 내게 얘길 해줬겠지?'

골목을 지나는데 한 아주머니가 건물과 보도 사이의 길을 쓸고 있었다. 난간을 둘러친 작은 정원에는 나무 한 그루가 있었고, 옹이진 줄기에서 뻗어 나온 가지들은 마치 오목하게 모아 쥔 손처럼 방향을 틀어 하늘을 향해 뻗어있었다. 그 나무는 어떻게 보면 작았지만 그러면서도 커 보였다.

"이 나무 이름을 아세요?" 내가 아주머니에게 물었다.

아주머니는 빗자루에 몸을 기대고 서서 나무를 올려다봤다. "물론이죠. 이건 천국의 나무예요."

알렉은 나를 향해 몸을 돌렸고, 궁금한 듯이 코와 눈썹을 한데 모았다.

▪아주머니가 그러는데, 이 나무 이름이…, 알렉, '천-국'을 수화로 어떻게 하죠?▪

그는 오렌지주스가 담긴 종이 봉지를 무릎 사이에 끼고 두 손으로 천국을 뜻하는 수화를 보여주었다. 손바닥을 아래로 해서 한 손을 다른 손 위로 올리고 양손을 벌리면서 활짝 열어 보이는 동작이었다.

▪다시 해 봐요.▪ 그가 반복하는 사이에 종이 봉지는 아래로 미끄러졌고, 그의 손은 다시 한 번 위로 솟아오르면서 벌어졌다.

▪됐어?▪ 그가 물었다.

▪됐어요.▪

그는 종이 봉지를 다시 집어 들었고, 우리는 아주머니에게 인사를 한 다음 계속 걸어갔다.

끝에서 두 번째 집 앞에 실내복을 입은 여자가 서서 우리가 다가오는 걸 보고 있었다. 우리가 가까이 가자 여자는 난간 밖으로 몸을 빼고는 환하게 웃으며 알렉을 향해 말했다. "아주 귀여웠어요. 저쪽에서 종이 봉지를 끼고 한 동작 말이에요."

나는 여자가 한 말을 옮기려고 했지만 알렉의 얼굴이 빨갛게 물드는 것으로 보아 여자의 입모양을 제대로 읽은 모양이었다.

■종이 봉지는 나한테 건네줬어도 됐는데.■ 길을 걸어가며 내가 얘기했다.

그는 무뚝뚝하게 대답했다. ■그것도 수화의 일부야.■

나는 바로 이해를 하지 못했다. 그의 언어를 이해하기 위해 잠시 주춤하는 사이, 알렉은 아마도 내 얼굴에 아닌 척하지만 아무래도 모르겠다는 텅 빈 표정이 번지는 걸 눈치 챘을지 모른다. 내가 마침내 뜻을 이해하고 웃음을 터뜨렸을 때 그는 이미 고개를 돌린 뒤였다.

브로드웨이 위쪽의 버거킹에 앉아 알렉이 물었다. ■아브라함과 이삭에 대한 얘기를 해줬던가?■

■모르겠는데요.■ 내가 말했지만 그건 사실이 아니었다 .

그는 몇 달 전, 레바논에서 돌아왔을 때 성경에 나오는 그 얘기를 들려줬었다. 바닥에 어지럽게 널린 종이며 서류들을 무심히 훑어보는데, 청색 표지에 금박 스탬프가 찍힌 작은 수첩이 눈에 들어왔다. ■봐도 돼요?■ 그 수첩을 꺼내들고 내가 물었다. ■마음대로.■ 그는 어깨를 조금 들썩이며 대답했다. 나는 여권을 펼쳐 사진 옆에 적힌 이름을 읽었다. "알렉 아브라함 이삭 나이만."

■이름 한 번 거창하네요. 이게 진짜 당신 이름이에요?■

그는 고개를 끄덕이더니 담배를 비벼 껐다. ■그 얘기는 알지? 성경에 나오는.■

■네.■ 내가 말했다. ■근데 어떤 내용이더라?■

그렇게 해서 그는 아브라함이 신이라고 주장하는 목소리를 들었던 얘기를 하게 되었다. 그 목소리는 어린 아들 이삭을 데리고 산으로 올라가 제물로 바칠 것을 명령했다. 아브라함은 아들을 사랑했지만 신의 명령을 따랐다. 아들을 데리고 산에 올라 칼을 치켜들고 이삭의 목을 찌르려는 순간, 천사가 나타나 그의 어깨에 앉았다. 아브라함은 믿음을 증명했고, 이삭은 목숨을 구했다.

■문제는 그게 정말 신의 목소리였는지를 어떻게 아느냐는 거지.■ 알렉이 말했다. ■아브라함이 헛소리를 들은 건지 어떻게 알아? 정신이 나갔던 건지도 모르고. 천사의 강림은 단지 아브라함이 마음을 바꿨거나 제 정신으로 돌아왔다는 걸 의미하는지도 몰라.■

나는 미심쩍은 눈초리로 그를 쳐다봤다. ■그게 원래 이야기에 담긴 의미인가요? 성경에서는 뭐라고 하는데요?■

그는 놀란 눈치였다. "나는 항상 그렇게 이해해왔는데."

우리는 어리둥절한 표정으로 서로를 쳐다봤다. 내가 아브라함을 절대적인 믿음의 본보기로 상징되는 얘기라고 생각해왔던 걸 알렉은 조심하라는 얘기로 알고 있었다. 입증될 수 없는 것은 의심하라는, 보이지 않는 목소리를 믿지 말라는 뜻으로 말이다. 손에 들고 있던 여권이 스르르 미끄러져 바닥에 떨어졌다.

그리고 몇 달 후, 붐비는 패스트푸드점의 오렌지색 플라스틱 탁자에 앉아 그가 그 얘기를 또 꺼낸 것이다. 국립 청각장애 기술원에 인턴으로 가있던 나는 주말을 맞아 뉴욕에 잠깐 들렀다. 우리 둘 다 도시에 머무는 짧은 시간에만 잠깐씩 만나는 게 우리의 정해진 운명 같았다. 하긴 그게 최선이긴 했다. 알렉은 우리가 사귀는 걸 아무에게도 알리고 싶어 하지 않았다. 청각장애 공동체는 좁은 세계였고, 소문은 언제나 믿을 수 없을 만큼 빨리 퍼졌다.

그해 말에 내가 뉴욕으로 돌아와 자주 만나게 됐을 때에도 우리는 어쩌다 중국 음식을 먹으러 가거나 비디오를 빌리러 갔을 뿐, 거의 우리만의 공간에 머물렀다. 그리고 가끔씩 함께 나갈 땐 나는 알렉을 대신해서 말을 하지 않으려고 애를 썼다. 내가 말을 할 줄 안다는 걸 아는 순간 점원들은 내게만 말을 했고, 알렉을 제3자로 밀어놓은 채 내가 대신 전달해주길 바랐다.

처음에 나는 아예 말을 하지 않는 방법을 택했다. 그냥 한 발 물러서서 알렉이 모든 것을 알아서 처리하게 했다. 가끔은 두 번,

세 번 얘기를 반복해야 할 때도 있었지만, 결국에는 늘 제대로 뜻이 전달되었다.

하지만 조금 지나자 내가 가진 목소리를 포기함으로써 스스로를 종속적인 존재로 강등시키고 있다는 생각이 들었고, 그것 역시 정직하지 못한 행동 같았다. 그 다음부터는 얘기할 게 있으면 직접 했고, 어쩌다 점원이 애원하는 듯한 눈빛으로 쳐다보면 알렉을 대신해서 입을 열기도 했다. 물론 그가 눈치 못 채도록 재빨리 해치우려고 노력했다. 가끔 그는 뒤로 휙 몸을 돌려 내 입을 쳐다보면서 무언의 메시지를 전하려 했다.

그리고 나머지 시간은 그의 아파트에서 보냈다. 알렉의 아파트에 들어서면 마치 비행기에 탄 것처럼 세상과 동떨어진 우리만의 공간에 들어온 것 같았다. 몇 시간씩 그와 얘기를 하고 나면, 이런 저런 단어나 표현이 생각나는 게 아니라 주고받은 얘기에 대한 지워지지 않는 꿈결 같은 느낌만이 남았다. 그것은 또한 나를 지치게 했다. 몸과 머리를 동시에 써야 하는 이 독특한 대화는 고도의 집중력을 요구했다.

손에 뭔가를 들고 있으면 우리는 얘기를 하지 못했다. 불이 나가도 우리는 얘기를 하지 못했다. 서로의 얼굴을 보고 있지 않으면 우리는 얘기를 하지 못했다. 그리고 나는 주의를 늦추지 말아야 한다는 것을, 곁눈과 뒤통수로도 들어야 한다는 것을, 작은 움직임과 진동에도 반응해야 한다는 것을 배웠다. 내가 그의 주의를 끌지 못할 때도 있었다. 그가 쳐다보려 하지 않으면 나는 사실상 재갈이 물린 것이나 다름없었다.

한 번은 논쟁이 붙어서 열심히 요점을 설명하고 있는데, 그가 알 수 없는 미소를 띠고 나를 가만히 쳐다봤다. 소파가 있는 쪽으로 몸을 굴리더니 한쪽 팔꿈치를 괴고서 나를 빤히 쳐다보는 모양이 내가 하는 말에는 통 관심을 두지 않는 눈치였다.

■뭐예요?■ 나는 약이 올라서 물었다.

그는 태연하게 대답했다. ■그냥 생각을 하고 있었어. 당신의 수화가 청각장애인처럼 아주 자연스러워 보인다고.■

나는 봄눈 녹듯이 녹아내렸다.

하지만 내 수화 실력이 아무리 좋아졌다 해도 우리 사이의 경계선을 허물기엔 충분치 않았다. 알렉은 청각장애 공동체와 좀 더 '강성으로' 어울리기 시작했다. 책장 가득 미국수어와 청각장애의 역사와 정치학, 청각장애 문화에 대한 책이며, 비디오테이프를 수집했다. 미국 서부에 청각장애인을 위한 주를 별도로 세우려고 했던 1850년대의 운동에 대해서도 흥미를 가지고 얘기했다. 그는 건청인들의 시혜적인 태도에 대해, 청각장애인 교사와 역할 모델의 부족에 대해, 청각장애 자녀가 청각장애 어른과 접촉하는 것을 막는 건청 부모에 대해 얘기를 했다.

나는 그날 버거킹에 앉아 그가 아브라함과 아삭에 대한 얘기를 꺼냈을 때, 어떤 얘기가 나올지 알고 있었다. 이미 들은 얘기였지만 다시 한 번 반복하게 내버려두었다. 나는 그의 얘기와 논리 속에서 뭔가 새로운 것, 뭔가 감춰졌던 의미를 발견하게 되길 바랐다. 우리 사이에 존재하는 차이, 우리의 관계가 왜 지속될 수 없는지에 대한 근본적인 실마리를 찾게 되기를 기대했다.

얘기를 듣고 있는데, 군용 점퍼를 입은 키가 작은 남자가 무거운 다리를 질질 끌면서 자리마다 돌아다니며 노란색 카드를 말없이 내미는 게 보였다. 사람들이 돈을 주면 그는 힘없이 고개를 끄덕이며 그걸 받았다. 그러다 우리 자리까지 왔고, 남자는 알렉의 쟁반 위에 카드를 내려놓았다. 거기에는 점자 알파벳으로 이렇게 적혀있었다. "농아자의 언어를 배우세요."

알렉은 늘 하던 대로 알파벳 첫 자만 손으로 표시하고 거기에 말을 섞어서 얘기를 했다. 청각장애 성인들은 청력이 전혀 남아있지 않은데도 보청기를 끼지 않는 경우가 많았고, 그건 알렉도 마찬가지였다. 그러니 남자가 봤을 때에는 알렉을 귀가 들리지 않는 사람이라고 생각할 수 없었을 것이다.

알렉은 하던 얘기를 중단하지도 않고, 심지어 그 남자를 쳐다보려고도 하지 않은 채 카드를 되돌려주고는 차갑게 쫓아버렸다. 나는 얼굴이 화끈거려서 고개를 푹 숙이고는 빨대로 밀크쉐이크를 휘저었다. 남자는 바지를 추어올리고는 다른 곳으로 갔다.

여러 청각장애 단체에서는 구걸하는 청각장애인들과 전쟁을 벌여왔다. 미국 청각장애위원회에서 행상과 구걸 금지에 대한 특별위원회를 조직한 것이 제 2차 세계대전이 끝났을 무렵이니까 역사가 꽤 길다. 지도부에서는 알파벳 카드를 내밀고 돈을 받는 것이 청각장애인에 대한 최악의 편견을 고착화한다고 생각했다. 청각장애인은 의사소통을 할 수 없고, 청각장애인은 직장을 구할 수 없고, 청각장애인은 단순하고 멍청하며, 초라하고 도덕적인 판단을 할 수 없다는 그릇된 편견.

나는 알렉의 행동이 우월감을 드러내는 무례한 태도라고 생각했고, 그래서 부끄러웠다. 하지만 다시 고개를 들었을 땐 상황이 조금 달랐다. 잠깐 시선을 돌린 내 눈에 어떤 광경이 들어왔다. 근처에 앉았던 십 대 소녀들이 웃으면서 자리에서 일어나 쟁반을 비우는데, 노란색 알파벳 카드가 바닥으로 떨어졌다.

그제야 나는 여기 앉았던 대부분의 사람이 청각장애인에 대한 단 하나의 이미지만을 가지고 집에 돌아가리라는 걸 깨달았다. 그리고 그것은 내 앞에 앉은 사람의 이미지는 아니었다.

빛의 뗏목을 타고

아침 5시 45분. 렉싱턴의 버스 대기실의 커다란 유리창으로 아직 잠이 덜 깬 십 대들의 모습이 희미하게 비쳤다. 안쪽에서는 2학년 학생들이 모여 커다란 종이 상자에 담긴 도넛을 먹고 있었고, 로비 한쪽 벽에는 침낭과 배낭이 마구잡이로 놓여있었다. 설탕이 후드득 떨어지는 빵을 먹기엔 조금 이른 시간이었지만 학생들은 무슨 신나는 계략을 꾸미는 듯했고, 도넛과 오렌지주스는 흥을 더해주었다. 학생들은 전세 버스가 오길 기다리고 있었다.

설탕이 묻은 손가락을 빨던 소피아는 친구들 대부분이 렉싱턴 로고가 박힌 스웨터를 입고 있다는 걸 발견하고는 당장 로비로 나갔다. 잔뜩 쌓아올린 짐 사이에서 자신의 가방을 찾아 렉싱턴 배구부의 1991년도 우승 기념 스웨터를 낑낑대며 꺼낸 다음 옷을 갈아입었다. 머리는 풀어서 등 뒤로 풍성하게 늘어뜨렸다. 그렇게 하면 좀 더 성숙해 보였다. 오늘 점심쯤엔 머지않아 자신의 미래가 펼쳐질지도 모르는 곳에 가게 된다.

해마다 봄이 되면 렉싱턴의 2학년 학생들은 사회 수업의 일환으로 이틀간의 워싱턴 DC 현장학습을 떠난다. 명목상으로는 정부청사와 박물관, 기념관 등을 직접 살펴봄으로써 보다 생생한 미국사를 배우기 위한 것이지만, 대부분의 학생에겐 그보다 더 중요하고 더 개인적인 이유가 있었다. 일정에는 갤로뎃 대학 방문이 포함되어 있었고, 하룻밤을 묵는 곳도 대학 캠퍼스였다. 비록 대학 기숙사는 아니지만, 구내에 있는 청각장애인을 위한 시범 중고등학교에서 그곳 학생들과 함께 보낼 예정이었다.

의사당이나 백악관이나 대법원보다 갤로뎃에서 하룻밤을 보낼 생각에 마음이 더 설렌다고 해서 렉싱턴의 아이들을 탓할 수는 없는 노릇이다. 전 세계에 하나뿐인 청각장애인을 위한 인문대학이라는 사실, 시범 중고등학교와 켄델 시범학교라는 청각장애 아동을 위한 교육의 현장이 있는 곳이라는 사실을 넘어, 갤로뎃은 청각장애인의 힘과 자긍심의 진원지이기 때문이다. 그리고 소피아가 렉싱턴을 졸업한 후에 진학하고 싶어 하는 곳이기도 하다.

어느새 바깥 하늘이 영롱한 회색빛으로 밝아오고, 선생님 한 분이 현관문을 밀고 들어왔다. "버스 왔다, 다들 나오라고 해."

아이들은 하나둘씩 주차장으로 나와 불이 들어온 짐칸에 가방을 밀어 넣고는 버스에 올랐다. 올해는 현장학습에 참여한 학생 수가 많지 않았다. 스물세 명으로 시작했는데, 그나마 네 명이 갑자기 불참하는 바람에 버스에는 자리가 넉넉했다.

아이들은 버스 안에 있는 간이 화장실과 머리 위의 짐칸을 신기한 듯 살펴보고, 좌석마다 달려있는 독서 등과 에어컨 통기 구멍을 만지작거렸다. 그리고 다들 버스의 뒷자리를 차지하려고 했다. 어둡고 칙칙한 잭슨하이츠에서 실내등을 켠 버스는 어딘가 이질적이고 낯설어 보였다. 이 버스는 어쩌면 아이들을 새로운 공간으로 날려 보낼 우주선일지도 모른다. 아이들은 회색과 포도주색의 푹신한 벨벳 좌석에 앉아 손잡이를 당겨 등받이를 뒤로 젖혔다.

그때 누군가가 버스에 불쑥 올라섰다. 짙은 색 양복을 입은 그 사람은 큰 키를 조금 구부리고 통로 중간쯤까지 걸어왔다. 아이들은 미처 그를 보지 못한 친구들의 어깨를 흔들어 ■코헨 선생님■이 왔다고 알렸다. ■야, 그만하고 저기 봐, 코헨 선생님이야.■ 뒤에 있는 아이들은 주먹 쥔 손으로 의자를 짚고 허리를 쭉 펴서 등받이 너머로 목을 내밀었다. 그 사람은 바로 내 아버지이자 렉싱턴의 교장선생님인 오스카 코헨이었다.

■잘 다녀와라.■ 아이들이 떠나는 걸 보려고 일찍 출근한 아버지는 말을 멈추고 아이들을 둘러봤다. 채 마르지 않은 머리와 흥분과 졸음이 뒤섞인 아이들의 모습을 보는 아버지의 얼굴에 미소가 번졌다. 아이들은 가만히 집중해서 아버지를 바라보았다. 특

별히 전달할 사항이 있는 건 아니었지만 부쩍 큰 것 같은 아이들의 모습에 아버지 마음에 느닷없이 정겨움이, 어쩌면 슬픔이 밀려들었다. ■대통령님을 만나면 내 대신 안부를 여쭤주렴.■ 아버지의 말에 아이들은 웃었다. 그리고 대답했다. ■알았어요. 그럴게요.■

아버지가 내려가고 잠시 후 일곱 명의 교사가 버스에 올라와 청백색 서류철을 하나씩 아이들에게 나눠주었다. 그 안에는 지도와 일정표, 그리고 절대 빠질 리 없는 과제 목록이 작은 책자로 묶여 있었다. 아이들은 형식적으로 훑어보고는 의자 사이에 쑥 찔러 넣었다. 6시 15분. 동쪽의 지붕들 위로 노란 햇살이 엷게 비칠 때, 버스는 렉싱턴을 뒤로 한 채 위풍당당하게 주차장을 떠났다.

아이들이 버스 안에 흩어져 앉은 모습에서는 어떤 경계선이 느껴졌다. 건청인 교사와 학업 성취도가 낮은 학생 몇 명은 앞쪽에 앉았고, 나머지 학생들, 소피아와 그 무리들은 버스 뒤쪽을 넓게 차지하고 있었다. 청각장애인 교사인 재니 모랜 선생님도 그 사이에 자리를 잡았다.

이런 지역 분할을 감지하게 해주는 또 다른 요소는 언어였다. 뒤쪽에서는 수화를 썼다. 아니, 쓴다기보다 즐겼다. 얘기를 받아치고, 놀리고, 농담을 하고, 등받이 뒤나 옆으로 손을 숨겼다 꺼내며 장난을 쳤다. 건청 아이들이 세대별로 자신들만의 은어를 만들어내듯이, 렉싱턴에서도 속어를 섞은 십 대들만의 수화가 통용되었다. 이때는 말을 제법 할 수 있는 학생들도 영어는 잠시 치워두었다. 아이들은 대화를 보기 위해 무릎을 꿇고, 뒤를 향해 앉고, 통로에 매달리거나, 몸을 모로 꼬고 외로 비틀었다. 비밀 이야기는 손을 허리 밑으로 내려서 하고, 옷 속이나 등 뒤로 숨겨서 했다. 농담은 잘 보이게 서서 하지만 그래도 누군가는 중간을 놓치기 마련이었고, 그러면 옆에 앉은 친구가 그 부분을 수화로 반복해주었다.

버스 앞쪽에 앉은 사람들은 수화를 모른다. 건청인 교사들 중에는 수화 표현을 많이 아는 사람도 있고, 잘 모르는 사람도 있지만 수화로 의사 표현을 할 수준은 아니었을뿐더러, 뒤쪽에 앉은 사람들처럼 그렇게 빠르게 주고받는 얘기는 이해하지 못했다.

앞에 앉은 네 명의 학생도 수화를 모른다. 수화로 의사소통은 하지만 다른 친구들처럼 능숙하지 못했고, 문법이나 어휘도 한참 뒤쳐졌다. 렉싱턴에서 이 학생들은 '6-1-1'이라고 불렸는데, 이 표현은 주에서 정한 특수교육 시설의 교사-학생 간 비율을 가리키는 말이다. 개별화 교육 계획에 따르면 이 학생들은 한 학급에 6명을 넘을 수 없고, 최소한 1명의 교사와 1명의 보조교사가 배정되어야 한다.

20년 전에 렉싱턴은 다중장애나 학습장애, 그리고 중증 정서장애가 있는 청각장애 아동들을 수용할 수 있도록 학제를 확대 개편했고, 1974년에는 중등 개별화 교육 센터(SILC)를 신설했다. 정규 고등학교에서 떨어진 별도의 건물에서 시작했는데, 이 프로그램에 참여하는 학생들이 전체 신입생의 4분의 1을 차지할 정도로 규모가 커지면서 1990년에 렉싱턴 고등학교와 통합되었다.

지금도 스물네 명의 학생은 독립된 학급에서 별도의 수업을 받고 있지만, 그 외에 예전 같으면 중등 개별화 교육센터에서 따로 교육받았을 나머지 학생들은 이제 다른 학생들과 함께 어울리며 공부하고 있다.

그렇게 해도 학생들은 누가 누구인지를 알고 있다. 요즘은 자기들이 보기에 이상한 행동을 하거나, 말이 통하지 않는 아이들을 설명할 때 "재는 6-1-1이야."라고 말한다. 대부분의 학생은 그게 어디서 나온 말인지는 몰라도 그 속뜻은 잘 안다. 고개를 한쪽으로 기울이고 약간은 안됐다는 듯 눈을 가늘게 뜨는데, 그건 이런 뜻이다. "재는 능력이 떨어져. 저 애랑 이야기를 나누는 건 불가능해."

나쁜 뜻으로 하는 말은 아니다. 청소년기 아이들은 자신들만의 표현법을 쓰려고 하고, 부모나 선생님, 그 밖의 다른 어른뿐만이 아니라 건청 사회 전반으로부터 이해받기 위해 악전고투한다. 그 진통을 겪는 학생들은 이 친구들을 안쓰럽게 여길 뿐, 의도적으로 따돌리거나 하지는 않는다. 얘기가 벽에 부딪힌 것 같으면 통역을 자청하기도 한다. 같은 반 친구의 수화를 보고 그 의미를 조합해서 선생님들에게 좀 더 익숙한 문맥으로 얘기해주고, 선생님의 대답을 간단한 수화나 몸동작으로 바꿔 친구에게 전달해준다.

영어가 의성어가 아니듯이, 수화도 몸짓이나 그림 문자가 아니다. 하지만 구어와 수화 어느 쪽도 능숙하지 못한 사람들에게는 이렇게 가끔은 마임이나 몸짓이 더 유용하다. 통역에서도 특별히 이런 종류의 의사소통을 전문적으로 연구하는 청각장애 학자들이 있다. 완전한 언어 체계를 갖추지 못한 청각장애인과, 수화는 알지만 언어가 존재하지 않는 이런 영역을 다룰 만큼의 문화적 인식을 갖추지 못한 일반 통역사 간에는 이런 식의 의사소통이 필요하다고 보기 때문이다.

렉싱턴의 아이들, 특히 다양한 언어 영역을 보다 쉽게 넘나드는 아이들은 기꺼이 중재를 맡는다. 그것도 아주 상냥하게, 가장 인간적인 예의만으로도. 이해받지 못한다는 게 어떤 느낌인지를 너무나 잘 알고 있기 때문에 오해를 씻어줄 수 있는 기회라면 그냥 지나치지 않는 게 당연하다. 그렇기는 해도 선택이 가능한 상황이라면 자신의 언어에 능숙한 사람들과 어울리려 하고, 버스 안에서도 자연스럽게 끼리끼리 모여 앉는 건 당연한 일이다.

그 무리의 중간에 재니 모랜 선생님이 있다. 그녀의 존재는 버스 안의 사람들이 지금처럼 나눠 앉은 가장 큰 기준이 들을 수 있느냐의 여부도, 학생과 선생의 차이도 아닌 언어임을 말해주는 결정적인 증거이다. 통로 건너편에 앉아있는 선생님들도 학생들과 간간이 얘기를 나누지만, 재니 모랜 선생님은 버스 뒤쪽의 수화 무리와 어울리는 유일한 교직원이다. 학생들은 그녀를 사랑한다.

재니 모랜 선생님은 렉싱턴 고등학교에 세 명뿐인 청각장애

교사인 중 한 명이고, 학생들과 나이 차이도 가장 적다. 그녀의 행적 역시 학생들에게 매력적으로 보이기에 충분하다. 콜롬비아 대학에서 사회교육으로 석사 학위를 받기 전에 갤로뎃에서 학부를 마쳤고, 역사적인 캠퍼스 점거 농성에도 참여했다.

또 그 전에는 렉싱턴을 다녔다. 예전의 졸업 앨범을 보면 수줍은 듯하면서도 어딘가 반항기가 감도는 듯한 지금과 똑같은 모습의 사진이 실려 있다. 재니 모랜 선생님은 학생회의 간부였고, 인기 높은 운동선수였다. 아버지의 사무실에는 오륜기 앞에 배구공을 들고 서있는 재니 모랜 선생님의 사진이 걸려 있다.

재니 선생님은 학생들의 영웅이다. 똑똑하고, 성공했으며, 수화다. 수화가 이렇게 서술 용법으로 쓰이면 단순히 유창하다는 차원을 넘어선다. 이때 담긴 뜻은 전체적인 모습, 어쩌면 이데올로기에 가깝다. 아이들끼리는 이런 의미로 쓰인다. '재니 선생님은 언제나 우리를 한 번에 이해해.'

재니 선생님의 의미는 늘 명료하다. 그녀는 수화로 수업을 하고, 목소리를 사용하지 않으며, 보청기를 끼지 않는다. 사실은 렉싱턴에서 고등학교를 다닐 때에도 보청기 착용을 거부했었다. 선생님이 용납하지 않으면 귀에는 꽂았지만 스위치는 켜지 않았다. 정학을 두 번 당했는데, 한 번은 구화 수업 시간에 욕을 했기 때문이고, 또 한 번은 구화반 출입문에다 선생님에 대해 저속한 낙서를 했기 때문이었다.

소피아나 다른 아이들은 이런 얘기까지는 듣지 못했지만, 그래도 재니 선생님이 어떤 사람인지는 겪어서 잘 알고 있다. 그녀는 강하고, 수화를 쓰는 청각장애 여성이다. 아이들이 그녀를 대하는 태도에는 존경심과 야단스러움이 섞여 있다. 버스 안에서 아이들은 재니 선생님과 실없는 농담을 하고, 때론 진지한 대화도 나눈다. 끊임없이 선생님의 옷을 가져다 숨기고, 심지어 운동화 한 짝을 빌리기까지 한다. 진실게임에 대한 벌칙이었는데, 재니 선생님은 한쪽 눈썹을 치켜들었지만 자세한 건 따지지 않기로 했는지 어깨만 들썩여 보이고는 신발을 벗어주었다.

버스가 마침내 고속도로에 진입했다. 아직도 한 시간은 더 가야 하기 때문에 재니 선생님은 아이들 쪽으로 가서 게임을 시작했다. 언젠가 청각장애 학교 대항 체육대회가 열렸을 때 렉싱턴에 묵은 다른 학교 아이들에게서 배운 게임이다. 우선 여덟 명씩 두 팀으로 나눠 서로를 마주 본다. 아이들은 좌석에 무릎을 대고 서기도 하고, 무리 중간에 끼어 서기도 한다. 그 상태에서 취할 수 있는 자세는 세 가지인데, 사슴은 양손을 뿔처럼 머리에 대고, 사냥꾼은 총을 쏘듯이 팔을 뻗고, 사람은 양손을 옆에 가만히 붙인다.

팀을 나눈 아이들은 2초 정도 서로 상의를 한다. 얘기를 하는 손은 등받이 뒤에 붙인 채 셋 중에 뭘 선택할지 정한다. 그러다 심판이 신호를 하면 각자 정한 자세를 취한다. 사냥꾼은 사슴을 이기고, 사슴은 사람을 이기고, 사람은 사냥꾼을 이긴다. 단순하지만 속도가 빠르고 순수하게 시각적인 게임이다. 말은 한 마디도 필요 없고 그저 팀끼리 똘똘 뭉쳐서 신호가 떨어지는 순간에 똑같은 자세를 취하기만 하면 된다.

재니 선생님은 선생과 학생이라는 평소의 경계를 무시하고 함께 어울려 게임을 한다. 관자놀이에 엄지를 대고 사슴처럼 서있는 재니 선생님에게서 권위적인 모습은 전혀 찾아볼 수 없다. 버스 뒤쪽에서는 계속해서 웃음이 끼익끽 터져 나왔고, 통로 건너편에 앉아있는 건청인 교사들은 무슨 소리인가 싶어 뒤를 돌아보다가 즐거운 표정이 되어 함께 웃었다.

그러다 미리 정해놓기라도 한 것처럼 게임이 바뀌었다. 아이들은 돌아가며 나라를 하나씩 고른다. 리듬은 경쾌하고 빠르다. 한 사람이 수화로 자기 나라를 얘기하고 그 다음 나라를 찍으면, 그걸 놓칠세라 서른두 개의 눈동자가 반짝반짝 집중을 한다. ■독일에서 이탈리아…, 이탈리아에서 프랑스…, 프랑스에서 폴란드…. 폴란드에서 도미니카공화국….■

리듬을 타지 못한 사람은 바로 탈락했고, 아이들은 신이 나서 잘못을 지적했다. ■안 돼, 폴란드를 턱에다 대고 했잖아. 그건 틀린 거야. … 너는 프랑스를 이마까지 올리고 했어, 빨리 앉아.■ 원은 점점 줄어들었다. 최종 승자가 결정되면 모두 일어나 또 다른 게임을 시작했다. 이번에는 나라가 아니라 동물이고, 그 다음에는 색깔, 또 그 다음에는 음식 이름 대기를 했다. ■스파게티에서 오렌

지…, 오렌지에서 달걀…, 달걀에서 콜라…, 콜라에서 감자….■

소피아는 얼마나 웃었는지 눈가에 눈물까지 맺혔다. 볼에는 홍조가 번지고, 웃느라 숨이 차서 높이 흐느끼는 듯한 소리가 났다. 흥에 겨워 어깨까지 들썩이더니 고개를 돌리고 가만히 손을 가져다 얼굴을 가렸다. 소피아는 소리가 나지 않게 하려고 즐거움을 가리고, 웃음을 삼키려고 기쁜 마음을 가슴에만 담아두려고 애를 썼다. 이젠 타성이 되어버린 습관 때문이었다.

청각장애인들은 건청인 친지들과 선생님으로부터 웃음을 자제하라는 얘기나, 소리가 이상하고 거북하다는 타박을 평생 듣고 산다. 대놓고 꾸짖지는 않더라도 희미한 혐오의 빛을 담아 흘낏거리는 시선은 만성이 되었을 정도다. 그 과정에서 청각장애인들은 건청인들이 자신들의 웃음까지 관리한다는 걸 알게 되고, 용납될 수 있는 방식으로 소리를 내기 위해 근육을 조정한다. 그렇게 해서 웃음은 건청인들이 통제하는 또 하나의 사치품이 된다.

■콜라에서 감자…, 감자에서 통닭…, 통닭에서 껌…, 껌에서 우유….■ 손은 언제 지적될지 몰라 잔뜩 긴장한 채 준비 태세를 갖추고, 눈동자는 옮겨 가는 신호를 따라 빠르게 움직인다. 소피아는 우유에서 리듬을 놓치고 아쉬움에 탄성을 지르다가 이미 탈락한 친구들 옆으로 갔다.

탈락한 아이들은 등을 기대고 앉아 정신없이 왔다 갔다 하며 진행되는 게임을 구경했다. 다들 낄낄대고 웃지만 괜찮다. 여기 있는 사람은 모두 들을 수 없으니까. 아이들은 자연스럽게 숨을 내뱉고 몸을 굴러대며 웃는다. 여기에는 그 소리를 들을 사람이 아무도 없다. 누구나 책잡힐 염려 없이 마음껏 웃을 자격이 있다.

렉싱턴 학생들을 태운 버스는 정오가 거의 다 돼서 갤로뎃 대학에 도착했다. 아이들은 겉옷을 버스에 벗어놓은 채 봄날의 산들바람 속으로 내려섰다. 수업이 시작됐기 때문에 사람은 별로 없었지만, 아이들이 마주치는 사람들, 즉 지나가는 교수들과 방문객 센터의 직원들은 모두 수화를 썼다.

방문객 센터에서는 청각장애인과 홀로코스트에 대한 전시회가 열리고 있었다. 소피아는 한 걸음 뒤에 떨어져서 벽에 걸린 자료와 사진을 꼼꼼히 들여다봤다. 어떤 포스터에는 ■강제, 불가, 아기■를 나타내는 세 가지 수화가 간결하게 그려져 있고, 밑에는 '강제 불임'이라는 글이 적혀 있다. 소피아는 위쪽에 걸려 있는 관련 자료를 읽기 위해 목을 뺐다. 히틀러의 제3제국에서 청각장애인 개신교도들에게 보낸 일종의 공문을 영어로 번역해놓은 것이었다. 거기에는 청각장애인들이 강제 불임에 이의를 제기해서는 안 되는 이유와 민족의 개량을 위해 정책에 순응해야 한다는 당위성이 설명되어 있었다.

유리에 입김 자국이 남도록 가까이 붙어 서서 읽는 소피아에게 그 내용은 한꺼번에 여러 개의 상처를 건드렸다. 직접 경험했던 반유대주의, 청각장애인으로서 겪어온 차별. 하지만 가장 쓰라린 건 청각장애아의 출산을 막으려는 나치의 시도 위에 청각장애아를 또 낳긴 싫다는 부모님의 결심이 겹쳐진다는 것이었다.

이런 지식이 더해지는 건 심란하면서도 동시에 호기심을 자극하게 마련이다. 소피아 역시 청각장애학을 배우면서 집에서도 조금씩 이것저것 물어보게 되었고, 그러면서 보다 넓은 맥락에서 자신을 더 깊이 성찰할 수 있게 되었다. 이제 대학에 진학한다면 그 이해와 폭은 한층 더 넓어질 것이다. 소피아는 새로운 지식과 정보가 자신을 보다 분명하게 정의해주는 한편으로, 자신을 가족들로부터 더 멀어지게 하리라는 걸 예감했다.

만약 소피아가 집을 떠나게 된다면 대학의 캠퍼스와 청각장애 교육의 현장, 문화적 청각장애인들이 모여있는 이 새로운 공간을 배경으로 존재 자체가 달라질 것이다. 소피아 자신의 개인사는 그들과의 관계 속에서 새롭게 쓰일 것이다. 과거 그리고 현재의 사람들과 만나고, 공통된 역사라는 얼개 속에 발을 들여놓고, 그 위에 올라서 더 먼 곳을 바라볼 수 있을 것이다. 이것은 소피아를 더욱 성장하게 도와줄 것이다.

이런 생각은 너무나 거대해서 소피아는 갑자기 가슴이 쿵쾅거리면서 현기증이 나는 걸 느꼈다. 소피아는 서둘러 친구들이 있는 곳으로 걸음을 옮겼다. 한낮의 산들바람이 부는 캠퍼스를 가로질러 아이들은 넓게 퍼진 커다란 건물로 들어섰다. 그곳은 마치 모든 것이 청각장애인의 필요에 맞춰 설계된 것 같았다. 2층 매점 옆을 발코니로 둥글게 터서 1층 로비를 내려다볼 수 있게 해놓았기 때문에 학생들은 1, 2층에 떨어져 있어도 쉽게 대화를 나눌 수 있었고, 사방 어디를 봐도 시야가 뚫려 있었다.

아이들은 로비의 가장자리를 따라 구내 서점으로 들어갔다. 점심을 먹기 전에 잠깐 쇼핑할 시간이 났기 때문이다.

"우리 매점에도 이런 걸 갖다놔야겠다." 쉬마가 진열장을 손톱으로 톡톡 치면서 말했다. 쉬마와 소피아는 학교 매점 관리 책임자다운 눈길로 물건들을 살펴봤다. 딸깍거리는 소피아의 손톱 아래에서 수화를 모티브로 한 다양한 액세서리가 빛을 발했다. ▪당신을 사랑합니다▪ 또는 ▪우정▪이라는 손 모양으로 만들어진 작은 금은 장식이 귀걸이나 목걸이용 펜던트로 만들어져 있었고, 브로치나 넥타이 핀, 또는 커프스 버튼도 있었다.

한쪽에서 물건을 구경하던 타마라는 장식장 유리에 입김이 서리자 손으로 닦아냈다. ▪이것 좀 봐.▪ 타마라는 똑같은 수화 손 모양으로 만들어져서 가지런히 진열되어 있는 책갈피와 도장, 열쇠고리 등을 가리켰다. 아래쪽에는 문고리나 전화기에 부착하면 빛을 내는 장치와 세련된 디자인의 휴대용 첨단 TTY가 진열되어 있었다. 베개 밑에 놓으면 정해진 시간에 진동으로 잠을 깨워주는 자명종도 있었다.

소피아와 친구들 뒤에서 남학생 한 명이 누군가를 붙잡고 이렇게 물었다. ■뭐라고 쓰여있는 거야?■ 그 남학생은 손에 든 야구 모자 챙에 수놓은 글자를 손가락으로 가리켰다.

■갤로뎃.■ 친구가 대답했다. 이 대학의 이름은 고유명사지만 미국의 청각장애인이라면 똑같은 수화를 사용한다. 이를테면 미국수어의 기본 어휘가 된 셈이다.

■어….■ 얼굴이 커다란 그 남학생은 벌어진 입을 다물지 못한 채 진열대 가득 쌓여있는 대학의 스웨터며 티셔츠, 반바지와 재킷을 둘러봤다. ■전부 똑같은 말이 쓰여있네….■ 남학생은 그제야 자신이 어디에 와있는지를 깨닫는다.

갤로뎃 서점에는 없는 게 없었다. 장신구와 첨단 보조 장치 외에도 책이 너무나 많았다. 청각장애 문화에 대한 책, 미국과 국제수어에 관한 책, 청각장애인의 교육과 사회 문제를 다룬 책, 청각장애인이 썼거나 그들에 대해 쓴 책, 청각장애 아동들을 위한 그림책, '청각장애인은 듣는 것 말고는 뭐든지 할 수 있다'는 글이 적힌 포스터와 자동차 스티커도 있었다. 이런 물건만 봐도 이 캠퍼스가 얼마나 청각장애인 위주로 운영되는지 기뻐서 몸이 다 떨릴 만큼 잘 알 수 있었다.

잠시 뒤, 선생님들이 아이들을 이끌고 점심을 먹으러 2층 매점으로 올라갔다. 그동안 갤로뎃에서 일하는 사람은 누구나 수화를 할 줄 알아야 한다는 얘기를 들어왔지만, 와서 보니 과연 사실이었다. 매점에서 일하는 사람들은 다들 조금씩이라도 수화를 할 줄 알았다. 학생들은 햄버거와 피자와 감자 튀김을 사서 대학생 선배들이 앉지 않은 널찍한 테이블을 차지했다. 머리 위에 걸려 있는 두 대의 텔레비전에서는 거의 모든 광고에 자막이 나왔고, 그 하얀 글자에 다들 고개가 위로 젖혀 졌다.

학생들은 점심을 먹다가도 아는 사람이 나타나면 서로 가리키느라 분주했다. ■저기 저 형은 2년 전에 렉싱턴을 졸업한 선배야.■, ■저 언니 동생이 하트포드에 있는 미국 청각장애 학교의 농구 선수잖아.■, ■그리고 저기 저 사람은 브라이튼 비치에서 열렸던 국제 청각장애 파티에 참석했었어.■

소피아도 아는 사람이 지나갔다. 러시아에서 이민 온 유지니아는 몇 년 전에 렉싱턴을 졸업했다. 사실 소피아의 어머니에게 렉싱턴을 소개해준 사람도 유지니아의 어머니였다. 세계 전역에서 학생과 교수와 학자들이 찾아오는 곳이기도 하지만, 청각장애 공동체라는 곳이 워낙 밀접하게 연결되어 있다 보니 소피아도 앉은 지 5분 만에 무려 세 사람과 인사를 나눴다.

점심을 먹은 후에는 버스를 타고 얌전히 워싱턴 주변을 관광했다. 2시에는 국회의사당, 3시에는 대법원, 3시 30분에는 국회도서관, 4시에는 미국 역사박물관, 5시 30분에는 링컨 기념관. 그날의 마지막 행선지인 링컨 기념관에 도착했을 때, 학생들이 계단을 오르는 동안 재니 선생님은 커다란 인공 연못 앞에 앉아있었다.

그날 내내 학생들과 함께 다니면서 끊임없이 질문에 답하고 가르쳐준 건 재니 선생님이었다. 의사당을 향해 갈 때 둥근 돔에서 녹색 등이 반짝이는 건 지금 대단히 중요한 현안을 다루기 위해 의회가 소집되었다는 뜻이라고 말해준 것도, 청각장애인 총장 추진 운동에 참여했을 때의 일화를 다시 들려준 것도, 워싱턴에서 일할 때의 경험을 얘기해준 것도, 버스 옆으로 지나는 명소를 가리키며 소개해준 것도 재니 선생님이었다. 그녀는 끝없이 학생들에게 지리를 알려주고 방향을 가르쳐주었다.

연못가 계단에 앉아 산들바람에 잔물결이 이는 구릿빛 수면을 바라보는 재니 선생님 옆으로 학생들이 하나둘 모여들었다.

■마틴 루터 킹 목사가 연설을 한 곳이 여기였나요? 아니면 제퍼슨 기념관이었나요?■ 한 남학생이 물었다.

재니 선생님은 킹 목사가 〈나에게는 꿈이 있습니다〉라는 연설을 한 곳을 가리키며 물었다. ■왜 여기서 연설을 했을까?■

■왜냐하면 링컨이 노예제 폐지에 큰 몫을 했으니까요.■

재니 선생님은 대답이 만족스러운 듯 고개를 끄덕였다. 그 아이는 어쨌든 두 가지 사이에 연결을 지었으니까.

아이들은 서로 허리를 감싸 안거나, 선생님의 수화가 잘 보이게 자리를 잡았다. 특별히 물어볼 게 있는 건 아니지만, 다른 아이들이 모여있고, 재니 선생님이 이런저런 얘기를 하는 걸 봤기 때문이다. 아이들은 언제나 더 많은 이야기에 목이 마르다. 소피아는 아래쪽 계단에 앉아 머리를 감싸 쥐고 선생님을 쳐다봤다.

수업 시간에 재니 선생님은 훈련 교관처럼 엄격했다. 재니 선생님이 하는 수화는 항상 칠판 전체를 빽빽이 채웠고, 그녀의 힘 있는 손은 명료한 논리로 개념을 설명했다. 어쩌다 잡담을 하려 해도(건청인 선생님 시간에는 소리가 나지 않는다는 점을 이용해서 자주 잡담을 한다.) 재니 선생님은 금세 알아차리고 책상다리를 걷어차거나 딴전을 피운 학생의 노트를 내리쳤다. 의자를 끌어당겨 아이들 사이에 앉아 있다가도 어느새 앞에 나가 지도를 걸어놓고 지시봉으로 시간 기준선을 가리켰다.

소피아는 대통령과 개정 헌법에 대해 이야기하는 재니 선생님을 바라보았다. 조금 피곤해 보이지만 너무나 편안하고 너무나 아는 게 많은 선생님. 러시아에서 살 때만 해도 소피아는 자신이 커서 재봉사가 되거나 공장에 다니게 될 거라고 생각했었다. 하지만 이민 온 다음에는 언제부턴가 변호사가 될 꿈을 키우기 시작했다. 그런데 요즘에는 사회 선생님이 돼도 좋겠다는 생각을 한다.

그날 밤, 소피아는 시범 중고등학교의 기숙사 로비에 침낭을 깔고 들어가 바로 옆 언덕 저편 어둠 속 어딘가에 있는 대학을 생각했다. 소피아는 이곳이 자신의 것이 될 수 있음을, 아니 자신의 것임을 온몸으로 느꼈다. 그러나 흥분의 전율은 곧 죄책감으로 바

꿔었다. 내일이면 소피아는 자신의 진짜 집으로 돌아갈 것이다. 그곳이 자신의 진짜 집이라는 걸 소피아는 너무나 잘 알고 있다. 하지만 죄책감과 안도가 뒤섞인 씁쓸하면서도 달콤한 생각 사이로 가족들이 아무리 말린다고 해도 갤로뎃 진학을 포기하지 않겠다는 다짐이 떠올랐다.

가족들은 소피아를 보내줘야만 할 것이다. 소피아가 문화적 가족에 대해 배우도록 허락하고, 이해해야 한다. 또한 그렇게 하더라도 소피아가 타고난 가족을 잊지 않으리라는 것을 믿어야 할 것이다. 소피아는 두 가족을 모두 사랑할 수 있다. 두 가족을 모두 사랑하는 건 소피아의 권리이다.

기숙사 로비에는 아직도 불이 켜져 있지만, 그래도 괜찮다. 소피아가 상트페테르부르크의 학교에 다닐 때에는 전등 스위치가 밖에 있었고, 정해진 시간이 되면 사감 선생님이 복도를 지나면서 모든 방을 컴컴하게 만들어 대화를 중단시켰다. 지금은 주변에 있는 침낭들을 어스름하게 알아볼 수 있다. 그 침낭들은 마치 뗏목처럼 친구들을 태우고 간다. 어떤 아이들은 꿈속으로 흘러가고, 또 어떤 아이들은 팔꿈치를 받치고 누워 얘기를 나눈다. 아직도 깨어, 아직도 도란도란 얘기한다.

기나긴 꿈을 접고

얼마 되지 않은 기간 동안 프리랜서 통역사로 일하면서 내가 사랑했던 건 그저 오고가는 시간뿐이었다. 아침마다 나는 전철을 타고 이스트강을 건너갔다. 전철 안에서 보는 강물은 마치 철판을 두드릴 때 이는 파동처럼 출렁였고, 철교 사이로 쏟아지는 햇살은 너무나 강렬해 읽고 있던 책에서 고개를 들지 않을 수 없었다. 그리고 브루클린으로 되돌아오는 밤이면 다리마다 둥그런 아치에 불이 들어와 마치 천사의 날개를 보는 듯했다. 그 순간에만 나는 존재했고, 피와 살을 지닌 인간이었다. 그 외의 시간에는 다른 사람의 삶에 몸을 담갔고, 그들의 의미를 보다 분명하게 전달할 수 있도록 나를 텅 비웠다.

외로운 시간이었다. 프리랜서로 일을 한 건 고작 두 달뿐이었지만 그 시간은 부풀고 또 부풀어 크기를 가늠할 수 없는 흐릿하고 모호한 덩어리가 되어 내 기억 속에 자리 잡았다.

그 겨울에는 늘 어디론가 움직이고 있었던 것 같다. 전철을 타고, 버스를 갈아타고, 책을 읽고, 수첩을 뒤적이면서 통역사의 윤리가 요구하는 어쩔 수 없는 고독에 몸을 맡긴 채 도시의 이곳저곳을 돌아다녔다. 수많은 장소에서 나는 코트를 벗고 다른 사람의 이야기를 말과 수화로 옮기다가 다시 코트를 입고 다음 일자리로 향했지만, 통성명을 하고 악수를 나눈 적은 한 번도 없었다. 나는 한 명의 인격체라기보다 그저 일의 진행을 위한 도구에 불과했다.

통역은 세상에 그런 직업이 있다는 걸 알게 된 뒤부터 내가 늘 꿈꿔왔던 일이었다. 렉싱턴에 살았던 어렸을 적엔 통역사를 만날 기회가 별로 없었다. 내가 본 전문 통역사라곤 어쩌다 텔레비전 화면 한쪽 구석에 동그랗게 처리되어 등장하던 사람들뿐이었고, 렉싱턴에서 통역이 필요할 때면 늘 교직원 중 누군가가 비공식적으로 처리했다. 대개는 우리 아버지처럼 청각장애 부모 밑에서 수화를 하며 자란 건청인이었다. 통역은 우연찮게 발생하는 이례적인 일이었고, 너무나도 아무렇지도 않게 진행되어서 미처 관심을 기울이지도 못했다.

당시만 해도 수어통역은 하나의 직업으로 인정받지 못했다. 수어통역사 등록협회(RID)가 1964년에 처음 생기긴 했지만, 공인 통역사 자격증을 발행하기 시작한 건 1972년이었다. 하지만 그때조차 수어통역을 전문직으로 대우하려는 인식은 크게 확산되지 못했다. 1972년 이전에는 공식적인 기준이나 윤리 강령도 없었고, 봉사에 대한 대가를 받은 통역사도 거의 없었으며, 통역의 질 또한 천차만별이었다.

이런 상황은 고스란히 청각장애인들의 피해로 돌아갔다. 기준의 부재는 능력이 없는 사람들의 통역을 허용했을 뿐만 아니라 건청인들의 편견을 고착화하는 데에도 일조했다. 이를테면 수화는 쉽게 배울 수 있다는 편견, 수화 하는 청각장애인은 이해력이 떨어지고 추상적인 사고를 제대로 표현하지 못한다는 편견 말이다. 통역사가 청각장애인의 정교한 수화를 이해하지 못해도, 구어의 미묘한 뜻을 수화로 전달할 만큼 노련하지 못해도 상관없었다. 통역사가 청각장애인의 수화를 뒤죽박죽으로 만들거나, 단순하기 짝이 없는 언어로 옮기거나, 누군가의 말을 도무지 알아볼 수 없는 수화로 옮겨도 조금 느리고 어딘가 모자라 보이는 것은 언제나 청각장애인 쪽이었다.

학계에서 처음으로 미국수어를 완전한 언어로 인정하고 청각장애인들이 스스로를 인권 침해의 소지가 있는 소수집단으로 인식하기 시작했던 때와 수어통역사 등록협회가 활성화된 시기가 맞물린 것은 결코 우연이 아니다. 통역사들은 청각장애인을 보는 사회의 인식에서 중요한 역할을 담당한다. 통역이라는 분야의 전문화는 청각장애인에 대한 신뢰와 존중을 높이는 데 기여하지만, 정치적 의제를 설정하는 것으로도 이어진다.

열다섯 살 때 생전 처음 통역사라는 사람을 직접 보기 전까지만 해도 이런 건 알지도 못했고, 관심도 없었다. 그날은 돌아가신 할아버지가 청각장애인 운동협회에서 추서를 받는 자리였고, 그 자리에는 할아버지 말고도 명예의 전당에 오르는 분들이 몇 분 계셨다. 단상에는 소나무색 실크 블라우스를 입은 여자 통역사가 허리를 똑바로 펴고 앉아있었다. 통역사는 첫 번째 연사의 말을 수화로 옮겼다. 포동포동한 손은 반들거리는 녹색 블라우스를 배경으로 별처럼 반짝였다. 숱이 많은 곱슬머리와 둥근 속눈썹까지 그 모든 게 역동적이었다. 마치 온몸이 의미를 전달하는 임펄스 같았고 신경세포의 시냅스 같았다.

알아볼 수 있는 동작은 꽤 있었지만 전체적인 내용은 쫓아갈 수 없었고, 사실 연설에 특별히 관심이 있는 것도 아니었다. 내 관심을 끈 것은 그곳에 앉아 두 언어가 만나는 접점을 만들어내는 통역사의 모습이었다. 녹색의 배경과 하얀 손의 춤, 의미가 가득 실린 손의 움직임, 모든 사람의 관심을 한 곳에 집중시키고 모두에게 똑같은 것을 인식하게 만드는 능력이었다.

잠깐 동안 나는 묘한 긴장에 살까지 팽팽하게 당겨지는 느낌이었고, 그 방에 있는 어떤 것도 그 결속의 행위보다 멋지지 않다고 생각했다. 보면 볼수록 그 이미지는 단순한 인식의 차원을 넘어 마음속 더 깊은 어딘가에 자리 잡았다. 동화를 구연하는 것처럼 끊임없이 애정을 담아 설명하고, 재배치하고, 다시 말하면서 뭔가 공유되고 뭔가 함께 인식하는 것을 찾아갔다. 통역은 내게 그런 일처럼 보였다. 그것은 좋은 일 같았다.

그러다 뭔가 삐끗했다. 어쩌면 그 사람은 아직 통역을 배우는 중이었는지도 모르겠다. 하여간 경륜이 깊은 사람이었을 리는 없다. 연설 내용이 난해하거나, 속도가 빠르거나, 어색한 표현이 난무한다면, 또는 주제에서 벗어난 엉뚱한 얘기가 나온다면 이런 상황은 아무리 뛰어난 수어통역사라고 해도 함정이 될 수 있다. 하지만 그런 것도 아니었는데, 통역사의 수화가 연사의 말에서 한참 뒤처졌다. 통역사는 점점 당황하기 시작했고, 그럴수록 수화는 더 주춤대고 더듬거렸다. 통역사의 수화가 엉성하게 이어 붙인 대강의 의미조차 옮기지 못한다는 사실은 금세 분명해졌다.

나는 이해의 도구에서 말 없는 나무토막이 되고, 소통 불능의 장애물로 변해버린 통역사의 심정을 고스란히 공감했다. 사실 그 자리에서 상황을 눈치 채지 못한 건 연사뿐이었다. 그는 그날 오찬 모임에 참가한 모든 청각장애인이 자신의 얘기와 점점 더 멀어지고 있는데도 처음의 속도 그대로 연설을 계속했다.

통역사는 비참한 표정을 지었다. 그녀의 블라우스가 갑자기 너무 밝고 지나치게 번쩍였다. 의미를 문제없이 전달할 때만 해도 표현력을 돋보이게 해주었던 곱슬머리와 눈썹과 모든 것이 이제는 무능함만을 강조할 뿐이었다.

아버지는 보이지 않는 어떤 신호에 이끌린 듯 통역사와 자리를 바꿔 앉았고, 길고 투박한 손가락으로 조용하고 차분하게 연설의 실마리를 다시 이어나갔다. 내 옆의 빈자리로 와 앉는 통역사의 얼굴은 울긋불긋 달아올랐고, 그 모습을 보자니 내 뺨도 뜨거워지는 것 같았다.

우리는 아버지가 남은 연설을 통역하는 걸 지켜봤다. 길고 구부정한 자세, 우악스러운 얼굴, 깊은 회색 눈동자. 아버지의 모습은 여자 통역사에 비하면 전혀 도드라질 게 없었지만 그만큼 더 편안했고, 그 동작은 우아하다고 말할 수는 없어도 긴장에 덜거덕거리지는 않았다. 아버지는 그 언어 속에서 성장했고, 그래서 아버지의 수화는 쉽고 자연스러워 보였다. 하지만 섣부른 오해는 하지 않았다. 나는 아버지처럼 수화라는 언어를 당연시할 수 없었다. 내게 수화는 부단한 연습과 노력을 요구했다.

내 옆에 앉은 여자 통역사는 당혹스러움 속에서도 용케 평정을 유지했다. 아버지를 바라보는 그녀를 보면서 나는 겸손함을 배웠다. 그리고 뭔지 모를 어떤 것에 대한 존경을 느꼈다. 처음으로 통역사가 되겠다는 소망이 자리 잡은 그날 그 순간에 이미 두 언어의 접점에 자리 잡는 것에는, 그리고 두 문화 사이의 연결 고리가 되는 것에는 위험이 따른다는 사실을 간파한 것이다. 나는 그 위험이 단순한 당혹감 이상이 될 수도 있음을 깨달았고, 언제까지라도 주의를 게을리 하지 않겠다고 맹세했다.

수화를 배우기 위해 처음 알렉을 찾아갔던 날로부터 채 1년이 지나기 전에 나는 통역 일로 생계를 꾸려가기 시작했다. 나는 브루클린으로 거처를 옮겼고, 오래된 아파트를 하나 구해 일자리를 찾기 시작했다. 어떤 일이든 상관없었지만 그때만 해도 통역은 생각도 하지 않았다. 아직 그 정도의 실력이 못 된다는 걸 누구보다 내가 잘 알고 있었기 때문이다.

하지만 가능성조차 타진하지 않은 데에는 또 다른 이유가 있었다. 통역사라는 역할을 과연 편하게 받아들일 수 있을지 확신이 서지 않았다. 자신감이 없어서는 아니었다. 그게 꼭 능력과 비례하는 건 아니니까. 문제는 정직함이었다. 나는 통역을 하면서 윤리적으로 떳떳할 수 있을지 확신이 없었다.

이런 의구심을 갖게 된 건 앞선 석 달 동안의 경험 때문이었다. 그때 나는 국립 청각장애 기술원의 극단에서 인턴 사원으로 일하고 있었다. 캠퍼스 바로 옆에 있는 아파트에서 다른 일반 인턴들과 생활했지만, 대부분의 시간은 학교에서 보냈다. 청각장애 극단을 소개하는 인터뷰를 하고, 수화 수업을 듣고, 극단 사무실에서 일을 하고, 비디오 라이브러리에서 수화로 얘기하는 동화를 보고, 그리고 물론 연극 리허설에도 참가했다.

나는 인턴 생활의 대부분 동안 가을 공연을 준비했는데, 선정된 작품은 찰스 디킨스의 〈위대한 유산〉이었다. 청각장애인이며 국립 청각장애 극단의 베테랑 연출자가 수화로 각색해서 대본을 썼으며, 연극은 들을 수 없는 관객과 들을 수 있는 관객 모두를 염두에 두었다. 청각장애인 배우들이 수화로 연기를 하면, 건청인 출연자들은 마치 그리스 연극의 코러스처럼 무대 한쪽에 서서 동시에 목소리로 대사를 전달했다. 건청인 배우들은 대부분 수화에 능하지 못했기 때문에 리허설 통역사가 필요했고, 연출자는 내게 그 일을 부탁했다. 우쭐한 기분이 들기도 하고 긴장이 되기도 했다. 그러다 판단력을 상실하곤 그만 수락을 해버렸다.

첫 대본 연습이 있던 날, 스물네 명이 넘는 출연진과 스태프들이 연습실을 가득 메웠다. 우선 자기소개가 있었고, 청각장애인 배우들은 수화로 이름을 얘기했다. 그걸 말로 옮겨주는 게 내 일이었다. 그런데 놓쳤다. 단 한 명의 이름도 제대로 옮기지 못했다. 귀에서 맥박 뛰는 소리가 들리는 것 같았고, 뭔가 뜨거운 것이, 뜨거운 김 같은 것이 얼굴로 솟구쳐 오르는 것 같았다.

무릎 위에서 엉성하게 깍지를 끼고 있던 내 손은 땀에 젖은 차가운 보따리로 변했다. 정신을 가다듬고 손가락의 철자를 읽으려고 했다. 각각의 철자보다 단어의 형태에 집중하려 했다. 세상에서 지화보다 알아보기 힘든 건 없다고 속으로 되뇌었고, 문맥도 없고 예측이나 짐작의 여지조차 없는 고유명사야말로 그중에서 가장 이해하기 힘들다고 스스로를 위로했다. 그러는 동안에도 나는 점점 오그라들어 깍지를 낀 채 꼼짝도 못하는 두 주먹처럼 축축하고 차가운 매듭으로 변해갔다.

건청인 출연자 가운데 대학에서 통역사로 일하는 사람이 한 명 있었다. 침묵을 깨고 느닷없이 그녀의 목소리가 울렸을 때, 나는 참담하면서도 안심이 되었다. 나중에 그녀는 실례를 범했다며 사과를 했지만, 나는 너무 감사할 따름이라고 대답했다. 나는 그날로 당장 극단의 통역 일을 그만뒀다.

결국 나는 무대 진행을 맡게 되었는데, 실수에 뒤따르는 위험 부담이 적어서 그랬는지 의식적으로 노력하지 않았는데도 나도 모르는 사이에 수화와 통역 실력이 서서히 늘어갔다. 리허설이 열리면 나는 무대 아래 조그만 탁자에 앉아 고리로 묶은 대본을 보면서 막힌 부분을 지적하고 대사를 일러주거나 배우에게 신호를 보냈으며, 무대장치와 세트에 대한 연출자의 지시를 메모했다.

연출자의 언어는 수화였다. 그의 수화는 영어로부터 완전히 독립된, 수화에 어떤 목소리나 입모양도 덧입히지 않는 순수한 형태 그대로였다. 어쩌다 인내심이 극에 달하면 가끔씩 목소리를 냈는데, 그럴 때도 그저 외마디의 외침, 깃털 같은 으르렁거림에 지나지 않았다. 영어에 오염되지 않은 연출자의 수화는 보기 좋았다. 그가 하는 말은 알아듣기가 수월했고, 몇 주가 지났을 때 내가 영어로 받아 적은 메모가 원래 수화였다는 사실을 깨달았다. 연출자의 얘기를 받아 적는 동안 나는 무의식적으로 머릿속에서 언어를 동시에 통역하고 있었던 것이다.

그리고 내가 꽤 많은 것을 파악하고 있다는 사실도 깨달았다. 단지 업무와 관련해서만이 아니라 무대 밖에 있는 청각장애 배우들 사이에서 오가는 대화도 이해했다. 어느 날 휴식 시간에 건청인 배우가 통역을 부탁하기에 예의상 수락했는데, 놀랍게도 대화의 내용을 빠짐없이 옮길 수 있었다. 그리고 비디오 라이브러리에 있는 수화 동화도 점점 깊이 있게 알아듣게 되었다. 하지만 진정한 돌파구는 농담을 이해하기 시작했을 때 열렸다.

나는 함께 일하던 청각장애인들의 수다에 조금씩 어울리면서 유머의 미세한 결을 느끼기 시작했다. 무표정한 가감으로 평범한 수화에 이중의 의미를 부여하는 방법, 말과 수화를 섞어서 풍부한 뉘앙스의 말장난을 만드는 방법, 영어의 단어와 표현을 교묘하게 조작해서 수화로 옮겼을 때 엉뚱하고 어처구니없이 보이도록 만드는 방법 등등. 그중에서도 가장 마지막에 알게 된 장난은 자신들을 통제하려드는 건청인들에 대한, 그리고 건청인들의 너무나 훌륭한 언어에 대한 신랄하고도 뼈 있는 반격이었다. 그런 농담을 같이 즐길 수 있게 해준 것에 대해, 그리고 함께 웃을 수 있도록 허락해준 것에 나는 마음 깊이 감사했다.

나는 또한 그보다 더 날카롭고 교묘한 또 다른 태도를 감지했다. 그건 마지막 장난과도 관련이 있었는데, 형태는 여러 가지였어도 언제나 일정한 부류의 건청인들을 겨냥했다. 내가 보기에는 그럴 자격도 없으면서 청각장애 공동체에 발을 들여놓으려는 사람들이 대상이 되는 것 같았다. 처음에는 그 '자격'이라는 게 단순히 언어의 문제일 거라고 생각했다. 수화를 잘하는 사람은 받아들여지고, 못하는 사람은 어울리지 못하는 것 말이다. 하지만 곧 그렇지 않다는 걸 알게 되었다.

그곳에는 나 말고도 건창인 인턴이 두 명 더 있었다. 한 사람은 수화가 서툴렀다. 가장 기본적인 표현을 가지고도 쩔쩔맸고 어색한 수화 몇 개를 간신히 늘어놓는 데 그쳤지만, 청각장애인 스태프들과 학생들은 그녀를 따뜻하게 대하고 신뢰했으며, 한 가족처럼 수화를 도와주었다. 그런데 또 다른 사람은 수화 실력이 훨씬 뛰어난데도 교묘하게 냉대를 받았다. 수화를 하는 동작도 그렇고, 맥락에서 어울리지 않는 엉뚱한 수화를 쓰거나 특이하게 강조를 하는 것, 심지어 지나치게 자주 수화를 쓰는 것도 놀림거리가 됐다. 그 여자의 행동은 수화에 대한 피상적인 지식을 과시함으로써 청각장애인들의 환심을 사려는 것으로 해석되었다.

그녀가 청각장애인들을 한 단계 위에서 내려다보려는 마음에서 그런 건 아니겠지만, 청각장애인들 입장에서는 그게 그렇지 않았다. 애써 흑인들의 말투를 흉내 내는 백인 정치인처럼 청각장애인들 사이에서 그런 행동은 의심을 낳고 반감을 샀다.

수세기 동안 건청인 전문가들은 '청각장애인의 재활'이라는 소명을 자처하면서도 청각장애 문화나 수어를 배울 생각은 하지 않았다. 그러다 이제 그 문화와 언어가 건청인 세계에서 인기를 얻자 또 다른 문제가 고개를 들었다. 그런 관심은 청각장애인들에게 긍정적인 결과로 이어질 수도 있지만, 한편으로는 위험할 수도 있었다. 문화와 언어가 건청인들이 청각장애인들의 삶을 지금보다 더 통제하는 수단이 될 수도 있기 때문이다.

연극이 무대에 오르고 내 인턴 기간도 끝나갈 무렵 나는 통역이라는 개념에 대해 뭐랄까, 도덕적인 난관에 봉착한 느낌을 받았다. 통역사의 필요성은 충분히 인식했다. 하지만 동시에 뭔가 대단히 이상하고 복잡한 것이 얽혀 있다는 생각이 들기 시작했다. 통역사와 의뢰인의 권력과 의존의 관계도 복잡하기만 했고, 거의 모든 통역사가 건청인이라는 사실, 그리고 통제받는 소수자의 언어를 전용해서 그것으로 경제적 이익을 누린다는 생각도 내 마음을 어지럽혔다.

스물네 살이라는 나이는 성인이라는 정체성에 낯설어하면서도 보다 넓은 사회라는 무대에서 자신의 행동, 그리고 그것의 동기나 결과가 갖는 의미를 속속들이 파헤쳐 보고픈 열망을 느끼는 때이다. 청각장애의 정치성이라는 전체적인 얼개가 점점 거대하게 다가왔다. 그 새로운 구조 속에서 이전까지 내가 청각장애 공동체에서 차지한다고 믿어왔던 자리는 흔적도 없이 사라졌고, 새로운 좌표를 향해 나아갈 길은 분명하게 다가오지 않았다.

어렸을 때는 자연스럽고 좋은 일처럼 생각되었던 것이 이제는 훨씬 복잡하고 얼룩져 보였다. 더 이상 통역사를 단순한 연결의 대리인으로 볼 수 없었다. 오히려 수화를 맨 아래에 놓은 언어의 서열을 강요하는 장본인처럼 느껴졌다. 좋은 통역사는 문화의 중재자라고 할 수 있다. 하지만 건청인들이, 팔이 안으로 굽듯이 필연적으로 편견을 가질 수밖에 없는 그 사람들이, 어떻게 두 문화를 제대로 반영할 수 있을지 의문이었다.

이 세상 모든 소수집단 중에서 자신의 문화권 밖에 있는 사람에게 통역을 의존해야 하는 건 청각장애인들뿐이다. 그런 상황 속에서 불균형을 심화시키지 않을 도리가 있을까?

브루클린으로 이사를 왔을 땐 벌써 몇 주째 이 딜레마를 가지고 씨름을 해온 터였다. 머릿속이 요동을 쳤다. 내가 얻은 아파트는 지하층에 있는 원룸이었는데, 유리창 두 장이 떨어져 나간 자리를 합지로 엉성하게 메워놓아 참담할 정도로 추웠다. 전에 살던 고양이들이 엄청나게 사나운 벼룩을 남겨놓고 가는 바람에 가렵기까지 했다. 무엇보다 안정된 일자리가 너무나도 절실했다. 나는 통역 문제는 잠시 밀어두고 일자리를 찾는 데 전념하기로 했다.

구인 광고 면을 펼쳐놓고 끝없이 동그라미를 치고, 전화를 걸고, 이력서를 부치는 나날이 계속됐다. 그 기간 내내 비가 내렸고, 차가운 아파트 바닥에 앉아 벼룩에 물린 자리를 긁어대는 내 마음은 초조하기만 했다. 몇 주가 흘렀을 때 한 친구가 맨해튼에 자격증이 없는 통역사를 선별해서 자리를 알선해주는 곳이 있다고 말해주었다. 나는 궁지에 몰린 절박한 심정으로 전화를 걸었다.

공인통역사란 수어통역사 등록협회가 정한 국가 기준에 부합하는 사람을 말하는데, 그러려면 필기와 실기 시험을 통과해야 한다. 실기 시험에는 말을 수화로 바꾸는 것과 수화를 말로 옮기는 것이 포함되며, 구어로 하는 영어와 수화로 하는 영어 사이의 변환 능력도 따로 시험을 본다.

마지막에 언급한 이 시험은 비디오에 녹화를 해서 전국에 있는 수어통역사 등록협회 평가위원에게 배포되고, 응시자의 성적에 따라 부분, 또는 완전한 자격증이 수여된다. 몇 년씩 현장에서 일을 하고 공부를 한 다음에 시험을 치르는 통역사들이 많았던 터라, 나는 도전하려면 아직 멀었다는 걸 잘 알고 있었다.

공인통역사가 전국적으로 부족한 까닭에 난이도를 약간 낮춰서 자체적인 심사를 실시하는 기관들이 여러 주와 도시에 있었고, 심사를 통과하면 이 기관에서 알선하는 일을 할 수 있었다. 비록 수어통역사 등록협회 인증을 받은 통역사에 비해 보수가 적고, 법률 통역 같은 특정 분야의 일을 할 수는 없지만, 사회복지기관에서 할 수 있는 일은 많았다.

친구가 말해준 뉴욕 청각장애협회(NYSD)는 뉴욕에서 이런 심사를 하는 대표적인 기관이었다. 나는 전화를 걸어 시간을 정했다. 평가나 한번 받아보자는 생각이었다. 최소한 얼마나 멀었는지 감은 잡을 수 있겠지.

심사받기로 한 날은 금요일이었는데, 목요일 밤이 되자 난파당한 심정이 들면서 연습을 해야 할 것만 같았다. 나는 라디오를 틀어놓고 거울 앞에서 뉴스를 통역해봤다. 형편없었다. 빽빽하게 들어찬 말들을 도저히 따라갈 수가 없었다. 낯선 나라와 외국 지도자의 이름을 미친 듯이 지화로 표시하려다 보니 손가락에 쥐가 날 지경이었다. 남자 아나운서는 중후한 저음으로 자신 있게 뉴스를 읽는데, 내 손은 힘없이 늘어졌다. 거울 속의 나는 넌더리가 난다는 눈빛으로 나를 바라봤다. 이건 차라리 한 편의 코미디였다.

하지만 다음 날 아침에 일어났을 땐 마음을 다잡고 아무 무늬도 없는 파란색 스웨터를 꺼내 입었다. 통역사들은 자신의 피부색과 뚜렷하게 대조되는 상의를 입어야 하니까. 머리는 뒤로 묶고, 가장 작은 귀걸이를 찼다. 여자 통역사는 입모양을 잘 드러내기 위해 립스틱을 발라야 한다는 얘기를 어디선가 읽었기 때문에 입술도 칠했다. 물론 돌아서기 바쁘게 씹어대기 시작했지만.

그렇게 통역사다운 차림을 갖추고 나니 용기가 생겼다. 국립청각장애 기술원에 인턴으로 있을 때 통역사들이 화장실에서 옷을 갈아입는 걸 본 적이 있었다. 그들은 짙은 색의 단정한 블라우스를 입고, 달랑거리는 팔찌나 사람들의 시선을 분산시킬 수 있는 반지를 빼고, 머리를 단정히 묶고, 무대에 오르는 배우처럼 화장을 고쳤다. 그런 모습은 언제나 조금 설레어 보였다. 나는 일종의 숙

명적인 결의를 다지며 집을 나섰다.

뉴욕 청각장애협회의 심사도 수어통역사 등록협회처럼 필기와 실기, 두 부분으로 나눠서 치러졌다. 필기 시험지에는 어떤 통역 교육 프로그램을 이수했는지 묻는 항목이 있었다. 나는 조금 의기소침해서 '없음'이라고 적었다. 하지만 미국수어의 구조나 역사, 그리고 수어통역사 등록협회의 윤리 강령에 대한 질문을 접하면서 조금씩 자신감을 회복했다. 통역사의 윤리를 다룬 책 같은 건 한 번도 본 적이 없었지만, 상식선에서 대답할 수 있을 만큼 충분히 고민해온 문제였다.

'누군가 욕을 한다면 그 부분을 건너뛰고 통역하는 것이 허용되는가?' 물론 안 된다. 통역사는 내용을 편집하거나 어떤 식으로든 의미를 왜곡해서는 안 된다. '누군가 의뢰인에 대해 물어온다면 대답을 해주어도 무방한가?' 그렇지 않다. 그것조차 다른 얘기와 똑같이 그대로 옮겨야 한다. '통역사는 일의 구체적인 내용이나 특정 의뢰인에 대해 다른 사람과 논의할 수 있는가?' 안 된다. 통역사를 필요로 한다고 해서 사생활 보장에 대한 권리가 침해받아서는 안 된다. '의뢰인이 요청한다면 통역사는 개인적인 의견이나 조언을 제공할 수 있는가?' 없다. 통역사의 임무는 통역을 하는 것뿐, 더도 덜도 아니다.

필기시험이 끝난 다음에는 병원에 찾아간 청각장애인의 상황을 비디오로 보여주었다. 나는 그 자리에 동석한 통역사처럼 의사의 말을 수화로 옮기고, 환자의 수화를 말로 전해야 했다. 내 옆에는 평가위원들이 함께 있었고, 내가 하는 것을 보고 들으면서 그 자리에서 채점을 했다.

끔찍할 정도는 아니었다. 의사는 전날 밤의 아나운서처럼 속사포로 쏘아대지 않았다. 환자의 수화도 비교적 간단하고 쉬웠으며, 의사의 질문에 답하는 내용이었기 때문에 대강 어떤 얘기가 나올지 짐작할 수 있었다. 대단히 매끄럽거나 전문적이라는 느낌은 들지 않았고, 환자 부분에서 지화로 표현한 주소 같은 것을 놓치기도 했지만 웃음거리가 될 정도는 아니었다. 시험을 마치고 평가위원이 밖에서 기다리라고 했을 때에는 만족스러운 안도감이 들었다. 탈락할 건 뻔했지만 적어도 망신은 당하지 않았다.

몇 분 후, 평가위원이 나를 불렀다. 나는 약간 찔린다는 미소를 지으며 맞은편에 앉아 결과를 기다렸다. 평가위원은 내가 놓친 부분을 짧게 열거한 다음, '지금까지'를 나타낼 수 있는 더 나은 수화 표현을 보여주었고, 목소리는 좋은데 좀 더 힘을 줘야겠다고 지적했다. 그리고 월요일부터 일을 시작할 수 있다고 말했다.

잠시 침묵이 흘렀다.

"통역사로 일을 한다는 말씀이신가요?"

"그러려고 여기 온 거 아니었어요?"

나는 직업학교, 장애인 직업훈련소, 정신의료시설, 사회복지시설의 사무실, 외래 환자 통역 서비스 등에서 일을 했다. 더러운 건물, 난방이 거의 안 되는 건물, 쥐가 우글대는 건물도 있었다. 내 의뢰인은 직업 기술을 배우는 젊은이들, 신체 검진을 받으러 가는 노인네들, 성직자 수업을 받는 이민자들, 실업수당을 받으려는 부모들이었다. 이 사람들과 잠깐 동안 스치듯 만나 그들의 표현에 충실하려고 애를 쓰다가 다시 헤어져 다른 일자리를 찾아 떠날 때면 익명성이라는 어지러운 안개가 나를 휩싸는 것만 같았다.

초창기의 의뢰인들을 생각하면 지금도 뜨끔하다. 내 수화가 얼마나 미숙하고 뒤죽박죽이었을까. 통역의 불문율 가운데 '이해하지 못하는 것은 통역할 수도 없다.'는 말이 있다. 나는 시작한 지 얼마 안 돼서 냉장고 수리에 관한 교육용 필름을 통역하면서 이 교훈을 뼈저리게 느꼈다. 영사기에서 뿜어대는 빛 속에 앉아 '감응코일'이니 '압축단위계'니 하는 말을 도대체 어떻게 수화로 옮겨야 할지 막막하기만 했다. 그런 게 뭔지 몰랐으니 뜻을 전할 수도 없었던 나는 용어의 거의 절반을 지화로 표시했고, 내가 보기에도 그건 도무지 말이 되지 않았다.

통역에 내포되어 있는 문화적 중재의 역할도 두렵기는 마찬가지였다. 어떤 것들은 명백했다. 들을 수 있는 문화에서 누군가의 관심을 환기시키려면 이름을 부르면 된다. 청각장애 문화에서는 그 사람의 팔을 톡톡 치는 것이 여기에 해당된다. 주저할 일도, 꺼릴 일도 아니다. 하지만 의사는 안타까운 마음에 마른침을 삼켜가며 "저도 압니다. … 정말 안타깝지만… 그래요…."라고 중얼거리고, 청각장애인 환자는 그 앞에서 흐느껴 울고 있을 땐 도무지 뭘 어떻게 해야 할지 알 수 없었다. 남자는 어깨를 떨며 손에 얼굴을 묻고 그저 울고만 있었다. 위로의 말을 고스란히 전하겠다고 그의 팔을 쳐야 하는 걸까? 나는 어찌할 바를 몰라 쓸모 없어진 손을 무릎에 내려놓고 그냥 앉아만 있었다.

사람들의 삶과 밀접하게 얽히고 부대끼는 건 통역이 끝나면 초연한 마음으로 다시 떠나야 하는 이 일의 전문성과 배치되는 것 같았다. 처음으로 유방 X-레이 사진을 찍으러 간 아주머니가 생각난다. 옷을 벗고 가슴을 X-레이기에 가져다 댄 채 서있던 여리고 약한 그 모습. 정서불안자 보호시설에서 만난 중년의 남자도 기억난다. 그 남자는 농장에 갔던 기억을 슬프게 되뇌었다.

통역사라는 역할은 나를 보이지 않고 말도 못하는 기계로 만들어버리기 때문에 나는 밤마다 이 모든 이미지와 이야기를 품은 채 집으로 돌아갔다. 날이 밝으면 더 많은 이미지와 이야기를 흡수했고, 아무에게도 털어놓을 수 없는 그 사적인 삶의 편린들로 나는 점점 부풀어 오르는 것만 같았다.

그렇게 두 달이 지났을 때 뉴욕 시립대 라과디아 평생교육원에 개설된 청각장애 성인을 위한 프로그램에서 정식 통역 직원을 모집했고, 한번 응시해보라는 제안을 받았다. 그곳의 면접 방식은

조금 의외였다. 그 부서에는 두 명의 건청인과 네 명의 청각장애인 직원이 있었는데, 그 여섯 명이 돌아가면서 내 실력과 경험을 알아보기 위한 질문을 던졌다.

여기서 중요한 건 질문의 내용보다 제시되는 방식이었다. 그 여섯 명의 의사소통 방식이 전부 달랐다. 순수한 수화, 어순에 따라 수화를 하되 목소리는 내지 않거나, 영어를 그대로 수화로 옮기면서 목소리를 함께 사용하는 사람, 수화나 소리도 없이 입모양만으로 얘기하는 사람, 이런 방식과 저런 방법이 섞여 있었다.

나는 질문한 사람의 방식대로 대답을 해야 했다. 그 면접에는 어떤 의사소통 방식에도 적응할 수 있어야 하는 이 일의 성격이 반영되어 있었다. 그 면접은 재미있는 게임 같았고, 나는 즐거운 마음으로 면접을 봤다.

며칠 후 합격 통보를 받았고, 나는 주저 없이 그 일자리를 수락했다. 그곳에서는 다른 통역사들을 만날 테고, 동료도 생길 것이다. 동료라니. 생각만 해도 기분이 좋아졌다. 프리랜서는 외롭고 고단하지만 그 나름의 매력도 있었다. 무엇보다 인식을 고조시켜 주었다. 수많은 삶을 스쳐 지나고 낯설고 익숙한 것을 엮으면서 친밀함과 거리감 사이를 오가는 일, 그것은 충분히 매력적이었다.

거기에 정식 직원으로 들어간 진짜 이유는 프리랜서의 고독이 직업적인 무책임으로 이어질 수 있다는 판단 때문이었다. 앞선 두 달 동안 청각장애 의뢰인들로부터 너무나 많은 것을 배웠지만, 전문인으로 성장하는 과정의 부담을 그들에게 지우는 것은 옳지 않은 것 같았다.

평생교육원에 들어가면서 제대로 된 스승을 만날 수 있었는데, 통역 서비스 업무를 총괄하는 보니 싱어가 그랬다. 나는 보니와 일을 하면서 상황을 절묘하게 파악하는 모습에 감탄했다. 대화를 명료하게 전달하는 무한한 능력에 탄복하면서 통역에 대해 처음 가졌던 생각을 다시 떠올렸다. 그리고 초보 통역사인 나를 힘들게 했던 좌절감과 자괴감이, 정도의 차이는 있겠지만, 이 일을 하다보면 누구나 느끼는 것이라는 사실도 알게 되었다. 최고의 수어통역사 등록협회 자격증을 보유한 보니마저도 스스럼없이 자신의 실패담을 얘기했고, 가끔은 자신의 통역이 만족스럽지 못하다고 털어놓았기 때문이다.

수어를 제외한 다른 언어에서는 한 방향으로만 통역을 하는 것, 그러니까 외국어를 모국어로 옮기는 것이 가장 이상적이다. 예를 들어 유엔에서는 통역사가 제2, 제3, 또는 제4의 언어에 아무리 능통해도 자신의 제1언어로만 통역을 하는데, 이는 원어민만이 가장 충실하고 정확한 통역을 할 수 있기 때문이다. 유일하게 미국수어 통역사만이 일상적으로, 필요에 의해, 타고난 언어에서 나중에 배운 언어로 통역을 한다(청각장애 부모 밑에서 태어난 건청 아동의 경우는 예외일 수 있겠지만). 평생교육원에서 보니와 다른 통역사들을 만나면서 나는 미국수어에 대한 어느 정도의 어색함은 끝끝내 완전히 사라지지 않으리라는 걸 알게 되었다.

하지만 한편으론 성큼성큼 발전도 했다. 나는 보니에게서 뜸 들이는 법을 배웠다. 말이 떨어지자마자 바로 수화를 시작하는 대신, 한 박자 쉬면서 단기 기억력을 활용하는 것이다. 나머지 얘기를 들으면서 보다 큰 의미를 파악한 후에 수화를 시작하면, 단어를 일대일로 옮기는 것보다 말하는 사람의 의도를 훨씬 충실하게 전달할 수 있었다. 수화 어휘도 많이 늘어 단어 선택의 폭이 넓어졌고, 뉘앙스를 제대로 전달할 수 있게 되었다. 말로 옮길 때에도 직역을 하던 경향이 많이 줄어서 영어로도 활씬 자연스럽게 들렸다.

평생교육원에 와서 나는 많은 상황에 적절하게 대응하는 통역사로서의 자신감을 키웠다. 정치적 올바름에 대해서는 더 이상 신경 쓰지 않았다. 이론적으로는 넘어갈 수 없던 것들도 현실에서 접할 때는 논의의 여지가 있었다. 통역사를 필요로 하는 상황이라면 어째든 최선을 다하는 게 옳았다. 그리고 나는 통역하는 게 좋았다. 그 일이 던지는 도전을 즐겼고, 언어에 대한 생각을 즐겼으며, 말과 손 사이에 연결을 짓는 것도 즐거웠다.

하지만 일은 그쯤에서 그만두고 가을 학기에는 복학을 하기로 했다. 통역을 평생 직업으로 삼을 수 없다는 건 내가 더 잘 알았다. 사람들의 삶에 연루되는 데에서 오는 끝없는 좌절감을 견뎌낼 수 없을 것이다. 언어의 형태로 나를 통과해가는 개인들의 슬픔과 혼란과 분노를 고스란히 느끼면서도, 관여하는 건 금지라는 이유로 속수무책으로 유령처럼 서있어야 하는 현실을 견뎌낼 수 없을 것이다. 더 끔찍한 건 분명히 내 일을 하고 있는데도 보이지 않는 존재처럼 취급당하는 느낌이었다.

평생교육원에 취직한 이듬해 2월, 그러니까 수화를 배우러 알렉을 찾아갔던 때로부터 정확히 2년이 흘렀을 때, 나는 몇 개월 만에 처음으로 알렉의 집을 찾았다. 이제는 거의 만나지 않았지만 그래도 친구로 지내고 있었고, 어느 날 오후에 얘기나 할까 싶어 그의 아파트에 들렀다.

변함없이 어지럽지만 그래서 편안한 거실로 알렉은 물 두 잔을 내왔다. 그가 담뱃갑을 찾느라 뒤적이는데 초인종 소리가 나고 한 구석에 있는 등에 불이 켜졌다. 그는 '올 사람이 없는데.'라는 표정으로 나를 쳐다보더니 문 쪽으로 갔다. 거기에는 귀걸이를 무수히 달고 보라색 배낭을 멘 키가 아주 큰 여자가 서있었다.

"안녕하세요, … 네, 오늘 아침에 문틈에 끼워두신 메모 봤어요. 좀 놀랐죠." 알렉이 목소리로 얘기했다.

"어…, 이해할 수 있어요. 저는 당신이…." 여자는 겸연쩍은 미소를 지으며 머뭇거렸다. 독일식 억양이었다.

알렉이 나를 불렀다. ▪통역해줄 수 있어?▪

▪물론이죠.▪ 내가 없어도 충분히 얘기를 나눌 수는 있겠지만 여자의 억양도 그렇고, 영어에도 그리 익숙하지 않은 것 같아서 둘의 대화가 쉽지 않을 것 같았다. 이왕 내가 그 자리에 있었으니까

대화를 원활하게 만들어주는 게 이치에 맞았다.

알고 봤더니 그 여자는 알렉이 몇 년 전에 유럽을 여행하다 만난 사람이었다. 이름은 사비네였고, 중남미로 가는 길에 뉴욕에 들렀다고 했다. 알렉의 주소를 간직하고 있어서 한번 찾아가 보기로 했다는 것이다.

"자, 들어오세요." 알렉이 말했다. 우리는 거실로 돌아가 잡동사니를 대강 치우고 앉았다. 그리고 세 시간 동안 나는 알렉과 사비네를 위해 통역을 했다. 그들은 담배를 피우면서 여행과 독일의 정치에 대해 얘기했다.

두 시간쯤 흐르자 나는 존재도 없이 앉아있는 것에 조금 싫증이 나서 가끔씩 토를 달거나 질문을 하기도 했는데, 그러면 알렉은 인상을 쓰면서 내게 물었다. "누가 한 얘기야? 당신이야, 사비네야?" 사비네가 하는 말을 수화로 옮기는 동시에 내 의견을 섞었기 때문에 혼선이 일었던 것이다. 그래서 나는 다시 통역만 하기 시작했고, 두 사람의 얘기가 끝나갈 무렵엔 나도 일어설 때가 되었다.

밖에 나오니 날은 이미 어두워졌고 겨울도 이제 막바지에 이른 듯했다. 나는 프리랜서 시절에 느꼈던 야릇하게 초연한 심장으로 지하철을 타러 갔다. 통역을 무리 없이 잘했다는 건 알고 있었다. 쉬지 않고 통역을 하기에 세 시간은 긴 시간이었다. 알렉이 통역을 해주겠느냐고 물었을 때 나는 기분이 좋았고, 그의 편이 된다는 것에 자부심과 우쭐함 같은 것을 느꼈다. 하지만 그게 통역에 문제를 일으켰다.

나는 통역이 청각장애 공동체로 들어갈 수 있는 차표일 거라고, 어른이 된 내가 그곳에 소속될 수 있는 합리적인 방법일 거라고 항상 생각해왔었다. 하지만 그곳과 관계를 맺는 것은 나 자신이 아니었다. 통역사로 있는 한, 나는 청각장애인들과 함께 있는 게 아니었다. 어렸을 때 내가 느꼈던 청각장애인들과의 관계를 다시 회복할 길은 어디에도 없었다. 나는 다 자란 건청인이다. 내 언어는 영어이고, 나는 건청 문화에 속해있다.

요즘도 나는 가끔씩 통역을 한다.

작별을 예감하며

아버지는 학교를 떠날 생각이라는 걸 사람들에게 말하지 않았다. 재미있는 사실은 처음엔 렉싱턴에 올 생각조차 없었다는 것이다. 일이 그냥 그렇게 풀렸을 뿐이다.

아버지는 브롱크스에서 자랄 때만 해도 청각장애가 직업 선택과 어떤 식으로든 관련이 있으리라고는 한 번도 생각하지 않았다고 했다. 청각장애는 부모님과 부모님의 친구분들과 그분들이 어울리는 클럽이나 파티처럼 너무나 익숙해진 나머지 눈에 들어오지 않는 벽걸이 장식 같은 것이었다. 청각장애인들과 함께 일한다는 건 꿈을 꾸기는커녕 생각조차 해 보지 않았다.

고등학교를 졸업한 후 아버지는 별로 내키지 않았지만 어떻게 하다 보니 헌터 대학에 들어가게 되었다. 막연하게 체육교사가 될 수 있겠지 싶었다. 그러다 브롱크스 동부에 있는 한 중학교에서 과학을 가르치게 되었는데, 1년쯤 지났을 때 콜롬비아 대학교의 사범대학에 청각장애 교사 양성을 위한 석사 과정이 있다는 얘기를 들었다. 등록금이 무료였을 뿐더러 약간이지만 경비까지 보조해주었다. 자신이라면 자격이 충분하리라는 판단에 아버지는 원서를 냈고 합격했다. 교직 과목은 모두 렉싱턴에서 이수했고, 렉싱턴에서 나중에 졸업생 몇 명을 채용했다. 이렇게 해서 스물일곱 살이 되었을 때 아버지는 전혀 의도하지 않은 채로 당신 아버지의 모교에서 일하게 되었다.

그리고 스물여섯 해가 흐른 어느 봄날 오후, 아버지는 청각장애학 수업의 일환으로 교육처장인 자신을 인터뷰하고 싶다는 학생들과 마주 앉았다. 그런 우회로를 걸어 지금에 이르렀고, 자꾸만 떠나야 할 것 같다는 느낌에 시달린다는 사실을 알 바 없는 학생들에게 아버지는 렉싱턴이라고 불려도 될 만한 인물이다.

아이들은 에너지가 넘쳤다. 다섯 명의 예비 고등학생은 이토록 대단한 분이 자신들의 교실을, 아니 나무 칸막이로 한쪽 구석을 두른 조그만 공간을 찾아주었다는 사실에 흥분했고, 조금은 넋이 나간 것 같기도 했다. 팔을 의자에 두르고 다리를 학생들이 앉은 곳까지 뻗은 아버지는 좁디좁은 이 공간에서 대단히 거대해 보였다. 그리고 아이들은 그냥 자리에 앉아만 있는데도 왠지 폴짝거리는 듯한 인상을 줬다.

"취미가 뭐예요?" 아버지의 왼쪽에 앉은 남학생이 첫 번째 질문을 던졌다. 난데없긴 하지만 세련돼 보이려고 애써 준비한 것 같기도 했다.

아버지는 정중한 시선으로 아이를 바라보다가 다소 건조하게 대답했다. "나는 교육처장이고, 그게 내 취미란다."

청각장애라는 세계는 하루가 다르게 점점 복잡해지는 것처럼 보였다. 날마다 새로운 목표가 등장했고, 새로운 규칙과 전략이 만들어졌으며, 수많은 집단이 끊임없이 반목하고 충돌했다. 렉싱턴 안에서도 하찮은 사안들을 놓고 정치적인 논쟁이 벌어졌는데, 아버지는 그런 모습이 한심스럽기만 했다. 지금 이사회에서 논의되는 것의 상당 부분은 교육과 무관했고, 권력을 위한 힘겨루기로밖에 보이지 않았다. 그런 줄다리기에 점점 더 많은 시간을 할애해야 하는 현실에 아버지는 화가 난다.

하지만 이날의 인터뷰는 그런 두통거리와 상관이 없었다. 아버지도 머리 아픈 문제들을 털어버리고 30분 동안은 여기 있는 학생들에게 집중할 생각이었다. 장소도 현실을 잊는 데 도움이 되었다. 건물 꼭대기 층에서도 한 구석에 임시로 만들어놓은 교실이기 때문에 다른 교실을 통해야만 들어올 수 있었고, 반쯤 떨어져 나간 미술 작품들과 빈 휴지통들이 어지럽게 널려 있었다. 칠판은 몇 년 동안 한 번도 지우지 않은 것 같았다. 교육처장이 와있으리라고는 생각하기 힘든 곳이었고, 어느덧 아버지도 여유를 되찾아 기쁜 마음으로 아이들의 질문에 대답을 했다.

청각장애학 수업은 정체성과 청각장애를 대하는 감정에 중점을 두고 진행되었다. 렉싱턴에 들어오는 아이들이 스스로에 대해, 그리고 청각장애인 일반에 대해 갖는 태도는 매우 다양했다. 아이들은 수업 시간에 외부 인물들(주로 청각장애인 교직원이지만)을 인터뷰하면서 성장의 경험을 배웠고, 그 과정에서 다양한 역할 모델을 접할 수 있었다. 그들은 저마다 인생관과 소통의 방식이 제각각이고, 인생에서 선택한 길도 달랐지만, 성공한 청각장애 어른이라는 점에서는 모두 똑같았다.

그렇게 보면 아버지는 분명 예외였다. 하지만 아버지 스스로가 건청인이라는 사실을 의식하고 있을지는 몰라도, 아이들은 겉으로 내색하지는 않았다. 아이들은 아버지에게 렉싱턴의 역사에 대해 물어봤고, 학교가 맨해튼에 있었던 예전에 아버지가 농구 팀 감독이었다는 사실을 알게 되었다. 또 아이들은 렉싱턴 애버뉴에 있었던 건물에 대해 알고 싶어 했고, 당시에는 체육관이 없고 코트만 있었다고 설명을 들었다. 아이들은 잠시 동안 ■코트■를 표현할 수화를 놓고 옥신각신했다.

■예전의 학교를 생각하면 이런 기억이 나.■ 아버지는 아이들의 다툼이 잠잠해지자 차분하게 얘기를 계속했다. ■점심을 먹고 나면 남학생들하고 나가서 농구를 했었거든. 눈이 올 때도 나가서 했어. 정말 재미있었지.■ 그리곤 추억에 잠겨 덧붙였다. ■우리 아

버지도 렉싱턴 농구 팀에서 뛰셨단다.■

아이들은 잠시 목석처럼 가만히 앉아있었다. 그러면서 수화의 잔상이라도 찾으려는 듯이 아버지에게서 눈을 떼지 못했다. 그러다 자기들끼리 곁눈질을 했다. ■지금 아버지라고 하셨어?■

남학생 한 명이 용기를 내서 물었다. ■저…, 선생님 아버지가 어떻게…?■

아버지는 그 질문을 똑같이 반복했다. ■어떻게?■

남학생의 표정엔 의구심이 가득했고, 천천히 묻는 그의 수화 역시 마찬가지였다. 옆으로 세운 오른쪽 검지가 입에서 귀까지 원을 그렸다. ■아버지가 청각장애예요?■

아버지는 고개를 끄덕였다. ■그래, 내 아버지는 청각장애셨어. 그리고 이 학교에 다니셨단다.■

서로를 슬쩍 쳐대는 아이들의 모습에서 그 말을 얼마나 의미심장하게 받아들이는지를 알 수 있었다. 그 얘기에 왠지 수줍은 기분이 들고 마음이 들떠서 아이들은 바보처럼 서로를 치고 찔러댔다. 아이들의 얼굴에서는 마치 누군가에게서 대단한 칭찬이라도 들은 것처럼 희미하게 홍조를 피어올랐다.

아버지는 슬쩍 시계를 봤다. 사무실로 돌아가야 할 시간이다. 본분을 다하는 수척한 군인처럼 아버지의 생각은 이미 점점 더 많은 시간을 잡아먹는 정치적 쟁점으로 돌아가고 있었다. 아버지는 그저 맡은 일만 할 수 있었으면, 아이들에게만 관심을 집중할 수 있었으면 좋겠다고 생각했다.

너무나 깊이 휩쓸린 나머지 이제 거기서 발을 빼는 방법은 아예 렉싱턴을 떠나는 길밖에 없을지도 모른다. 하지만 그건 안 될 말이다. 어쨌든, 청각장애 교육에 대해 이렇게 많은 것이 걸려 있는 지금은 그럴 수 없다. 물론 씁쓸한 예상이긴 하지만, 학교와 중앙이사회 사이의 반목이 지금의 속도로 계속 고조된다면, 그리고 몇몇 임원의 의지가 관철된다면 아버지는 그 어려운 결정을 직접 내릴 필요가 없을지도 모른다.

〈현재와 청각장애 모임의 존폐 : 청각장애 공동체는 어떻게 변화하고 있는가?〉 청각장애 공동체 지도자를 위한 제8회 렉싱턴 포럼의 주제이다. 아버지는 교육처장으로 취임한 후부터 이 포럼을 개최해왔다. 지금까지는 인종차별, 법률 제정, 그리고 기술이 청각장애 공동체에 미치는 영향 등을 다뤘지만, 올해의 주제는 그야말로 존폐가 걸린 중요한 문제이다.

청각장애 공동체는 지금 대단히 미묘한 기로에 봉착해있다. 청각장애 문화가 오늘날처럼 강력하고 사회적으로 인정받은 적도 없었지만, 앞으로는 지금과 같은 위상을 다시 누릴 수 없을지도 모른다. 법률 제정, 언론의 관심, 기술의 발전, 그리고 인권 신장 등 최근에 거둔 모든 성과에도, 그리고 어쩌면 그 성과들로 청각장애 문화가 쇠퇴하고 있다는 조짐이 여러 곳에서 나타나고 있기 때문이다. 말하자면 임계점 아래로 다시 떨어지고 있는 것이다.

1963년과 1964년에 미국 전역에서 풍진이 기승을 부렸다. 임신 3개월 미만의 임산부가 이 바이러스에 감염되면 선천성 기형을 가진 아이가 태어날 수 있다. 그렇게 해서 1960년대 중반에 이례적으로 많은 청각장애 아동이 태어났다. 전문가들은 이 시기에 일어난 청각장애 인구의 급증을 흔히 '풍진 팽창'이라고 일컫는다.

미국수어가 하나의 정당한 언어로 평가받고 널리 인정받기 시작한 것도 거의 비슷한 시기이다. 이는 교육 철학에도 영향을 미치기 시작했고, 보다 많은 존중과 인정과 권리를 요구하는 청각장애인들에게 큰 힘을 실어주었다.

1970년대에 들어서면서 일련의 소송과 의회의 법률 제정 등을 통해 청각장애인들은 공공시설을 이용할 새로운 권리를 향유하게 되었다. 그 정점이 1975년에 통과된 공법 제94-142, 즉 장애아동 교육법이었다. 청각장애 공동체에서는 'PL 94-142'라는 글자 밑에 양손의 손바닥을 밑으로 해서 손가락이 마주 닿은 그림으로 배지를 제작했는데, 그것은 ■평등■이라는 뜻의 수화였다.

1980년대 중반에 이르렀을 땐 청각장애인들이 상당히 정치력을 확보하고 있었다. 1988년에는 청각장애인 총장 추진운동이 갤로뎃 대학에서 극적인 승리를 거두면서 언론의 관심을 한 몸에 받았다. 그로부터 1년 뒤에는 전 세계 5000명의 청각장애인이 갤로

덧에 모여 〈청각장애의 길〉이라는 국제 대회를 개최했다. 다시 1년 뒤, 장애인 보호법(ADA)이 의회를 통과했다. 청각장애인들에게 가장 큰 영향을 미치는 포괄 법안인 장애인 보호법이 제정되면서 청각장애인들도 소수민족들처럼 각종 차별로부터 보호받을 장치가 마련되었다.

청각장애는 이제껏 경험하지 못했던 공공의 영역으로 진입하기 시작했다. 마크 메이도프가 청각장애인의 삶을 주제로 쓴 연극 〈작은 신의 아이들〉은 브로드웨이에서 대성공을 거두었고, 그 연극에 출연했던 필리스 프렐리히는 토니상을 받은 최초의 청각장애인 배우가 되었다. 1987년에는 영화로도 만들어져 주인공 역을 맡은 말리 말틴이 오스카상을 받았고, 수화로 소감을 말하는 그녀의 모습을 전 세계 수백만 시청자가 지켜봤다. 이후 청각장애인들은 연극과 영화를 넘어 텔레비전 드라마에서도 활발한 활동을 펼치기 시작했다.

학교를 비롯한 여러 기관에서는 그 인기를 이용하려 들었고, 그것은 청각장애에 대한 인식을 더욱 높이는 계기가 되었다. 수어 교실이 급증하면서 강의 내용을 구성하고 진행할 청각장애 교사와 전문가에 대한 수요가 발생했다. 고등학교와 대학 등에서는 수어 강의를 신설하고, 미국수어를 외국어 영역에 포함시켰다. 공공기관과 사기업을 막론한 여러 곳에서 청력과 언어에 장애가 있는 사람들을 위해 음성 부호화 시스템인 TDD 전화 서비스를 개설하기 시작했다.

한편, 기술의 발전은 청각장애로 산다는 것의 의미와 한계에 변화를 불러왔다. 무료 중계 서비스가 미국 전역으로 확산되기 시작했고, 시중에 출시되는 의사소통 보조 장치는 갈수록 작고 정교해졌다. 보청기를 제공하는 극장과 박물관이 생겨나고, 연설 내용을 실시간으로 전하는 자막 서비스도 가능해졌다.

점점 더 많은 텔레비전 방송과 광고까지도 청각장애인을 위한 자막을 제공하고 있으며, 1993년 6월 이후 제조되는 13인치 이상의 텔레비전은 의무적으로 내장형 자막기를 설치해야 한다는 법안이 통과되었다. 청각장애인들이 사회에 참여할 수 있는 입지는 전에 없이 넓어졌다.

발전은 다른 분야에서도 이루어졌지만, 그때부터 영광의 빛이 조금씩 사그라졌다. 의학계의 발전에 따른 논란은 열기와 심각성 면에서 이전의 구화-수화 논쟁에 비견될 만했다. 청각장애 공동체와 건청인 전문가들은 다시 한 번 대립각을 세우고 있었다. 언어를 둘러싼 예전의 논쟁에서는 자치와 존엄성을 놓고 싸웠다면, 지금은 문화의 미래가 달려 있다.

논쟁의 핵심은 인공와우 이식수술이다. 청각장애를 질병이자 결함이라고 학습받은 건청인 전문가들에게 이식수술은 그야말로 기적의 시술처럼 생각될 것이다. 자신의 자녀가 들을 수 없고, 의사소통은커녕 자신의 말을 알아듣지도 못하다는 사실을 통보받은 부모들에게는 구원처럼 생각될 수도 있다. 하지만 들을 수 없다는 사실을 유감으로 여기지도 않고, 그것 때문에 한스러워하지도 않으며, 단지 문화로 받아들이는 청각장애 공동체의 구성원들에게 인공와우 이식은 소환장이나 위협일 뿐이다.

문화적으로 소수에 속하거나 억압당하는 집단, 이를테면 미국 내 흑인이나 여성, 또는 유대인들을 위한 '치료법'이 개발된다고 상상해보자. 대다수의 건청인은 이런 비유 자체를 억지라고 생각한다. 청각장애가 불리한 건 사실이니까. 청각장애가 치료될 수 있다면 사는 게 훨씬 쉬워지리라는 사실에는 반론이 있을 수 없다.

그렇다면 흑인과 여성과 유대인의 경우에도 똑같은 논리를 적용할 수 있지 않을까? 하지만 흑인이나 여성이나 유대인이라는 상황을 '치료'한다는 건 꿈도 꿀 수 없는 일이다. 설사 의학적으로는 가능하다 해도 윤리적으로 끔찍한 일종의 문화적 대량 학살이 되고 말 것이다. 많은 문화적 청각장애인이 청력 손상을 방지하거나 교정하고 최소화하려는 의료계의 노력을 보는 관점도 이와 다르지 않다.

그러나 건청 부모와 의학 전문가들로서는 청각장애를 '치료'할 수 있다는 희망이 더 소중할 수밖에 없고, 그들을 설득하기란 여간 어려운 일이 아니다. 수세기 동안 청각장애인들에게는 지능이 떨어지고, 사회에 적응하기 힘들며, 도덕적 판단을 내릴 수 없다는 편견의 꼬리표가 붙어있었다. 이런 오명을 극복하기에는 공동체에 남겨진 시간이 부족할지도 모른다.

이미 더욱 정교해진 인공와우가 개발되었고, 기존의 것보다 훨씬 효과가 뛰어나다는 평가를 듣고 있다. 과학자들은 아동 청력 상실의 주원인인 수막염을 사실상 근절시킬 새로운 유아 백신을 개발하고 있다. 보건 환경이 전반적으로 개선되면서 예전에 비해 질병이나 부적절한 치료로 청력을 상실하는 경우도 드물다. 그와 동시에 이미 청력을 잃은 사람들도 인공와우에서부터 이동통신, 통합교육, 장애인 보호법처럼 건청 사회로 진출할 기회와 가능성이 훨씬 넓어졌다.

청각장애 인구는 감소하고 있다. 건청 문화로의 이전을 장려하는 다양한 선택권이 주어지면서 남은 사람들마저도 점점 고갈되는 실정이다. 기술의 발전이 청각장애 공동체를 더 위축시키리라는 건 거의 확실하다. 청각장애인들에게 그토록 큰 능력을 부여해줬던 기술이 궁극적으로는, 불가피하게, 공동체의 사망을 촉진시킬지 모른다는 사실은 씁쓸한 여운을 남긴다.

많은 청각장애인에게 문화적 사망의 가능성은 여전히 언급할 가치도 없다. 일부에서는 그런 얘기를 한다는 것 자체를 모욕으로 여긴다. 하지만 조금씩 고민하고 준비하기 시작하는 사람들도 있다. 만약 그런 상황이 실제로 벌어진다면 무엇을 잃게 될까? 청각장애 문화가 과거로 사라져서 얼마 안 되는 수어 사전과 수어 비디오 속에나 화석처럼 존재하게 된다면, 우리는 소중한 것을 잃게 되는 걸까? 누군가는 지금보다 더 황폐해질까? 모든 사람이 들을 수 있다면, 모두가 같은 언어로 말하고 듣고 설명하고 이해할 수 있다면, 우리는 조금이라도 더 가까워질까? 더 나아질까? 인류에게 더 많은 희망이 생겨날까?

안타깝게도 신체적으로 귀가 멀쩡한 것과 누군가의 얘기에 귀를 기울이는 것 사이에는 아무런 관계도 없다. 같은 언어를 공유하는 것이 진실하고 성공적인 의사소통을 보장해주지는 않는다. 건청인들 사이에서도 소통이 단절되는 건 다반사이다. 사소한 차이와 균열이 수없이 벌어지고, 때로는 도저히 건널 수도 없게 길이 끊기기도 하니, 아무리 탁월한 백신과 기술의 진보가 이루어진들 그 틈을 메우거나 예방할 수는 없을 것이다. 그 노력은 언제나 우리들 각자의 몫으로 남을 것이다.

문화적 감수성을 말해주는 것은 공통의 언어, 그 언어의 습득이다. 건청인들은 존경스럽다 못해 거의 신비롭다는 투로 수어가 너무 아름답다고 감탄하곤 한다. 어느 정도는 언어 자체에 움직임이 내재되어 있기 때문일 것이다. 하지만 수어가 지닌 아름다움의 힘은 그것이 상징하는 것에서 나온다.

그것은 의사소통을 향한 이들의 의지를 뜻한다. 그것은 불가능에 가까운 상황에서도 서로 소통하려는 인간의 의지에 바치는 찬사이다. 청각장애 문화가 지금의 모습으로 존속할 수는 없을지 몰라도 이 상징성에 잠재된 힘만큼은 결코 사라지지 않을 것이다.

그리고 그것에 대한 우리의 필요 역시 줄어들지 않을 것이다.

아버지는 조금씩 출구를 향해 걸어가고 있을지도 모른다. 청각장애 문화는 이미 쇠퇴기에 진입했을지도 모른다. 어느 힘겨웠던 날의 저물녘이면 그 둘은 나란히 위태로운 널빤지 위를 걸어 내려가는 것처럼 보이기도 한다. 그러다 또 어떤 날에는 간밤의 악몽이 아침 햇살에 힘을 잃듯이, 그런 생각이 너무나 터무니없어 보이기도 한다.

봄이 끝나갈 무렵, 교육처장실로 들어서던 나는 아버지가 통화 중인 것 같아서 잠시 밖에서 기다렸다. 늘 씩씩하고 싹싹한 비서 바바라가 그날 현관에서 빵과 과자를 파는 아이들을 그냥 지나치지 못하고 사들고 온 과자를 내게 권했다. 서로 권하고 사양하느라 잠시 옥신각신하다가 나는 과자를 받아들었고, 부스러기를 흘리지 않으려고 조심하면서 대기실 의자에 앉았다. 사실 그날은 옷에 좀 더 신경을 썼다. 아버지가 레오 코너 박사님과 점심을 먹는 자리에 같이 가자고 불렀기 때문이었다.

코너 박사는 내가 태어나던 해에 렉싱턴의 교육처장이 되었고, 12년 후에 은퇴하면서 아버지가 그 자리를 물려받았다. 우리 가족이 렉싱턴에 살 때, 코너 박사 부부는 위층에 살았다. 내 기억 속에 남아있는 코너 박사는 기계의 엔진 소리처럼 정확하고 절제된 목소리를 지닌 너무나 심각한 분이었다. 항상 단정하고 깍듯했다. 마치 귀족 같은 기품이 있어서 어린 나로서는 좀처럼 가까이 가기 힘들었고, 우리 아버지가 그 분의 뒤를 잇는다는 게 도무지 납득이 가지 않았다. 우리 아버지는 농담도 잘하고, 수화에 능하고, 농구도 자주 했으니까. 또 호기심이 가득하고, 브롱크스 기질에 진지한 눈빛을 가졌고, 티셔츠 차림으로 돌아다닐 때도 많으니까.

두 분은 일 년에 한 번쯤 식사를 같이 했다. 코너 박사는 렉싱턴의 명예 이사로 계속 봉직했고, 명예직이니만큼 일상적인 업무를 파악할 필요는 없었지만, 이따금씩 돌아가는 상황을 알고 싶어 했다. 아버지도 그 자리를 좋아했는데, 코너 박사와 함께 있으면 어떤 가치, 이를테면 역사 같은 게 느껴지는 모양이었다. 현재의 위상, 시간의 흐름, 그것에 따른 변화, 그리고 그 모든 것과 당신 사이의 관계 같은 것들 말이다.

아버지가 이 일을 맡고 청각장애 인권운동이 활기를 띠기 시작한 지도 벌써 사반세기가 흘렀다. 내가 보기에 아버지는 코너 박사와의 점심 식사를 일종의 시금석처럼 여기는 듯했다. 청각장애의 정치성이며, 렉싱턴의 권력 다툼이 요동을 칠수록 아버지는 자신의 위치를 되돌아볼 기회를 얻기 힘들었고, 그만큼 그 시간이 더 소중했던 것이다.

나도 왠지 향수 어린 호기심이 들어 그 시간이 기다려졌고, 그래서 아버지가 얼른 통화를 마치기만을 기다렸다. 그런데 대기실에서 듣자니 아버지의 목소리가 점점 커지고 있었다.

"여기 오시면 보여드리죠!" 아버지가 큰 소리를 쳤다. 그러더니 다시 한 음계가 더 올라갔다. "여기 오시면 보여드린다니까요!"

나는 놀란 표정으로 바바라를 쳐다보면서 아버지가 화가 나신 건지, 아니면 잘 안 들리는 사람과 통화를 하느라 저러시는 건지 물어봤다. 바바라는 조용해 대답했다. "화가 나신 거예요." 렉싱턴 특수교육과의 정서불안 아동들이 이용하는 통학 버스 기사가 아이들이 산만하다고 불평을 하는 모양이었다.

"미쳤다느니, 신경쇠약이라느니, 그런 말 좀 쓰지 마세요!" 목소리가 쩌렁쩌렁 울렸다. "아이들에 대해 그런 식으로 말씀하지 마시라니까요!"

바바라와 나는 굳은 얼굴로 겸연쩍은 미소를 나눴다. 소리를 치거나 화를 내는 아버지의 모습은 너무 낯설었다.

하지만 몇 분 후에 방에서 나왔을 때는 아버지는 평소의 모습 그대로였다. 우리는 천천히 차를 몰아 잔디밭 가장자리를 장식하고 있는 튤립을 보면서 아스토리아 대로를 건너갔다.

약속 장소는 라과디아 매리어트 호텔이었다. 우리는 창가에 들이치는 햇볕을 피해 기둥 뒷자리에 앉았고, 코너 박사와 아버지는 주위에서 벌어지고 있는 변화에 대해 말씀을 나눴다. 점심을 먹는 동안 아버지는 옛날 상사에게서 초연함을 조금 빌려온 것 같았다. 아버지는 밝고 가벼워진 표정으로 적당히 반어법을 섞어가며 렉싱턴의 문제를 설명했다. 코너 박사는 아버지가 전통과 영향력을 두루 갖춘 청각장애인 교육 관리자 회의의 의장으로 선출된 것을 축하했다.

두 분의 말씀을 듣다 보니 배경과 스타일과 교육 철학이 완연히 다르면서도 저렇게 서로 아끼고 존경할 수 있구나 하는 생각이 들었다. 대중적인 시류와 거리를 두려는 의지가 렉싱턴의 미덕이라는 데에는 두 분의 생각이 일치했다. 하지만 코너 박사는 항상 전통주의자에 가까웠던 반면, 우리 아버지는 성인이 된 이후의 삶을 모조리 학교에 쏟았으면서도 자리가 위태로울 만큼 많은 사람의 눈에 이단아로 비쳤다.

나는 코너 박사가 교육처장이었을 때 두 분의 의견이 항상 일치하지 않았던 걸 알고 있다. 그런데도 코너 박사는 아버지를 후계자로 점찍었고, 알게 모르게 학교 운영에 대한 책임감을 심어주며 훈련을 시켰다. 식사가 끝나갈 무렵 느닷없이 "저한테서 어떤 장점을 보셨어요?"라고 물은 걸 보면 아버지도 오래전부터 그게 궁금했던 모양이다.

코너 박사는 아주 잠깐 동안 뜸을 들이다가 대답했다. "똑똑하고 고집스러웠다는 점이지."

아버지는 기쁘면서도 미심쩍다는 듯 이렇게 외쳤다. "제가 고집스럽다고요?"

"그럼." 이번에는 한숨도 돌리지 않고 즉시 대답했다. "자네는 뼛속에 철심을 갖고 있는 사람이거든. 강한 믿음 말이야."

아버지는 턱을 목에 바짝 붙이면서 이마를 조금 찌푸린 채 테이블 가장자리에 가지런히 놓인 손을 바라보셨다. 너무나 벅찬 칭찬이었다.

점심을 마치고 코너 박사와 헤어져서 다시 밖으로 나왔을 땐 바람이 그쳐 잔잔했다. 늦은 오후를 향해 노곤하고 나른하게 흘러가는 시간 속에서 우리는 렉싱턴으로 다시 돌아왔다. 교문 앞에 세워진 아이스크림 트럭에서는 음악이 쿵쾅거리고, 현관 앞 계단에서는 사람들이 바나나와 아이스크림을 먹으며 수화로 얘기를 나눴다. 이런 날엔 아버지가 렉싱턴을 떠난다는 걸, 청각장애 문화가 사라진다는 걸 상상도 할 수 없다.

우리는 으레 아버지가 퇴근하는 시간인 6시가 조금 안 됐을 때 사무실을 나섰다. 아버지는 평소 자신의 퇴근 시간이 5시라고 주장하다가 주위의 반응이 떨떠름하면 사실은 5시 15분이라고 고백하지만, 사실 이만저만한 착각이 아니다. 아버지를 퇴근시키는 게 얼마나 어려운 일인지는 태어나서 지금까지 수없이 봐왔다.

나오다 마주친 수위 아저씨에게 "안녕히 계세요." 하고 인사하고, 아이들에게는 ■내일 보자.■ 하면서 건물 밖으로 나왔더니 6월의 저녁 빛이 주위에 가득했다.

아버지가 자동차 트렁크에 12~13센티미터는 됨직한 서류 뭉치를 넣고 있는데, 옆으로 차 한 대가 천천히 지나갔다. 20대 후반이고 레슬링부에서 뛰었던 졸업생 두 명이 커다란 회색 승합차를 건너편에 세웠다. 아버지는 허리에 손을 올리셨고, 세 사람은 잠시 동안 서로를 반갑게 쳐다봤다.

■오늘도 우체국에서 일했니?■ 아버지가 운전대에 앉은 사람에게 물었다. 나는 이야기가 끝나길 기다리며 가방을 내려놓고 차에 기대섰다. 얘기가 얼마나 오래 갈지는 아무도 모르는 일이었다.

■오늘은 밤에 일해요. 8시간씩 교대하는데, 저녁 8시에 시작해요.■

아버지가 짐짓 찌푸린 얼굴로 물어봤다. ■설마…, 일하면서 자는 건 아니지?■

■대부분 그러는데요.■ 졸업생이 붙임성 좋게 대답했다.

■아니, 내 세금을 가지고!■ 아버지는 항의를 했다. ■이 승합차를 사준 것도 나라고!■

모두가 기분 좋게 웃음을 터뜨렸고, 아버지는 창문 안으로 팔을 뻗어 운전하던 사람의 모자를 잡아 내렸다.

■웃기는 녀석들이야, 정말.■ 아버지의 말에 졸업생들은 환하게 웃었다.

더 이상 할 얘기가 남아있지 않았을 때도 그들은 그 자리에 얼마 동안 그대로 머물러 있었다.

그리고 졸업

졸업을 앞둔 3학년들의 마지막 학급 회의 시간. 어쩐지 모두 초조하다. 시원해야 마땅한 지하마저도 후끈거릴 지경인 날씨가 긴장을 한 겹 더해주는 건 사실이지만 꼭 더위 때문만은 아니다.

아이들은 접이식 철제 의자 앞부분에 걸치듯 앉았다. 그리고는 친구들의 주의를 집중시키기 위해 전등 스위치를 껐다 켰다 하는 반대표들을 잘 볼 수 있도록 앉는 방향을 조절했다. 다들 머리를 가지런히 뒤로 넘기거나 헤어젤을 바르고 여름철답게 시원한 스타일로 다듬어 모두 날카롭고 뚜렷한 인상이다. 카카오 기름에 땀이 섞이면서 냄새는 더 강렬해지고, 딱 달라붙는 셔츠와 민소매 드레스, 또는 대강 조여 입은 조끼 사이로 언뜻언뜻 맨살이 비친다.

제임스는 교실 뒤쪽에서 반대표들을 뚫어지게 쳐다봤다. 불안감에 더 촐싹거리는 아이들 사이에서 제임스는 고요한 섬처럼 가만히 앉아 며칠 남지 않은 학교에서의 마지막 공지 사항을 기다리고 있었다. 앞사람의 머리 너머로 보기 위해 치켜든 턱은 꽤 섬세한데, 어떻게 보면 어린 아이 같으면서도 또 한편으론 어른 같다.

하지만 지난 한 달은 제임스에게도 나름대로 초조한 시간이었다. 그러다 보니 성급하게 화를 내기도 냈는데, 어느 정도였냐면, 버스 대기실 관리를 하다가 몇몇 학생에게 무질서한 행동을 했다는 이유로 방과 후 대기실 사용을 3일간 금하는 횡포를 부리기까지 했다. 그러면서도 한편으로는 냉정하고 침착하게 미래를 성찰하기도 했다. 그런데 미래가 점점 다가올수록 제임스는 그 속에 자신의 모습을 그려 넣기가 힘들었다. 그래서 자꾸만 미래를 회피할 방법을 궁리하게 되었다.

캠던 카운티 대학의 여름 학기 오리엔테이션은 다음 달에 시작될 예정이었고, 제임스의 머릿속에는 대학이 집에서 너무 멀다는 생각뿐이었다. 대학이 뉴저지 톨게이트에서도 훨씬 아래쪽에 위치해있어서 사실상 펜실베이니아라고 보는 게 옳을 정도였다.

지난 4월에 현장학습의 일환으로 대학을 방문했는데, 하필이면 바람이 세차게 불고 주룩주룩 비까지 내리는 우중충한 날이었다. 그래서인지 모든 것이 비판적으로 보였다. 교실을 나눠놓은 벽은 얇디얇은 싸구려였고, 구내 식당은 손바닥만 했으며, 건물과 건물 사이는 너무 멀었다. 그중 최악은 기숙사에 가구가 하나도 없다는 점이었다. 자기가 쓸 가구는 각자 구해야 했다.

"어떻게요?" 제임스는 학교 안내를 맡은 청각장애인 대학생에게 물었다.

"차를 빌리거나, 아니면 트럭을 대여해야지." 대학생 선배는 유익한 정보라도 주는 듯이 밝은 표정으로 설명했다.

제임스는 두 가지의 가능성을 타진해봤다. "자기가 쓸 침대도 가져와야 하는 거예요?"

"맞아."

그러더니 커다란 침대를 한쪽 어깨에 짊어지고 가는 흉내를 냈다. 그 모습에 옆에 있던 학교 친구들이 웃음을 터뜨렸고, 제임스는 사이가 뜬 이를 있는 대로 드러내며 보조개가 움푹 들어가도록 씩 웃었다. 그렇게 자신만의 매력을 발산하여 혹시 빈정대는 게 아닐까 의심했던 대학생의 오해를 날려 보냈다. 하지만 제임스는 속으로 자꾸만 떨렸다. 세상은 이제 그에게 침대까지 직접 준비할 것을 요구했다. 그건 너무 갑작스러워서 불공평하게, 아니 잔인하게 느껴졌다.

렉싱턴으로 돌아온 제임스는 졸업하고 바로 진학하지 않을지도 모르겠다고 만나는 사람마다 얘기하기 시작했다. 브롱크스에 남아 일자리를 찾아보는 건 어떨까도 생각해봤다. 자기보다 몇 살 많은 청각장애인 친구들은 대부분 그렇게 살고 있었다. 아예 일도 하지 않고 보조금으로 그럭저럭 살아가는 사람들도 있었다.

그러더니 지난 목요일에는 느닷없이 정학을 당해 주위 사람들을 놀라게 했다. 기숙사 지도교사의 말에 의하면, 숙제를 하라고 타일렀더니 자신을 쳤다는 것이다. 물론 제임스의 말은 달랐다. 지도교사가 자꾸만 간섭하고 성가시게 굴면서 자신의 팔을 잡아당기기에 그냥 밀쳤을 뿐이라고 했다. 청각장애와 건청 문화에서 접촉이 갖는 의미가 다를 수는 있겠지만, 그렇다고 해도 그건 이해하기 힘든 행동이었다.

제임스가 여간해서는 대들거나 대립하지 않는다는 건 주변 사람들이 다 아는 사실이었다. 교직원들이 싸움 좀 말려보라고 제일 많이 부탁하는 학생도 제임스였다. 졸업 앨범에 실린 설문 조사에서는 '최고의 천하태평'으로 뽑혔다. 학교를 빼먹은 채 장난을 치고 다닐 때에도 싸움은 하지 않았다. 그런데 이번 사건으로 하루 동안 기숙사 출입이 금지되었다. 기숙사 사감은 걱정이 되었는지 가정통지문에 제임스가 평소에는 싹싹하고 책임감이 강해서 기숙사에서 늘 모범이 된다는 말을 적어 보냈다.

제임스는 벌을 아무렇지도 않게 받아들였고, 하루였던 출입금지를 일부러 사흘로 잡아 늘여 아예 학교까지 빼먹었다. 다시 나타났을 땐 예전처럼 태평스러운 모습이었지만, 어쩐지 조금 변한 것 같은 인상이었다. 어쩌면 며칠 쉬면서 졸업에 대한 불안감을 떨쳐냈는지도 모른다.

그리고 지금, 학급 회의에 임하는 제임스의 자세에서는 차분하고 조용한 결단이 느껴진다. 친구들의 얘기를 진지하게 바라보는 제임스의 모습은 어디로 보나 대학에 진학하려는 사람이다. 그의 옆머리는 둥그렇고 단정하며, 짧은 머리에 대각선으로 가르마 같은 선을 깔끔하게 파 넣었다. 안경테 또한 마치 눈에 금색 괄호를 친 것처럼 그의 집중력을 부각시킨다.

총무의 지출 보고에서부터 졸업 무도회 티켓과 졸업반 오찬 모임, 그리고 학교에 기증할 선물까지 이날 학급 회의에서는 다룰 안건이 많았다. 앞에 앉은 아이들은 반대표들이 내용을 참고하면서 두 손으로 자유롭게 수화를 할 수 있도록 메모지를 들어주었다. 두 명의 청각장애 지도교사는 가끔 가다 한 번씩 의견을 제시하고 중요한 점을 지적해주었다.

"너희들 중에서 졸업을 하는 아이들은 이제 모두 동창생이 되는 거야." 지도교사 한 명이 이제 곧 다가올 동창회 축제에 대해 설명하면서 이렇게 얘기했다.

제임스는 그 수화를 따라 해 보았다. "동창생", 생소한 단어지만 "졸업생"을 뜻하는 수화와 비슷하다. 제임스는 손으로 직접 해 보고 고개를 끄덕였다.

앞쪽에서는 학교에 기증할 선물을 놓고 열띤 토론이 벌어졌다. 방송반에 자막기가 내장된 텔레비전을 기증하자는 아이들이 있는가 하면, 한편에서는 도서관에 청각장애 문화에 대한 책을 선물하자고 주장했다. 자신들의 발자취가 되어 학교에 남을 선물이기 때문에 다들 진지했다.

제임스 옆에 앉은 폴은 관심이 없었다. 학교에 기증하는 선물에도 그의 자취는 담기지 않는다. 졸업을 하지 못하기 때문이다. 폴은 고개를 돌려 몇 미터 떨어져 앉은 지도교사의 관심을 끌기 위해 발을 쿵쿵 굴렀다. 하지만 교실에는 사람이 많고, 바닥에 카펫까지 깔려 있기 때문에 지도교사는 진동을 느끼지 못했다. 폴은 팔을 옆으로 뻗어 선생님의 주변시가 미치는 범위까지 한 번, 그리고 또 한 번 내밀어보았지만 앞에서 진행되는 토론을 보느라 지도교사는 신경을 쓰지 못했다.

"이봐요, 귀머거리!" 폴은 흠잡을 데 없이 또렷한 발음으로 크게, 그리고 무례하게 소리쳤다. 물론 그래 봐야 소용없지만 그래도 화는 좀 풀리고, 자신도 구화 실력 하나만큼은 누구에게도 뒤지지 않는다는 걸 확인할 수 있으니까.

참다 못한 폴는 모자를 벗어 선생님 발치로 던졌다. 선생님은 폴이 앉은 방향으로 고개를 돌렸다.

▪졸업은 안 해도 졸업 기념 티셔츠는 살 수 있나요?▪ 폴은 그게 궁금했다. 하지만 선생님의 시선은 미쳐 그에게 닿지 못하고, 그의 질문을 하나도 보지 못한 채 다시 학급 회의로 눈을 돌린다.

폴은 포기하고 구부정한 자세로 앉아 넓은 바지폭을 앞으로 쭉 뻗었다. 옆을 흘낏 보니 제임스는 어찌나 회의에 열중인지 폴의 행동에 관심을 기울일 여력이 없다. 같은 브롱크스 출신으로 1학년부터 붙어 다닌 단짝이자, 렉싱턴 기숙사 동료이기도 한 제임스는 그를 남겨둔 채 졸업을 하고 대학으로 떠난다. 폴은 눈길을 아래로 떨궜다.

제임스는 의자 끝에 걸터앉아 있었다. 이번 연도에는 졸업생이 50명이나 되고, 다른 해보다 졸업생 수가 너무 많아서 일인당 졸업식 초대장을 다섯 장밖에 받을 수 없다는 얘기에 제임스는 당황했다. 다섯으로는 턱도 없다. 적잖은 학생들이 이의를 제기하자, 지도교사가 손을 들게 했다. ▪졸업식 만찬 초대장이 여섯 장 필요한 사람?▪

제임스는 양손을 번쩍 들고 수화를 했다. ▪여덟, 여덟!▪ 여덟 장으로도 충분하지 않을 것 같다. 아홉 장은 있었으면 좋겠다. 아니, 열 장. 제임스가 누나, 또는 사촌이라고 부르는 사람은 친인척으로만 제한되지 않았고, 더구나 웹스터 애버뉴에서는 제때에 고등학교를 졸업한다는 게 결코 사소한 일이 아니기 때문에 다들 참석하려 들 거라는 사실을 알고 있었다.

지도교사는 모두에게 여섯 장씩 돌아갈 수 있도록 힘써보겠다고 약속했다. 회의가 마무리되고 수업도 끝이 나자 졸업반은 의자를 모두 뒤로 밀어놓고 교실 앞쪽으로 나왔다. 아직 한 가지 일이 더 남았다. 졸업식에 입장할 순서를 정해야 한다.

전통적으로 졸업생은 키 순서에 따라 연단에 올라가기 때문에 다들 등을 맞대고 손바닥으로 머리 높이를 재면서 순서를 정하는 데 여념이 없었다. 여자아이들은 굽이 있는 신발을 신은 것처럼 발꿈치를 들었다. 교사들은 제대로 되어가는지를 점검하면서 가끔씩 앞뒤를 바꿔 세우고, 누군가는 옆에서 그 순서를 노란색 종이에 기록했다.

줄은 제일 작은 학생들부터 시작했고, 그 아이들은 시계 아래쪽에 줄을 서있었다. 그렇게 이어진 줄은 중간쯤에서 칠판 앞을 지나는데, 여자아이들은 마치 약속이나 한 것처럼 칠판에 꽃이며 하트 같은 낙서를 했다. 뒤로 갈수록 공간이 좁아져 서로 밀치느라 야단이다.

그때 수업이 끝나면서 1학년, 2학년 학생들이 문 밖의 사물함 쪽으로 몰려나왔다. 폴은 슬쩍 밖으로 나가 졸업하지 않는 그 학생들 틈에 섞였다. 제임스는 친구가 복도 끝으로 사라지는 모습을 지켜보다가 제자리를 찾아 줄을 섰다.

버스는 모두 떠났다. 제임스는 학생 출입문 바깥 계단에 혼자 앉아있다. 이곳은 오후 내내 그림자가 지는 곳이다. 햇살이 비치는 저 건너편으로는 뜨거운 열기가 눈에 보일 듯하고, 등에 닿는 철제 난간의 차가운 느낌이 좋다. 발 밑에 뒹구는 쓰레기에서도 계절을 짐작할 수 있다. 살점이 꽤 붙어있는 복숭아 씨가 두 개, 버린 건지 잃어버린 건지 알 수 없는 야광테의 선글라스가 하나, 떨어져서 녹

고 있는 아이스크림 덩어리, 그리고 갈색과 은색이 마치 쌍둥이 액세서리처럼 보이는 동전과 보청기용 단추 건전지.

수업이 끝난 후부터였으니까, 제임스는 벌써 한 시간하고도 20분째 여기서 누나들을 기다리고 있었다. 누나들은 이번 일요일에 열리는 졸업식 오찬에 참석하고 싶어 했다. 초대장은 한 장에 25달러인데, 오늘까지만 구입을 할 수 있다. 그래서 제임스는 누나들에게 졸업식 오찬에 정말 참석하고 싶으면 오늘 내로 돈을 가지고 직접 찾아오라고 얘기했다.

제임스는 그렇게 오랫동안 기다리면서도 전혀 초조해하거나 걱정하지 않았다. 마침내 나무 울타리를 지나 다섯 명의 아가씨가 요란스럽게 웃으며 다가오자 기다린 보람을 느꼈다.

제임스는 앉은 자리에서 꼼짝도 하지 않지만, 아리따운 사절단이 다가오는 걸 보면서 혼자만의 미소를 지었다. 저 중에는 피가 섞인 진짜 누나가 있는가 하면, 그렇게 부르기만 하는 사람도 있다. 하지만 다들 버스 두 번에, 지하철 두 번을 갈아타는 번잡함을 마다 않고 잭슨하이츠를 찾아왔다.

모린은 나이도 제일 많고 가장 새침데기이며, 자메이카에서 태어났지만 제임스와 아버지가 같다. 드니는 제임스가 '니니'라고 부르는데 양친이 모두 같은, 말하자면 완전한 누나이다. 키샤와 디디는 사촌이고, 티나는 제임스가 '내 동생 요세프의 아이 엄마'라고 설명하는 사람이다. 제임스를 발견한 여자들은 기뻐서 목소리를 더 높이고, 계단 아래쪽에 모여 서서 입과 배를 가리켰다.

■먹을 거, 제임스. 우리 뭐 좀 먹자. 우리 배고파.■

"나한테 먹을 게 어딨어." 제임스는 이렇게 말했다. 다들 제임스의 목소리에 익숙했고, 대부분의 말을 알아들었다. 물론 가끔은 옆 사람에게 무슨 말이었냐고 물어봐야 할 때도 있었지만. 제임스도 누나들의 입모양에 익숙했다. "너무 늦게 왔잖아." 그는 야멸차게 말했다. "나가서 먹어."

여자들은 또 한 번 웃느라 정신이 없었다. "끝내준다! 방금 제임스가 뭐라고 하는지 들었어? 우리보고 ■나가서■ 먹어도 된대. 야호!" 여자들은 대견하다는 듯이 눈동자를 반짝이며 제임스를 쳐다봤다.

"저기, 제임스, 나 ■화장실■ 가야 돼." 모린이 고개를 흔들었다. 수백 가닥으로 땋아 장식한 머리가 눈길을 끌었다.

나머지 사람들은 혹시 누가 보지나 않을까 싶어 주위를 두리번거렸다. 길 건너 집들은 너무나도 점잖아 보였다. 한 남자가 낡은 난간에 페인트 칠을 새로 하고 있었다. 학교 앞에 있는 커다란 나무에서는 우거진 푸른 잎이 바람에 쓸려 파도 소리를 내다가 잠잠해졌다. 누나들은 다시 제임스를 쳐다보며 기억을 상기시켰다.

제임스는 여자들에 둘러싸인 왕족처럼 본관 건물을 향해 걸어갔다. 현관에서 다들 제임스의 방문객으로 이름을 기재했고, 제임스가 화장실로 안내하자 다섯 명이 모두 안으로 들어갔다.

제임스는 총무실 옆 복도에서 기다렸다. 동생이 일주일에 닷새를 보내는 또 하나의 집인 렉싱턴에 와본 건 다들 처음이었다. 하나둘씩 화장실에서 나오고, 이제 그 다음으로 중요한 일을 처리할 차례였다.

"제임스, 우리 뭣 좀 먹을 수 없어?"

"정말이야. 나 너무 배고파."

제임스는 고개를 저으며 손바닥을 위로 펼쳐들고 눈을 크게 떠서 졸라봐야 아무 소용없다는 걸 몸으로 말했다. "정말이야. 너무 늦게 왔어."

모린은 화장실 문을 열어 고개만 들이밀고는 아직도 거울 앞에서 단장을 하고 있는 사촌들을 불렀다. "젠장, 학교의 따뜻한 점심을 먹을 수 없대. 우리가 너무 늦게 왔대."

화장실의 타일 벽에 부딪힌 목소리가 복도까지 울려 퍼졌다. 서류 가방을 흔들고 구두를 또각대며 걷던 직원들은 호기심과 경계심이 섞인 눈빛으로 뒤를 돌아보며 이 낯선 사람들의 정체와 목적에 대해 신속하고 본능적인 판단을 내렸다.

제임스는 불편해하거나 당황하는 기색 없이 기다렸다. 맨 마지막으로 티나가 화장실에서 나오자 조금 짜증을 부리지만 장난삼아 그래볼 뿐이었다. 제임스는 벽에 몸을 기대고 도저히 못 말리겠다는 듯이 고개를 흔들어대며 말했다. "여자들은 화장실에서 사는 것 같아."

"뭐라는 거야?"

"따라와." 제임스는 초대장을 살 돈을 걷기 전에 학교를 구경시켜 줄 생각이었다.

점잖은 보호자이자 완벽한 길잡이처럼 누나들을 안내하는 제임스에게서는 청각장애라는 자격 때문에 얻게 된 이곳의 주인이라는 사실로부터 자연스런 위엄이 풍겨 나왔다. 이곳은 그의 본거지나 다름없었다. 지나는 사람마다 모르는 사람이 없는 것 같았고, 선생님이나 일하는 사람들을 만나면 누가 물어보지도 않는데 은근한 자랑을 섞어 "제 누나들이에요."라고 말했다.

제임스는 비록 들을 수는 없지만 등 뒤에서 뭐라고 속삭일지 다 안다는 눈치였다. "나는 여자 친구들인 줄 알았네. 꼭 궁녀들을 거느린 것 같잖아." 이곳에서 제임스의 자리는 확실하고, 제임스는 행복했다. 복도를 우쭐대며 걸어가는 여섯 사람의 모습은 꽤 인상적인 풍경이었다.

기숙사로 올라가는 엘리베이터 앞에서 제임스가 위를 가리키는 화살표를 누르자 녹색 불이 들어왔다.

"엘리베이터도 있네!" 니니가 탄성을 질렀다.

그 소리에 대답이라도 하듯 문이 열렸다. 엘리베이터에 탄 여자들은 이것저것 만져보느라 정신이 없었다. "이야! 어머, 어머!" 노쇠한 상자는 주춤주춤 2층으로 올라가고, 제임스를 따라 엘리베이터에서 쏟아져 나온 여자들은 지도와 그림, 도표, 보고서 등이 꽂혀 있는 기다란 게시판에서 눈을 떼지 못했다. 모린은 색지를 오려 붙인 글자들을 기어코 큰 소리로 읽고야 말았다. "우리 동네 커뮤니티…, 우리들의 현장학습…, 봄 여름 가을 겨울."

"야, 학교 ■죽인다.■" 키샤의 칭찬이다.

"이런 학교라면 다닐 만하겠는걸,"

올해 제임스에게는 금붙이만 늘어난 게 아니다. 안경을 사고, 사랑니를 뽑고, 졸업식 일주일 전에는 새 보청기도 받았다. 졸업시험을 통과하고 임시 운전면허증도 받았다. 무엇보다 우등생 명단에 올랐고, 대학에 합격했다.

제임스는 전에 없이 인생을 관리했다. 두 발 앞으로 가면 한 발 물러나는 식으로 멈칫대고 시간을 끌었지만 그럼에도 그곳에 도달했고, 이제는 좋든 싫든 떠나는 일밖에 남지 않았다.

제임스는 천천히 기숙사의 짐을 꾸렸고, 벌써 몇 주째 금요일마다 지하철로 한 보따리씩 챙겨 브롱크스에 있는 집으로 옮기고 있었다. 남은 짐은 졸업식이 끝난 뒤에 기숙사 사람들에게 인사를 하면서 가져갈 생각이었다. 기숙사 창밖의 나무에는 장밋빛 봉오리가 잔뜩 맺혔지만, 꽃은 그가 떠난 후에나 필 것이다.

졸업식 날에는 비가 내리고 으스스하게 춥더니, 밤이 되면서 다시 무더워졌다. 식이 열리기 전에 커다란 구내 식당의 밋밋한 형광등과 에어컨 속에서 만찬이 제공됐다. 소매 없는 원피스를 입고 온 여자아이들 팔뚝에는 소름이 돋았고, 남자아이들은 겉옷을 벗어주었다. 그러면서 가까이 모여 앉았는데, 그 많은 졸업생과 교직원들이 얼마나 다닥다닥 붙어 앉았던지 수화를 하기에 여의치가 않았다.

그걸 그냥 두고 볼 그들이 아니었다. 자리 배치를 새로 하고, 의자를 뒤로 밀어서 긴 테이블을 따라 자유롭게 대화를 나눌 수 있도록 했다. 손에서 눈으로 활기가 오갔다. 그러면서도 아이들은 손톱과 입술을 물어뜯었다. 긴장이 되는 건 당연했다.

제임스는 하얀색 셔츠에 폭이 좁은 짙은 색 타이를 맸다. 그동안 기숙사에서 먹은 식사를 생각하면 지나치게 격식을 갖춘 오늘밤의 만찬은 조금 느닷없는 마무리처럼 느껴졌다.

전날 밤까지도 제임스는 낡고 익숙한 부엌에서 접시를 꺼내 밥 한 주걱과 콩과 닭 요리를 냄비에서 떠서 바로 옆방에 있는 큰 테이블에 앉아 친구들과 식사를 했다. 그건 평생 그렇게 저녁을 먹을 것처럼 일상적이고 익숙했다.

팻 펜은 저녁마다 요리를 했고, 길고 하얀 앞치마를 두른 채 저녁을 먹는 아이들 옆에 앉기도 했다. 팻에게는 제임스를 닮은 아들이 있었고, 제임스도 팻을 두 번째 엄마 정도로 생각했다. 서로에게 그런 마음을 갖다 보니 다른 사람들에게 보여주지 않는 속내를 드러낼 때도 있었다.

"어제 어디 있었니?" 전날 밤에 팻은 이렇게 말을 걸었다. 대충 대답하고 넘어가기엔 관심이 대단했다.

"집이요." 제임스는 목소리로 대답했다. 눈에는 장난스러운 경계심이 어렸다. 제임스는 포크를 내려놓고 팻의 반응을 기다렸다. 다른 두 친구도 옥수수 구이를 입에 문 채 즐거운 표정으로 그 둘을 지켜봤다.

"왜?" 팻이 입모양에 신경을 쓰며 쏘아대듯 말했다. 널찍한 얼굴로 짐짓 엄격한 표정을 지으려 했다. 수화는 많이 모르지만 뜻을 명확히 전달하기 위해 몸짓을 많이 사용했다.

"잤어요." 조금은 퉁명스럽게 대꾸했지만, 팻이 어떤 반응을 할지 이미 알고 있기 때문에 즐거운 표정을 감추기 어려웠다. 제임스는 팻 아줌마의 잔소리를 싫어하기는커녕 오히려 기다리는 듯했고, 반짝이는 눈동자에는 흐뭇한 기분이 그대로 드러났다.

"왜?" 팻은 똑같은 말로 물었다.

"토요일에 놀러갔는데, 다음날 감기가 들었더라고요."

"그건 토요일이고, 어제는 왜 없었는데?"

제임스는 더 이상 참지 못하고 웃고 말았다. 그에 비하면 훨씬 노련한 팻은 미소가 번지지 않도록 용케 버텼다.

"일요일엔 뭘 했니?"

제임스는 다시 표정 관리를 했다. "잤어요."

"그래서? 어제는 왜 여기 없었어?"

"말씀드렸잖아요, 아팠다고요." 제임스는 증거라도 제시하듯이 재채기를 했다.

쏘아보는 팻의 눈길에 제임스는 괜히 자세를 고쳐 앉았다. "이 아줌마는 어저께 배에서 내린 사람이 아니라고." 팻은 화가 난 척하며 호통을 쳤다.

"뭐라고요?"

팻은 몸짓을 더 보태가며 같은 말을 반복했다.

"어떻다고요?" 제임스는 인상을 써가면서 의미를 파악해보려고 했다. 팻은 다시 한 번 말했지만, 제임스는 그 표현이 생소했고 단어들만 조합해서는 무슨 뜻인지 알 수가 없었다. 제임스는 자신이 입모양을 제대로 읽지 못했다고 생각했다. "됐어요, 무슨 말인지 모르겠어요."

그대로 물러설 팻이 아니었다. 턱을 내밀고 다른 질문을 던졌다. "대학에 가면 뭘 할 거니?"

"문제없어요." 제임스는 호기롭게 대답했다. 그러다 말려든다고 생각했는지 슬쩍 수습을 했다. "대학은 고등학교랑은 달라요. 걱정하지 마세요."

잠시 동안 두 사람의 대화는 더 이상 나아지지 않을 것처럼 보였다. 그때 팻이 숨겨둔 비책을 꺼내들었다. 그녀는 한쪽 눈을 내리깔아 느끼하게 윙크를 하고는 키스를 날렸다. 제임스는 거의 데굴데굴 구를 듯이 웃어댔다.

2년 동안 팻은 제임스에게 닭고기를 튀겨주고 과자를 구워줬다. 더 중요한 건 그에게 장난을 걸고, 엄마 노릇을 하고, 그의 말을 이해해줬다는 점이다.

이제 기숙사에서의 식사는 끝이 났고, 캠던 카운티 대학에선 팻 같은 사람을 만날 수 없을 것이다. 제임스는 기숙사가 아니라 아파트 같은 숙소에서 살아야 하고, 저녁 식사도 각자 해결해야 한다. 이젠 수업에 들어가라며 깨워주는 사람도 없다.

제임스는 세심하게 균형을 잡아왔다. 마지막까지 수업을 빼먹고, 늑장을 부리고, 팻과 다른 직원들의 잔소리에 의존했다. 제임스는 처음 렉싱턴에 왔을 때부터 그들의 마음을 사로잡더니, 이제 그들의 손이 닿지 않은 곳으로 떠나면서도 그들을 매료시켰다.

식당에서의 졸업 만찬은 끝났다. 제임스는 의자를 뒤로 뺐다. 졸업생들은 모두 자리에서 일어섰다. 졸업 가운을 입고 사각모를 쓸 시간이다.

졸업생들은 위층에 있는 대강당 로비에 모여 천천히 줄을 섰다. 청능치료사가 내려오더니 푸른색과 흰색의 가운들 틈을 비집고 다녔다. "제임스 테일러 어딨니?" 그녀는 누구에게랄 것 없이 물었다. "제임스 보면 잃어버린 보청기를 내가 찾았다고 말해줘."

아버지와 어머니, 할아버지와 할머니, 형제자매와 친구들이 강당을 가득 메우고도 계속해서 들어왔다. 안내를 맡은 교직원들은 접는 의자를 수레에 실어와 보조 좌석을 만들었다. 식당 직원 두 명은 수레에 주스와 과자를 가득 싣고 체육관으로 들어왔다. 식이 끝난 후에 그곳에서 연회가 열릴 예정이었다.

제임스는 줄을 섰다. 기숙사 직원이 제임스의 등을 치고는 악수를 했다. 누군가가 잃어버렸던 보청기를 건네주었고, 제임스는 그걸 귀에 꽂았다.

가운을 입은 선생님이 줄을 따라 걸으면서 학생들이 쓴 사각모와 장식 술을 점검했다. 제임스는 선생님을 따라 술의 방향을 바꾸고, 사열을 받는 군인처럼 가슴을 한껏 내밀었다. 그 자세가 어찌나 진지한지 선생님은 웃음이 나왔다.

선생님은 제임스의 사각모를 바로잡아 주면서 이렇게 말했다.
"나는 이미 졸업한 사람이잖아. 그래서 왼쪽에다 놓는 거야. 너 벌써 졸업했어?"

다들 사각모의 술을 바로 잡자, 강당 안의 조명이 어두워졌다. 〈위풍당당 행진곡〉이 흐르고 선생님들이 신호를 보냈다. 학생들은 꽃잎으로 장식된 문을 따라 일렬로 들어가 통로를 행진해서 무대 위에 마련된 계단식 자리로 올라섰다.

맨 위에 선 제임스는 사파이어 색 가운을 입은 모습이 당당했고, 금테 안경 때문에 아주 지적으로 보였다. 어두워서 안 보이지만 객석 어딘가에 그의 가족들이 앉아있었다. 아버지, 어머니, 어머니의 남자 친구, 누나 셋과 사촌, 어린 조카 두 명. 제임스는 어떻게든 초대장을 더 구할 수 있으리라는 걸 알고 있었다.

제임스가 사람들의 마음을 사로잡아서 여기까지 왔다고 얘기하기엔 어딘가 모자란 감이 있다. 그런 운만 가지고는 제임스가 지금 졸업을 한다는 사실을 설명할 수 없다. 수많은 학생이 렉싱턴의 문을 들어오고 나간다. 도움을 받을 수 있는 학생들이 있는가 하면, 그렇지 못한 학생들도 있다.

제임스가 이뤄낸 성취를 단지 그가 청각장애라서 받게 된 특별한 관심 덕분이라고 말할 수도 없다. 제임스가 청각장애인이라는 사실은 행운의 부적도 아니고, 그렇다고 저주의 마법도 아니다. 그저 평범하면서도 심오한 어떤 것, 그의 한 측면일 뿐이다.

함께 연단에 선 친구들도 저마다 노력을 통해 자신만의 역사를 만들어왔다. 주위 환경이 준 운과 자신의 의지로 개척한 운을 가지고 자신만의 길을 걸어 이날까지 왔다. 어떤 사람들은 무대 위에서 그저 귀가 들리지 않는 십 대들만을, 청각장애가 요구하는 특별한 노력으로 한데 뭉친 남다른 아이들만을 볼지도 모른다. 하지만 이 아이들은 다른 사람들과 저 무대 아래 어둠 속에 앉아있는 사람들과 단단히 연결되어 있다.

무대 아래 앉아있는 사람들도 남들은 모르는 노력을 기울이며 살아왔다. 들을 수 있는 가족, 들을 수 없는 가족, 선생님, 안내원, 통역사, 학생 모두 마찬가지이다. 보이지 않고 들을 수는 없어도 제임스는 그들의 존재를 느낄 수 있다. 그들의 모습과 숨결은 가끔씩 터지는 플래시 불빛에서도 느껴졌다.

졸업장을 받을 순서가 되자 아이들은 다 함께 자리에서 일어나 한 사람씩 연단 앞으로 나갔다. 아이들은 악수를 하고, 볼을 맞대고, 양피지에 싸인 증서를 받았다.

중앙 무대를 가로질러 자리로 돌아가는 길에 괜히 과장된 표정을 짓거나, 사진을 위해 포즈를 취하거나, 관객을 향해 수화 메시지를 보내는 아이들도 많았다. ▪모든 분들께 감사드립니다. … 엄마, 아빠 사랑해요. … 봤지, 엄마? 내가 졸업할 거라 그랬잖아.▪ 한 학생은 무릎을 꿇더니 고개를 숙여 사각모의 평평한 부분을 가리켰는데, 거기에다 미리 테이프 조각을 붙여 이런 글을 적어놓았다. 〈렉싱턴을 사랑해요〉

제임스는 끝에서 두 번째였다. 제임스는 수화로 메시지를 전하지는 않았다. 그의 가족들은 수화를 모른다. 그 대신 가운 소매가 겨드랑이 밑에서 물결치도록 졸업장을 높이 쳐들고 90도 각도로 절을 했다. 제임스가 몸을 세우자 플래시가 터졌고, 그 결에 아이를 높이 들고 환호하는 누나들이 보였다. 객석은 금세 다시 어두워졌지만, 제임스는 이제 가족들이 어디에 앉아있는지를 알고 있다. 비록 아무도 보이지는 않지만 제임스는 그쪽을 향해 잠시 미소를 지었다.

졸업식의 마지막 연설자는 들을 수 있는 남자인데, 청각장애인의 자긍심에 대한 얘기를 했다. “위대한 사회 운동의 훌륭한 점은 우리 ■모두■가 그것으로부터 이익을 누린다는 것입니다.”

제임스는 연설자 바로 앞에 서있는 통역사를 보고 있다. 무대 건너편 연단에 있는 어른들을 위해 수어통역을 하는 사람이 따로 있었다. 빛의 물결과 소리의 물결 속에서도 그 메시지는 강당에 모인 모든 사람에게 전해지고, 그것이 모두에게 의미가 있다는 사실은 사람들의 마음을 편하게 해주었다. 수화와 말은 섞이면서 일종의 주문이 되었고, 그것은 두 개의 집과 두 개의 가족을 하나로 합쳐주었다.

체육관에서 연회가 끝나면 기숙사 사람들은 오늘 밤 제임스를 위해 따로 파티를 열어줄 예정이다. 제임스는 사람들이 ‘축하한다, 제임스’라고 쓴 케이크를 준비한 걸 알고 있다. 그 시간이 되면 테일러네 가족들은 모두 위층으로 올라가 팻과 다른 기숙사 직원들과 학생들을 만나고, 다 함께 케이크를 나눠 먹을 것이다.

오늘 제임스가 얼마나 부자가 된 기분인지는 아무도 모른다. 생전 처음으로 그의 양쪽 가족들이 한 지붕 아래 모였다.

손으로 말하고 슬퍼하고 사랑하고

: 청각장애인이고 싶었는데 수어통역사가 되었다

글쓴이 | 리아 헤이거 코헨　옮긴이 | 강수정
펴낸이 | 곽미순　편집 | 윤도경　디자인 | 김민서

펴낸곳 | 한울림스페셜　기획 | 이미혜　편집 | 윤도경 윤소라 이은파 박미화
디자인 | 김민서 이순영　마케팅 | 공태훈 옥정연　제작 · 관리 | 김영석
등록 | 2008년 2월 13일(제318-2008-00016호)
주소 | 서울시 영등포구 당산로54길 11 래미안당산1차아파트 상가
대표전화 | 02-2635-1400　팩스 | 02-2635-1415
홈페이지 | www.inbumo.com　블로그 | blog.naver.com/hanulimkids
페이스북 책놀이터 www.facebook.com/hanulim
인스타그램 www.instagram.com/hanulimkids

첫판 1쇄 펴낸날 | 2019년 6월 14일
ISBN 978-89-93143-74-4　03840

이 도서의 국립중앙도서관 출판예정도서목록(CIP)은 서지정보유통지원시스템 홈페이지 (http://seoji.nl.go.kr)와 국가자료종합목록시스템(http://www.nl.go.kr/kolisnet)에서 이용하실 수 있습니다. (CIP제어번호 : CIP2019020496)